明朝小吃货

陆续 著

辽宁人民出版社

图书在版编目（CIP）数据

明朝小吃货 / 陆续著．-- 沈阳：辽宁人民出版社，2025．1．-- ISBN 978-7-205-11284-4

Ⅰ．I247.5

中国国家版本馆 CIP 数据核字第 2024LT4773 号

出版发行：辽宁人民出版社

　　　　地址：沈阳市和平区十一纬路 25 号　邮编：110003

　　　　电话：024-23284191（发行部）　024-23284304（办公室）

　　　　http://www.lnpph.com.cn

印　　　刷：天津光之彩印刷有限公司

幅面尺寸：160mm×230mm

印　　张：23

字　　数：330 千字

出版时间：2025 年 1 月第 1 版

印刷时间：2025 年 1 月第 1 次印刷

责任编辑：赵维宁　白　旸

封面设计：乐　翁

版式设计：一诺设计

责任校对：耿　珺

书　　号：ISBN 978-7-205-11284-4

定　　价：68.00 元

目 录

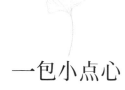

一包小点心

自古越地多才俊。

在绍兴府上虞，提到阮家，人人都要竖一下大拇指："那可是在整个越地都排得上号的簪缨世家。远的不提，只近两代，阮三爷是永乐四年的状元，阮二爷的公子又在今年中了探花，一门叔侄，两上进士榜，多了不起的人家。"

父兄们厉害，阮家的女儿们也不逊色，随便一个被人提起，蹦出的都是端庄贤淑、知书达理的好词儿。哪怕是旁支末梢的姑娘，只要姓了阮，一到说亲的年纪多被说媒的踏破了门槛。门风干净，又有家底，最后定下的都是极好的人家。

反而让家里有儿子却没到婚配年岁的主母们，少不得心叹一声，暗道着再耐心等一等，然后默默记住后头几个尚未到年纪的阮家姑娘。比如那位探花郎的嫡亲妹子，今年是金钗之年，单名一个媛字。

不过，提阮媛的时候，人们的神色里会多一丝尴尬，然后像是要极力解释一番似的，说道："都说女大十八变嘛，她如今年岁小，往后日子还长呢。"

在女孩子们抽条的年纪，阮媛抽错了方向，长成了个胖姑娘。

胖怎么了？那是外人的惋惜。在自家人眼里，只觉得阮媛胖乎乎、白嫩嫩的，如同年画里走下来的娃娃，有福气得很呢！

梅雨时节，屋子里又湿又闷，开了窗子也没有凉意。

奶娘扇了半晌蒲扇，阮媛才在那扇下的风里睡着，她的五官隐在幔帐深处，被昏暗覆盖了精致的小嘴和小巧的鼻子，一截露在外面的藕臂被月光照着，圆圆润润，白净极了。

奶娘看自家小姐的目光，就像农民伯伯看自家田里长势喜人、又甜又脆的白萝卜，喜欢之意恨不能溢到全身，每一根头发丝都在跳舞。

奶娘摸了摸阮媛，确认小姐身上干干爽爽，这才停下手里的蒲扇，并用眼神叮嘱守夜的小丫鬟莫要睡得太死，误了照顾小姐。

梳妆台的滴漏发出滴答的声响，奶娘走后，小丫鬟打了会儿哈欠，趴在床尾打起瞌睡。

床上的阮媛一骨碌坐起来，她虽然圆润，动作却很轻盈，小丫鬟半点没有觉察，阮媛已经轻手轻脚开了衣柜。

年轻的姑娘，一天十个烦恼里有三四个跟打扮有关。光衣带一项，就有细带子显腰身纤细，盈盈不堪一握；宽腰带能让身板儿直挺，华美端庄的选择足够犹豫半晌，更何况还有颜色、款式、花色等要选。

阮媛没有这些烦恼，她胖，穿什么都一样矮墩墩。

是夜，总归深一些的颜色不打眼，也不用戴首饰，免得掉在外头落人口舌。

阮媛换好衣裙，拍拍床尾的小丫鬟："我要出去了。"

小丫鬟迷迷糊糊抬起头来："去哪儿呀？"

白天阮媛提过晚上有打算，小丫鬟忘性大，睡着睡着全给忘了，待这会儿看清自家小姐的打扮，才惊得想起来。这大半夜的，一个姑娘出门，还要不要名声了？！

阮媛将食指竖在唇边，止住了小丫鬟要叫出来的话："好妹子，我可都靠你了，有你留着门，我才能快去快回呀！"她的声音软软糯糯，莫名就给人不能反驳的力道和信任。

于是被信任提起雄心壮志的小丫鬟，坚定地点点头。

阮媛顺势夸她："乖了，等得无趣就把糖盒拿出来吃！"

外头起了凉意，穿堂风吹得呼呼地响，掩盖了月下那道身影出门的声响。

屋里的小丫鬟一面等着，一面欢喜地吃着糖。等吃到第十颗的时候，糖掉了，小丫鬟傻了——不对啊，她不能淡定啊，小姐今天是去会男人啊！男人啊！啊！

此刻，角门外的夹道里已经有人在等。

夹道的另一边是沐王妃陪嫁的院子，空了十多年，王妃不曾来住，只有打扫的仆役。但是沐王是什么人物？那可是御前可佩刀剑、指点十万兵马的异姓藩王，他家王妃的院子，鸟都知道不能随便飞。

这条阮家和沐王妃别院之间的夹道，平常没人敢来。

阮媛出门时没忘挑上件薄纱斗篷，斗篷帽子宽大，正好将眉眼完全隐住，她立在角门下远远打量那人。

夹道两侧，墙极高，月光只能洒落些许。那人身影挺拔，月华下的衣袍隐有绸缎的光泽，腰束墨带，头戴玉冠，是个颇为贵气的公子。

她是打扮得低到泥里去，而他大概是穿上了全部家当，以证明自个儿的确家道好过，手里握的都是真迹，眼下时运不济才悄没声地卖家底。

买方和卖方的心理，果然不同。

阮媛自角门出去，向他走去，近了才发现那人年纪并不比她大很多，身量却比她的探花哥哥都要高。阮媛这种抽错方向的人，忍不住就小嫉妒了一把，当真只有她光长横里，不长个儿呢。

阮媛在距离那人十步处停步："公子把东西带来了吗？"

没落公子似有意外，眉梢动了一下，目光不带温度地落在这道娇小但又不和谐的宽厚的身影上。

"于湖居士的《于湖词》，"阮媛提醒，"先前说好的，我要看过本子再付款呀。"

原来是当他要卖张孝祥的真迹。沐斌动了一下，于是那些藏在暗处的人马齐刷刷地没有动。

张孝祥，号于湖居士，他不是王羲之、颜真卿之类的顶级书法家，但对各派书法研究深刻，融会成一派独特风格。而且在诗词方面颇有功底，亦是爱国名臣。会细心收藏张孝祥墨宝的，多半对他真心欣赏。更重要的是人死得早，留下的货少。所以张孝祥的墨宝真迹价格虽不至于离奇，但也算是冷门，寻常有钱难求。

他倒是真有这本《于湖词》，不过——

"没带来。"他说。

阮媛倒未意外，东西太好，连放到书商手里中介一下都不肯，非要如此偷偷摸摸的，自然是想拿乔。她从善如流："我本子还没过目，可不好现在谈价哟。"

都说越地女子温柔得像溪水，胆小得像兔子，怎地眼前这个姑娘虽然话尾带着哟啊呀啊的软音，实则却敢大半夜里孤身一人跟人讨价还价。

沐斌睒着她："你一个小姑娘，大半夜出门，不怕被人卖了？"

阮媛说："没人会买的，嫌我吃得太多，养不起。"

她不怕，而且知道这人家道中落要卖家底过日子，还帮他出主意："没人买，但可以绑一票，问我家人要赎金。我这个人沉，您带不远。如果来得及，最好先找个帮手。尽管最后要分些利润，但起码省了很多力气，还多个人商量。"

沐斌愕然，仔细打量这个小姑娘。

阮媛从头到脚都罩在斗篷里，隐约能瞥见她嘴角的弧度，自信之余还带着怂恿："真可以试一试的，没准儿比卖《于湖词》得的钱多。"

沐斌结论：一个长居深闺、话本子看多了的小姑娘，以为自己有几分聪明，上哪儿都有神助。

所以沐斌有了决定："张孝祥的本子可不好得，你先给我定金，我再给你看本子。"

他打算给她上生动的一课，主题是"别轻易相信陌生人"。拆开来解释就是你给我定金，我这辈子都让你绝对看不到正宗的《于湖词》。

"公子说得有道理，"阮媛的确做了两手准备，"定金我带了。"

她一面在袖子里挖，一面向他走去。

身后暗卫们的呼吸收紧，沐斌几不可见地摆手，他倒要看看这丫头打算为《于湖词》被骗多少底子。

阮媛走近，把一包东西放进他手里。

沐斌说:"定金?"

阮媛说:"对呀!"

还很松软呢,带着淡淡的体温,落在掌心里轻飘飘的,好像堆着一手心羽毛的——一包小点心。

"傍晚时候刚做的,原料都顶好,面底揉发了一个时辰,每一道工序都是纯手工。就是花色模子,也不是外头寻常找得见的那些。您一定趁着新鲜早点吃,晚了就不好吃了。"

阮媛放下点心转身,一直到人回到角门,她才回头补充:"定金您收了,什么时候给看本子,让书店老板再通知我吧。"

角门的木门是虚掩的,她说完推开,门里一只半人高的狼狗悄无声息地出来。月光下,那獠牙尖锐,眼睛犹如两盏招魂灯笼,它冷瞥了沐斌一眼。

就是见多了军营烈犬的沐斌,也暗道一声:"好狗!"

阮媛伸手把狼狗勾回了门里:"乖啦,别出去吓人呀!"那声音软糯至极。

沐斌"呵"了一声,这丫头!

这丫头是做了万全准备的,方才若有人动她一分,便有狼狗冲出来撕咬。形大,无声,护主,最后还知道出来震慑对方,比带护院靠谱。

阮媛脚步声在墙那头远去,沐斌回头。

暗卫把一个人捆成了麻花,堵了嘴巴,推上来。

"世子,方才在后面夹道看到这人鬼鬼祟祟,从他身上搜出了麻袋、绳索、迷药,并没有什么书籍画卷。"

沐斌不作声。

暗卫全程目睹方才的乌龙,心下明白沐斌的意思,当下半点不提那小姑娘,只道:"此人深更半夜带这些东西在王府别院转悠,定是图谋不轨,没准儿是窥伺别院里的财物。属下这就送去县衙,让县老爷发落出去。"

沐斌没有反驳,那便是同意。

暗卫示意手下办下去,眼神刚收回来,听见沐斌问:"里头收拾好了？”

“好了，是属下办事不力，让世子久等了。”

的确等了好久，等得他肚子都饿了。沐斌打开手里的点心包，里面一溜儿坐着五只小桃子，但又不单纯是小桃子。

圆墩墩的身体，屁股上顶个小巧的桃尖，前面又竖着不同形状的小耳朵，有兔子的、猴子的、猪的、狗的、大象的。

她说什么来着，这花色模子不是外头寻常找得见的。何止不寻常，寻常人都往精致做，她往傻帽儿了做。

沐斌捏了一个兔子耳朵的塞进嘴里，意料之外的是，味道半点不甜腻，反而透着枣子的轻酸。

沐斌本来皱起的眉头舒展开来，放心地又捏了一个到嘴里。“嘎巴”一声，牙齿生疼，嗑到个硬东西。

沐斌吐出来，月光下，那硬东西扑闪扑闪，是一颗小银珠。

定金？

阮媛觉得自己特别为人着想，就是给破落公子定金这种事，都藏在点心里面，不叫人面子上落难处，绝对是个给阮家门楣添光彩的好孩子。

所以回到房间，她就安心地睡了。

第二天到点醒来，收拾一番，给长辈请安后，阮媛出发去书院。

书院在县学隔壁，两边都历史悠久，人才辈出。非要坐落在一处，明面上是一起竞争，共同进步，暗地里是为了更好的苗头。

当然，如果一定要分出高下，书院毕竟由本地大户人家资助，一来请得起更好的老师，二来对入门弟子有入学考和奖学金，此举多多吸纳了成绩优异的寒门弟子。因此不论是门面，还是师资生源，都要比县学略高一等。更重要的是，书院收女学生。

动物界的雄性都知道在雌性面前出风头、争表现，更何况是知道边上有女同窗的男同窗们……

从书院大门进去，男左女右，阮媛往右边的女书斋走。不同于男书斋有很多寒门才俊，能让女儿出来读书的人家大多境况优越，因此这一右拐，眼前都是红红绿绿的裙子、亮亮晶晶的珠宝。

阮媛人缘好，女学生们都喜欢跟她在一起，而且阮媛胖呀，站一起特别显别人瘦、显别人美，唯一缺点是也显别人黑。阮媛白得晶莹剔透，既粉又润。但是大家气不起来，毕竟白色使人膨胀，也越发显得阮媛胖！

阮媛一路往里走，一路有人与她打招呼、说体己话。等她走到最里面的金钗豆蔻班，已经笑得嘴巴发僵。

金钗豆蔻班是女书斋里最高的一个年级，阮媛还能再待一年。再往后，书院就不收了，说是女孩子们到了回家绣嫁妆的年纪，绣个两年，到了及笄，正好说人家。这令阮媛觉得特别不公，男子可以继续升学、考功名、干事业，女子为何只能嫁人？

她后来思出了一个结果，跟小丫鬟说："定是他们觉得若让女子出来考功名、干事业，那男人成功的机会就大打折扣了。"

一进金钗豆蔻班，一道曼妙身影映入眼帘。

阮媛的眼睛亮起来："佳儿，你回来啦！"

对方闻声抬头，娇滴滴地叫了声："媛媛。"

付佳儿生得一张鹅蛋脸，丹凤眼，笑起来嘴角旋起两朵酒窝，而且发育得极好，一身玲珑的曲线穿着再宽大的衣裙也遮不住。男书斋的学生们私下给她起了个外号，叫西美人。

女书斋在右边，亦是书院的西边。独称她西美人，怎么都有股女书斋里第一美人的意思。前段时间，付佳儿随家人去了外地，可不知让多少男同窗顿感人生无趣，读书乏味。

如今见面，不等其他人道相思苦，付佳儿先问阮媛："你想我没？"

那是自然，阮媛昂首挺胸，端着没有波澜的胸，踱到付佳儿身边，胖乎乎的小手往前一摊："不带礼物的人是没人想念哒！我的礼物呐？"

"好你个媛媛，只知道要礼物呐，眼里还有没有我这个好姐妹？"付佳儿反应过来掐阮媛的痒痒肉。

阮媛一面扭，一面躲："痒痒！痒痒！痒痒也是要礼物哒！"

两个姑娘笑成了一团，笑过之后排排坐。

付佳儿把一个盒子推到阮媛面前："喏，怎么可能不给你带礼物？就数你心急，都不知道说句好听的，甜甜我的耳朵。"

盒子里是两朵绒花，一枝春桃，一枝秋菊，眼下是夏天，戴着虽不应景，却也胜在错了时节，不容易与人撞到一起。而且绒花禁不起颠簸，一路周全地带回来，付佳儿这一路上不知道得多小心。

阮媛不客气地收了，道："等下午饭我请，给你接风可好？"

这时候，女先生进来，上课的时间到了，同窗均正襟危坐。

付佳儿眼波微微一动，压低声音说："等下……有人接风。"

阮媛眨眨眼睛，询问之意，不言而喻。

付佳儿不答，小巧的耳朵上升起一层薄薄的粉色。本就是如花的美人儿，一添娇色，更胜却人间无数。

阮媛故作夸张地嘟了个"哦"的口型，她知道是谁了。

沐斌一早起来，还在牙疼。属下来报告，王妃再过半日进上虞县城。

这位沐王妃不知道今年触了什么景、伤了什么情，非要到小时候住过一年的上虞忆往昔，还说这里有她唯一上过学的女书斋，有印象特别美好的观音庙会。总之是夫君不陪，儿子也要作陪，谁不答应她来，她就要闹到皇后面前。

沐王也是怕了她，点点儿子："沐斌，你陪。"

沐斌："……"

一路坐船，顺运河南下，本该在半个月前到上虞。船经杭州府时，王妃又上自己二姐、二姐夫家小住了几日，出门时顺了一堆礼品物件、地方特产，还多带了个小表弟。小表弟身子骨儿单薄，喜欢吟诗作画、悲秋悯月，与沐斌谈不到一起去，却和王妃属于同道中人。

沐斌拿棉花塞了一晚上耳朵之后，干脆上岸打马，做了去上虞的先遣部队，留他俩继续感叹滔滔江水向东流。

一代沐王妃和世子要在本地小住，对上虞县丞来说，不算小事。属下预告过王妃的抵达时间不久，县丞也接到了小道消息，来请示沐斌迎接王妃的事宜，表示要清空主干道，关闭店铺、书院，声乐、鞭炮响起来，节目、献礼出新意，务必给王妃殿下一个干净、舒畅、安全、难忘的进城仪式。

沐斌暗咬着昨夜硌疼的牙，道："母妃与小王此番来上虞属于避暑私游，与朝廷无关，不宜惊动百姓。"

县丞担心地说："王妃到的时候，正好是晚间饭点、书院下学的时候，路上人多，怕是容易惊到王妃殿下。"

沐斌可没有那么好的脾气跟一方小官解释，沐王一脉武将封王，不喜欢文臣巧言令色的风气。沐斌一出生就领天子俸禄，地位尊贵，授杀伐果断、武门教育。世子爷年纪不大，人狠话少脾气大。

屋里一时没了声音，自有明白的人立刻出去通知王妃的船加快速度，赶在书院下学之前的清净时刻进城，同时请这位不知趣的县丞出去。

关闭书院的事被沐斌叫停了，王妃要来的消息却已四散。

中午饭点，阮媛和付佳儿手拉手走出书院。外面人群骚动，三三两两都在议论沐王妃下午进城之事。

美人对美人总是惺惺相惜，付佳儿对传说中的王妃向往不已："她一定是个非常特别的女子，能让沐王为之不立半个妾室，伴驾巡疆带在身边，王府里唯一的孩子也是她生的。"

阮媛闻闻酒店左边的肉馒头摊，闻闻酒店右边的绿豆糕铺，心思全在先买哪个填肚子上。

书院的学生们，午饭一般是自带，也有住得近的赶回家吃，也有家里宠孩子的派小厮、丫鬟专门送饭菜来。

阮媛性子不定，几种形式时常换来换去。今日不知道付佳儿回来，阮媛原也打算在外面吃。天热，带饭盒容易馊败，跑回家又嫌热，差人送来也觉得怪辛苦下人的，不如就近吃来得自在。

付佳儿有人接风，阮媛本不打算跟来凑桌儿，但付佳儿一早就拉了阮媛不让她走："你知道是谁，就更不能不去。只有我与他同桌，我羞也羞死了。"

阮媛反问她："羞死了你为什么还要答应？"

人太耿直就是不好，此话一出，阮媛换来付佳儿一顿羞捶不说，还得道歉并主动应下陪吃饭的事。

此时，请客的人还没来，周围人都在谈论沐王妃入城。

付佳儿和阮媛感叹："沐王对王妃真是钟情，打仗的时候，怕伤着王妃，不肯带她去前线，对王妃发誓身边只带小厮侍卫。"

阮媛颔首道："可见沐王是个妻管严。"

付佳儿跺脚道："你怎么不往好点儿的地方想！"

这会儿人到了二楼，实在闻不到楼下的肉馒头和绿豆糕的香味了，阮媛按捺下惋惜之情，安慰付佳儿："放心，丹哥以后对你也是妻管严的，你不用着急。"

身后传来一声低笑："这是嘀咕我什么呢？"

阮媛回头，来人一袭青衫，浅笑盈盈，如画中之人。若说付佳儿是独一份儿的西美人，那这人就是东边男子书院里绝无仅有的东公子。

阮媛对他眨眨眼："说你做人不厚道，请客还来这么晚啊，丹哥世兄！"言语里，半点儿没有背后说人被发现后该有的自觉。

"陈公子。"付佳儿福身一礼。

陈子鹤，表字丹哥，是陈府的二公子，在书院的男书斋读书。陈、阮两家世交，阮媛和他从小相熟。不过如今与之更相熟的，怕是付佳儿了。

两人没有言语，眼神中却来往过无数的东西。

在一朵红云悄然爬上付佳儿脸庞时，阮媛笑眯眯地拂开椅子，道了声"真是好饿呀"。

陈子鹤怕了她了，真是无时无刻不提醒有人今天迟了个到。

他提着手里的纸包，对她抱拳："先去杏花楼买了糖酥才迟到的，我这就点菜，好不好？"

阮媛手撑半边脑袋，不回答，一直到付佳儿在底下踢她凳子。

阮媛叹了口气："算了算了，谁让你是去买我喜欢吃的呢！"

付佳儿怕胖，绝少碰这种甜腻的东西。天热，那糖酥也很容易融化黏在一起。阮媛接过那包糖酥："等会儿我要一个冰碗，把糖酥拌在冰里吃。"

"好好好。"陈子鹤好脾气到极点，他招了小二来点菜，目光在对面付佳儿身上温柔地顿了一下，"刚刚是在说沐王妃来的事？"

付佳儿因他这一眼，脸上才淡一些的红云又浓了回来："大伙儿都在说呢，就顺耳听到些。"

陈子鹤说笑："这事现在全县都在传，听说不光沐王妃，连沐王世子也一并到了上虞。"

他与小二对完菜单，向阮媛看去："说起来，那沐王的别院就在阮府边上，两家以前还有过走动，是不是？"

"啊！真的吗？"付佳儿知道阮家富贵，却没想到还与藩王有往来，"那媛媛回头岂不是能见到王妃和世子？"

阮媛晃了下脑袋："世子哪里要等回头，世子现在就可以见呀！"

她坐在窗边，付佳儿以为王府的队伍已到了下面大路上，于是探头看下去，却不见大街上有丝毫异样，付佳儿才发觉阮媛正用指尖点两只耳朵上戴的红玛瑙做的小柿子。

"是不是现在就看见柿子啦？"阮媛又摇头晃脑地点了下耳坠。

付佳儿哭笑不得："我说的世子又不是那个柿子，媛媛你又耍滑头！"

她的声音说响了些，引得周围人看过来，便有人窃窃私语。

"哎哎，那不是西美人付佳儿吗？"

"噢噢，那是书院才子陈子鹤。"

郎才女貌，画面和谐，付佳儿意识到自己引起了注意，窘得脸能滴下血来。

阮媛像是什么也没察觉，道："窗口的太阳有些晒，佳儿我俩换一下座吧。"

她开口起身，旁人惊觉原来阮府的小姐也在，而不是什么才子美人私会。阮、陈两府是世交，阮媛和陈子鹤混在一处，于情于理都说得过去。只是，一个完美的画面叫矮墩墩破坏了，唏嘘难免。

陈子鹤向阮媛投去感激的一眼，道："好久不见，世妹最近似乎长个儿了。"

"真的？"阮媛抬手摸摸头顶，欣喜道，"那说明我也要抽条了呀！"

这事都快成阮媛心病了，付佳儿忍不住笑道："是真的，我也感觉你长高了。"话音刚落，心头像被什么划过了痕迹，她的目光在陈子鹤和阮媛之间转了下。

那两人各喝各的茶，眼神都没个交会。

付佳儿说："你们俩……也很久没见了啊？"

阮媛说："你不在，丹哥光顾着读书，什么人都不见呢。"

"陈府和阮府最近也没走动呀？"

"走动了啊，不过几次去陈府都没见到他，"阮媛没好气地眼睛一转，"自打我哥去了京城，不光陈府的人，全上虞的人都只想见他一个阮家人了。"

她说得气呼呼的，两只手做出小猫爪的模样，对着空气虚虚地抓了一下。阮家公子中了探花郎，不知是多少越地才子但求一见的少年偶像。但在她心里，仍旧是不顺心意时，随时可以抓一爪子的坏哥哥。

付佳儿娇嗔地往陈子鹤的方向看了一眼："你怎么能光顾着读书，不理会媛媛呢？"

陈子鹤拱手道："罪过罪过，这不是你一回来，就急赶着来见你和世妹了。"

付佳儿这才笑了，两人的眉眼里都是温情。

阮媛不禁对还没上桌的菜肴产生无限向往。

沐王妃一行加快船速，终于提早到达上虞。从码头入城这一路，王妃又是触景生情，又是忆苦思甜，思绪挣扎良多，不时要停车平复，因此踏进别院的时间也就比书院放学早了一刻。

沐王妃拍胸脯，松口气："总算成功避过晚高峰，斌儿应该不会生气。"

便听见沐斌问："你这单子上列的长长的都是什么？"

沐王妃傲娇道："那是母妃进城路上想的别院里没有、得差人回去拿的东西。"

瓷枕玉枕老虎枕，东珠南珠西瓜珠……原来这一路的触景生情并忆苦思甜，尽是别院里缺这个少那个。沐斌还没开口，旁边沐王妃看着高大英俊的儿子，心都已经酸了。

她道："你常年在南边，初来越地定不习惯，这些都是你以前用过的，尤其那个老虎枕你周岁时离了它就会哭，如今想想还是得差人回去拿一趟，熟稔的东西有助于你熟悉新环境。"

沐斌是抗拒的，他并没有过不习惯，他都住了一晚上了。

小表弟插嘴："那这东珠南珠西瓜珠是？"

"啊，那个啊！来这里住一段时间，难免要跟左邻右舍往来走动，以前来往的肯定要再联系一下。以前没来往的，人家如果要拜访，我也不会拒绝。我是个平易近人的王妃，又要给王爷当好门面，这见面礼自然是不能亏待人的。"

"呜！"小表弟不理解，"东珠南珠好明白，那西瓜珠是何物？"

"那是用小米猪做成的西瓜大的小猪呀，送小孩子最合适了，"沐王妃凑过去看，"哎呀，我把小猪的猪写成珠子的珠了，快快拿笔来，我再改改。"

沐斌觉得这单子不能再往下看了，母妃的思绪宽广到可以容纳深海星辰。父王送别时说什么来着：斌儿，凡事顺着你母亲……

沐斌一面召人过来安排回去拿东西的事，一面跟沐王妃道："你人才到，府里还有很多需要打点，走动的事过些日子再说吧。"

正哼哧哼哧改好错别字的沐王妃感动得不行："还是斌儿懂母妃，母妃又不是为了跟人走动才来上虞的。难得你父王不把你圈在军营里，让我们母子好好相伴，我这段时间每天都要空出时间给你做饭。"

小表弟说："小姨，您真是个好母亲！"

沐斌心道："那是你没吃过她做的饭。"

旁边负责回去拿东西的人收好单子，抬手向沐斌一揖，道："世子，是否也有东西要小的一并取来？"

沐斌心情正因为每天要吃沐王妃的爱心餐而沉重，被这人一提醒，想到昨晚上《于湖词》的误会，那几只带耳朵的小点心以及藏在点心里的银珠子，牙疼起来。

一牙疼，沐斌心情更沉重了："没有！"

晚间，阮媛回府，与家人一起吃了晚饭，正考虑几点吃夜宵。

一个小丫鬟在门外探头探脑，阮媛招手，小丫鬟附她耳边道："陈公子来了，在后面角门外等您。"

阮媛心里"咯噔"一下，丹哥有事找她？

阮媛回家已经洗过澡，身上换了一套淡绿色的衣裙，头发间散发着皂角的清香，垂在身后等吹干。她与陈子鹤再熟稔，到底也觉得不梳头发见面太过随便。阮媛寻了条淡绿色的发带扎头发，在镜子里照了照。

对面的女孩儿，人圆圆的，脸圆圆的，眼睛圆圆的，什么都圆圆的。其实她小时候没有这么圆墩墩，真的如年画里走下来的福娃娃一样，精致可爱。是从什么时候起，像面团发酵一样，往各个角度膨胀开来的呢？

阮媛捏了捏自己圆圆软软的脸颊，感慨这变化真是太无形了，自己也回答不出。

阮媛收拾一番来到角门，拉门时她心里微动，纵然从小无话不谈，长大以后也懂得了避嫌，距离陈子鹤上一次单独找她已过去许多时光。

拉门之后，及目处并无青衫少年，阮媛目光下垂，瞧见一个矮圆矮圆的小团子。

原本微微荡漾的心神，在这一刻凝固，然后，化作了嘴角的笑意，此陈公子非彼陈公子，现年五岁的陈栩比陈子鹤小一个辈分。

阮媛伸手拉小团子："找我怎么不走正门呀？"

陈栩默不作声，阮媛感觉到他有情绪，蹲身问他："这是怎么了？谁惹我们的陈小少爷了？告诉我，我去帮你报仇。"

陈栩固执地侧对着她："你今天跟我二叔吃午饭啦？"

"是呀，付佳儿回来了，丹哥给她接风，我也去了。"

"你以后不要跟他们两个吃饭，你好朋友回来，你想跟她吃饭就跟她吃饭。但是二叔要给她接风，就让他去接风，你别去。你一去，就好像非要杵在他们之间。"

阮媛被他说得一愣，继而笑了。

"人小鬼大，"她饶有兴致地看他，"你哪儿听来的闲话？"

陈栩不拿正眼看她，侧着可爱的小面孔，单边儿小眼睛一下一下往阮媛脸上瞥："你别管我哪里听见的，就说你觉得我说得有道理没？"

阮媛想想，点了点头："挺有道理。"

这知错能改的态度让陈栩很满意，小胸脯不由得又挺了几分："所以你听我的，往后得注意！"

阮媛应得也很爽快，语气真挚地道："说完我了，也说说你吧。"

陈栩不明白。

阮媛道："你生出来眼神儿没毛病，今天怎么净抽抽？"

不等小团子反应过来，她把小团子的脑袋一下转过来，只看见陈栩另一只眼眼角赫然青了一大块！

陈栩急得挣扎，阮媛已经"哦"一声，松开他："你这是被人扁过了啊，小团子？"

那语气太调侃了，像看到果盘里的桃子熟烂了以后，随口的一句"扔了吧"，一点儿也不心疼他。

本来憋了委屈不敢让阮媛知道的陈栩，内心受到了极大冲击，这跟他想的完全不一样啊！她发现后，最起码应该心痛地捧着他的脑袋说："你怎么不早点儿告诉我呀，我的小团子。"

陈栩"哇"的一声哭出来："他们说你胖，说你没有自知之明站在他们两人之间，特别难看！我很生气，我才用石头砸他们！"

沐斌打别院后门转出来，听见的就是这一声控诉。他停步的地点，角度很刁钻，阮媛他们看不见他，他却能看得很清楚。

那个女孩儿没似昨天晚上从头到尾都遮掩起来，但他还是从她有弧度而无曲线的身影以及软软甜甜的声音认出了人。

呵，昨天晚上讹他《于湖词》，今天在这儿欺负小孩儿！

陈栩很不满意："我跟他们打……你却说我被扁……你到底懂不懂小孩子也有自尊……呜呜呜……"

阮媛轻柔地摸摸陈栩的脑袋："栩哥儿为我做的事，我心里都记着！"

陈栩哭。

"栩哥儿乖了，栩哥儿不哭了，好不好？"

陈栩就不。

阮媛轻叹一声："我今天做了酒酿圆子，放了桂花糖，你要不要吃？"

陈栩在百忙之中抽了抽："要！"

阮嫒微笑，知道他不想其他人看见他哭的模样："那你在这里等我，我进去拿出来，我们一起吃。"

阮嫒回自己院子，拿了本来打算做夜宵的酒酿圆子，又上厨房要了几碟荤菜、蔬菜，一并装在食盒里提出来。她拉着陈栩的小手，到夹道尾的亭子里。

这个亭子其实属于沐王府的别院，但是府邸长期无人，也就不存在借用的问题。没准儿，这么多年过去，就算对面府邸来了人，也早已经分不清到底是不是自己家的了。

亭子里有石椅、石桌，阮嫒把吃的拿出来，一样样布在石桌上。沐斌远远看着她把酒酿圆子放在最边上，跟陈栩讲："酒酿圆子是夜宵，最后吃，所以我们先吃晚饭。"

小团子丝毫没发现自己上当，正被阮嫒骗吃晚饭。

她一勺饭、一勺菜，温柔地喂他，像极了一个温柔的小母亲。

沐斌压根没有偷窥旁人的兴趣，但被这一幕场景钉住了脚步。

沐小王爷小时候，沐王妃的心思都在维持自己的少女心上，维持的方式是基本没有想起来自己有个娃。等沐王妃好好地保持住了少女心，继而要再接再厉做好母亲角色时，因为少女心太重，已经开始懂事的沐斌觉得自己像多了个妹妹……因此，沐斌可以说从没感受过眼前画面里的这种温情。

他不客气地想，自己不存在偷窥人的动机，那亭子本来就是他母妃的。他站在这里，是要看他们有没有破坏沐王府的家财。

二

一本《于湖词》

亭子里，陈栩几口饭下去，又回到了那个聪明懂事、视野独特、个性傲娇的陈小少爷。

他忘了方才号哭的痛，开始指点眼前这个不懂事的姓阮名媛的小女孩儿："其实你喜欢我二叔，你为啥不跟我二叔说呢？"

阮媛又喂他一口饭："你哪里看出我喜欢丹哥？"

"你看他的眼神不一样。"陈栩指了指边上的红烧肉，示意他还要再来一口肉。

阮媛给他夹了一块有肥有瘦的："我的眼神不重要，如今是丹哥和佳儿彼此有意，卡在两个人中间的事，我不喜欢做，你刚才也叫我不要做。"

陈栩还她一个"你就装大度吧"的不屑："让你别跟他们两个一起，不是不让你跟我二叔一起啊。是你认识我二叔在先，那付佳儿是后来的。阮家是什么家世？她付家是什么家世？你要不好意思跟我二叔说，就透露点儿给家里，我可以透露给我娘亲或者我奶奶。付佳儿只是漂亮，娶妻娶贤，纳妾才纳漂亮的呢。我相信你的胜算更大。"

阮媛心想，这小娃娃分析得头头是道，要把这心思用在读书上多好。

她点了点小团子的脑门："你啊，你母亲是我大堂姐。陈、阮两家，是不会在一代里连结两次亲的。你联姻的小心思这么重，不如等着长大以后，娶个我们阮家的姑娘。"

陈栩捂着被戳疼的脑门，瞪她："姑娘家这么凶，小心以后嫁不出去！"

阮媛乐得如此："承你吉言，又胖又凶的姑娘压根儿没想着要嫁出去。"

她拿出药瓶，轻柔地给陈栩青紫的眼角上药。陈栩的眼神柔软下来，意识到自己刚才那句娶妻娶贤，暗示了什么。

"你放心，"他小心地瞥阮媛，"反正我长大要是娶阮家的女孩儿，我就娶你。"

"真不容易，今晚的酒酿圆子算是没白给。"阮媛笑问他，"等会儿回家，怎么跟你娘解释这脸上的伤？"

陈栩挺直腰板："我就说来找你玩儿的路上自己摔的。"

"你有分寸就是。"

阮媛招呼一个小丫鬟送陈小公子回家，自己转身收拾石桌上的残局。一抬头，看见了沐斌，那眼神显然认得她。

乖了，这是收到定金的意思了。

她堆起笑："公子，是带《于湖词》来了吗？"

沐斌一言不答，走进凉亭，看了下石桌上的饭菜。

天色已暗，仅有的一些天光挣扎着洒在亭子里，照出来的什物都似蒙了一层灰色的布。但就是黑乎乎一坨要是在谁的地盘上就该算谁的。

沐斌抬眼无声地看了阮媛一眼，内容极其直截了当。

阮媛能对付陈栩那种小傲娇，自然也读懂了沐斌这个大傲娇。

落魄公子，饿了，也是要面子的公子。

阮媛最会给人面子："刚好多带了碗筷出来，公子若不嫌弃，一起吃些东西吧。"她给彼此布了碗筷，为了不让对方尴尬，先夹了一只清炒河虾到嘴里。

沐斌这才入座，心说：这丫头还算上道。

都是家常菜色，做得干净可口。沐斌吃相斯文，银箸碰在瓷碟上，细若无声。阮媛虽然已经吃过了，但也配合着慢条斯理地吃菜。

她喜好倒腾美食，但不贪食，平日奉行一餐七分饱的态度，因此，此刻才有肚子可以配合。反倒是老天不配合，给了她一个吃什么都发酵的身体。不过，身体是革命的本钱。阮媛为了健康着想，从未想过要节食。

她像一只咕哝哝吃草的小兔子，食物一小口一小口地塞，腮帮子一鼓一鼓地嚼，眼睛里亮晶晶的，洒满了笑意和满足，只是在旁看着，都让人觉得这饭菜美味极了。

沐斌就在这般饭友的诱导下，添了两碗饭。

与此同时，在沐王妃的别院内。

沐斌只扒拉两口就离了席的情况，让沐王妃很是忐忑。她小心地问沐斌的小表弟："苦瓜很苦吗？"

小表弟尝尝说并没有。

沐王妃放心了，也夹了一口，果然并没有很苦，但也还有那么一丁点儿苦，不过苦瓜苦瓜嘛，苦才是它该有的滋味，残存一点儿，完全可以接受。沐王妃自我催眠。

小表弟又吃了几个菜，沐王妃仔细揣摩他的表情并没有很痛苦，于是按他的顺序依次品尝，味道姑且都算不错。

沐王妃奇怪："那他嫌弃什么？"

小表弟则是看不懂她跟在自己后面下筷子是种什么操作，这事不能细想，一细想就觉得自己也很忐忑。

"那个……小姨做的菜，小姨之前没尝过？"小表弟小心翼翼。

沐王妃一脸纯真："我做菜没有先尝的习惯。"

这也不算坏习惯啊，从某种意义上来说，尝过之后，后面的人都算在吃前面人的口水了。向来善解人意的小表弟表示理解，他想了想沐王妃前头的疑惑，道："也许表哥不饿吧，难道还有其他理由？"

沐王妃摇头，笑话，她才不会承认自己曾经做饭很难吃，还配错菜差点儿把亲儿子毒死，由此给沐斌留下心理阴影的事。

总觉得怪怪的，但是又说不清是哪里怪的小表弟低头说："呜，那我们继续吃吧。"

院里在吃饭，院外也在吃饭。

月光洒在亭子后的小河上，熠熠生辉的同时，也悄无声息地爬进了亭子里。

面对面坐着的两人，在差不多时候停箸。

阮媛不急收拾，静默地看着对面人。身旁的光线足够刁钻，她背光，让人看不清脸上的表情，却能将对方神色一览无余。

沐斌半点儿没有吃人嘴软、拿人手短的自觉。他生得好，气质也好，整个人在月光下清俊硬朗，再加上衣着不俗，别说落魄，就是颠倒黑白、反客为主，说这桌饭菜是他的，也没人不信。

阮媛想他但凡肯把这身行头里的一星半点儿当出去，也不至于少今晚这口饭吃。

没有意识到自己被对面女孩挂上"死要面子落魄公子"的标签，沐斌拿出小银珠，摆在桌上。

阮媛感到意外：莫非是富贵不能屈，小银珠也不能移？

那天晚上，虽然被硌了牙齿，但必须承认，点心的味道很不错。沐斌一颗颗把小银珠拿走后，又不客气地把掰开的点心吃了。

现在酒足饭饱，难免就开始想吃零嘴。

沐斌点点珠子："装它的点心还有吗？"

咦，这人还真不客气，张口就要点心。

他不客气，她也不客气："把定金放这的意思是——您不打算卖《于湖词》，还是您根本就没有《于湖词》？"

阮媛直接跳过点心的话题，一句话拉回正题。

沐斌是不打算卖，不过要说他没有，他就不乐意了。除了当今皇上的江山，沐小王爷要的东西，多少人赶着送上门，哪里会有没有的道理。那世子爷的脾气上来，脸色多少有些不好看。

"谁说……"

阮媛没放过他脸上的变化，抬手打住沐斌的话。

阮媛是个很讲原则的人，人诚心待她，她善待于人。眼前这人，她已经给他很多次机会、很足的耐心，可他三天两头不做正事！

"公子，"她道，"也许现在您有，我却不想买了。这三颗银珠送给您，过往一切，不再追究。"

软软糯糯的声音不变，却骤然让沐斌感到冷然。

女人怎么都这么善变呐？

明明之前还千方百计要买张孝祥的真迹，甚至不惜相信一个陌生人，直接就给了定金，这一眨眼就不要啦？

阮媛起身收拾桌上碗筷，动作很快，干净利索地收拾好了食盒，转身就走。连带着那因饭菜和餐具铺在面前而堆积起来的温暖也随之不见，沐斌极不喜欢这周遭骤然一空的感觉。

"你等等……"

阮媛步子都未缓一下。

沐小王爷哪里让人如此甩过面子，伸手把人截住："谁让你走了？"

这一下动作比较突然，要是换了别的姑娘，不是吓一跳，便是被那突然的力道拉得倒到沐小王爷怀里去了。

等沐斌意识到自己这一动作的结果，心头被阮媛激起的不爽却莫名淡了不少。他甚至想好了自己今晚吃了她的饭，她要是倒下来的话，他勉强不推开她就是。

然而，阮媛压根儿没扑到沐斌身上。她分量足够，人只晃了一下，又稳稳地站住了，一双圆溜溜、亮晶晶的眼睛瞪着沐斌，里面有冷静，有警告，独独没有丝毫畏惧。

沐斌估计自己再不开口，她默数完一二三，那条形大、无声、护主，最后还知道出来震慑对方、比带护院还靠谱的狼狗就该冲出来了。

诚然沐小王爷不怕，但跟条畜生对抗，到底掉价。

他猛地松开她，语气强硬："我没觉得《于湖词》的事就这样结束了。"

阮媛略略一惊，握了握藏在掌心的狗哨："公子要怎么样？"

他道："你去拿笔墨来，我能证明我有《于湖词》。"说完又补充了句，"就算你不要定金，我也要还你一份墨宝，才算两清。"

压根儿没想过自己在对方眼里，一没功名，二不是权贵，哪里能写出墨宝。

但是会争取，就还算有诚意。

"那就请公子在这等一会儿了。"阮媛表面上没拒绝，别看她表面软糯糯的，骨子里也有脾气，因此有心换个角度晾沐斌一晾，拿个笔墨也磨磨蹭蹭。

谁叫他刚才拽她一把，胖姑娘的肉也有尊严，不是被人随便拽的。

她前头进去，后面一条狼狗就悄无声息地出来，招魂灯笼一般的眼睛，冷然在沐斌身上一扫，老僧入定般堵在大门口。

人狗互望，彼此看不顺眼。

入夜，水边的蚊虫到了活跃的时候，绕着这一人一狗，嗡嗡四转。

狗不动，沐斌也不动，上阵杀敌，刀架在脖子上也是不怕的，区区蚊子，沐小王爷不躲。

所以半响之后，阮媛出来所见到的沐斌已经不是刚才的沐斌了。

沐小王爷被蚊子咬了几口脖子，又迫于面子不挠，脸色再次阴郁得很。

阮媛除带笔墨灯烛，还提了一枚紫金铜制香囊，里面燃着的蚊香徐徐散出。

沐斌看在眼里，面上不动声色，心说：还算她有良心。

不过，阮媛跨出门，不是先往他的方向去，而是笑眯眯地摸摸狗的脑袋："乖啦，进里面去吧，里面凉快。"

狼狗冷冷地瞟了沐斌一眼。

沐斌分明感受到那一眼里充满了鄙夷和得意。

沐斌："……"

这狗几个意思？

几个意思的狗爷屁股一动，昂首进屋凉快去了。

阮媛还贴心地虚掩了门，这才走进沐斌所在的亭子，把铜香囊挂在亭子角，夜风轻抚，蚊香的白烟淡淡地弥漫在亭子里。

嗡嗡作响的蚊子一下不见踪迹，周围清静下来。

阮媛做了个请的手势，将笔墨纸砚在沐斌面前铺开。

沐斌提笔，目光往边上一动。阮媛站在三步之外，微侧着头，正看向亭外河水流淌。张孝祥的《于湖词》共有五卷，始于宋朝，散于乱世，如今仅存一卷真迹，共计两百余首。

　　沐斌侧首问她："想看哪一首？"

　　"咦，还可以选的呀！"阮媛走过去，看着他面前的白纸，一撑下巴，干脆坐到桌旁。她道："其实我也没什么要求，公子随意写吧，我不挑剔的。"

　　后世整理的《于湖词》有好几个版本可以在市面上买到，临摹张公真迹的人也不在少数，但真能写出他风格的无几人。

　　没要求，是因为真有要求也没人做得到啊。

　　阮媛忍住打哈欠的冲动，眼底流光一动，这一幕落在沐斌眼里，他想到一个词——十里湖光。

　　于是，他大笔一挥，便写了《西江月·阻风山峰下》：

　　"满载一船秋色，平铺十里湖光。波神留我看斜阳，放起鳞鳞细浪。

　　明日风回更好，今宵露宿何妨？水晶宫里奏霓裳，准拟岳阳楼上。"

　　沐斌把字往阮媛面前一推，静默地坐在原地，并不打算听她夸赞。

　　写得好不好，都会有人夸他，时间长了，沐斌已经免疫。他习过很多人的字，也有过扬各家所长的雄心。张孝祥在融各家之长、创自身之风上有极高造诣。沐斌曾经研习过张孝祥很久，一直到他福至心灵，明白了融会合家的方法，舍张孝祥而去，开始写自己的风格。

　　如今重新写回张孝祥的字体，写到九分神似不成问题，但更重要的是那不同的一分来自两人的精神气。张孝祥全力报国，但彼时北宋国破，山河动荡，怀天下者的心又悲又痛。而如今国运昌盛，兵马如虹，为人将者的沐斌激昂果敢。

　　阮媛脸色微微一变，透过那幅字，仿若看到探花哥哥离家入京的前夜，与她促膝长谈天下局势时那一脸的自信飞扬。

　　她轻捂心口，感觉到里面蓬勃的跳动，然后将纸抵还给沐斌。那双眼眸里明明还有没散去的激动，但这个举动又让沐斌神经绷紧。

　　竟然被退回来了！他看着那篇近在咫尺的墨迹，问阮媛："我写得不像？"

"像！"阮媛认真地回答，"太像了，感觉我会买不起。"

沐斌嘴角不易察觉地一扬："你说买不起，我又没说过要卖。"

阮媛暗翻了个白眼，不卖你找书店掌柜的联系买家作甚？

但这话不能说出来，真迹宝贝还在人手里揣着呢，得罪了卖家的买家，没有好果子吃。

"你看你的字已经那么好了，可我的字还很丑呢，既然我们都很喜欢于湖先生的诗词墨宝，那不如做一下同道中人之间的互帮互助呗。"

阮媛一脸苦兮兮地拉住沐斌的袖子，她嘟着腮帮子，圆圆白白的脸蛋鼓出可爱的弧度，十足一只小肉包。

沐斌神色一松："怎么互帮互助？"

小肉包脸提出她的要求："给个同道中人的友情价呗……"

沐斌真真哭笑不得：沐王府很缺钱吗？还需要贱卖真迹……这丫头哪里像出生在簪缨世家的，分明一个小商贩子！

阮媛察言观色，又扯了扯他的袖子："是不是你也觉得我的提议不错？"

毕竟他已经饭都吃不起了，而她认了他手里的《于湖词》是真的，那他顺梯子下，给个同道中人的友情价，这《于湖词》不就出手了？又保了面子，又饱了荷包。

"你就没想过，我会送给你？"

"无缘无故的，我为什么要这么想？动辄送人这么贵重的东西，肯定图谋不轨啊。而且我无故受人惠赠，压力会很大的。"

她说得一本正经，沐斌不禁想去揉她的脑袋，看一看这圆圆的脑壳下面到底装了什么东西，行为举止都怪异得可爱。

但手伸出去了，看着她眼神里又生出警觉，到底没真的放下。

沐斌干咳了下。

"也没说白送，起码能换几顿饭吃吧，"他状似随意地提条件，"我不会在上虞待太久。"

阮媛无语地看着他，这落魄公子竟然拿《于湖词》换饭吃！

她都做好了准备会开大价钱，而且以他现在的情况，她也打算极尽所能给到那个价钱。

结果人家只是换饭吃！！！

阮媛扶额道："这一日三餐得做到什么程度，才对得起于湖居士哦？"

"随你安排好了，"沐斌并不在意，"只需准备每日晚饭，如果有事不来，也会有人通知你。"他也不能一顿王妃的饭都不吃。

这一听就是不懂市价、不明百姓疾苦的公子哥儿。

阮媛没有说话。

沐斌又加筹码："十日之后，《于湖词》会交到你手上。"

话音刚落，门口传来"咦"的一声。

两人循声看去，阮府角门口一个小丫鬟面色一阵白一阵红，以为自己撞破了什么不该知道的事，一见两人回头，小丫鬟捂住眼睛往后退。

阮媛一眼认出来了自己房里的小丫鬟："一会儿不见，这还会倒着走了？"

小丫鬟回道："是小姐吗？这天黑了，奴婢看不清人呐。"

得，还想撇开关系呢。

阮媛对她招手："乖了，你过来帮我把东西收拾回去。"

那小丫鬟脑袋一垂，认了命，放下捂眼睛的手磨磨蹭蹭上来。

阮媛不再理会她，对沐斌点了点头："那就如公子所说。"

十天，也就是哪怕最后食言，也不过白给十天饭菜。

她并不想用最坏的结果揣测他。即便十天后，她没有拿到《于湖词》，也可以理解是他迫于其他原因不得不食言。人生在世，谁没有难处呢？

探花哥哥常说："得饶人处且饶人，能帮人时帮一把。"

她就当交了他这个朋友。

事情既已说定，那就可以散伙了。

阮媛走了几步，又停下来。

"其实那道点心……"

她朝沐斌看去，他知道她说的是那道装小银珠的点心。

两人目光相遇，阮媛的眼睛亮了亮。

"那道点心，被我改了方子之后，还没遇到有人说喜欢，你是真想再吃一次？"

"是。"

"那你喜欢哪种耳朵？"

沐斌："……"

不等他拒绝回答这个问题，阮媛帮忙做了决定："没关系，不好选择的话，那就每种耳朵都做一些好了。"

并没有不好选择好吗？

根本就是不想有耳朵！

但那话沐斌竟说不出口，阮媛看他的眼里闪着星星，那是由心底里涌出来的高兴，比起《于湖词》的同道中人还更同道中人。

他俩喜欢同一款点心！

"自从用酸枣代替苹果，不知多少人说乍一吃像糕点坏了，终于又有一个人跟我一样觉得夏天用酸酸的点心分外清爽了，"她道，"那明日，我在这里等你哦。"

他看着她走进阮家大宅，朱红的木门合上，一切回归沉寂。

夜色撩人，周围的影影绰绰中，有的是草木建筑，有的是他的暗卫。

他身边从来都围绕着很多人，这却是第一次有人说——会等着他。

他没有回答好还是不好。

因为她一定会等。

他也一定会去。

阮府内，小丫鬟提着食盒，跟阮媛回屋。等见不到沐斌了，她戳戳自家小姐，问："那是谁呀？"

刚完成一件大事的阮媛，心情舒畅，对小丫鬟眨眨眼："你想知道？"

"唉，谁还没有个八卦的心呐。"

"这会儿不怕被我灭口了？"

"灭口什么的都是话本里乱讲的，小姐菩萨心肠，哪里会灭小的的口！"小丫鬟挤眉弄眼，"小姐怎么认识他的？"

阮媛不说谎，转了下眼珠子："他看起来跟哥哥没差几岁。"

这就足够小丫鬟畅想了："啊，原来是少爷的朋友，少爷进京去了，他朋友不知道？哎呀，这人怎么不来府上拜访，偏偏在后面鬼鬼祟祟的，难道是有什么难处非要暗戳戳地提？"

阮媛一笑："还真没准儿。"

《于湖词》真迹那么难得，可不是要鬼鬼祟祟、暗暗戳戳？

"看着穿戴不错呀，不会是路上被人打劫了吧，那可得报官呀！何况少爷不在呢，他怎么想到跑到我们阮府来！"

"这个嘛……"

阮媛摸摸自己圆软的脸："大概是看我家伙食比较好吧。"

刚刚明确了后几日伙食水准，沐斌心情极佳，脖子奇痒，暗卫很有眼色地递上蚊虫叮咬的药膏。

但，沐王妃心情不好。

前段时间在军营里，王爷要心系下层，与将士同吃同住，不开小灶。后面出门了，这小半月都在路上，其间在二姐家待的时候，她也没好意思提出自己下厨房。

沐王妃讪讪地想这是她这些天来第一次下厨房呢，儿子竟然不给面子。

诚然这顿饭在沐王妃进厨房之前，已经有人选好材料，洗弄干净，切成最合适的大小，烧起火，热过油，王妃只需要优雅地走进去，端起食材倒入锅中，随性翻炒。事后的锅锅铲铲、盆盆罐罐也一概不用费心，自有人负责收拾清洗。这套流程，是在亲儿子吃中毒之后，沐王亲自定的。打那以后，不论沐王妃走到哪里，厨房里的这套班子都得原封不动，一个不少地跟着。

但，沐王妃自认为她对待做饭给儿子吃这件事，其心赤诚，其情可鉴。

晚饭后，沐王妃连跟沐斌小表弟下棋的心思都没有了，捧着一盏茶在客厅里等沐斌。一直到茶盏冷去，沐斌才踏进别院。

听得线报儿子已经回来了，沐王妃端了十二分的架子，准备展现一下"不吃妈妈饭的坏孩子导致妈妈心很疼"的情绪，眼睛死死地看着前方。

沐斌迈进前厅，她看出他心情不错。

沐斌走过天井，她发现他脖子上一点儿诡异的红色。

沐斌来到花厅，她看着他摸了摸那个红点，眼神竟不嫌弃。

沐王妃提前酝酿出的眼泪硬生生被压回了眼眶，脑子里翻天覆地。

我儿子有对象了？

我儿子还是个不知道男女之事的傻孩子啊！

到底是他先追的人家，还是被人家扑了自己不知道……王爷啊，我要给你写信！

府里的暗卫呢？那个，咱家飞得最快的是哪只鸽子来着？

沐斌觉察到母妃的异样："您在等我？"

沐王妃"噌"一下站起来，以严肃脸对儿子说："没有，母妃在想社稷大事。"

不能让儿子发现她已经看出端倪，这事往大了说牵涉国家未来、权力倒向，往小了说关乎沐家的香火和她为人母亲的荣辱。

沐王妃和婆婆沐老夫人，面和心不和。沐老夫人天天盯着京城里的贵女们，眼底闪着寻孙媳妇的贼光。沐王妃早就发誓要赶在那老太太前面有所行动，务必把沐斌的婚事牢牢掌控在手。

沐斌还不太明白，沐王妃眼睛一转一翻，已经将他的终身大事，从前到后捋了个遍。

沐王妃提裙走了几步，又觉得这样离去反而让沐斌多心就不好了。她退回来，对儿子道："其实，母妃刚才确实在等你回来。"

沐斌一挑眉："不想社稷大事了？"

沐王妃飞快地整理好了措辞："六月十九观音生日，这里有观音会，我想带你去看看。等观音会的这段时间反正没别的事，我们也要跟周围几家走动走动才是。来了这么久，不能关着大门，不与人往来。"

沐王的势力在南面，很少和越地的绅贵往来。这次来上虞，正好可以走动一下。王妃的嫡亲二姐夫身居杭州，坐镇越地十年，把他小表弟带出来，也是借小表弟守备儿子的身份方便开道。

沐斌点头："母妃打算从哪家开始？"

"隔壁的阮家吧。"沐王妃随便指了一家圆谎。

观音会，在上虞已有百年历史，起因有县志可循。

大意是说某年某月发大水，百姓流离失所，庄稼颗粒无收，眼看小几个月过去，大家家里的存粮都快吃尽，大水依然没有退去的意思。

大家怀疑是水怪作祟，要选童男童女投河祭祀。

但谁家的孩子不是宝贝疙瘩呢？实难挑选，于是抓阄，就这样选出的一双男女恰好是一个母亲的孩子。

那母亲宁愿自己投河，也不想失去孩子。可是孩子不献祭，大家没活路。她又没有办法补救。

祭祀之前的一天晚上，母亲跪在月下，恳请天上的菩萨可以听到她的心声，救救她的一双孩子，也救救这一地走投无路的百姓。

第二天，那双孩子被投了大水，母亲哭得肝肠寸断。忽然，在滚滚大浪之间一道金光闪现，那对孩子被光华托出水面，同时出现的还有救苦救难的观世音菩萨，以及她脚下踩着的被降服的鱼怪。

自那之后，每年观音生日那天，县城会搬出观音庙里最大的观音像，并自城中孩童中选出金童玉女一对，立在像侧，高颂赞歌。

最初，金童玉女从百姓家中挑选，后来书院落成，资助书院的乡绅和资助观音会的是同一批人，金童玉女也变成了从书院学生中选。女娃到了金钗豆蔻的年纪，多有窈窕之风了，因此玉女要从金钗豆蔻班里选出成了默认的规则。

这届金钗豆蔻班一共有二十个姑娘，先前已经筛过一回，最后有五个姑娘入选，阮媛也在其中。

按道理，她在外形筛选的时候就该被淘汰。好死不死，声乐选拔之前，书院内有一轮匿名选投，民意呼声最高者可以晋级终选。被刷下去的姑娘们都默契地选了阮媛，反正乘势顶走哪一个，她们都不亏。

阮媛莫名躺进声乐选拔，付佳儿激动地握着她的手说："太好了，媛媛。你的嗓音资质一直是最好的，一定能拿到玉女的名额。"

扮金童玉女的人选要在观音会上唱一天《慈悲咒》是一直以来的传统，但她要被选上，一定是有史以来身材尺寸最特别的一个玉女。

阮媛很是烦闷。

今日的最后一堂课是声乐。

夫子坐在书案后，中气十足："观音会玉女的终选在等会儿下学之后，要比赛的记得到唱音堂去比唱功。其他人就不要跟去了，人多，场面太杂乱。比赛结束后，最终人选会张榜出来，明日一早来看也是一样。"

即使不能旁观，大家也极激动，这事不光是玉女人选揭晓，更重要的是观音会那天书院会放一天假呀！那是整个上虞的节日，礼炮响，花灯挂，还有庙会走起来。

一片叽叽喳喳声中，夫子复看了下名单，道："付佳儿不在名单上，初选那段时间，你错过了。几个夫子商量下来，觉得挺可惜。等会儿你一起去唱音堂吧。"

啥？

原本就躁动的教室里炸开了锅，没进初选直接入终选，可是从来没有过的事。

付佳儿也是又喜又惊。

喜的是之前整整一年，她都在为选上玉女暗地里努力，练唱功修身段，行坐立礼，无一处不用心。可到初选的时候因随家里人出远门而错过，她委屈过，也懊恼过，本已经打定主意接受现实，没想到这会儿柳暗花明又一村。

惊的却是这破例的机会怎么会落到她身上？

付佳儿下意识地往阮媛处看去，知晓自己心思，又能帮得上忙的只有阮媛，莫非这事是阮媛请她父亲……

阮媛的座位空着，因为书法写得好，整个下午她都被教书法的夫子拉去帮忙抄书，据说教书法的夫子打算抄一套经书在观音会上捐赠给寺里。

另一个要去终选的同窗来拉付佳儿："佳儿，我们现在去唱音堂，你也一块儿走吧。"

"阮媛去抄书了，也不知道等下是不是知道在唱音堂选人。"

"没事的吧，书法夫子本来也是这次甄选的评委，应该知道在唱音堂终选才是。"

"那……那我就不给她留字条了。"

付佳儿放下笔，几人有说有笑地往唱音堂走去。

书院里有一片湖，唱音堂就造在沿湖堆砌到水面的假山上。夏日里，四面窗户打开，湖风飒爽，望出去一片汪泽，连绵着碧叶莲花，被誉为书院八景之一。

假山下有山洞，山上一段石阶，蜿蜒而走。

要上唱音堂，需拾级而上。付佳儿担心选人得花不少时间，等久了要去方便的话上下石阶又太麻烦，便让同伴们先上去。

假山不远处的书楼，有厕轩。

付佳儿推开最里一间，人才刚进去，隔壁两间有人走出来。

"你说她一个贩子的女儿，是怎么爬进终选的？"

"贩子？我们书院还收贩子的女儿？"

是两个年轻姑娘的声音，付佳儿不欲听人闲话，摸出镜子准备整理仪容。

却听前头一个说话的人道："哎，你以为付家打一开始就是有铺子的？她家早先靠倒卖南北货赚了些小钱，才盘下如今的店面，做卖布绣花的小生意。越地是丝织繁盛之地，这类小店多如牛毛，今天倒闭一家明天能开出三家来。"

那姑娘说到这，"啧"了一声："这种人家，在书院一群本地绅贵之中根本不值一提，祖上又没有庇荫，怎么就偏偏给她额外提拔上了终选？"

"那有什么，我娘说，她这种面瓜子的人，狐狸精投胎，天生就会弄男人。"

两人眼神一对，笑出声来。

付佳儿气得脸色煞白，推门想要冲出去，却听其中一人语气一转："她真靠那本事上去，我们也自有本事让她下来。不过……"她语气一顿："她要是靠阮媛的路子得的机会，倒叫人要掂量掂量，是不是要忤逆阮家的意思了。"

"这你就想岔了，阮媛要帮她疏通到这地步，把人真顶到玉女的位置上，那阮媛这才叫绵里藏针，算计人算计到了骨头里呢。"

"这话什么意思？我怎么琢磨不出来。"

"我表姨婆跟阮家老夫人走得很近的，听她说这阮家姑娘个个都照着宗妇嫡妻的标准在培养，对内能管一族上下，对外谈得了生意、撑得起门楣，但除此之外的任何事上，老夫人都不许她们露面。观音会这种活动，什么乡野走夫都能来得看得，那个玉女立在上头叫他们看着瞧着还指指点点、念念叨叨的……你仔细算算，这算是好事的话……怎么阮家从没出过观音会的玉女？又为何阮家娶了那么多个媳妇，却没有哪个做过玉女？那阮媛不是有个探花郎的哥哥吗？没准儿姓付的贴着她，想近水楼台做探花夫人呢。那阮媛帮她做了玉女，表面上是好姐妹，背地里不就断了她进自家做嫂子的门路，又不撕破脸皮，又达了目的！"

"竟然还有这种事！"后头的姑娘似乎惊讶得捂了捂嘴，"其他人家可都看着阮家呢，这进不去阮家眼的，岂不是也进不去赵家，陈……"

两人声音忽然就远了，似乎是一起出了厕轩。

付佳儿反应过来推门追出去，要听清楚她们说的是不是陈子鹤所在的陈家。还没走两步，被她用力推开的门，撞墙反弹回来，狠狠地扇了肩头一下，连带着她一直紧紧握在手里的小镜子，脱手摔在地上，脆的一声。

"谁在后头？"外头那两个姑娘听到声音问道。

付佳儿也不管不顾了，捂着肩头跑出去要跟她们挣个照面。对方惊觉有人偷听，却已经跑开，只留下两片裙角一闪而过，付佳儿想要再追也来不及了。

打转许久的泪水终于憋不住，连带着胸腔里的不甘和屈辱也都喷薄而出，整个人泪如雨下。

她的好姐妹真算计她了吗？付佳儿扭头想去问个究竟，差点儿撞在迎面而来的人身上。

那人急忙刹住脚步："姑娘！"

付佳儿一惊，睁眼瞥见是个年岁不大的面生书生。这书斋虽然分了男女分院，也有明文规定不可随意串门，但男学生到女书斋这边来帮夫子做事之类的事情时常发生。付佳儿连忙捂住脸，侧开身去，藏起狼狈。

对方显然也没想到会撞见一个姑娘在此地痛哭，让他当作看不见走开，显然是不可能的。这姑娘刚才泪眼蒙眬的一眼，犹如梨花仙子落入凡尘，美得让人移不开眼睛。

付佳儿见他目光灼灼地盯着自己，慌忙去找帕子。奇怪，平日里一直随身的手帕，这会儿却怎么都找不到。

肩头被轻碰了一下，眼前一方缎帕泛着莹莹光泽——是书生将自己的帕子递来。

"干……干……干……干净的，你拿去擦一下吧。"书生口吃，语气却极真挚。

付佳儿略微犹豫了一下，接过帕子。

丝滑的缎帕，握在手里有微微凉意。家里开绸布绣花店的付佳儿摸出这是只有官身人家才可用的真缎。陈子鹤所在的陈家，因为没有官身，只可以穿布衣或者假缎。

付佳儿背身拭干脸上的眼泪，声音甜中带哑："弄脏了公子的帕子，等往后……再洗干净还您。"

她本就生得美，此番落泪，娇美的脸庞上风华不减，反而因为哭泣，眼眶和鼻尖发红的模样，更加惹人怜惜。

书生看得都有些痴了，一痴更加口吃。

"没……没……没……没事，你尽管用。你……你……你怎么一个人，在这里哭……哭……哭呀？"

提到这事，眼泪又涌上来，付佳儿忙用手帕按了按眼睛。

可把书生吓坏了："哎……哎……哎，我不是故……故……故……故……故意要问的，你别……别……别……别……别哭呀！不要再想那些难过的事情了，不……不……不，我的意思是难过的事情哭……哭……哭……哭……哭是没用的，要不你说出来，我帮你想……想……想……想……想……想……想办法。"

付佳儿透过手帕，看见他又想上前安慰，又觉得口吃着安慰不好，手脚都不知道往哪里放了，明明是个长相斯文、干干净净的男子，手足无措的时候又有一分孩子气。

虽然口吃，却也——挺好玩的。

她不觉抿起嘴角。

这一笑，犹如雨后荷花刹那绽放，尚有露珠在阳光下闪烁。

书生不禁伸手拭去她遗忘在腮旁即将落下的泪珠，那神情举止干干净净，丝毫没有亵渎之意。

付佳儿一惊，双颊绯红地侧开脸："小女一时情绪失控，让公子见笑了。"

"啊，没什么，女孩子……女孩子本就是水做的嘛。"书生挠头一笑，女孩细腻的皮肤犹如凝脂，微凉的感触，带着泪水的湿意，仿佛还留在指尖。

"公子为何会到女子书院？是……有事吗？"

那人这才恍然，想起自己落到此处的缘由："我跟我表哥来的，刚才不知怎么跟他走散了，这下可……可……可……可好，回头非……非……非……非被他说不可。"

那语气，显然被他表哥说是件非常可怕的事。

付佳儿忍俊不禁："小女不知道公子的表哥在何处，想来公子与他刚刚走散，彼此之间不会离得太远。那我带公子到书院的大路上去，到那里公子再问问其他人是否见到您表哥，好吗？"

"那就有劳姑娘了！"那人对她深深一揖，呆气之余，倒也礼数周全。

这里本就和贯穿书院，拆分书院东、西两侧分院的大路不远。过了几个转弯，书生就眼尖地看到了立在树荫下的表哥。

他一袭黑衣，周围的荫绿遮得住他的面容，却挡不住那周身散发着的一种不太妙的气息，简直就像一尊阎罗。

完了，表哥生气忽然见不到他了。他爱乱走，又有迷路症，不知要被表哥骂得多惨，他可不想再被表哥看到自己由姑娘领路才走出困境。

书生忙对付佳儿揖一礼："我大概认得怎么走了，多谢姑娘。"

"公子客气。"付佳儿捏了捏衣袖里对方的帕子，婉声告辞。等走开几步，没听见他追上来，她往身后看去。

只见那书生一步三蹦，早已跑得老远。

一阵失望涌上心头。

真呆！她想，竟然想不到要看着她先离开。

一首《慈悲咒》

　　书生一步三蹦往前跑："表……表……表……表哥啊，表哥，你可千万别生我气！"

　　他遇到好看的字画、景致，或者好看的人、任何艺术完美的东西，都会克制不住口吃。不过这事不严重，等上一会儿能自己好，所以已经没人有好奇心知道他方才遇见了什么。

　　表哥不搭理他，书生在心里飞快地组织求饶的语句，前面人身上的"杀气"却骤然一收。惊得书生没刹住脚步，一下撞上去。

　　练武之人终究是练武之人，表哥纹丝不动，书生反弹回来，脚下一软，原地绕了个小圈，才算抓住表哥的衣服，探脑袋往前看去。

　　"咦，那是谁呀？"他顺着表哥目光看到一个女孩往这走来。

　　那女孩显然也发现了他们，明亮的眼睛像闪闪的星星一般，闪了一下。

　　"哎，怎么来书院了呀？"

　　她大方地跟他们打招呼，明明胖墩墩的，走路的样子却轻快得像只兔子，眨眼就到了眼前。

　　阮媛的目光从沐斌移到他身后的书生身上，语调轻轻一转："这一位，之前没见过呀！"

　　沐斌轻咳一声，做介绍："我表弟。"

"哦哦，把表弟也带来了呀。"阮媛一脸了然，这还带着弟弟来混饭呀，晚上得做双人份。

她道："今天沐王世子要到书院来，大门都封死了，不许生人进出，你们怎么进来的？哎呀呀，莫非……"

阮媛的眼珠子一转。

小表弟的心都跟着那活灵活现的眼睛拧了起来，怎么都感觉她"莫非"后的东西令人心惊肉跳！

沐斌说："什么？"

"莫非你们是来投奔沐王世子的？"

沐斌不置可否。

阮媛当他默认："还挺有想法的嘛。"

也许是家道突变，又或者是错过了春闱，因此筹谋到沐王府上做事。难怪之前一直在她家后巷转悠，还说他在上虞不会待太久，原来真正的目标是隔壁的沐王世子。这也很对，跟她换饭吃，不是长久之计。而沐王的继承人，却是一棵几十年的常青树。

探花哥哥曾说过，不入朝堂，便去边疆搏一搏沙场。

能和探花哥哥有一样的见识，阮媛自然欣赏，也瞬间明了他宁愿饿着也不更换华衣的缘由。一个衣衫褴褛的落魄贵族，自己都混不好，又怎么能证明有能力协助打理一方疆土？

沐斌看她变幻多样，一时得意得一点儿不像纯良的小兔子，倒更像吃掉小兔子的狡猾大老虎；一时又似对他露出欣赏与恍然，好像透过他看到了什么了不得的东西。

"哦？"他反问她，"那你觉得我能被看上吗？"

阮媛两手一拍："我不知道呀。"

不过，她这个人向来是会为人着想的。阮媛话音一转，道："不过我知道，试一下至少有成功的可能，不试一下就什么都没有啦。"

"叮"的一声，云磬的声音传来。

不等沐斌开口，阮媛飞快地看了一眼临于湖上的唱音堂，道："我得走了，夫子在等我。公子决定了，就放手去做吧。回头我薄酒以待，为你庆功。"

她明明是着急得恨不能现在就飞走，还是对沐斌眨着眼睛，等他一个回答。让她知道，他有信心走下去。

沐斌笑了一下："好。"

"那我走了，等你好消息呀。"

"嗯。"

小表弟吃惊地看看沐斌。

沐斌回瞥，意思"你那什么眼神"。

小表弟捂眼道："没什么，你高兴就好。"

沐斌目送阮媛走远。她其实想跑，但大庭广众之下疾奔非淑女行为，所以她只能快走。

快走这件事，比快跑还累，冒出来的都是急汗。

尽管和唱音堂有段距离，他目力极佳，仍旧能看清她上楼阁之后，已经脸色绯红，气喘吁吁。

唱音堂四面的窗户都开着，里面坐着五六个女孩。

付佳儿见阮媛进屋，一把拉她坐到身边预留的位置上，道："你怎么才来，我都急死了，又怕你不知道选玉女的地方，又怕你被书法夫子留住了不能走。"

阮媛喘了口气："夫子倒是没留我，还提醒我早点儿走呢。是路上遇到了朋友，多说了几句。咦，声乐夫子不在？"

"声乐夫子安排大家抽签选顺序就走了，估计是上船去湖中央了。他说玉女的歌声要能穿透水声到他耳中，才能保证观音会上的百姓都能听到。"付佳儿把一个折起来的小字条给阮媛，"这是你的顺序，应该是最后一个唱，我们刚才都看过彼此的号了，一到五都齐了。"

阮媛打开字条一看，果然是个陆（大写的六）字。

"最后一个也好，你看我这喘的，总得歇口气才唱得出来。"她说罢，眼睛在屋里寻了一圈。

付佳儿知道她找什么："夫子的童子去泡茶了，一会儿就端水来。"

此时，在唱音堂的外间，小童子刚将六杯茶沏好。他放下水壶，左右看看。这唱音堂居高，下面人走石阶上来必有声响，里面的姑娘们又在闲聊，远处人又没那个眼力看清楚里头。

童子自袖内拿出一个小纸包抖开，分别在五个杯子里撒了些东西，然后到里间，派送到各位姑娘手里。

沐斌眉头一皱，脚离地面，要入阁按住那童子将茶水递给阮媛的手，另一只手先一步盖在了阮媛的茶杯上。

付佳儿道："你小心烫呀，这可是滚水，就是再渴，也得吹一吹。"

阮媛无奈："你又不是不知道，从写字阁到这里有多远，我现在真是又渴又累。"

阮媛白白嫩嫩的脸几乎都皱在了一起，但到底忍住了，她叹了口气，把茶水放到一边："为了我的舌头，也只能冷一冷了。"

前面阮媛刚松手，后面沐斌指尖一动。他人在松树下，松果是最方便取到之物，一枚松果将将飞射而出，那头童子已经抄了手准备自石阶下去。

沐斌怎会让人跑掉？扬起另一枚松果对准童子的腿——

这时，耳旁传来一位老者的声音："沐王世子到访，老夫有失远迎！"

书院院长施施然对沐斌一礼，他已七十高龄，童颜鹤发，一身灰袍，身后还跟着一帮老夫子。

院长当年也是沐王妃的老师，沐斌敬他为尊长，就听远处"哎呀"一声，沐斌做了个手势。

旁边的暗卫飘出一个，吓了一帮老夫子一跳。

"拿住那个茶水童子。"

"是！"

小表弟惊讶，压低声音："你到哪都带着暗卫啊，刚刚我走丢，你没让暗卫跟着我防止我走丢？"

沐斌冷笑道："我的暗卫干吗要跟着你？防你走丢？"

小表弟按胸道："不行了，不说了，我内伤。"

院长带一帮老夫子终于收住了看到暗卫的惊讶，端正神色，挪到沐斌面前："世子爷，在看风景啊。本书院有百年历史，从最初的三间书舍，到如今有湖山书楼，其中的一景一致都是历代夫子和学生们创造的精华。而您现在站的这棵松树，已三百多年历史，据说是观音会开始的那一年老百姓种下的。"

他抬眼瞥见沐斌看的方向——唱音堂。

影影绰绰，湖风缭绕，也遮不住石上亭楼里，女孩子们曼妙的身影。

老院长惯会做人，顺势便道："世子，您瞧那边等在唱音堂中的学生便是本次观音会玉女扮演者的候选人。这观音会是一年一度的盛会，民间会选出观音身边金童玉女的人选，装扮妥当，巡全城，颂慈悲，而玉女的人选一直出自我们书院的女书斋。她们先前已经比过才艺姿容，也都得到了书院同窗的认可支持，等今天考核过唱功的高低，便要定下最终人选。世子若有兴趣，不如亦登船旁听。"

"带路吧。"

"本院考核唱功的奇妙之处，便是主考官需得泛舟湖上，听自唱音堂传来的歌声能否逆湖风而行，传达船上人的……"院长兀自介绍得起劲，忽然愣了一下，反应过来沐斌表示带路的意思，"哦哦，世子这边请，老夫带您去登船之处。"

小表弟暗暗捂嘴，这老夫子长得像龟丞相，反应也慢得像龟丞相。

小表弟凑近沐斌："表哥，刚才那姑娘是谁呀？"

"别院隔壁阮家二房的女儿，"沐斌言简意赅，"她父亲打理族务，亦参管着这所书院，兄长是这一届的探花。"

"了解得这么清楚……"小表弟嘀咕，又自言自语，"也是，就住隔壁院子，你自然调查得清清楚楚，连只苍蝇都不放过。"

沐王掌握南疆，手握重兵，其王妃嫡子的安危，有丝毫差池都将掀起朝野动荡。然而，当时翻看调查时的人，又怎会想到白纸黑字背后的人会如此鲜活。

唱音堂中，阮媛拿过微凉的茶杯，准备喝茶，一低头："咦，这水里什么时候落了个小松果！"

"那你这水还怎么喝呀！"付佳儿探头，果见她茶杯里有个小指甲盖儿大的松果，颜色青翠，正随着茶水荡漾一起一伏。

"刚拿着的时候，还没有呢，这周围也没有松树，不知怎么会跑个松果来。"阮媛哭笑不得，唱音堂在假山上，位置本来就比旁边的树木高，而且假山所植并没有松树。离得最近的古松，那可远在数丈之外，还是她刚才遇到沐斌的地方。

"估计是哪个调皮的小鸟做的好事了，"付佳儿将自己的茶杯推到阮媛手里，"喝我的吧，我不渴。倒是你跑得气喘吁吁的，得赶紧喝水缓一缓。"

"跟你，我就不客气了。"阮媛一笑，举了举杯子，刚要沾到嘴边，隔壁几人低呼。

"杨虹，你脸色怎么这么差？"

阮媛一面急吼吼将一大口水咽下，一面眼睛已先一步关切地看过去。果然见被唤作杨虹的女同窗，脸色青白，小嘴微张着，一只手握着喉咙克制不住地颤抖，另一只手探进腰带急忙摸着什么。

"我记得你有哮喘的！"阮媛三步并作两步过去扶住杨虹，"你随身的药是不是腰带上的这个荷包？"

杨虹艰难地点点头："荷包里有冰片。"

阮媛帮着摘下她腰上的荷包塞进杨虹手里，杨虹低头深吸那荷包里混杂的药香。坐杨虹左右的两个姑娘一个忙找水，一个用手袖给她扇风。

"水呢？哎呀！刚才大家都喝得差不多了，那小童子也不知跑哪儿去了，真真急死人！"

付佳儿道："阮媛杯里还有一些，这时候就不要计较喝没喝过了。"

姑娘们凑了半杯水，给缓过气的杨虹喝。

杨虹的脸色略微恢复正常，但还是白得可怕。

"夏天本来不是哮喘常发的时候，我也不知道今天是怎么了，"她安抚性地冲同伴们笑笑，"吓着你们了是不是？都怪我。"

"你跟我们道什么客气呀，只要你人好好的就是了。"

杨虹叹了口气："我今天怕是唱不了了。"

一年只有一次的机会，就这么错过了。不过她自幼多病，对身外之物、空头之名都看得比平常人淡，倒并不是太过惋惜。

阮嫒也道："什么都比不得你的身体重要，你家平常下学来接你的人在哪里，我让她过来背你。"

"她寻常都在校门外等我，我想我还撑得住回去，你们不用着急，我自己去能行的。"杨虹挣扎起身。

"这可怎么行！"大伙儿又把她按回去。

"你一个人，我们可不放心，还得有人送你到她那才行，"阮嫒环顾左右的女孩子们，"我送杨虹吧，你们的排号都在我前面，别耽误了你们的比赛。"

姑娘们彼此看看，一时不作声，心里面都知道阮嫒说得没错，但她们也做不出为了比赛放下杨虹的事儿。

"阮嫒你一个人带着她能行吗？"一个女孩关切地说。

"对呀，多个人总多个帮手，"付佳儿点头，"我的排号也在后面，要不我跟你一起送杨虹？"

阮嫒道："你们的身板儿，两个加起来都抵不上我一个人壮实。我快去快回，没准儿比你陪着去还快呢！"

"你们都别争了，还是我去吧！"身后响起人声。

大伙儿回头，只见抽签是第一的女孩，已经从凭栏旁走下来。

"你这么快就唱完了？"一曲《慈悲咒》的时间可没那么短，正是顾及她在比赛，大家说话都尽量小声，以免影响了她的状态。

那姑娘捂着脖颈，摇摇头："不行了，唱了一半，我觉得嗓子痒得难受，完全拉不出调。杨虹不是二号吗？她不能唱，这会儿拿到三号的人就该排上去了，阮嫒你的腿脚再快，也未必能在轮到你的时候赶回来。都别跟我争了，我送杨虹回去，到了门口我也不回头了，直接回家去。杨虹啊，今天我俩看来都撞邪了。"

杨虹颔首附和，若论声乐这项，她俩最是刻苦认真，谁能想到临门一脚会嗓子不舒服，这不是撞邪又是什么？

评判学生们的歌喉唱功，声乐夫子只需一叶扁舟，柳叶一痕般浮于烟波。可要如此简陋地对待世子，给院长十个脑袋，院长也不敢。但此地毕竟是一方书院的内湖，就算提前知道沐斌到访，也不可能摆出一艘雕梁画舫。

最后调来的是条乌篷船，船头两侧微微翘起，中间篷子底下摆两条板凳，但胜在篷顶比寻常乌篷船稍高，人若想站着也勉强不用低头。饶是如此一条船，也颇费了点时间，等行到声乐夫子的船旁时，据说好几个学生已经唱完了。

声乐夫子扭头发现院长在隔壁船上，侧身对院长作揖："院长，人选快定下了，应该就是选此刻唱歌的这位。"

院长转头跟沐斌介绍："这位是鄙院的声乐夫子詹先生。詹先生在琴乐方面颇有研究，此次由他一人担任考核老师。"

詹先生有种文人的清高气，虽不知道同院长来的年轻人是谁，但觉得院长如此低声下气与其说话的样子，非常扎眼。他几不可见地皱了下眉头。

"这一届选得这么快呀！"院长遗憾地说。他介绍观音会玉女的选拔，就是想沐斌听个新鲜，感知一下上虞当地的文化特色，哪知道这一上来就快结束了，跟搬起石头砸自己的脚有什么区别？

院长刚和沐斌介绍完人，下一句又问詹先生："是让她们轮着唱了《慈悲咒》吗？"

这就是质疑他公正的大事了，詹先生板着脸说："是要求她们轮着唱完一首《慈悲咒》，早前几日也通知过多多练习，结果今日甄选，有人身体不适，有人扯不起调，有人喉咙嘶痒，一直到第五人的时候，才算没出岔子。这会儿她已唱到尾声，要能完全无误地结束，那多半是选她。"

院长捏捏胡子，暗道，是这届学生太差了吗？面上对沐斌做出惋惜状："如此，也只能这般了，倒是让您白跑一趟。"

说话时，付佳儿的歌声已止。

船身难以察觉地微微一沉，暗卫凑到沐斌耳边："那茶水里放的是……"

沐斌心底冷笑，一场观音会玉女的选拔，都要有这些个不干净的东西！目光转向詹先生手里的名单，虽是抽签决定的顺序，詹先生手上的序号后却写了对应的人名。

他目力极佳，一扫之间已了然于心。

下一个是阮媛。

如果他当时不是目睹全程，弄脏她的茶水，等会儿她就会因为音质不佳而被淘汰。但如今，事情已被他打乱，自然就会有人坚持要把结果扭回去。

"不算白来，"沐斌撩开衣袍，在乌篷船里一坐，示意院长，"下面还有一人，也许能听全一首《慈悲咒》，我们听完这曲再说。"

唱音堂里，付佳儿抚着胸口从凭栏下来："媛媛，站这里唱真不容易，风大得我整个人都被吹傻了。"

阮媛哈哈大笑："回头观音会，你站在丈高的台楼上，不光要吃风，还要面对一望无际的百姓，不知道那时候是风声大一些，还是你的心跳声大一些。"

两人错身，换阮媛站到凭栏旁。

付佳儿回头："媛媛又笑话我，怎么就肯定是我站在那台楼上心跳得不行，若是换你，你不跳啦？"

"心不跳那是死人呐，"阮媛夸张地吐了吐舌头，做出吊死鬼的样子，又道，"相信我，我直觉很准的，肯定是你上台楼。"

付佳儿想起厕轩里那两人的对话，眼波幽沉。

阮媛并没有注意，她清了清喉咙，大大方方地唱："大慈悲心是，平等心是，无为心是，无染着心是……"

阮媛的歌声嘹亮地传到两艘船这里，院长摸了摸山羊胡，与詹先生交换意见："这个听着中气足一些。"

詹先生点头称是："到台楼上应该能传得更远，更多人听到。只是洪亮有余，说到佛音的空灵质朴，还是上一位学生要好一些。"

院长颔首："声乐方面詹先生是专业的，最终是谁还是由你定夺。"

"我有个疑惑，"沐斌忽然开口，目光落在旁边水面上，似乎那边有无尽好看的东西，正吸引着他的注意力，"詹先生，您惯常带一个童子划船游湖吗？"

詹先生心道，这年轻人好是倨傲，问这般古怪无理的问题，而且与人说话，眼睛都不正视，要知道就是院长跟他说话，都会礼让三分。

再说带几个童子泛舟，又与他何干？

詹先生昂了昂头："鄙人身边有两个童子，今日一人在唱音堂内协同安排学生们甄试。"

沐斌对着湖面点头："难怪先生的船总是原地打圈子。"

"什么？"

好巧不巧，话音刚落，詹先生的船就原地打了个转儿。晃得詹先生面色一白，忙矮身扶着船身。

"噗——"沐斌身后的小表弟一个没忍住，他赶紧很有觉悟地捂住嘴，手上方的眼睛滴溜溜一转，暗道应该没人注意到自己。

水波因为船身打转儿而变得分外动荡，沐斌这才把目光从水面转到詹先生身上。

"看来下次，詹先生最好把另一个童子也带上，"他道，"詹先生对佛学也深有研究吗？"

詹先生刚刚才稳住身体不歪来倒去，此时脸色一阵白一阵红，白的是因为船晃得自己站不稳，红的是因为这事让自己着实太丢脸。他面上不爽，声音也不太客气："鄙人是声乐夫子，并不深谙佛学！"

"既是不通佛理，那刚才先生怎么说后者的歌声因为失了佛音的空灵质朴而不如前者？佛语有大狮子吼，意为如狮子吼叫一般震醒人迷惑的心灵，也可领悟为佛法无所畏惧就像百兽之王的狮子。依我看，洪亮之音犹如大狮子吼，恰恰更符合佛音才是。"

詹先生断没有想到，这人竟用佛语来与他理论佛音，但他更没想到的是，不等他辩驳，沐斌又开口了。

他道："据我所知，观音会要唱一天《慈悲咒》。前面那人只唱了一回，已显露气虚之状，实在叫人怀疑是否能担当唱一天《慈悲咒》的重任。詹先生，你的专业，很让人怀疑啊！"

詹先生怎么都是院长高薪聘来的夫子，这些年在书院饱受敬仰，哪里被人如此公开、正面、毫不留情地质疑，更何况对象还是个来历不明的年轻臭小子。

詹先生脸色铁青，当即就欲反驳。但是——

但是，跟这种人说话太掉他价。深谙拿乔技术的詹先生，脖子一扭，一双怒目转向院长："院长，您如若也认为詹某学艺不精，专业有限，这选拔玉女事宜，詹某不做便是！"说罢，一甩袖子，背身而立。

摆脸色的时候，他还要了个心机，说的是这差事他不做了，而不是夫子这位子他不要了。这点伎俩哪里逃得过幼年就在王府与皇宫之间穿梭的沐斌。

丢狠话，背过身去，是不是？

很好！有骨气！正好给他一脚，下水凉快去吧！

暗卫们深谙沐斌的心思，脚都要提起来了，哪知道眼前一花，院长已经一脚踹了上去。

詹先生："……"

詹先生做梦也没想到自己会被老院长踹下水去，他不谙水性，在下头扑腾了好久，喝了不知多少口湖水。等被人七手八脚拉上船的时候，已经面如金纸，脱了人形，但詹先生还不忘在心底对老院长爆一口粗："你个老秃子，给我等着！"

院长是无辜的，一把年纪为了书院的未来和发展操碎了心。一扭头，他还得跟沐斌打圆场："世子爷，您有所不知，这詹先生的声乐造诣在常州府最是有名。"

言下之意：我们书院不要面子啊，总得请个地方泰斗贴贴金嘛。

不当家不知柴米贵，这年头玩音乐的老师又贵又不好找。而且，考状元又不需要考这一项，很多书院都不请声乐夫子，一心只往殿试的目标冲刺，比如隔壁那所破县学。但他们书院不行，档次在这里，不但要请，还不能随随便便从路边拉一个拉二胡的充数。

院长苦口婆心地解释："本地毕竟是小地方，平时詹师傅能遇到的同行寥寥无几，也就造成了他无法精进、故步自封的问题。今日，老夫是看出来了，这小子这次的确是目光短浅，评判不公。还望世子海涵，不要跟他一般见识。玉女的人选，就应如世子爷的意思，选后面这位学生。"

沐斌抬手："我并没这个意思。"

院长赔笑："那您觉得？"

沐斌笑了一下，那笑容让院长七老八十的腿不禁一颤，预感更不好的事要发生了。

"声音的评判是有些胡来，不过小王相信，贵书院的其他夫子都非常公允，前面的选拔并无问题，"沐斌一甩袖子，"不如召这最后两人来，院长您亲自选一选。"

这要是他没让世子称心，该不会也被踹一脚吧！

院长心有余悸地瞥了眼脚边的滔滔湖水。那头沐斌已经上岸，准备往其他地方去了，他还连那两个要叫来的女学生是谁都不知道。

不过，人在高位，再难受也有下面的人顶着。沐斌身份高，下面就有老院长顶着。而老院长的下面，还有其他人争先恐后地顶着。

这不老院长才转身，有人上前道："院长，让学生去安排两位姑娘过来，您快跟世子继续往前走吧。"

老院长抬头一看来人，心里顿觉踏实不少："好，好，子鹤去办吧。"

"是！"

陈子鹤其实一直都跟在此次陪同世子的夫子们后面。上届书院出了个探花，这届的希望就在他身上，老院长得知沐王世子到了书院，便立刻派人将陈子鹤唤来，本来是打算找机会引荐一下。如若将来陈子鹤高中，认得沐王一派，对他必有助力，反之沐王也需要这样的年轻人在后面拥护。这对双方都有利的好事，自然也等于为书院的未来铺下了坚实的道路。

但没想到这沐王世子年纪轻轻，却从一开始就主导了谈话的方向，老院长愣是没找到机会开口。

那头陈子鹤落人群几步，召来书童，将袖中两个香袋递过去："你去唱音堂，找付姑娘和阮姑娘，告诉她们院长要亲自定玉女的人选，让她们马上到院长书房来。"又将两个香袋的分配，飞快交代一番。

那头，付佳儿和阮媛都没有想到还得去院长的书房一回，来传话的还是陈子鹤身边惯常跟的书童。

阮媛问道："丹哥也跟院长在一道？"

"公子随院长一道迎接沐王世子呢，"书童与有荣焉，他年纪小，还不需要避嫌，说着掏出两个香袋递过来，"这是我家公子让小的交给两位姑娘的，请两位姑娘放宽心去，不要紧张。"

那香袋里面放着物件，拿在手里沉甸甸的。

阮媛打开，里面露出一支银质毛笔，附带一张淡绿色的签，上书"马到成功"四个字。而那支笔只巴掌大，小巧玲珑，特别适合随身携带，簪尾刻有陈宝两字，看来出自陈家的主打产业陈宝银楼。

付佳儿袋里也是类似，一张"旗开得胜"的花签与一对银的佛字簪。

阮媛见了便笑了："丹哥祝你我心想事成呢，我这支笔是抄经用的，而你那对是观音会上玉女的发饰，你看他这个金童做得多周全。"

观音会的金童人选早就定为陈子鹤，付佳儿一心想成为玉女，就是想光明正大跟他站在一起。今天之前，她只要想到会有另一个女子，在那么万众瞩目的一天，站在他身边，与他对唱《慈悲咒》，心里就像被挖空了一块，茫然又失落。

但如今她知道，那个一时离他很近的位置，也可能让她永远都离他很远。

付佳儿握着佛字簪，茫然失神："媛媛，我……和他会有结果吗？"

"会啊，丹哥对你那么用心。"

"那陈家人都喜欢我吗？"

"你看丹哥就知道陈家的人不难相处，他们肯定会喜欢你的！"阮媛挽住付佳儿，"再说等到了观音会，你俩往台上一站，大家谁都看得出来这是天造地设的一对呀！等陈夫人要找儿媳妇的时候，一定第一个先想到你！"

阮媛说得情真意切，却不知道这一席话对付佳儿来说别有意味。

第一个想到她，却也可能是第一个想到不能选她！

阮媛只当她是因为要见院长，人选又迟迟不能定下而紧张，灵机一动道："我给你看我最近在研究的东西。"

她从袖子里掏出一张画纸："看，我的新点心模子！小猪鼻子已经完全没问题了，大象鼻子要在中间打弯儿，这个模子打造起来有点儿困难，我估计得选陶泥的，可塑性要比木头、竹子强，就是陶泥易碎，用起来得注意。"

那图纸上，猪鼻子圆圆的、大大的，果然已经连尺寸都标注妥当，大象鼻子则修来改去还没有最终定型，而再往下是几个墨团团。

"我正在想怎么画小狗、小兔子、小猴子的鼻子上，它仨鼻子乍一看差别不大，没有耳朵好分辨。不过，等我完全设计好了，再配上我之前做的耳朵，绝对是点心模子界的扛把子！"

沐斌站在院长书房的二楼房间里，此地是全书院风景最好的地方，他自窗口一低头，就看见阮媛眉飞色舞地在和身边的女孩说着话。

还点心模子界的扛把子？！

也只有她会把心思都花在这些地方！

沐斌算是看出来了，阮媛对他挺机灵、挺会来事儿，但对其他人缺心眼儿。

她身边这个姑娘在唱音堂拿到的是唯一没问题的茶水，又是声乐夫子力挺的玉女人选。若不是她当初有挡阮媛喝水的动作，沐斌基本把她定位在主谋的位置上。当然，就算她挡了一下，也不能证明她是干净的。

那被下入茶水的东西是桃毛。

桃毛没有毒性，但能引起嗓子短时不适。桃子又是最近时鲜，任何人、任何地方都可以轻易得到桃毛，再加上本身非常细小，加入茶水之中很难被人品出来。就算有人怀疑，日后要调查起来，也困难重重。而且一场玉女选拔的比赛，关乎不到多大利益，原就不会引起调查的重视。

另一边沐斌也知道，他是看到了阮媛看不到的地方才能如此清醒。阮媛身在局中，跟她说这件事，等于是在离间她和朋友，阮媛未必会选择相信他。

本着同道中人互帮互助的情谊，沐斌决定帮她多这个心眼儿。至于其他，只能让她自己慢慢把缺的心眼儿长起来吧。

如此想着，沐斌低头喝了院长专门派人送上的本地茗茶，对面小表弟撑着脑袋的手忽然一滑："呀呀呀呀，是她……她……她呀！"

小表弟这反应当然不会是因为看到阮媛，小表弟自幼也在官宦红缨之家长大，说他单纯，他可没那么单纯，自打沐斌要插手玉女人选的决定起，小表弟联系前后，就想到这事和阮媛有关。他也算是亲眼看着阮媛往唱音堂去的，只是目力不如沐斌，不知道后头发生了什么故事。

"你认得她身边那人？"

沐斌只向小表弟瞥一眼，小表弟就无所遁形了，结结巴巴地把自己如何迷路、如何遇到付佳儿在哭的事说了一通。

作为回报，沐斌默许了小表弟从暗卫那了解童子往茶水里下桃毛，以及被暗卫们控制之后招认的内容。暗卫们动作极快，詹先生的老底都被扒干净了。

原来这个詹先生还算是个音痴。

喜好音乐是件雅事，也是一件费钱的事。买乐器、养护乐器、寻觅古曲谱，一笔笔都是钱，所以这是有钱人家才能继续的爱好。

如果一个人在没有解决温饱问题的时候，爱上了音乐，那基本就只能潦倒。詹先生就潦倒得很彻底。所幸他就算饿肚子，也没放弃音乐，靠着一股子韧劲和坚持，最终在越地一带闯出了一点儿小名气。

前面也说，玩音乐是有钱人才做得起的雅事。一个没钱的人玩音乐，就算有名气，路也只不过从没有变成了两条。一是去有钱人家教人家孩子音乐，二是去书院教有钱人家的孩子音乐。

詹先生就是走的第二条路来了书院做声乐夫子，从他之前为人处世的细节中看，这人除了有点儿孤傲和冷僻之外，一不贪财，二不好女色，从来没有因为自己身为夫子，有机会接触女学生而做出什么不该做的事情来。

由此基本可以排除他因为付佳儿的美色而做出帮她成为玉女人选的可能。再者，付家也没有钱可以去贿赂詹先生。没错，暗卫们调查詹先生的同时，也把付佳儿的家世完完整整地了解了一下。

从目前的情况来看，这两人完全八竿子打不着，并没有共同作案的动机。

不过，过去查不到缘由，不代表未来也不行。詹先生这一落水，玉女人选改为由院长亲自定夺，这隐藏在背后的人一定也会有所动作。

小表弟恍然大悟："难怪你让暗卫跟着姓詹的，原来是在等这一茬。"

沐斌对他做了个噤声的动作。

楼下，阮媛和付佳儿进屋了。

阮媛和院长是老熟人了，进门就喊："姜爷爷，有没有好吃的呀？"

老院长姓姜，跟阮家几代交好。

两人头回见面的时候，阮媛听见家里人喊他老姜。那时候阮媛年纪小，说话还不利索，已经不怕辣，敢把姜糖塞进嘴。听见姜字，她小脑瓜子一转，认定院长家里开姜糖铺子，当即挪过去拽紧老院长的裤腿。

老院长和阮家人相谈正欢，等觉察迈不开腿，阮媛已流了一胸巾口水。

见老院长低头，她冲他甜甜一笑："糖！"

老院长自此就记下了，每回来阮家都会带糖给她吃。次数一多，阮媛明白了，合着人家不开姜糖铺子，人家开糖铺子。

这事一直到她四五岁，问起家人姜爷爷的糖铺子开在哪里，大家才知道小丫头闹了个什么笑话。

不过这一老一少的友谊却已结下，老院长家一窝小光头，特别喜欢阮媛这个圆溜溜的女娃娃。阮媛还没到上学堂年纪的时候，就老往书院跑，不为找探花哥哥，而为院长书斋里常备着的小零嘴儿。

这会儿，一听见阮媛的声音，老院长心里的大石头就放下了。有阮丫头在，这事好谈！

"我说那首中气十足的《慈悲咒》是谁唱的呢，原来是你哦。"老院长边说边对后一步进门的付佳儿点了点头。

付佳儿乖巧见礼："院长好。"

"你也唱得好。可把詹先生犹豫坏了，不知道该选哪个学生上观音会。这才有了我找你们过来，"院长捋了捋山羊胡子，冲阮媛使了个眼色，"以往都是书院定人，要不这一次你们自个儿说一说对上观音会是什么想法。"

阮媛不客气地捞起桌案上的葡萄吃，还不忘顺手递给付佳儿一串。

付佳儿摆手不接，阮媛也不勉强，托着那串葡萄，边吃边道："姜爷爷，我得给你提意见，你管书院管得不够好。"

这谈观音会呢，怎么扯到他管理书院的话题上了？

老院长暗道，别叫上面的世子听去又生出什么想法才好。他虚心下问："我哪里没管好？"

"孩子们年纪还小呐，您给的作业太多啦！仅仅为筹备观音会，我又要跟书法夫子抄佛经，又要练《慈悲咒》，手、嗓子同时上阵，不堪重负，还不能落下其他学业，这是没管好其一——不体恤学生。"

阮媛给他掰手指："您身为院长，一年四季天天在这里转悠，力求点点滴滴都了然于心，却偏偏不知我被夫子们的作业压得喘不过气来，这是没管好其二——只知其表，不知其里。您常说要把我们书院建成越地第一的书院，却连因材施教都没做好，您看，我这分明是一个书法明日之星的材料，而佳儿仪态万千、聪慧灵敏就适合万众瞩目，最后关头了，您还问我俩对玉女人选的看法，答案明明显而易见。这就是没管好其三——该决策时不决策！"

她噼里啪啦说了一通，气都不带喘的。

小表弟心想：乖乖，刚刚怎么没发现这姑娘的嘴巴这么刁钻，那老院长的胡子没给一根根气掉才怪呢！

付佳儿也越听越是心惊。就算阮家和院长再熟稔，也经不起阮媛这么没大没小地说呀！院长七十多岁了，还没你一个十几岁的丫头懂怎么管学院吗？由得你如此指指点点！

付佳儿原本瞪大了眼睛，此时只是垂下眼帘，盯着自己脚尖，努力装不存在。

屋子里的气氛一时凝固起来，压得人呼吸都不敢，好像一点点的声响会带来无法预计的暴风骤雨。

二楼上的沐斌，指尖摩擦着杯盏边沿，面上一丝表情都无。

只听楼下，老院长一拍桌子——

"你个小丫头，说了半天，不就是自己胖不好意思被万众瞩目嘛，提什么书法明日之星、课业多！"老院长一拂袖子，"还给我扣三个大帽子，你当我听不出！"

言语里，哪儿有气愤、不爽、坏情绪，只有无可奈何的宠溺，以及老顽童遇到了小顽童的调皮和惺惺相惜。

你说我管学院无方，我就说你胖，咱俩谁不知道谁的命门？

阮媛暗吐舌头。

老院长拿捏不住这个姓阮名媛的小泥鳅，转而往付佳儿看："你对去观音会怎么想？"

付佳儿斟酌了一下开口："学生觉得，阮媛的《慈悲咒》唱得比学生出色得多。"

阮媛微微惊讶，付佳儿明明很想被选上玉女的，这时候为什么要跟她谦虚？

付佳儿说完这句，就没再开口。

老院长看看这个，又看看那个："你们一个是不想抛头露面，一个是觉得对方唱得比自己好，是不是？"

付佳儿点头。

阮媛想了想："算是吧！"

院长双手一拍："那付佳儿在台楼前面站着，阮媛在屏风后唱歌，通力合作，如此甚好！"

阮媛一时也不知怎么接话，如此安排，陈子鹤身边站的还是付佳儿，也算达成了付佳儿的心愿。她往口袋里摸了摸，摸出个圆圆大大的玩意儿，放在旁边桌上："我先说好，要唱可以，这东西得管饱！"

老院子胡子一吹，眼睛一瞪："你当我看不懂，这是胖大海！"

"屏风后面还得有座！"

"依你！"

付佳儿瞧着他俩你来我往好不熟络，低眉顺眼地说："学生听院长安排。"

老院长心情好啊！

世子让他定人选，他两个都选，一个玉女两人扮，史上最佳答案！

人选的事谈完了，阮媛和付佳儿告辞。

老院长让阮嫒把葡萄带回去，阮嫒将两个衣兜装得满满的。

付佳儿先她一步出门，心里黯然。阮嫒屡屡提不要站在人前，看来阮家真的忌讳在观音会上抛头露面。

忽然一只手将她拽到旁边树后，付佳儿魂儿一颤，光天化日之下："你……"

陈子鹤揽着她，两人呼吸相近。付佳儿又惊又怕的神色在看清他的模样之后，融化成了两片红云秋波，这是室外，又有熟人近在咫尺，她的心跳得仿佛要蹦出胸腔，直抵他的心脏。

陈子鹤亦是一样，他猛地低头喁住付佳儿的唇瓣，一把将她拉进侧屋门里。

阮嫒感觉只是落后一步，就不见了付佳儿人影。她立在书房门口，左顾右盼，全然不知那两人正在她几步之外的房间里。

阮嫒觉得付佳儿没道理走那么快，喊了几声"佳儿"，左右寻她踪迹。忽然手上一紧，沐斌头也不回地拽着她就往前走。

四

一屉酒馒头

屋里，陈子鹤和付佳儿相拥在一起，耳听阮媛在几步之外喊着"佳儿"，那种体验刺激又新奇。

付佳儿既怕她进来，又怕她不进来。阮媛并不知道温文尔雅的陈家二公子，在她看不见的地方这般热情痴狂。

一直到阮媛离开好一会儿，陈子鹤才恋恋不舍地放开她："佳儿，我好高兴！"

他好高兴是因为那个观音会上站在他身边的人是她。

院长唤两个学生过来定夺，他不能在屋里，只好在屋外听着动静。陈子鹤太知道付佳儿的性子，什么都紧着阮媛。连一开始，他喜欢她，她都躲躲闪闪，怕阮媛不高兴。

果然，付佳儿推让了，说阮媛唱得更好。

幸好，他知道，阮媛是不会答应的。

付佳儿声音闷闷的，藏着情绪："你怎么肯定阮媛一定不想去？"原本能和陈子鹤做金童玉女，是她所能想到的最开心的事情，她不想偷偷摸摸的，她想在这件事之后，大街小巷谈论的都是她与陈子鹤如何般配登对。可如今这么美好的事情不那么如意起来，未来的茫然未知让她心慌。

"我送了她那支笔的时候，送你的是一对佛字簪，她看得懂我的意思。"陈子鹤自信道。

"她性子跳脱顽皮，指不定偏偏要跟你对着干呢！"

"那不会！"

陈子鹤笃定，阮媛心里有他，会令他不快的事，她不做。便如他一个眼神，她亦不会再到陈府主动找他，惹付佳儿多心一样。

不过这话说出口，付佳儿的小醋坛子又该翻了。

陈子鹤避重就轻道："她知道我疼你，自然会让着你。"

付佳儿倒宁愿是被阮媛故意让的，她担心的是其他："阮家是不是有什么规矩不许自家女儿去观音会？"

"怎么会有这规矩？去年我们不是还一道去了观音会，她玩得可野了，你都忘了？"陈子鹤笑着，被付佳儿轻打了一下。

"我说的不是去逛街，是她们阮家是不是不许女儿做观音会的玉女，觉得这样抛头露面败坏门风！"

陈子鹤嘴角荡起温柔的笑意："你哪里听来的，我还真不知道她们家有这想法。"

付佳儿不想陈子鹤知道厕轩里听来的话，喃喃道："我就是觉得好奇，阮媛的姐姐才貌名满上虞，她怎么也没做过观音会的玉女？"

陈子鹤回忆了一下："大嫂在书院的时候，我已经记事了。她没去那一年的观音会，是因为生了疹子，一个月不能出门见风。"

"你没骗我？"

"骗你做什么！那时候我大哥与大嫂尚未定亲，大哥每天寻着理由要往阮家跑，到如今还被母亲拿来当笑话呢。"

两人好不容易见面，在僻静的地方独处，陈子鹤可不想时间都花在谈论其他上面，他再次将佳人揽入怀中。

男女之事，陈子鹤原本并不上心。家里这方面要说管得特别严格倒也没有，只是知道他有希望高中，总希望他能把心思都用在读书上。因此，到如今的年纪，陈子鹤身边也没有一个丫鬟，进进出出用的都是书童。

本来他也不在意这些，可那是之前没尝过滋味，有些东西就像甜品，一旦沾了一次，那种甘之如饴的冲动就会蔓延到心里。

此时，陈子鹤揽着付佳儿的腰肢，让她优美的曲线贴紧自己，目光胶着流连。

付佳儿不由得想起她刚回来那日，等在付家后门外的陈子鹤，看她就是这种眼神。

好在陈子鹤还有自制力，他深深吸了口气，道："我唤书童送你回去。"

他嘴角沾了口脂，付佳儿想拿帕子擦一下，探手入袖触到一点丝滑，想起身上的是那偶遇的小书生的绢帕。

她心知不合时宜，抽出手来，用指尖擦擦他的嘴角。

等付佳儿走了，陈子鹤的面色慢慢阴沉下来。有些人太不会办事，一桩小小的玉女选拔也要弄得一波三折！

阮媛被沐斌一路拽着往前走，他抓着她的衣袖，又人高马大，阮媛跟不上他步子，活像一只被拽在身后拖着的风筝。

好在今日沐王世子要来书院，不许外人进来，学生们也是到点就放，书院里早早没了人影。

阮媛的面子是保住了，不过还是被扯急了，她大叫："衣服都要被你扯掉啦！"

沐斌像被开水烫到般，一甩手，把她松开。

阮媛瞪着他的后背，兀自把被拉长的衣袖挽回去。

"真是的！也不考虑一下腿短人的实际情况，"阮媛拍拍衣袖，绕到他前面，"就算咱俩有同道中人的情谊，也不是能随便拿来乱用的，我会很生气哦！"

然而，沐斌比她生气。

哪怕他惯常是个面瘫，习惯了不做表情叫人猜心情，这会儿只居高临下看着她。沐斌背对夕阳，霞光自他身后射来，给他兜头兜尾镀了一层金边儿，配上他清俊的五官，那画面还真挺好看的……但，阮媛也一眼就注意到他在生气。

阮媛左看看沐斌，右看看沐斌，不知道哪里惹了他不开心，唯一的解释就是：他没被沐王世子看上。

哎呀，这人心高气傲，肯定反感被人提失败。

阮媛于是找了个最安全稳妥的话题："你表弟呢？"

沐斌冷哼："你问他作甚？"

哎呀，更糟糕，看来他没被世子选上，但表弟被选上了。

没被选上就没被选上嘛，这家不收找别家。生那么大气也没什么用。阮媛嘀咕："那你也别拽着我走那么快啊！"

沐斌真不知道说什么好，总不能说你旁边屋里两人正哼哼呵呵，声音那么大，就你一傻子听不见，还愣在门口不动。

沐斌看她这缺心眼儿的样儿就不乐意，眼睛往边上一瞟："我饿了！"

阮媛马上对沐斌举起她鼓了风一样胖乎乎的两个衣兜，里面满满塞的都是院长那儿顺的葡萄，那意思再明显不过——饿就吃葡萄呗！

沐斌却不理她，一甩袖坐在旁边的石头栏杆上。

脾气挺臭，地方倒是很会挑。

越地多水，水道河渠星罗棋布般穿梭于各个城镇，水质清可见底，一低头能看见鱼儿在嬉戏。此时临近傍晚，夏日柳荫，水边凉风习习，行船来城里卖东西的小贩多已返家，水面上只零星停着一两只小船，静静拴在延伸到水下的石头台阶旁，应是供水边人家出行所用。

阮媛往沐斌旁边一坐，掌心里两颗葡萄往他面前送了送。那枚紫莹莹的葡萄与白皙剔透的小胖手，相映成趣。

奈何沐斌冷眼看着，一动不动。

不会吧，大少爷做久了，连葡萄都不会吃？

算了算了，她好人做到底就是。阮媛细心地把葡萄皮往下剥，等快到底部的时候停下，再去剥另一侧，一眨眼手里就像开朵五瓣花儿，顶着中间一枚硕大的果子。

正要把葡萄递给沐斌，阮媛手伸到一半，又收回来了。

沐斌的目光不觉跟着她转过去。

阮媛举着那枚光溜溜的葡萄，一脸神伤："你看你，长得圆溜溜、胖嘟嘟的，仔细闻还有股玫瑰香，分明是颗新鲜水灵的玫瑰葡萄，哪知道碰上个不会欣赏的，对我们冷眼不理。算啦算啦，反正已经剥好啦，我不能亏了你，我就自己吃吧！"

她作势往嘴里塞，还没碰到嘴边，指尖一空，葡萄没了，只剩下花瓣状的葡萄皮。

沐斌半边腮帮子鼓着，拿眼瞪她："哪有你这样说话不算数的。"

明明是要给他吃，自己却先贪嘴！

阮媛迎着他无声的控诉，一双眼睛笑成了弯钩："好嘛，肯吃东西，就说明没那么生气啦！"

她不提生气还好，一提沐斌就想起来眼前这只精明的小兔子其实是个小缺心眼儿。既然是个缺心眼儿，自然就很容易被人欺负。如此一想，怒其不争的火气，十足都算到了欺负她的人头上，对她只剩下了不忍。

沐斌哼哼，阮媛拿出手绢儿放葡萄皮，两人脑袋凑在一起吃葡萄。

不过，光吃水果哪抵饿，吃了一会儿，阮媛跑去边上买吃的。

书院外面的大街上，别的不多吃食多，南北风味、地方小点，应有尽有，更重要的是贴合学生们的荷包，价格公道。

阮媛买了豌豆黄、梅花糕、糖炒栗子，还奉回一屉样子古怪的馒头。

"这叫酒馒头，你要先咬出一个小口，吸走里面的酒再吃，要不一准儿爆浆，喷得全身都是汁儿！"

小吃货极力推荐，自然值得一品。

沐斌依她说的，一咬一喝，立刻灌了一嘴辛辣醇香。小本生意的酒好不到哪里去，可以说是沐小王爷长这么大喝过的最差的，没有之一。神奇的是这酒滑入咽喉之后，竟然还挺爽！

一时间，连呼出来的气都带着辣劲，沐斌没有防备，握拳咳了一声掩盖："是挺好吃。"

他脸皮儿薄，很少夸人，也不知道因为酒劲，还是夕霞照晒，从阮媛的角度看去，那张如山峦倒转的侧脸上似镀着一层红光。

她倒是被夸惯了，一脸理所应当："当然好吃，我推荐的嘛。"

沐斌倒转筷子递予她："你吃。"

阮媛摆手："我不行，我一杯倒！"

这酒虽然低劣，却也烈得很。她吃这个只敢买了捧回屋里去，倒了也倒自己床上，不过那么一折腾到家馒头也冷了，不如新鲜出炉的好吃，又何必折腾。

如此一想，阮媛暗暗心虚："那个……你酒量应该还可以吧？"

沐斌好歹是喝军营里烈酒长大的人，记忆里他还没有被放倒过的经历。

沐斌点头默认。

阮媛舒了口气，展开小手绢儿，继续吃葡萄。

不吃酒馒头也就罢了，沐斌看她半点儿不动买来的点心包子，纳闷："这些你都不吃？"

"对啊，等会儿回家要先跟家里人吃晚饭，再带饭给你。当然要让你先垫垫肚子。"阮媛嘴边儿一抹水亮的葡萄汁儿，口吻理所当然。

沐斌心里一片妥帖，不觉又吃了个酒馒头。

等沐斌吃完，阮媛两兜葡萄变成一堆葡萄皮，耸在手绢儿上像座小山。她捧着"小山"跑到一边，沐斌以为她要丢，哪知道小丫头哼哧哼哧挖土。

"这是要埋进去做花肥？"

"这你就不懂了吧，我们上虞的葡萄品种很特别的。今年埋了葡萄皮，明年长出来一大片葡萄皮！"

"噗——"也不知谁没忍住。

沐斌往暗卫的方向淡淡看了一眼："哦？那想必新摘的葡萄皮，味道会很不错。"

"对呀对啊，闻起来甜甜的，吃起来脆脆的，不论是糖腌还是凉拌都是一绝！"探花哥哥不在之后，再没人能这么默契地陪她胡说八道啦。

阮媛高兴起来没个正形，当即就要挖一点儿葡萄皮，今天晚上给沐斌加道菜。

沐斌急忙抓住她沾满泥土的小手，四目相对，才知道又着了这丫头的道，分明是在寻他开心。

那只小手又软又滑，"刺溜"一下从他手里逃跑。

阮媛笑得前仰后合，在河水里洗手："葡萄皮里藏了几粒葡萄啦，若明年长出小葡萄，我摘了请你吃。"

她顺便洗了手帕，拧干之后，把手擦了站起来："我得回家了。"

沐斌背手站在水边，目视夕阳："我送你回去。"

阮媛微微惊讶，她已经把道别的意思表达得很明显了，他不可能听不出来。她也许诺了晚上一起吃饭，既然还会再见，这会儿有什么事，他就去忙好了。偏还要送她，难道她在阮府的时候，他是在外面等她吗？

夕阳下的这个人一袭黑衣，满身贵气，气质清冷，俊逸的五官上没有什么表情，却又似藏着深不可测的力量，惹人无尽遐想。

他到底是谁？真的是来投靠沐王世子的吗？又或者是遇到了什么事，非要到上虞来？

想不明白的事，胖姑娘都习惯不想。

阮媛点了点头："那好啊。"

阮家与书院之间的距离，说近不近，说远不远。换形象一点儿的说法就是——特别适合饭后消食来一段儿。

这一路要赶上一个人影都碰不着，那也不可能。又不是皇帝出行，清道回避，沐小王爷派头再大，也还没到"赶尽杀绝"的地步。既然会碰到，那这人哪儿有不八卦的。任凭民风再是开放，遇上孤男寡女的走在一起，都能生出点儿桃色新闻。

偏偏其中一人是小胖胖阮媛呀，圆墩墩，笑眯眯，跟哪个雄性在一处，都显得是无比和谐的兄妹。

所以阮媛与沐斌这一路，竟是半点儿引人遐想都无。

前头再一转弯就是阮府，阮媛再见的小手即将扬起，耳听拐角对面的小巷里传来闷哼，紧接着是拳头打在肉上的声响。

两人往里头一看，一个白生生的小团子正被一群大孩子压在底下扁。

再定睛一看，那小白团子不是陈栩吗？

陈小团子是个有骨气的主儿，就在自家外婆家门口被扁，愣是刚硬地没叫唤一声寻帮手。他左右被两娃压着，身上坐着一个挂着鼻涕的大胖小子。陈栩本人已经动弹不得了，咬牙不求饶，一双眼死盯着他们几乎能喷出火来，双脚在后面顽强地踢打。憋屈倔强的小样儿，是个人看了都心疼！

沐斌倒是想帮，阮媛拦住他："别去。"

沐斌看了下被抓着的袖子，阮媛的手圆圆胖胖，指甲沿着指尖修得也是圆圆的，像小兔子的爪子。

不过这小"爪子"的主人正做着见死不救的混事儿。

也许是感觉到他的不习惯，阮媛安抚地拍拍他袖子下的手："那些孩子下不了狠手，何况有我们看着。"

沐斌于是任她拽着袖子，重新向小团子看去："你们认识？"

他记得那日她喂这个孩子吃饭。

阮媛的声音淡淡的："我大堂姐的孩子。"

亲侄子还放任着他被打？沐斌不知道阮媛葫芦里卖的什么药。

那头，三个孩子一面打，一面教训陈栩："给爷道歉，你个小混蛋，叫你背后拿石头砸爷！道歉！"

陈栩梗着脖子，死咬牙关，就是不服软。

挂鼻涕的孩子头打着打着也觉得没劲，陈栩半边脸都肿了，旁边一个小跟班劝孩子头："毕竟是陈家，别往后追究起我们来！家里……"

后半句没敢说出口，但那意思再明白不过——他们家里可赔不起陈家那种人家。

孩子头一时热下了狠手，这会儿也被一句"陈家"吓了吓，面上微微一变，到底不想被小弟看扁，一面起身，一面踹陈栩一脚："谁的恩怨跟谁报，你有种就别跟家里提。不服气再来找爷打！看爷下次不打得你满地找牙，哼！"

陈栩瘫在地上，斜眼死盯着他们仨走远。阮媛正双手抱在胸前，好奇他怎么自个儿爬起来，冷不丁陈栩往天上翻了个白眼儿："看够没有，还不快抱我！"

阮媛被抓了个现行，也不急躁："你怎么认出我的？"

"就你那个笑声想听不出好难啊！"陈栩头疼得捂眼睛。

阮媛上前把人抱起来，团子虽小也是个胖墩，她抱着略微吃力地左右瞧他："这样五彩斑斓地回去，可够我姐笑的。"

"那是，你俩嫡亲姐妹，心是一样大，亲儿子被打了也就是一通笑，亲侄子被打了，还站在旁边看笑话。"陈栩脸上挂了彩，一说话就牵扯到伤，边说边倒吸冷气。偏偏他人小嘴大，冒出的词儿字字尖锐。

阮媛只是笑，用胳膊肘捅捅沐斌："你看，就他这战斗力，今天我们帮他了，下回他一样被打趴下不说，没准儿心里还期许着有人救。希望越大，失望越大啊，小团子！想不被你娘笑话，就怎么被打，怎么打回去。跟我这儿扯嘴皮子做英雄没用！"

陈栩被打都没吭声，这会儿叫阮媛一嘲讽，两包眼泪瞬间就绪，凝在眼眶里，直望着她摇摇欲坠。

阮媛心叹一声：这小鬼头，外人说百句都不为所动，但自己人凶上半点儿，就会收不住。

她轻柔地把他的脑袋扣到自己肩膀上："栩哥儿，你娘和我笑是因为我们不能让你看到我们的眼泪，你若真的想我们心里不堵，就把自己练强了，任他们谁也欺负不了你。要不然，你就得学会忍，又打不过又去招惹，那就是一个傻，懂不懂？"

陈栩终是呜咽出声："那要忍到什么时候？"

"忍到你变强呀！"阮媛微微一笑，声音轻软了去，"又或者忍到我变瘦，让你再也不会被笑话。"

陈栩抱着她的脖子猛摇头："不要不要，我就喜欢你胖胖的，谁笑话你，我就打他！"

阮媛露出了然的表情，果然，果然又是因为她。

沐斌的眼睛一眨不眨地看着阮媛，他从来不觉得她胖呀，她好像生来就应该是眼前这个样子。哪里也不多一分，哪里也不能少一点儿，怎么看怎么顺眼。阮媛也一直笑嘻嘻的，半点儿没显出这方面的困扰。

沐小王爷自认眼神极好，他不觉得是个事，那一定是其他人眼神有问题才对。

但不等沐斌有所动作，阮媛已将小团子往他怀里塞了："帮我看他一会儿！"

她人径直往前走，那方向不是去阮府，倒是跟那群小孩跑开的方向一致。

沐斌叫她："你去哪儿？"

阮媛背着身，摆手："放心，就是去玩个游戏！"

这"玩游戏"三个字，原是挺普通的一件事，但打阮媛口中说出来，就别有一番意思了。

沐斌和陈栩没有与她分道扬镳，而是走在后面。

正所谓"东市买骏马，西市买鞍鞯，南市买辔头，北市买长鞭"——那自然是不可能的。阮媛小腰包一拍，途经香料店时拿了把香，路过成衣铺时又买了件深色斗篷。傍晚的集市，剩下的没卖出去的几堆蔬菜，她统统豪迈包下，最后还掏了俩铜板让一个小孩跑一趟阮家——告知家里她有事要晚一些回去。

万事俱备，阮媛做了套活血筋骨操。展展短臂，转转胖腰，她披上斗篷，将点燃的干柴往水缸底下一推。

在这条偏僻的小道上，不知被谁留下只半人高的水缸，压在几块大石头上，留下距离地面一手掌宽的距离。缸没破，里头积满了不知哪儿来的水。

那些集市搜罗来的蔬菜，被堆在水缸旁边，阮媛把深色斗篷披在身上，帽檐掩盖了她白净的眉眼，只能瞧见嘴角一线微勾，像极了她与沐斌初遇时的模样。

沐斌对上虞不熟，并不知道这是什么地方，他把周围一切悄无声息地看在眼里。

此地环境残破，地方却不偏，几个路口之外就是闹市，只因为几个夹道残墙阻隔了喧哗声，因此显得寂静萧瑟。

忽然，一直窝在沐斌身上的陈栩"呀"了一声。

声音传到阮媛耳中，阮媛扭头，竖起手指，对他做了个"嘘"的动作。

陈栩有些激动，他猜到了一些接下来要发生的事，心里期许之余，傲娇又得意地瞥了沐斌一眼。

他知道会发生的事，但这人不知道。

而且，陈栩心想：这人谁啊？

要不是贪他抱着自己不用走路，又是被阮媛塞过来的，才不想跟他一起挤在这大树后面，热死了呢！

陈栩眼珠上下一翻，把沐斌打量了个遍。

他穿着一袭暗纹黑衣，面若青松，举手投足之间自带冷冽贵气，全然不同于越地男子的温文尔雅。

陈栩生于绅贵世家，小小年纪已跟随父亲祖辈出入走访于本地的绅贵官员阶层，又加上他年幼，不需要避讳，也会同母亲进入后院交际。可以说，眼下上虞以及周边的大户人家里，没有陈栩没见过的人。

眼前这人看着不是普通人的样子，但是陈栩绞尽脑汁地搜刮了一圈记忆，愣没找到一个能与之对上号的。

——那肯定是外面来的。

陈栩不觉地把脑袋离远了点，沐斌自然有感觉，不过他的心思不在陈栩这儿。有人来了，而且是好几个，跑得有快有慢，脚步声杂乱无章。

不多时，先前扁过陈栩的三个熊孩子出现在视野里。

沐斌眯了眯眼。

这几人的父母在西市开铺子，家住在市场旁边，每天都要从这个秘密小道往来好几次，今天怎么都觉得哪里不对劲。终于，最前面的大胖墩发现前面水缸旁坐了个人，她浑身罩在斗篷里，看起来阴森森的，像是个老巫婆。

他停下脚步，身为小头目，胆儿也最大，大胖墩问她："你是谁啊？"

阮媛闻声扭头，斗篷就有这点妙处，不想被人看清，能垂首隐藏在深深的帽兜里。反之，只消抬起下巴，对方便能看清你的眉目。

大胖墩一看是阮媛，想起了自己才扁过的人，心里微微一虚，却嘴不饶人："你这个胖女人怎么在这里？陈栩找你告状了是不是？"

阮媛好像没有听见，她坐在火旁，火光跳跃在那双漆黑如墨的眼睛里，好像跳闪着什么神秘的力量。

慢慢地，她扯起嘴角，笑了一下。

"好肥的小孩儿！"

话音落下，大胖墩看清了阮媛右手在磨的东西。她动作幅度极小，从这个点划到那个点，距离短而有力，那是一把小刀！

他们是打遍大街小巷的熊孩子，压根儿不把阮媛放在眼里。不过这一看清，情况瞬间变得不一样了，对方有凶器啊！

大胖墩下意识地往后仰了一下，口中道："我就知道，一定是陈栩那个孬种跟你告状了！你想怎么样？老子就是打了他！你能奈我何？"

"他怎么会跟我告状呢，"阮媛笑了一下，声音轻轻甜甜，"他知道我的，最不喜欢看他身上青青紫紫的，看到了我会很不舒服，他藏着掖着都来不及。你打了他？"

不等对方回答，阮媛轻轻一叹："我这个人，一码归一码。你们跟他打，输输赢赢都是你们之间的事。可是你们啊，不乖不乖，不可以打我的菜哦！"

菜？什么菜？

阮媛的语气，惋惜得不行。

而且每一个字，大胖墩都听得懂，奇怪的是它们组合在一起，他却不明白。大胖墩跟左右两个跟班，彼此看看——都没听明白。

但不等他们皱眉头，阮媛已经缓缓站起来，她抬手摘下帽兜，露出那张圆圆小小的脸蛋，肉肉的腮边两点酒窝一闪一闪，笑靥嫣然。

"你们以为我为什么这么胖呢？"她像问他们，又像在自言自语，"当然要吃很好吃很多汁的东西才行了，要吃得饱饱的、好好的，悄悄的，不让其他人发现这么美味的东西。"

像是蛊惑一般，熊孩子们挪不动脚，又或者他们的脚被大地吸住了，根本已经不能动。

阮媛抬手撩动大水缸上浮动的青烟，熊孩子们的目光不觉跟着她的手徘徊在水缸上方。缸下火光跳跃，有水烧开翻滚的咕咕声，随着她手上的动作，一声声传到熊孩子们的耳朵里。再加上边上堆着蔬菜，这一举一动都像在煮一锅巨大的汤。

阮媛低头轻轻一吸随着水开和青烟飘上来的香气："最好吃的就是陈栩这种白白嫩嫩的小团子，要把他养得肥肥的，再找一个好时机吃。什么是好时机呢，是等到过年，还是最近这个中秋？"

最后两个字吐出来的时候，阮媛忽然向胖墩他们看去，她是在征询他们意见吗？当然不是！

只见那双平日里柔柔亮亮的眼眸，忽然迸射出凶光，阮媛狠狠将手里的小刀拍在水缸壁上："可是你们把他打烂了，我现在觉得我中秋一定会很饿！"

熊孩子们齐齐被吓了一跳，那一刻他们的脑子里还奇异地跳出了一个想法——汤那么烫，她还没觉得烫！

那唯一的答案就是——她真的是巫婆啊！吃小孩的巫婆！

还有，上虞有丢过小孩吗？当然有！

找到过吗？好像不是个个都能找到！

那结果是被吃掉了吗？去告诉县老爷啊！不不不，今天就算有命逃出去，以她的身份，县老爷也不敢动她！

完了！

他们本来觉得她有凶器，那他们也比她灵活，跑得比她快。实在对付不了，跑就是了，她那么圆滚滚的一定追不上。但现在，巫婆啊，那是一种妖怪啊，跑得掉吗？

大胖墩一屁股坐在地上，旁边的一个孩子吓得直接尿了裤子。

阮媛嫌弃地捏鼻子，长长地"咦"了一声："脏了，这样要我洗到什么时候才能下锅！"

于是，另一个孩子，也尿了裤子。

阮媛一步步向熊孩子们走去。

大胖墩害怕得瑟瑟发抖："你……你……你——你现在要吃我们？！"

阮媛轻摇手指，就好像在谈绣坊送上来的手帕、银楼递过来的发簪：

"你们这种吃杂食长大的，肚里不干净，味道不好。"

不好吃的东西，我们阮家二小姐不入眼。

她在他跟前立定，俯视他们，矮矮圆圆的身材，突显得异常高大。

"但是，你们也知道，我这种人既然有时间跟你玩'我为什么胖，因为我吃小孩'的游戏，那自然也很有心情做两碗汤，一碗吃着，另一碗看着，是不是？"

阮媛矮身，捏住大胖墩的脸，硬邦邦、肥嘟嘟，手感真不好，她一脸嫌弃。

大胖墩只感觉一丝冰凉从她指尖漏出来，薄如蝉翼的刀片儿弹性十足，因为这个动作，一颤一颤地打在他脸上，连带着阮媛清甜的声音，轻飘飘、冷冰冰地落下来："所以，你们要再动我辛辛苦苦养大的菜，我们就没办法像今天这样好好说话了。"

今天这还叫好好说话吗？你汤都煮好了呀！

大胖墩颤抖。

阮媛浅笑："当然，你们继续在背后说我坏话，说我胖，这点我是不在意的，你们放心好了。"

那谁还敢说啊？

"好啦，你们走吧。"她大发慈悲。

这一放话，三个熊孩子恨不能下一刻就飞离此地。可惜手脚发软，只能一路连滚带爬。冲出去好远后，其中一个熊孩子惊悚地回头——阮媛还在原地，她罩着那件漆黑的斗篷，指尖轻抚着的那柄小刀不知沾过多少血了，渗着莹莹白光。

目光相遇，阮媛浅浅地回他一笑："下回再见的话，请你们吃糖哦。"

那孩子"扑通"倒地，忙爬起来再跑，这一回，打死他也不敢再回头！

一直到完全看不见他们的身影，阮媛才将指尖的银光插入发髻，那是一支银簪，簪头打造成柳叶，刻着暗纹，像极了刀刃。

"哎呀，下次不玩了，穿着真热！"阮媛火急火燎地脱掉斗篷。

旁边的水缸还在冒烟，下面的火光还在跳。其实，这点柴火，根本烧不开这缸脏水，水面冒起的"热气"是香燃烧时的青烟。几个孩子人小个儿矮，哪里看得出这些机关。

她走过去，掐灭用泥土粘在水缸内壁沿口的香，从沐斌的角度看去，那双向来亮晶晶的眼睛被浓密垂下的睫毛遮掩，有那么一瞬，围绕在她身上的调皮和坚毅消失得无影无踪，整个人都被浓如重墨的沉默包裹。

探不到她的内心……

探不到那种照耀着他的暖洋洋的快乐……

好像有什么不一样了，又偏偏……

下一刻，她抬起眼帘，那个顽皮女孩的微笑又扬起来了，一起扬起的还有水缸里的脏水，不偏不倚往大树边沐斌和陈栩泼来。

沐斌一个旋身避开，怀里的小团子没有准备，尖叫声压在喉咙里，双手立马背叛他"远离外人"的思维，陈栩一把抱住沐斌脖子。

两人落在一丈开外，脏水落空。

阮媛甩甩手上的水，飞他们一记眼刀："别光顾着看热闹，快点儿过来帮忙收拾，还想不想快点儿回去吃晚饭了？"

沐斌二话不说放下陈栩，过去帮忙。

小团子呵呵一笑，暗地里在衣服上擦碰过沐斌的小手。

阮媛把蔬菜丢到边上的草丛里，沐斌蹲身去灭水缸下的火，冷不丁，耳边传来一个声音："你对她不要动心。"

沐斌转眸，陈栩与他平视，声音得意而坚定："她已经有我了。"

沐斌挑眉。

小团子依旧挤着只有彼此能听见的声音，道："不用跟我卖老，我有情敌的直觉。"

话音刚落，人忽然转身，陈栩向走来的阮媛伸手："阮媛抱我！"那声音，像加了十斤蜜一样的甜。

沐斌直接长臂一伸，从后面把他一提，一转，扛到了肩上，道："你那么沉，还是我来抱吧！"

陈栩："……"

阮媛乐得轻松，顺势在小团子的小屁股上一拍："好呀！叫你皮，叫你先招惹那些小孩，今天我就不抱你！"

不带这样的，欺负小孩啊！小团子鼻子一酸，眼泪"上膛"，当即要哭出来，嘴巴咧到一半，想到今儿个的确他是罪魁祸首，还是不要做过头，惹阮媛不乐意了。想归想，还是觉得这个扛自己的外乡人可恶得紧，陈栩张着嘴，决定任口水往他身上淌。

现在我打不过你，我恶心死你！

小团子算盘打得好好的，就是天热出汗多，低估了自己口水的存储量，没走几步，口水已经滴不出来了。

他"呸呸呸"试图再酝酿一点儿，陈府已在眼前。

阮媛扯扯沐斌："到啦，放他下来。"

小团子落地，第一件事是对她卖乖："小姨，今天谢谢小姨帮我出气，小姨我到家了，小姨，要再见了，我们香一下吧！"

在越地土语中，"香"是"亲"的意思。沐斌顿了一下，意识到了。

陈栩只感觉到一道如剑般锐利的目光直射过来。

他还是小孩子嘛，小孩子是不需要懂太多的。

所以，小团子故意无视那目光，对阮媛嘟出小嘴，闭上小眼，一张白嫩嫩的小脸做出最最可爱的期待的神态。

可惜了，他忘记了眼前的阮媛也是一个不按常理出牌的主儿。

阮媛手抱在胸前，看着这个小团子，恶趣味地决定看他这个姿势能坚持多久……心里正默默数数呢，旁边陈府大门"咿呀"一声打开——

"娘！"

"姐姐！"

像是老鼠见到了猫，陈栩和阮媛，一个瘪回了嗷着的嘴巴，一个放开了抱着的手。

连看好戏的沐斌亦是微微一怔。

他知道阮媛的大堂姐嫁进了本地世族陈家，亦听闻过她出阁前曾因美艳、才情名满上虞，当听见陈栩说母亲和阮媛都会笑话他的时候，这位女子的形象在他心中有七八分与阮媛相像。但他没有想到，入目的美妇会是全身缟素。

陈少夫人出阁之前，单名一个娴字。她对面前的三人，倒是没有半点儿意外，目光流转而过，微微在沐斌身上停了一下。

阮媛立刻介绍："这是我朋友。"

陈少夫人闻言对沐斌点了点头，而后目光落到陈栩身上："栩哥儿，进屋吃饭。"

声音清澈，像她眉宇间的神色一样，端正柔和，没有悲色，亦带着不可抗拒的力量，这是真正当家主妇的样子。

陈栩飞快地看了阮媛一眼，到底没敢吱声，低头跑进陈府，迅速消失在门后。

陈少夫人微笑着看他进堂屋，再对阮媛招手："你也进来，我有几句话同你说。"

"哦——"阮媛经过沐斌身边时，悄悄对他摆手，意思是：你先等一等哈！

沐斌自然明白，回了她一个了然的神色。他不欲听她们姐妹说私房话，正要背过身去。

奈何虽然离得远，里面的人也刻意压低了声音，但耳目灵敏如沐斌依然看到了陈少夫人开口前看了他一眼，以及后面说的是……

他微微挑眉。

阮娴说的是——沐王府。

被人在背后提来提去，是沐斌从小到大最常遇到的事。比起当面说他们沐王一脉霸权的，或跟皇上谏言他们对皇权蠢蠢欲动，剩下的都微不足道，更何况是在这远离权力中心的越地小镇，谈什么都翻不起浪花。

沐斌踏出几步，以避免听见后面的内容。

但那双背在身后的手，却不受控制地握紧。

他奇怪，为什么自己这一次要去好奇她们谈什么？

陈府大门内，陈少夫人认真地端详着堂妹的神色，阮媛和往常没什么不同，大大方方地叫她瞧看。

陈少夫人也知道，自己这妹妹看着不着调，其实心里极有分寸，只是事情关乎的太大太大，即便发生的概率很小很小，也叫人心惊胆战，不敢怠慢丝毫。

"沐王府"三个字出口，陈少夫人顿了一下，她知道阮媛一定明白自己所指的事情。她轻拍阮媛，三分提醒，七分安慰："他们人已经来了，哪怕是面子上来往也肯定会有，听说奶奶已经收到拜帖，你近日最好什么都不做，什么事都不要发生。如果他们到走都没提，估计我们再等一年，奶奶也就能放心了。"

阮媛倒是不紧张："其实就算他们有想法，见到我可能就打消了。"她甚至还对姐姐眨了眨眼睛："你要对我有信心。"

陈少夫人优雅地翻了个白眼："那外面的男子是谁？"

"哎呀，他真的是最近认识的朋友。"阮媛把脑袋搁她肩头，无声无息地撒娇。她总不见得看起来已经糟糕到没朋友的样子了吧！

"是！"陈少夫人点她脑袋："阿猫、阿狗都是你朋友！"

"真的只是朋友嘛。"

"你当人是朋友，人家对你是不是可难说。"

阮媛瘪瘪嘴，到底没把反驳的话说出来。

其实她不说，陈少夫人也知道她心里的想法："你是你，但你同时也是阮家的一分子。但凡贴上了这个标签，别人想对你不好之前，都要掂量掂量。而遇到人对你好时，你也不得不多一分掂量。"

那语气，有怒其不争，有无可奈何，但最后还是化作一声宠溺的叮咛："听姐姐的，最近……不要跟人来往，不要出风头，等——那件事有结果。"

阮媛点头，家人是真的担心她。

百年来，阮家上下拧成一股绳，齐心协力让家族在风雨沉沦中屹立不倒，才有今日阮家的地位。而作为这股绳中一分子，有时候，也不得不扭曲自己。

阮嫒将头深深埋在姐姐的肩窝里，让人瞧不见神色。

天色渐暗，陈府点亮门上挂的灯笼。

阮嫒自门里出来，沐斌回头："回去了？"

"嗯！"

阮嫒把斗篷留在姐姐家，手里空着，除此之外，好像还有哪里不一样。

沐斌仔细打量她，阮嫒低头数脚下的青石砖，发现停留在前面的人怎么一直不动。

"再不转身，我要撞人了哦！"

她出声提醒，忽然，沐斌一把拽住她，阮嫒停步抬头。

暮色中，那个清俊的贵公子，凝看着她，点点自己脖子的位置："你这里脏了。"

"啊？"阮嫒摸摸脖颈，果然有些许黑色留在指尖，"应该是刚才吓唬熊孩子们时，不小心被烧火的炭灰沾到了。"

女孩子总是爱美的，阮嫒拿出手绢来擦。

沐斌等着听她懊恼，果然阮嫒一边擦，一边嗓门都大了："呀呀呀，有这条黑杠，那群小屁孩一定觉得我凶神恶煞，好不威风，可惜我当时还不知道哇！"

手绢翻了一面，再翻另一面，不多时已不再有颜色。

阮嫒放心地收起手绢，大概是擦得太用力，低头间，露出的脖颈上炭痕的位置，取而代之的是一片红印。

沐斌提醒她："擦红了。"

阮嫒摆手："没事，过几天就会退。"她人白，时常一碰就很容易留下痕迹，早已习惯。

沐斌没说话，阮嫒打他身边经过，他想：她什么都觉得没事。

但凡是人都有柔弱的时候，只在于她将其藏在哪里、放给谁看。

他落后几步，做了个手势，暗卫如影到身边。

"祛瘀膏。"

阮嫒听见说话声，以为沐斌跟自己说话，回头问："你说什么？"

暗卫已将一个小瓶递上，如风消失。

只看见沐斌手里握着什么，快步走来，有隐约的药味扑入鼻息。阮媛脑袋里灵光一闪，下意识地推辞："都说没事啦。"

一抹温凉的东西，落在脸侧，隔着滑腻的药膏，都能感到那人指尖的粗糙。

那是一种养尊处优之人指尖的粗糙，来自行书自如背后夜以继日伏于案前的练习，来自跟随名师习武纵马的汗水，她看过他躲开脏水时的矫捷，这样的身手，探花哥哥根本无法匹敌……

有什么在一瞬间飞入脑海里，待要细辨，却怎么也抓不住。

阮媛有些愣怔。

忽听沐斌说了声："回避。"

她回过神来："回避什么？"

众暗卫心想：不是说您啊，是说我们！

"你以为是回避什么？"沐斌撩开她的发丝，她脖颈后有成片的红印。

他的声音里好像带着笑和什么别的东西，那种轻快让阮媛心头一跳。换作以往，换作任何人，她都早已躲开。但这一刻，偏偏忘记了避嫌，她怔怔抬头。

身边的这个男子，侧着头，闭着眼睛，凭印象将药膏抹在她后脖颈，速度快得好像清风撩动了一下她的头发，下一刻药瓶已落在她手里。

"这几天都要擦。"他的语气，似带命令。

姐姐的话，言犹在耳——

她却克制不住心头飞跳。

阮家的成功，是因为恪守规矩，但恪守规矩不代表要墨守成规。男女大防已是不可逾越的界限，但非常时期，不一样可以用迂回的办法对待吗？比如他上一刻闭上眼睛，也比如她——也许那件事，不是只有坐以待毙一条路。

阮媛心情大好。

上虞城小，几个大户又多择邻而居，没几步就从陈府到了阮府。

临别的时候，阮媛叫住沐斌。

他想，她如果要感谢的话，他勉强答应就是。毕竟他给她药膏以后，她的心情似乎恢复，一扫从陈府出来时的沉闷。

阮媛开口："今天的事，谢谢。"

沐斌心想：果然。

阮媛一本正经地说："但是不会因为你帮了我，就多给你送饭哦。我家把我养这么胖也不容易，家里粮食不多。"

一般她这么说，对方应该要跳脚了。可惜接触得多了，他好像已经摸清她的套路。

沐斌侧头说："我长得很好骗？"

阮媛抿嘴，笑而不语。

沐斌沉默了一下，忽然抬手指指对面别院："我住那里。"

阮媛一愣："啊？沐王世子看上你了呀？"她很为他高兴，也就原谅了他白天莫名其妙地生气："那你早说嘛，我还答应了要给你备酒庆功的。"

沐斌忽然一掌按在她身边的门上，他靠近的阴影以及他沉沉的目光似乎要把她完全笼罩起来。

这丫头，怎么就……沐斌忽然有些懊恼。

"我知道你饿了，"阮媛一脸了然，"但你还得饿一会儿，我得先跟家里人吃饭，然后才能带吃的给你。"

她说着，摸了摸脸庞，自语道："王府别院的饭菜应该不差才是……难道是吃饭的人不合适？"

从某种意思上来说，阮媛其实说出真相了，沐斌眼底划过一丝冷意。

他问："非得一家人吃吗？"

"当然，一家人就得一起吃饭。"她理所当然。

一直不曾体会过也有家人的他，几乎都是一个人吃饭。

沐斌挡门的手收紧。

不过，阮媛道："我会吃个半饱，留着肚子，陪你吃的。"

不经意的一句话，让原本懊恼的沐斌决定原谅她一回。

五

一壶桃花酒

阮嫒今天算是彻底迟到了。

阮府有规矩，只要人在上虞，就得回阮府一起吃晚饭。遇上谁有事得迟一些，全家人会一起等他（她）。

因而，此时此刻，除了远在天子脚下的探花哥哥、做京官的阮三爷一房，以及出门办事不在上虞的阮嫒的父亲阮二爷，其他人都在饭堂聊着天等她一起吃饭。

天色完全暗下来，从角门通向饭堂的路上，绿荫成林，越发缺乏光线。一点儿凉意意外地落在脸上，阮嫒伸出手。又是两滴水，湿答答的。

下雨了。

"小姐！"屋里的小丫鬟过来迎她，递上一把打开的杏黄色花伞。

"把你的伞也给我。"

"咦？小姐不去饭堂？"

"等一下来。"

小丫鬟不明所以，乖乖把伞上交，自己躲在回廊下面等。

阮嫒撑着一把，怀抱一把，匆匆回到角门，门才推开一丝缝，已看到那道墨黑挺拔的身影在别院旁的凉亭里。

她就知道他没有离开。

沐斌坐在凉亭中，手边石桌上亮着灯盏，有身穿兵甲、腰佩宝刀的人在旁说着什么。

阮媛停了开门的动作，下巴抵在伞柄上想：看来很被沐王世子信任嘛，都已经交代他做事了。

虽然有淅淅沥沥的雨声遮掩，亭中的两人也已察觉有人靠近。副将刚从边疆赶来，递送沐王给世子的密函，此刻，手已按到佩刀之上。沐斌目视着烛光，暗卫飘近，凑到他耳边通报："阮二小姐带了伞来，也许是看到亭中有人，她没靠近。"

于是，沐斌对副将说到一半的话便没有停："告诉父王，水道这件事我会处理。不过，他的手也太长了些，从云南伸到越地来，就算是皇太孙亲自开口也不该答应。"

副将暗暗心惊，不知道这位阮二小姐是谁，要知道此事涉及之机密，换以往不论听见的、没听见的直接拉出来打死也不是没有过。

与此同时，他也不敢接沐斌的话，那可是编排皇太孙本尊和沐王殿下。

论起来，其实是世子和皇太孙更熟稔，两人在一块儿好得和亲兄弟似的，这事非绕一圈从沐王那头落在世子身上，还不是因为皇太孙早前已经在世子这边碰了壁。

沐斌当时回绝得没留半点儿情面："越地官多得像水草，我可不帮你修剪。"

另一方面，阮媛离得太远了，压根听不见亭子中人在说什么，而且这两人看起来聊得一时半会儿也不会到出亭子用到伞的地步，她也没闲情等着，于是就果断往回走了。

小丫鬟见她去而复返，说不出的惊讶："小姐不是去送伞吗？"虽然阮媛没说，但是她跟了阮媛这些年，起码的眼力见儿还是有的。

"不用，他已经顶了个石头伞。"

石头伞那得多沉！丫鬟脑补了一下那画面，不禁感慨小姐认识的人果然都是奇人异士。

阮媛收了自己的杏黄小伞，步入饭堂，屋里灯火通明，人们都围坐在阮老夫人跟前。

阮老夫人年轻时守寡，以一己之力撑起阮家。阮家业大，但门风周正，娶妾的要求很高，除非主妇多年无所出，才可娶一小妾。

尤其嫡支这一脉，老夫人膝下有三个儿子，各个都很出众，成年后又都有香火留下，因此，夫妻之间和和美美，儿辈学习父辈，孙辈学习儿辈，完全断了庶出的事儿，家里杂乱的事儿少了，妯娌兄弟也和睦得紧。

一家子的人口算不上多，细算起来两代里都是男娃占了大半。因此，阮老夫人格外疼惜两个孙女。不提大孙女阮娴，人已经嫁去陈家数年都要隔三差五地被叫回来见一见，一起吃个饭什么的。小的这个阮媛尚未到出阁的年纪，老夫人半日见不到，都要跟身边的媳妇、丫鬟念叨："小囡囡哪里去了呀？这个好吃，这个留给我们小囡囡。"

这会儿阮媛一进门，老夫人眼里已瞧不见别人，直向她招手："小囡囡来奶奶这儿坐，今儿个做什么去了？回来得这么晚。"

阮媛也不瞒着奶奶，简单利落地讲了帮陈栩教训熊孩子们的事。

"哟，那我们小囡囡今天辛苦了，给栩哥儿出了气，得多吃点儿，"老夫人给阮媛夹过去一个鸡腿，"娴丫头还好吧？你把栩哥儿送回去，她有没有说起后天回来的事呀？"

阮媛口里含着漱口的茶水，摇头。

身后的家里人依次落座，老夫人示意他们开饭，食不言，寝不语，只有老夫人自己年纪大了，这几日进得不多，手边只有盏清茶。

她低头看着吃饭的阮媛，道："沐王妃到上虞有几日了，原本我还在算什么时候送上拜帖合适，王妃的拜帖却先到了。"

阮媛抬头看奶奶，嘴里慢慢嚼着饭粒。

老夫人懂她："我也算是长辈，虽然地位差了些，也还收得下这张拜帖，到时候府里事多，让娴丫头过来帮衬着些。"

陈家虽富，阮娴仍是低嫁。这些年，阮家有什么好事都不会落下陈家。说是沐王妃到访，需要阮娴过来帮忙，其实是让她在王妃面前露个脸，这就是她阮家女儿的分量，便是陈家所有人快马加鞭也赶不上。

在老夫人心里，阮媛的婚事是准备照着阮娴找的，不过——

老夫人碰了碰手边的茶水："大晚上就不喝茶了，精神头儿太好，夜里越发睡不着觉。把今春的桃花酒，给我倒一盏上来。"

阮媛的眼睛亮了。

那桃花酒是阮家自酿，用了绍兴女儿红，佐上春天沾着露水的桃花，灌在玫瑰紫色钧窑壶里，色香俱备。

她简直是飞一般地吃完了饭，丫鬟端了桃花酒上来，正好截和。

老夫人笑道："你个小馋猫激动什么，你可是一杯倒。"

阮媛笑眯眯地给老夫人倒酒，老夫人坐的是太师椅，底下有一圈脚踏，早有有眼色的丫鬟在踏上放了两个垫子。

阮媛把酒盏递到奶奶手边，顺势坐在踏垫上，下巴垫着手背搁在老夫人腿上，一双眼睛眨巴眨巴，期盼地看着老夫人："您快尝尝，告诉我今年的味道是什么样的！"

老夫人哈哈大笑，她年轻时也是女中豪杰，一口气喝了整盏的酒，道："甜！"

醇厚的酒香穿肠而过，满嘴清甜。

阮媛给她再倒。

老夫人仔细地打量着小孙女，伸出手去。等阮媛倒完酒，又乖乖地趴在膝上，那只手终于落下摸了摸她的头。

"我们小囡囡长高了。"

"真的吗？"

"真的，奶奶抬手都觉得不容易了。"

"那我不要长高，我想奶奶一直摸摸头。"

阮媛歪着头，老夫人苍老而温暖的手，摩挲着孙女丝滑的长发，酒盏里琥珀般的酒水，一眼透去像能看到阮娴以及年轻时的自己。

多想照着阮娴的婚事给阮媛找，两小无猜，青梅竹马，哪怕家势差一些，也胜在知根知底，两情相悦，可是那一边去得那么早……荣华富贵，官袍加身，都是可以拼搏的东西，唯独人命啊，人斗不过天。

连等了这么些年，以为再不会来越地的人都回到了越地，她的拜帖到了，那些不想面对的事还是到了要面对的时候。

老夫人浅浅地笑开来，如叹如诉："傻丫头，人总要长大的啊。"

她这头呢喃细语，边上丫鬟看出了端倪，上来扶开阮媛："老夫人乏了，要回去休息了。"

阮媛给她们让开路，踮着脚尖往人群里看奶奶："奶奶，可以把那个酒给我吗？"

"你是一杯倒，要酒做什么？"

"有朋自远方来，我要招待呀！"

老夫人眼眸都合上了，无奈地笑着："你还有朋自远方来？你的朋友大大小小都是上虞人。"

不过，小孙女要，就给她。

晚饭过后，淅淅沥沥的小雨竟然停了。

阮媛踩着一地湿，提着食盒出门。凉亭里那盏灯还亮着，石桌边却没有人，连向来喜光的小飞虫都没有。

阮媛环顾四周，片刻后，吸着鼻子凑到灯盏旁，果然一股淡淡的药香随着烛火燃烧四散。

沐斌自别院出来，故意压重脚步。

雨后的水边，清风习习。

她身上浅青色的衣裙，被烛火染上了暖色。觉察人近，也没有回头："你这灯油好特别，可是有方子调的？"

这种小事，沐小王爷平时从来不曾在意，旁人要的话，大手一挥送她一桶便是。阮媛却很喜欢研究生活里的细致琐碎，一桶油哪里满足得了她的好奇心。

"明日把方子抄给你，"沐斌一拂袖，在亭中坐下，道，"怎么不怕我爽约？"

灯还亮着，你怎么会不来？阮媛心想。

阮媛眼睛一转，将那壶桃花酒得意地晃了晃："不来正好，给你庆祝的酒就我一个人享受啦。"

沐斌忍俊不禁，这丫头，反正没有她亏的时候。

清爽的花酒，对男子而言并不烈，这套玫瑰紫的钧窑酒具却很应景，有种绚烂在清透的瓷器里绽放。

沐斌看她也给自己倒了一杯。

"一杯倒也敢喝？"

"少喝一点点就不会醉啦！"

阮媛伸出两根手指，比了个比酒盅小那么一丢丢的尺寸。不过，到底不敢豪饮，毕竟是好不容易讨来的桃花酒呀，而且她也怕把自己喝晕过去。阮媛两只手四根手指小心地捏着酒盅，凑近边沿小抿一口，清甜的酒气滑入喉咙，香甜得她眼睛都弯了起来。

沐斌看她陶醉的小模样，努力压住要翘起来的嘴角，道："给我庆祝，你怎么就先喝了起来？"

"对对对，重要的是你，"阮媛拿起酒盅，举到他面前，"恭喜你达成心愿，沐王和世子都是惜才之人，在他们门下，你一定能大展宏图。"

沐斌摩挲着酒盏，却没有举杯："你对沐王世子就这一个看法？"

阮媛奇怪，我对他什么看法都不妨碍你办事啊！

她手臂举得有些酸，于是放下酒盅，挪了一下位置，从对面坐到他边上。

就在人家别院边上，说闲话不会被听见吧？阮媛圆溜溜的眼睛一转，凑近沐斌压低声音："你是不是担心世子永远不会比他父亲成就高，以后在他手底下少了发挥才干的机会？"

沐斌的眼帘动了一下，目光从酒盅中琥珀般的清酒，移到她脸上。阮媛的脑袋歪了个特别的角度，一脸"我懂你"的狡黠，那双黑白分明的眼眸里洒满了灯光，如同点了两盏小太阳，而小太阳的中心是他的倒影。

"边疆没有战事，就没有功名，可是战事需要流血，"她加粗声音，学着男子的声线和语气，"世子说过：宁用一世功名，换边疆百年太平。"

原来那么远的距离，她却听说过他讲的话。

"其实也没什么啦，"阮媛笑着拍拍他，"都说打江山容易守江山难，要让边疆长治久安，百姓安居乐业，很多地方还需要人才，也一定有很多机会待人挖掘。而且你跟了个这般不在意名利的人，反而说明可以抛开世俗的观念，去做一些真正想做的事，何尝不好？"

沐斌一言不发地看着她。

"你不用那么意外，我知道我知道得多，"阮媛半点儿不谦虚，"女孩子又不只是在家绣绣花、聊聊天，也会想要仗剑天涯、行万里路的嘛。我哥哥在家的时候，经常与我谈天说地。边疆嘛，他虽然还没去过，不过他以后一定会去的，他也一定会找机会带上我！"

阮琼轩，字探花，皇太孙近日也时常提起这个人。

他想：你想去，也不是非要托他。

"你想等他升迁调职，可不知道要多久。"沐斌的声音听不出喜怒。

阮媛丢给他一个"这你就不知道了吧"的表情："没准我嫁过去，速度就比他快了啊。毕竟，我和世子还有姻缘呢。"她说最后一个字的时候，眼神微微迷离，一昂头把剩下的酒喝了，重重搁回桌上。

沐斌的脑海里"嗡"了一声，好像没有听清楚。

烛光随风摇动，打出来的光照在对面人的身上，深深浅浅的不真实。

阮媛也许是喝多了，声音有点儿飘："原本我不应该告诉你的，不过我想你帮我一个忙，毕竟我们有同道中人的情谊，对不对？"

她单手扶着额头，另一只手扯了扯沐斌的袖子。

远处有暗卫比了个手势，示意有急函需要呈上。沐斌皱了皱眉头，没有理会。若换以往，什么都比不上前方来的信事，但这一刻，脑子里知道应该抽身，身体却像定住了一样留在原处，想要听她说下去。

那故事不长，三言两语就能说完。

沐王妃小时候有一阵子住在这里，五岁时的她因为不想嫁给阮二爷，也就是阮媛的父亲，跟阮媛奶奶说以后肚子里的孩子跟阮二爷的孩子结亲。

沐斌想：当然，她就是这样，惯会先把别人丢出去，保护她自己。

他的手搁在石桌上，阮媛拽着他衣袖的手就在旁边。近在咫尺的距离，竟然有可能因为那么一句话而牵扯在一起，连他都觉得荒谬。

但荒谬之余，又有所期待。

他听见自己问她："你会嫁吗？"

阮媛笑笑："那时候王妃五岁，未必记得这件事了。但是贵人可以忘，旁人却不敢不当真。就算沐王世子娶妻，指不定哪天想起这件事，我不还有做小的可能吗？"

诚然沐小王爷至今都没想过娶妻的事，但他很生气，心想：我娶老婆，怎么会让你做小？

但阮媛越想越惆怅，蔫蔫儿的，整个儿像一张薄饼摊在桌子上，当然这饼还是有一定厚度的。

她叹息："我得一辈子不嫁人，等着这个可能了。"

沐斌心里像掀翻了酱菜缸一样五味杂陈：我看起来像会让你一辈子不嫁的样子吗？

眼看阮媛趴在石桌上嘀咕这些话，他就想狠狠地戳一戳这傻丫头，把她给戳清醒了。

但不等他付诸行动，阮媛一拍桌子，忽然立了起来，向他投来的目光满含期待："你说，世子会不会已经有意中人了？他要是喜欢上个醋坛子多好呀！"

沐斌整个人都不好了："你就不能想点儿好的？"

阮媛瘪嘴："我就想想，再说，你也不会告诉他……"

沐斌冷笑："你就这么自信？"

"当然，这点儿看人的准头我还是有的，你难道还是个嚼舌根的人呀？"她撑着下巴，想了想，"如果你不想帮，就把这件事烂在肚子里。如果你想帮……"

她看着对面的烛光，目光远了一下，不知想到了什么，片刻后，扭过来看向沐斌，那神情，是他从未见过的认真。

她说："等你跟世子混熟了，帮我探探他的口风，能不能给我一个不娶的保证。"

那一刻，他甚至想到了——

就算他不问。

终于一天，她的探花哥哥也会来找他，要一个了断。

许是酒的芬芳令人忘记了时间，一朝回神，这仍是个漫长的夜晚，满桌的酒菜味同嚼蜡。

　　沐斌按住筷子，目光落在酒盅上，迟迟都没有动。

　　倒是阮媛忽然"呀"了一声，低头瞅那条正舔她手心舔得欢的狼狗："你怎么来了？"

　　狼狗舌头一卷，牙齿一合，咬住她的袖子。

　　阮媛笑了："乖了，这是催我回家了吗？"她站起来，任它带着往屋里走。

　　沐斌盯着她的背影看，这家伙一点儿回头的意思都没有，还挺能耐，走的是直线，从凉亭到阮府角门，半点儿不打弯。

　　他忽然三步并作两步上去拉住她。

　　阮媛回头，目光潋滟，在他脸上定了定："咦，你还没走呀？"

　　果然是个一杯倒，还敢说喝少一丢丢没事。沐斌将她不断揉按额头的手拿下来："我送你回去。"

　　他的手很大很热，握她的手轻而易举。

　　阮媛低头想了一会儿，大概是没想出不对的地方。于是，沐斌将她的手完全握在手里，牵着她往里走。

　　身后的狼狗，看着他们一起踏入那扇它往来无数次的大门，惊讶地瞪大了狗眼，还想不明白自己为啥怎么也迈不开腿。

　　不，不光腿，好像舌头也动不了了。

　　狼狗兄眼睛一翻，晕了过去。

　　月光下，一条黑影落下，将直直倒下的大狗接住，顺手一探，摸走了方才射在狗腿上的银针。

　　沐斌牵着阮媛进府，如入无人之境。

　　阮媛不禁呢喃："今天大家都去哪儿了？"

　　这家伙酒品不错，除了有点儿断片，行为举止与平时无二。

　　沐斌一步不差地走进阮媛的院子，就好像这个地方，不是在脑中的地图上，而是曾经来过很多次。

　　推开房门，她房里的小丫鬟枕在床尾的小铺盖上，睡得口水都流出来了。如果阮媛懂武功，就能看出来小丫鬟是被点了睡穴。所以，一直到她坐到床畔，小丫鬟都一动未动。

沐斌松开她，轻轻地摸了摸她的脑袋："休息吧。"

他没有再停留，反身而去，带上房门，外面悄无声息跪着手持急函的暗卫。

事发突然，时间紧迫，沐斌接过来，迅速一览，道："这事得亲自走一趟。"

暗卫微惊："行舟怕是来不及。"

"策马。"

"那王妃？"

"在杨大人的地头上，一时出不了事。"

杨大人是小表弟的父亲，浙江布政使，他夫人与沐王妃是嫡亲姐妹。

沐斌环顾四周，他一共有十六个暗卫，两人办事不在身边。他道："留十个人在母妃身边，看着她别出门，那些要拜访的人，都帮她推了。"

"那您……"

沐斌不再言语，快步走出阮府。

凉亭中，一桌佳肴还在，旁边他的马已备好。

这一晚，他半点儿吃食不曾入口。明明知道那些都是她准备的，也一点儿胃口都无。沐斌挥手："都收拾了。"

自有人不着痕迹地把东西放回去，也许睡一晚，她会以为今晚的事，包括问出的话，根本没有发生。

可是，明明脚已踏上马镫，明明手也拉住了缰绳，沐斌却没有翻身上马。他觉得自己简直是疯了，人已经先于思绪回到凉亭之中。

过来收拾的人吓了一跳，忙松开碗筷，让到一边。

沐斌的目光在桌上转了一圈，最后停留在阮媛座位旁的食盒里。探手，他从里面拿出一个小包。

黛色的布袋圆鼓鼓的，打了结的两只角竖着，像小兔子的两只耳朵，不用特意都能透过布感觉到里面一个个圆滚滚的小身体上也竖着类似的小耳朵。

"那你喜欢哪种耳朵？"

"没关系，不好选择的话，那就每种耳朵都做一些好了。"

曾经的话语划过耳畔，他道："拿笔墨来。"

原本放着菜肴的石桌，被迅速空出一块，摆上文房四宝。沐斌提笔，写下一叶短笺，递给边上："过十二个时辰，交给她。"

风低鸣，墨已干。这一次，将军策马而去，男儿不再回头。

"呀！！！"

次日一早，阮媛房里尖叫声起。

正铺自己小铺盖的小丫鬟一骨碌爬起来："怎么了？怎么了？"

阮媛立在屏风后，叉着两条手臂，噘着嘴："我的衣服小了！"

月白色的衣裙罩在身上，中间是嫩黄比甲，按说要多清新有多清新，可惜两只手腕都缺了一截，像姐姐偷穿了妹妹衣服似的。

小丫鬟一拍脑袋："真的呀，上月才做的新夏衣，这是咱们家老裁缝亲自来量的尺寸，不会错的，裙子也短了。"小丫鬟左看右看，抓抓脑袋："还好预留了位置，可以放的。"

只是放过之后，就有针眼了，原本的折痕也在，得重新熨过才能上身，一来一回折腾不少时间。

今日是六月初六"天庆节"，传说这一天会"开天门"，是人间与天庭神仙沟通最好的日子。阮家这一天，都会换上新衣上普净寺烧香祈福。

眼下别的新衣服也是一样的尺寸，根本不能拿来应急，阮媛只能撑着下巴坐在桌前等。幸好昨夜睡得沉，转眼醒来整个人精神抖擞，竟然比平时还起得早。

等小丫鬟手脚麻利地修改妥当，阮媛换了衣服，跑去饭堂。

叔伯男丁有俗务在身，出门都早，家里的女眷陪老夫人用饭，早饭摆的都是素菜素点。

孙辈里，只有阮媛在，要陪奶奶进香，她今日请了假不用去书院。

一顿饭吃得和和气气，按理是安安静静的，奈何这丫头实在忍不住，跟老夫人抱怨："奶奶您怎么老给我夹菜？您也吃呀。"

"我看着你瘦了点儿。"

"才没有呢。"

如果她不是胖墩墩的，太阳都改从西边出来了，再说这些年以为她瘦了的乌龙闹了好几次，阮媛都不知道该期盼还是不该期盼了。其实她是在抽条的年纪抽错了方向，一直没长个子，非说胖墩墩的倒也不至于，只是比起同龄人矮半个脑袋再加上圆润一些，就像小马桶放错了方向——横了过来。

不过，老人家哪儿有不希望小辈圆乎乎的，阮媛立马提起了早上的事以证没瘦："我今天早上发现上月做的衣服袖子短了，裙子也短了呢。"

按照以往的经验，那绝对是又圆了——撑的。

大夫人倒是放下筷子，仔细打量了会儿阮媛，道："可能真是抽条了，娴丫头这样的时候，也是每个月都得往外放袖子。"

阮媛听得一脸向往，她如今的个头只到姐姐肩膀，每回撒娇把脑袋搁阮娴肩窝里倒是特别方便。

阮媛母亲去世得早，阮娴的母亲大夫人几乎就扮演着她母亲的角色。这些细节，老夫人年岁大了，往往也记不得那么清楚。

大夫人道："千真万确，那时候，那裙子啊，一截截短起来，就和长竹笋一样，做都来不及。"

"真的吗？真的吗？"阮媛绕过大半个桌子，跑去搂住大夫人，"承您吉言呐，大伯母快点儿捂好钱袋子，我很快要做裙子啦！"

老夫人笑着抹了抹嘴："这小精怪，家里还缺你的裙子钱吗？"

阮媛搂着大夫人，对老夫人道："我不管，有我的，就得有哥哥的，我心里头算的是两份。"

大夫人指着她，也对老夫人道："您听听，心里头小算盘打得多响，这护哥哥的样儿，像我没给京城送衣服去似的，等探花回来见到一屋子衣服得吓一跳。"

自然是说笑，几房之间在钱财上分得再仔细，感情上却紧紧地维系在一起。阮媛和兄长这一对少了母亲在身边，一如对方之半父，一如对方之半母，相依相伴，分割不得。大夫人每每思及此，都为那早早去了的弟妹欣慰。

老夫人亦是，想到去年阮媛上普净寺请的愿，道："探花高中，是该还愿的时候了，小囡囡……"

话道半截，下人送了信函进来。老夫人止住话头，展开看过，默默把信放在手边。

大夫人揣摩着她的神色，问道："母亲，是什么事啊？"

老夫人回得淡淡的："沐王妃的帖子，说是要延后几日拜访。"

阮媛在这当口坐回位置，老夫人接着刚才的话题，看向她道："小囡囡得还愿，在寺里斋戒一段时间再回来吧。"

阮媛已经吃完了她碗里最后一只糖团子，闻言笑眯眯地道："好呀！"

只有大夫人微微心惊。

老夫人原打算让阮媛去住三天回来，没想到沐王妃却推迟了时间，想必那书信上没有日子，因此，老夫人也定不下期限。但无论如何，老夫人这是打定主意要阮媛错开沐王妃了。

普净寺，始于南宋，依山傍水，行舟而去最是方便。

越地本来多水，河道星罗棋布。阮家府邸大门面向主街，角门连着小巷，后门外是深入河道的石阶，门外停泊着进出所用的船只，外头看着只是比平常乌篷船干净整洁些，进了篷子又是另一番模样，四周裹了软垫不提，更做了暗格可以放糕点、茶具和常用的小物件。

南方阴冷，到了冬天船里摆上隔水炭炉取暖，换上厚棉挡子，又遮风又柔软。而今天气炎热，挂的则是格子疏密得当的竹帘子，里头看外面清清楚楚，外面人却瞧不见里面的情景。

阮媛最喜欢这种时候坐船，水边本来凉快，而且船摇起来，一晃一晃地看路上的风景，说不出的悠闲自在。

老夫人就会笑她心野到骨子里了，又不曾拘着她不给出去玩，日日在这些街上、道上瞎跑，还能有这股劲头看热闹。

阮媛便道："奶奶总笑话我，下回不敢跟奶奶一条船了。"

阮家出门带的人手多，乌篷船小，回回都要用上好几条船才行。不过真到下次，她又赖奶奶身边去了。

今次去普净寺，老夫人和阮媛一条船，大夫人带着两个儿媳妇一条船，再加上丫鬟婆子一条船，一早让人在船头挂了写着"阮"字的灯笼。

女眷有专用的围了印染头巾的船娘，等各个夫人、小姐、丫鬟坐定，船娘长桨摇曳，划破水面，小船儿踏着水声向前。约莫半个时辰，停靠在专门接待贵客的渡口。

早有知客僧带了小沙弥等在岸上，引几人到准备好瓜果热茶的寮房里休息。

阮家是本地名门，每年的香火钱都给得丰厚。不多时，住持过来，亲自给老夫人讲了一堂经课，午饭用的是寺中的素斋，下午休整了一会儿，便到了回去的时辰。

老夫人拍了拍阮媛的手："等你持斋结束，便来接你。"又与住持说："这次书院准备给观音会的经书里，有好几卷是我们小囡囡抄的。她这几日持斋还愿，全托付您照顾。"

住持道了声佛号，道："佛祖慈悲，小姐是有佛缘之人，老施主只管放心吧。"他在普净寺任住持二十余载，几乎看着阮媛长大，老夫人若不放心也不会只留下阮媛和小丫鬟两人。

等老夫人由大夫人扶上归船，一行人荡出视野。阮媛和小丫鬟由小沙弥领去居士寮房，寺庙里每日的安排都有定数：清晨打板，听早课，用早斋；香客入门时，她可在房中小歇，或自由安排；到晚间，再一同进晚膳、上晚课；佛门清净地，晚课后不多时，便会统一灭灯，除了夜巡不得随意走动。

小沙弥说完规矩，退出房去。

这时候，距离晚膳晚课还有一些时间，阮媛打开窗户，坐在床头，小丫鬟脱了外衣、鞋袜在床铺上翻来滚去。

这里不同家里，用的是大通铺。不过给贵客单独一间，这通铺不会再安排其他人进来罢了。阮家打点过了，即便几日后有观音会，普净寺又是观音道场，这个小院也不会再有别家共用。

小丫鬟滚得兴奋不已："哎呀，常听师父们说：佛法有云众生平等。我这算是感觉到平等了呀，我和小姐睡一样的床了！"

"就睡一样的床你就满足了呀？"

窗外几只小鸟并着双腿，在地上跳来跳去，阮媛有一搭没一搭地跟她闲聊。

小丫鬟手脚朝天："何止啊，我也不需要给张嬷嬷洗衣服了，我也不用给那几个大丫鬟赔笑了。小姐又待我好，不管着我、不说我，我在这儿幸福上天了！"

阮媛心想：我也幸福上天了。除了要想观音会那天怎么混出去，一时也没别的烦恼了。

一阵风扫过，耳畔都是"沙沙"声，窗外的小鸟一齐往天上飞去，像是灰色的雪花从眼前飘过。

小丫鬟翻了翻包袱，拿出一卷翻绳来："反正无事，我们玩绳吧。"

阮媛也翻了翻包袱，拿出一叠纸笔，道："既然无事，我教你写字吧。"

小丫鬟一脸惊恐。

"不想写字呀？"阮媛又翻翻包，拿出一把叶子牌，"那我们玩点儿来钱的。"

"不行不行！"这回小丫鬟直接从床上跳下去，"玩叶子牌回回都输钱给您，我们已经不能在这方面好好相处了。"

"那我们玩翻绳？"

有了叶子牌，谁还看得上翻绳。小丫鬟心痒痒，踩着鞋子走了几步，又忍不住回头。

"小姐，您不爱玩翻绳呀？"她试着跟阮媛商量，"要不您休息一会儿，我出去找人玩。听说寺后面的村子里人不少，我去那头找人跟我玩翻绳吧。"

阮媛但笑不语。

小丫鬟观察着她的神色："那个……小姐反正也一个人，这叶子牌我借走，一块儿带去玩了哈。"

她古灵精怪地把翻绳和叶子牌拢在怀里，见阮媛没有反对，临出门时还不忘往屋里一探头："我回来时，正好给小姐端晚膳来，小姐您等着哈！"

阮媛差点儿没笑趴在床上，摆摆手让她快去。

论说自由，奶奶对她的确宽泛，宽泛到可以比肩旁人家的男孩子，上书院、逛街市，甚至甚少过问她屋里的细枝末节。相比之下，反而是她身边这些丫鬟、婆子，整日拘束在深宅大院内，难得有次出门的机会，又少了监管，小丫鬟开心得像放出笼子的小鸟。

阮媛笑罢，拢了拢头发。出门一日，身上难免沾染尘土，进屋之后还没洗过手脸。她也不是那种缺了丫鬟就难过日子的人，自个儿抱了脸盆出门。

僧人们已经将院子里的水缸挑满水，是供入宿的香客平常用的。阮媛打了半盆水，抬头向上看。

这株槐树已过百年，树冠硕大如伞，里头藏了不知多少只鸟窝，难怪时时刻刻叽叽喳喳。

霞光穿过树叶间隙，投射在身上，时不太晚，也已至黄昏。她伸手摸了摸树干，树上的鸟儿仿佛觉察到什么都安静下来。

"寒来暑往何时了，饥来吃饭困来睡。[1]"她忽然笑了一下，不知是在问谁，"今天有没有吃饭呀？"

一阵风起，鸟儿们又叽叽喳喳起来，似是要给她答案的还有那身后传来的脚步声——

阮媛在树下回头，院门与树干之间的阴影间，投射出一个高大的身影，垂下的枝叶挡在她的视线里，亦模糊了那人的容貌。

好像有什么要往心口上压来，但要仔细分辨，却只有水的冰凉透过铜盆传递到双手和掌心里。

他没有停顿，径直向她走来。一直到穿过遮挡的枝叶，那张陌生而平常的面容映入眼帘。

华灯初上，小丫鬟方才回来。

她进门的时候，阮媛似才做好决定，将笔尖落到纸上。

小丫鬟贴着墙角进门，阮媛头也没抬："回来啦？"

"嗯。"

"赢钱了？"

小丫鬟不说话。

阮媛搁笔，吹了吹墨迹，往门口看过去，果见小丫鬟低着脑袋在抠墙，从头到脚情绪不高到只差没写"输惨了"三个字在脸上，早把出门说要带晚膳的豪言壮语给忘记了。

阮媛折起信笺，过去挽她："走吧，到饭堂吃饭去。"

小丫鬟像牵线木偶一样，被牵着出门，嘴里嘟囔："小姐，你怎么不说我呀？"

"说你作甚，输的又不是我。"

"我可输惨了！"她跟阮媛掰手指，"这个月的月钱，下个月的月钱，下下个月的月钱都没有了。"

阮媛抿着嘴笑，路过水缸时，将信笺放在水缸的木盖子上。她回头看了一眼，那人隐在老槐树的阴影里，像一片会浮动的烟雾静默无声。

他将信递上来时，她约莫想起来见过这人。

昨日，在阮府角门外的亭子里，原本将军模样的人在说话，后来这人忽然出现，低头不知说着什么，又忽然消失。

阮媛接过信笺拢在掌心里，左右打量他。

刀剑上讨生活的人，有一瞬间竟被那目光看得发毛。

"你是有隐形的斗篷，还是有什么特别的道具，让自己来去无影？"

"……"

"刚刚是不是怕吓到我，所以才故意踩重脚步？你有没有试过从天而降呀，忽然一下，出现在人面前，吓人一跳的那种？"

"……"

空气像凝固了一般，不知静默了多久。

他道："您有回信，可以交给我。"

"其实，你要是不想回答我也可以。"阮媛笑着打开信笺，入目的字迹风骨近似于湖居士又自成一体。

"人不在阮家，也被找到。"她呢喃，"我又怎能……不写回信呢。"

注释：

［1］

虞美人·寒来暑往何时了

（宋）刘学箕

寒来暑往何时了。世故催人老。一人口插几张匙。何用波波劫劫、没休时。

饥来吃饭困来睡。莫把身为累。谁能较短与量长。落叶西风一梦、熟黄粱。

六

一只大老鼠

翌日，郊外。

月将落下，最后一丝月光顽强地透过层层茂密的枝叶打下来，只剩下了几条找不到角度的发光丝线，聚焦在那满脸血污的人身上。

纵然彻夜不停，连日奔波，最后相见也已近生死相别。沐斌立在几步之外，静静地看着他。

抱着那人的暗卫探过了脉象，摇头："吃续命丹和还魂草，也救不回来了。"

那人唇齿蠕动，如枯枝一般的手始终固执地指着一个方向。

沐斌没有去看那个方向。

天地间最后的光亮被黑暗吞噬，那只手垂落时，似有混合着血的泪滑过千疮百孔的脸庞。万籁俱寂，英雄落幕，一将功成万骨枯。没能名留青史的人，最后会被谁记住？

"皇太孙会记得你的。"沐斌低喃。

我们也会记得你。

黑暗中，全队出发，向着同一个方向。

黎明之前，那本名册终被寻到送到沐斌手中。页已残破，深浅血污密布，内页字迹几乎难辨。

沐斌一言不发地将之收入怀中。

旁边暗卫忙按住书角："世子爷，让属下带着吧。"

"不用。"他道。

这本东西已经沾染太多人的鲜血，如果这还不够分量递到御前，那就加上他的血。

看那隐藏在暗处的人够不够胆量来取！

趁着天光还未大亮，沐斌策马回到驿站早就包下的房间。

有二人与他身形相似、衣着相同，昨夜在这里留宿在不同房内，身边带着一样数量和穿着的随从。三队人错身而过，那两队一前一后从两个房间出来，向着完全不同的方向出发。

半日后，沐斌在一辆马车内睁开眼睛，车已停靠在布政使杨大人的府邸门口。杨大人万分意外地从府里出来迎他："贤侄怎么一点儿消息没有就来了？"

沐斌撩开门帘，淡声道："母妃有东西落在这儿了，火急火燎地要取回去。"

"这这这……"杨大人不知作何表情，"落下什么，写书信来让我派人送过去，或者差人来取就行，怎么好让贤侄亲自跑一趟。"

沐斌不动声色："我母妃的性子您知道，她要谁来拿就得谁来拿。又或许是看我不耐烦，所以撵我出去，好让她清静几日。"

杨大人可不敢背后编排沐王妃，干笑着把沐斌迎进府。内院是杨夫人主管，沐王妃这位二姐可相当厉害，是个不苟言笑的人物。

当沐斌步入沐王妃当时暂住的房间，从一个梅花瓶里挖出沐王妃授王妃玉牒时由先皇御赐的、只有正妃可以佩戴的凤翅金玉簪头。

杨夫人和杨大人脸都白了，难怪要沐斌亲自来取。

凤翅金玉簪头，皇后可戴十六支，贵妃可戴十二支，往后封位越低，簪数逐次递减。到沐王妃的身份可以佩六簪头。虽然不那么风光，可也不能拿来玩投壶啊！

这事说出去，沐王还要不要面子不说，传到天家耳朵里，非治罪不可。

杨夫人当家二姐的风范立显，当着沐斌的面，就从上到御赐之物不可亵玩，中到王妃身份不可顽劣，下到当娘了还这么把儿子差使来差使去的任性，严词厉色地批评了一番，并将一词一句落到信上，让沐斌带回去，好让沐王妃以后长长记性。

此事重大，沐斌提出不再留宿，杨大人和杨夫人也不敢强留。沐斌小喝了口茶，就上车走了。

马车行出城门，驶上驿道，一只鸽子不着痕迹地飞过。

不多时，车队停下来，暂作休整。

一个暗卫抱着鸽子走来，沐斌的目光落在鸽子眉心的一点朱红上。

众暗卫心道：今日世子爷看鸽子的神情格外温柔啊。

信笺卷在鸽子脚踝上的竹筒里，随着纸张展开，字迹入目，像有谁的笑声透纸而出——

他告诉她：出门几日，不知归期。

她回他：那你小表弟呢，在忙什么呀？

阮媛收到回信是在一个午后，午睡起来，推开窗户，一眼看到浅碧色的信笺躺在外面窗台上。

阮媛的眼睛在院子里转了一圈，没有找到人。

那个送信的好像被吓到了。

阮媛拿起信，里面的内容很简单。她问起了小表弟，而他告诉她小表弟正——傻子爬墙头。

阮媛忍不住笑了，这是一句歇后语，下半句是——四下无门。

看来小表弟在做一件很不容易的事呀。

小表弟的确在承担艰巨任务。

越地水乡的蚊子穷凶极恶，过惯了好日子的小表弟第一次认识到自己原来是招蚊体质。想他这几日不是挂在树上，就是躲在草丛里，哪一种都是多蚊虫之地，已足以写一出血泪史。

小表弟一面想，一面摇头，一面啃了一口干馒头。馒头又干又硬，完全不能顺利通过他娇嫩的喉咙，小表弟无法控制地干呕，手像溺水的人一样四处乱舞。

旁边暗卫："……"

好不容易，疑似溺水者抓到了水壶，迫不及待连灌几口水，把馒头咽下去，他红着眼好一会儿，总算把眼泪憋了回去。

一直用眼角余光看着小表弟的暗卫松了口气，要是又哭出来就完了。

便听小表弟叹息："这日子什么时候结束啊，暗十？"

被唤作"暗十"的暗卫头也不抬，继续吃馒头。

沐斌身边这十六个暗卫，每个人都有自己的编号，从暗一、暗二到暗十六。暗十成为暗十之前有自己的名字，一般遇到他想装如空气般存在的时候，他就当没听见自己的名字。

最近，当没听见自己名字的次数有点儿多。

一个人不搭话，就是希望能得到清静。

但是，小表弟不明白，没人搭话，他一样可以自己继续说。真是气人。

果不其然，沉默片刻，小表弟又叹了口气："不知道暗九现在有没有吃好吃的……"

观音会玉女选拔之后，暗九和暗十两个暗卫被派来监视詹先生。一开始，两人还是轮班制。按理他们的能力查这点小事手到擒来，之所以至今还没有结果，完全是因为对方太狡猾。

詹先生自那日落水之后，一直病着没去书院教书，除了身边唯一一个半雇佣制的下人，每天来半日打扫卫生，做饭洗衣，也没见其他人来过这房子。也可见，这詹先生人缘不怎么样。人缘不怎么样的詹先生还摔了好几次药碗、饭碗和茶碗，因为不是他肚子里的蛔虫，实在无法窥知此举背后的意义。

因此，暗九、暗十那几日的观察日记，事无巨细地记录了詹先生的吃喝拉撒细节。

然而，没记几天，世子爷却要离开上虞。暗九便被调去了普净寺。

暗十心想：这下好日子结束了，以后得全天一刻不离都蹲在这儿。没想到，更可怕的是小表弟自告奋勇也来调查。

从此，他绝望了！

小表弟说了一堆话。

暗十闷头不说话，做他们这个差事，最重要的是闷头干活儿不怕死，闭上嘴巴不说话，虽然他们私下里也挺八卦。

又一只蚊子飞来，在两人周围转悠。

小表弟一脸惊恐。

暗十忍无可忍，向他怒看过去，一时没控制好，他下意识地往那射了根银针，还好他及时发现，指尖偏了点儿方向。

于是，小表弟没哑巴，蚊子被钉死在了树干上。

"哇哇哇哇！"

小表弟崇拜脸。

暗十："……"

小表弟："你……你……你……你……你，怎么这么厉……厉……厉……厉……厉……厉害！再来一次好不好？"

我又不是瓷器，又不是名画，又不是美女，你口吃个啥！

但是不等暗十腹诽，巷子尽头传来脚步声。

前面说了，这詹先生人缘不怎么样，落水生病好多日也不曾见谁来慰问。人又是住在深沟小巷的最尽头，此地平常没人走进。眼下天也快黑了，正是回家吃晚饭的时候，会是什么人来找他呢？

暗十向小表弟递了个眼神，小表弟急忙捂嘴。两人挂在詹先生家院子外的一棵野枣树上，各自抱好一根树杈，八卦地往下看去。

来人一袭青衫，眉目儒雅，像从画里走出来的俊儿郎。

小表弟心里"咦"了一声，他好像在哪儿见过这人……

与此同时，普净寺内。

"小姐，你在找什么呀？"

打从下午，阮媛就开始在院子里翻翻这，瞧瞧那，小丫鬟看了半天，终于忍不住问出了声。

阮媛："我找大老鼠。"

什么？老鼠！还是大的！

小丫鬟吓得跳到阮媛身后，抓着她的手，恨不能围到胸前来把自己保护起来："哪里哪里？活的还是死的？"

呜呜呜,她最怕老鼠了……

"当然是活的了,死的还往哪里跑呀!"

"那那那……我去找人来帮忙。"这种时候,当然是溜之大吉,离开现场最重要了,小丫鬟得了阮媛默许,一溜烟儿跑开。

阮媛看完水缸后,抬头瞧顶上茂密的树叶,槐树是一种特别高大的树种,再加上这一株超过百年,已是参天大树,枝叶茂密到外面下大雨,树底下落毛毛雨。

所以,要藏个人,应该也是可以的吧。

她对上面抖抖手里的回信:"这样不好吧,我们这里住的毕竟是女儿家,你在边上神出鬼没,我心里发虚。我们来商量一下,你出个声呗,我有个心理准备,好不好?"

没人回答。

"哎……"阮媛也知道这样不管用,她说,"你大概不知道,深宅大院里面腌臜事儿多,规矩也特别多。像我这样随便给男人写信,要是被人知道了,虽然我比较胖,不太可能叫人联想到那方面,但也是会被浸猪笼的。毕竟这种事,宁可错杀一百,不能放过一个。为了阮家的名声,我……"

"不会有人知道。"

暗九从后面墙头上落下来,他办事,很靠谱的。

不过刚落地,暗九就后悔了,因为阮媛的表情从苦大仇深变成了平静了然,那种了然里还带着狡黠。就像小狐狸一样,有"你果然在"四个字在眼睛里发光。

暗九:"……"

阮媛踱步过去,把信递上。

他低头接过,就要遁了。

阮媛歪着头问他:"你会不会无聊呀?"

暗九的脚步迟疑了一下:"不会。"

"你总是在我附近,不会饿吗?想吃饭的时候要怎么办呢?怎么随时知道我变换了地方呢?要是我们洗澡,你是在外面还是会回避呢?"

暗九："……"

就知道不该露面啊！

"算了算了。"阮媛摆手，起码今天有一个人回答了，其他的下次再问，再接再厉，总有一天能凑齐答案。

她耸了耸肩膀，看起来有些失落道："我也知道，你不会回答我。"

一个馒头出现在眼前。

阮媛抬头。

暗九说："我吃馒头。"

哇，今天回答了两个问题！

"那岂不是一年到头都吃冷食？"阮媛星星眼眨了眨，"一直这样对身体不好哦，反正我们也是一样吃饭，要不给你多带一份？"

暗九的回答是——转身，旋上墙头，转眼消失在另一边。

阮媛的目光跟着停在那墙头上。

这样来去无踪的一个人，只是专程等着送信，那能号令他的……

有什么东西呼之欲出，小丫鬟带着小沙弥跑过来："小师父，就是这里，我们院子里有大老鼠。小姐啊，你刚刚还有再看到大老鼠吗？"

阮媛转身道："有啊，看到它跑出去了。"

"啊？"小丫鬟张了张嘴，"那……那……那可怎么办，我们弄点儿捕鼠夹吧。"

小丫鬟雷厉风行，捕鼠夹很快置办到位。快吃晚饭的时候，小丫鬟去饭堂拿饭，阮媛道："等会儿多拿一份饭菜来。"

"啊？"

"给大老鼠吃啊。要抓住人家，总要给人家一点儿甜头吧。"

小丫鬟握拳："小姐说得有道理。"

饭一端来，她就拿了一份到外面院子里摆着。四周密不透风地围上捕鼠夹，小丫鬟信心满满：除非你会飞，要不一定把你拿下。

这一晚，小丫鬟在竖着耳朵等听捕鼠夹声音的紧张中睡去。

然而，对阮媛来说，万万没有想到，且自作孽不可活的是——第二天一早，自己在一声尖叫中醒来。

小丫鬟听到声音叫道："天哪！那只老鼠真的会飞！"

她端着盘子冲进来，给阮媛看："小姐，小姐你看，吃得一粒米都不剩，这得是多大的老鼠啊！而且它还会叠盘子！"

寺院专用的粗瓷碗，整整齐齐地叠放在托盘里，甚至已经清洗干净。

阮媛默默无声地笑了："也许，以后只能养着他了吧。"

后来，许多年后的某一天，暗十和暗九闲话当年。彼时两人已功成名就，人生圆满。

暗十抱着他的儿子，暗九抱着狗。

想起杨少爷那话痨烦躁，暗十忍不住暗骂。

而沉默寡言的暗九忆起的，是这顿热餐饭。

沐斌这头，刚在一个小吃摊前站定。

暗一说："太阳从西边出来了，世子爷竟然买零食。"

暗二说："买给阮小姐吃的，小姐信里问起有什么特产。"

"哦——"暗一拖了个长音，向隔壁暗三、暗四递过去一个眼神。几人悄无声息在平等、自由、愉快的环境下完成了一次八卦。

不远处，沐斌已从小贩手里接过小纸包，转身上车。车厢内的矮柜上摆了茶具以及几个不同形状、尺寸的小包，都是沿途买的小玩意儿。不知道情况的，还以为他要买回去哄母妃。

沐小王爷一向不喜欢排场，出门时，明面上跟的是一小队王府亲卫。去接应名册的时候，亲卫留在驿站，只有暗卫们跟随。一切行动已做到极致机密，但只要做了，就不能保证万无一失、绝对瞒过所有人的眼睛。

因此，沐斌特意绕道杭州府，找了替沐王妃取凤翅金玉簪头的借口，在浙江布政使杨大人家门口打了个照面。出城后，更是放慢了脚步，做出凤簪到手、谁与争锋的闲庭信步。慢悠悠好几日，所经过的都是繁华城镇、人多之处。

一直到离开杭州府的范围，人烟开始稀少。

突袭就发生在这时候——

金鸣声响起的时候，沐斌暗道一声："来了。"

若要认为东西在他这儿，下手最好的机会就在这里。

探手在腰间一摸，沐斌抽出随身宝剑，一个翻身躲开一把砍来的大刀，同时扑出马车对显身赶来他身边的暗卫们使了个眼色，其中两个得令往包围圈外退，很快出了包围圈。

对方并不知道东西具体在谁身上，见有人突围，立刻意识到这两人身上可能带着他们要的东西，有组织地分出两小队人追去，余下之人死死将沐斌等人围住。

这是一场厮杀。

双方人数相差不大，差别在王府的亲卫们并非久经沙场出来的南疆战士，他们被养在天子脚下，所属的却是异姓王，这本身就造就了他们的战斗力不可以太强。

所以，亲卫们很快落入下风，真正可以抵抗对手的只有沐斌和暗卫。更何况，四个暗卫中的两个已经作为障眼法离开这里。

"世子爷，快！"最后一个亲卫临死前嘶吼，却没能把"走"字说出口，就被三四把大刀削成了几段。

鲜血飞溅在脸上，沐斌探手在怀里一摸，将一样东西拍在暗一身上，道："走！"

暗一的轻功在暗卫中最好，心里略一犹豫，身体却在久经命令中生出了本能，已脚下一蹬、一踏，借着沐斌的膝盖，飞身而起，第二脚落在旁边另一个暗卫的肩膀上，两下借力直接落在包围圈外的马上，策马而去。

一支冷箭横空而出，直往暗一后背射去！

果然还有后招！

沐斌长臂一挥，飞身将冷箭一劈为二，一旋身对准那箭如羽飞的源头直冲而去。

当世界的某个角落正在经历着看不到尽头的杀戮，几百里之外，普净寺内的生活仍旧平静祥和。

阮媛原来的生活就自由自律，因此在普净寺里既没有那种难得没人管束的窃喜，也不会因为生活简单规律而生出枯燥。她每日按时上早课、晚课，耐心安静地帮寺庙抄写送予香客的佛经，读佛偈时遇到困惑会询问一同上课的师父。在住持眼里，是个不需要费多少心思的好孩子。

观音会的日子将近，普净寺是观音道场，必定人潮如海，当日寺里的早课和晚课将会暂停。阮媛和小丫鬟也被通知可以自由安排时间。

到时候，虽然人多，但佛门后院并不会被香客踏足，仍是清静之处。只不过，作为一年一度的节日，不能出去热闹一下，实在是太遗憾了。

小丫鬟可怜巴巴地看着阮媛。

阮媛撑着下巴，坐在窗边，从容地说："寺里距离上虞县城太远，没有船就靠脚的话，还是在普净寺里瞧瞧热闹吧。"

"可是，好玩的东西都在县城里呀，好玩的东西不适合在佛门清净地做呀！"

阮媛看了小丫鬟一眼，指尖在桌子上有节奏地一敲："你非要出去，也不难。"

就好像一只小手帮忙抓了一下小丫鬟挠心挠肺难受的神经，她跳起来："小姐有什么好主意？"

"拿出一两银子贿赂小沙弥好啦！"

小丫鬟眼睛一亮。

阮媛话音一转："不过，这种有辱佛门的事，我不会做的。"

所以，阮媛直接给了小沙弥二两银子，直言要找个船娘来送小丫鬟去观音会集市看热闹。

小丫鬟感动得不行："小姐，你对我真好，下辈子我一定做牛做马报答您。"

"牛马家里的农庄已经很多了，你不如考虑做棵树啊。"

"咱府里树也不少啦！"

"是呀，而且你看它们每一棵都很安静。"阮媛微笑。

码头上船只如梭，周围湖泊的渔船也会在那天改做客船，给几个铜钱就能被载到城里去。

等送走小丫鬟和小沙弥，阮媛就跳上一艘这样的渔船，前往观音会。至于看起来无处不在、无所不能的暗九，她根本没打算避开他。因此，观音会的前一晚，阮媛睡得相当踏实。

同样的月光下，一辆马车奔驰在官道上，车后扬起淡淡尘土。

沐斌闭目靠在厢壁上，同车的老者道："老朽给您点一支安神香吧，这样拔出箭头的时候，好受一些。"

沐斌摇头，死了那么多人，他想清醒着。

老者轻叹，目光落在这年轻人的伤口上。

这是一支穿云子母箭，箭头扎入人体之后再弹出子箭，所造成的创伤深至骨骼，外加子母箭头均带倒刺，因此拔出箭头时，从里到外的肌理都会遭受破坏。就算是用了安神香，在拔箭的刹那，也不知多少人会在昏睡中痛醒过来。

但见沐斌此刻的表情，老者知道再坚持也没用。

箭身在他们见面之前，已被沐斌自己斩断。此刻他右臂上黑灰一片，完全分不清哪里是血迹哪里是脏污。

老者麻利地将整个右侧衣服剪开，用清水清理了一下伤口周围的肌肤。

马车在颠簸中飞驰，原本不是处理伤口的理想场所，但他们不能停。

忽然，门帘掀开，一道人影闪入车内，对沐斌略一抱拳："暗三回来迟了。"

至此，三个暗卫全身而回，还差一个……沐斌看着他，动了下嘴角。

暗三明白意思，急忙解释："世子放心，暗四无恙，我们甩掉了他们，暗四现在正反向跟踪。"

但那句"挺好"还一个字都没出口，右臂上突如其来的疼痛像一条蛇钻入他的躯体，整个儿把他从里到外的骨骼打散，并且不只是疼痛，还有骤冷、耳边尖锐的鸣叫和莫名的恐惧！

那一刻，似乎什么都飞了出去，他脑子里空得可怕。

烈日下，尘土飞扬，刀光剑影里多少儿郎故。

小时候，他问父王："如果今天死在沙场，您怕吗？"

父王说："无惧，无悔。"

身为军人，每时每刻都已做好准备。身在沐王之位，心不愧天家信任，对得起部下追随，拥有过妻之爱子之孝，亦享受过荣华富贵，人生的每一刻都在圆满时，随时可以慷慨而去。

那他呢？

父母健在，尚未赡养。

满心抱负，尚未施展。

情之所钟，尚未出口。

似是无尽遗憾，但换一个角度想，亦不曾遗憾。

父母有足以信任的人托付。

理想有志同道合的人实现。

还有那个小女孩，正好结束在一切尚未开始的时候，她还有无尽的希望与明天，拥有幸福，包括忘记他……

可不知道为什么呀，不想遗憾，心却克制不住地颤抖。有什么味道从鼻息里传进来，竟不是意料中用来醒神的辛辣味，相反，很甜。

沐斌睁开眼睛，发现左手里那一小包点心已经完全被他抓烂，青色的兔耳朵布角歪着，此刻整个小包软塌塌地躺在虚拢的掌心，想必里面的小点心也未曾幸免于难，毁了个开膛破肚。

他有一瞬的愣怔，甚至忘记了右手负伤，想要按一下眉头，以及那不受控制翘起的嘴角。可惜终究是没有力气，手没抬起来，也没笑出来。

良久，马车里才响起沐斌的声音："皇太孙将先生这条暗线留在越地，真是有先见之明。"

"是世子爷及时护住了心脉，要不然刚才那一下，就算人活下来，也会有伴随一生的心疾。"老者不敢居功，一面将止痛药撒入伤口，层层缝合。

沐斌没再说话，吃力地将小点心揣回衣兜，目光移到暗三身上："通知另外两队……"

暗三明白，说的是那两队出驿站时伪装成沐王世子的队伍。

"如果他们还有人活着的话，"沐斌的声音听不出喜怒，"在上虞东门外十里集合，沐王世子是时候正大光明地进上虞了。"

"是！"

观音会上，民间素来有抢头香的习俗，天才蒙蒙亮，大批百姓涌到普净寺门口，但求寺门打开之后，能一马当先冲进去敬上头香。

阮媛之前登岸时的渡口，普净寺不对寻常香客开放。小丫鬟欢欢喜喜地跟着小沙弥去那上船出去玩。

她前脚走，后脚普净寺内响起悠扬的晨钟。

观音殿内，阮媛盘起虎口缠绕的佛珠，对座上菩萨虔诚一拜："信女阮媛，诚心叩谢菩萨保佑探花哥哥今春金榜高中，哥哥如今在京城做詹士，往来信件都道诸事平顺。"

她睁开眼睛往上看去，菩萨亦慈眉善目地看着她。

"京城重地，世事无常，阮府阖家不求他光耀门楣、平步青云，但求他能以平安为重，忠其所属，终有所成。也愿奶奶和父亲身体安康，长命百岁。三愿阮家的每一个人平安和顺。四愿……"

佛堂中的少女忽然停了祈愿，那个往来送信、行踪难觅的暗九可能正在附近，于是阮媛转到心里静悄悄地想：

菩萨，他已经许久不入我梦里来……

青烟袅袅，佛堂静谧。

少女的眼眸像普净寺里放生池的池水，波光粼粼，但也只是一瞬，一瞬之后，她扬起了一个俏皮的笑，对菩萨眨眨眼睛。

"今日的菩萨一定是大忙人，我先叨扰到这儿啦。"

普净寺门开，如潮的人流往观音殿涌来。娇俏可爱的少女步出大殿，逆流而下。

山门外往上虞城去的渔船，正好刚卸下一批香客，空得紧，她招手跳上其中一艘，仰头望向天际朝阳，道了声："真是个好天气呀！"

有同船的村妇跟阮媛兜售乡货："姑娘坐这么早的船，还没吃早饭吧，新煮的茶叶蛋要不要？自家养的母鸡下的。"

鸡蛋算是荤物，阮媛持斋不能吃，眼睛一抬，看到村妇另一个篮子里放着各色络子，倒都分外讨喜，于是挑了一个彩线做的团锦结。

村妇做成了开门生意，高兴地要再送她一个吉祥结。

阮媛拍拍两袖："身上真没那么多地方挂的，今日是菩萨生日，您就成全我做一件善事吧。这结往城里去，好卖得很，一定兴隆，早些卖完，换了糖和布好哄家里的娃娃。"

村妇听得心花怒放，转身去向同船的其他人兜售。阮媛倒不是诳人，身上摸来摸去真的只能摸出一支陈子鹤之前送的银笔。

团锦结挂在笔帽儿上，彩色的络子和银色的笔在阳光下相映成趣，笔尾上刻的"陈宝"二字像有光流转，真的除了笔沉了些，什么都挺好。

阮媛在渡口下了船，付佳儿跟她约了在这儿见面。阮媛一踏上陆地，两人就发现了对方，亲热地相互招手。

周围人山人海，人多得可怕，每向对方走一步，都要跟边上人撞到一般。好不容易凑到一起，两个人四只手立刻就拉到了一起。

阮媛感叹："今年观音会的人真是太多了！"

"你还不知道呀，沐王世子这会儿进城。"周围人声鼎沸，付佳儿不得不用很大的声音回答。

阮媛心里"哦"了一声。

沐王世子是一个空无的符号，但另外一个人，是真实的。

她想：他回来了呀？

"我们要不要先去台楼排练一下？"阮媛问付佳儿。

可惜人流的方向不受他们控制，不知是不是城门打开，准备欢迎世子进城的车队了，人潮忽然沸腾起来，拼命往同一个方向涌。

付佳儿回了阮媛一个"我完全控制不住我的脚"的眼神。

人挨着人，扬起复杂的味道，人的汗臭、衣衫的熏香、早饭的味道混杂着菜市里禽肉和蔬菜的味道，一阵阵随着人潮的摩擦，往鼻子里涌。

城门距离渡口有百来米的距离，越地重镇一向设的是水陆双城门，水门和城门不会相距太远。阮媛上岸的渡口原本就在通过水城门后。

付佳儿的身体单薄，被人挤得摇来摆去，阮媛又不能挤上去，只能在后面紧紧叮咛："佳儿你可抓牢我了，我比较胖，很容易就被卡牢了，到时候追不上你哦。"

付佳儿在百忙之中，白回来一眼："这种时候还有心思说笑呢，我看你去普净寺这几天，瘦了好些。"

"不不不，"阮媛跟她摇手指，"我称了，没瘦，可我高了，哈哈哈哈。"

爽朗的笑声透过各种各样的人声、走路声传到耳中，付佳儿的心里竖起了一个叉腰大笑的小阮媛。

嘴角不受控制地翘起，心里堵了好几日的思绪却被意外地撬动，瞬间轻松了很多。

付佳儿隔着左右的人，回头向她看去，神情是阮媛从未见过的认真凝重："媛媛，我要跟你说一桩事。"

杂音太重了，阮媛听不清楚，努力踮脚向她靠近："什么？佳儿你刚刚说啥？"

"这里太吵了，等到了台楼跟你说。"

"好呀。"

"霍啦"一声，是城门打开的声音，马蹄有节奏地踏来。

不知是谁喊了声："世子来了！"

人潮停下，所有人往城门处张望。

阮媛也立住脚，她旁边站着几个年轻的姑娘小声地期许。

"不知道世子是不是骑马，好想看看他本人是什么样子。"

"都说王妃是远近闻名的大美人，世子一定也很俊吧。"

碧空如洗，夏风拂面。即便是早晨的太阳，也是夏天的早晨，兜头照来的阳光，刺得阮媛眯起眼睛。

整齐有序的马队从朱红色的城门正中进去，然后从眼前驰过，先是六匹高头大马开道，红色王旗与黑甲的侍卫交叠在一起，而后一架马车缓缓而来。

车箱由榆木制成，形制比一般人用的高大，两侧有宽敞的窗户，垂着的五彩琉璃珠帘在阳光下流光闪烁，明明并不密集，却闪得人看不见车里人的模样，只能瞧见他穿着玄色的衣袍。

当马车从眼前经过的时候，他似乎往外看了一眼，太快了，只能看见那掀帘的袖口上一圈暗金色云纹，随着掀帘的动作，抬起一臂五彩光华。

马车眨眼间从前方经过，旁边的姑娘兴奋地往阮媛这儿挤过去，要追着车继续前进，一时间又好像不光是她们，连其他百姓也跟着在往前追。阮媛和付佳儿拉着的手，在一片慌乱中散开。

付佳儿人瘦又单薄，根本控制不住自己，慌乱中回头，却根本看不见阮媛。她给自己定神，幸好两人提前预料到了会走散，已经约好等会儿碰头的地方。

阮媛也以为自己被人流带得东倒西歪，不得不往前走。但是，一双手在这时候，按在她的肩膀上。

阮媛心里一惊，想着竟然在这种时候碰到了登徒子。

她的相貌、身材都不出众，也不知道怎么会被这瞎眼的盯上。不过，这登徒子确实眼瞎，阮二小姐可是学过五禽戏的，平常小男生都打不过她。

阮媛的第一反应就是要一巴掌劈过去，但是下一刻，绷紧神经的手被握住。

他说："我带你出去。"

是——久违而熟悉的声音。

人不能回头，一回头就会撞到人怀里，即便现在两个人没有靠在一起，他身上的热量也透过彼此单薄的夏衣，源源不断向她传递而来。

阮媛直直望着前方，世子车队的车尾也已远去，只有淡淡的尘烟似飞龙又似轻纱拂过眼帘。

人潮还在涌动。

她问他："你怎么不在车队里？"

他说："到得更早一些。"

手微微将她抓紧，他护着她后退，像有法力一样，周围的人忽然都远了寸许，挤不到身上。然后身影一转，眼前横着的主街也变成了竖着的巷子，连之前满眼的人脑袋都少了大半。

阮媛顿感清爽，连语气都轻快很多："我手心是不是热出汗了？"

沐斌说："没有，你手很凉。"

"那是你出汗了吧？"

"……"

下意识地抬手，掌心离开她寸许，才发现上当了，他的手明明炽热而干燥。下一刻，阮媛的手落下，隔着衣袖按在他手腕上。

"这样就好很多。"阮媛说着，五指用力，这一次，换她拉着他往外走。

沐斌道："哦，你在意男女大防呀！"脸上没有表现出异样，心底里却有一根无形的尾巴翘了起来：真男女大防，她可以不牵他。

阮媛头也不回地回他："人肉也是肉啊，持斋阶段，不要摸肉，阿弥陀佛，罪过罪过。"

一出人群，她便松开手，脚下却没停，继续往前走。

沐斌双手一抱，没跟上去，道："怎么得了帮忙，就要走啊？"

阮媛大踏步地往前走："我和朋友走散了，不快点去，她会着急——"后面"的"字尚未来得及出口，迈出去的腿忽然膝盖一酸，一个趔趄摔了出去。

这一摔多半不会太美观，整个人往前冲倒，说得直白一点叫：眼看就要摔了个狗啃泥。

沐斌也是一惊，紧跟着冲上去，一把将人捞住。

沐小王爷也不是白长这么大的，从小到大遇到的耍心机讨好的不计其数，从一丁点大给他糖吃，到后来各种女子投怀送抱。这要换了其他姑娘忽然一摔，沐斌眉头都不会皱一下，别提出手，连"欲拒还迎"这四个字的心理活动都不会给。

但这个人是阮媛，她的为人他再清楚不过。那具柔软的身体撞入怀里的同时，沐斌四处警觉，一时没发现什么可疑。

暗卫们跟了他多年，一个眼神，已然会意，立刻一半人留下，一半人向四周铺开排查。

不易发现的角落里，有人笑眯眯地抽了抽鼻子："搜什么搜，回头你该谢我才是！"说罢，潇洒地喝了口酒，周围暗卫们忙前忙后，他自岿然不动，在心里哼了小曲儿。

阮媛反应过来，人已经被沐斌半揽在怀。

他问："你怎么了？"

阮媛也不知道怎么回事，一条腿软得根本站不住，她努力用另一条腿支撑自己，开口要说没事。

身体忽地一轻，沐斌将她整个儿抱起来。离得这么近，好像能闻到他身上的草药味。阮媛脑子里有什么闪了一下，急道："我不要看大夫。"

她今天悄悄出来，上虞哪个大夫不认识阮家？她可不能因为这点小事暴露了自己。

沐斌也很干脆："你不看大夫，那我帮你看。跌打损伤不用吃药，不用怕。"

她看起来是怕吃药的人吗？

阮媛歪头瞪他一眼，不过这一眼在某人眼里完全没杀伤力罢了。而且她好像忽略了什么重点——我帮你看。

既然没反对，那就是同意。沐斌帮她做了决定。

阮媛眉头一皱："在前面放我下来。"

沐斌没再说话，大踏步走到前面一处没什么人经过的人家门口，将她放下。

阮媛坐在石头阶梯上，摸了摸那条发软的腿，手握整个膝弯竟然全无感觉，她从来没遇过这种情况，心下想：莫非真要去看一下大夫？

沐斌轻碰了下她握的地方："是这里吗？"

阮媛点头。

他低头，屈膝，握住那条腿往自己方向拉去。

阮媛惊呼："你干吗？"

"看伤。"

沐斌将她的腿搁在自己膝盖上，阮媛想拦，已来不及。天热，她穿着嫩黄色薄纱的裙子，裙里一条同样质地的长裤，腿刚抬起，那条黄色裙子便垂到了一边。

沐斌隔着裤子确认了一下："筋骨没有受伤。"

他拉开裤腿，这一次，留下的暗卫不等通知，都自觉捂住眼睛。

雪白的小腿内侧，膝盖弯有一点浅浅的粉色，像是撞击到了什么地方，又可能只是普通的蚊虫叮咬，并没看出什么不对劲。

沐斌却眯了下眼眸。

角落里的人"哎呀"一声，指尖一动，好像飞快切断了一根虚空无形的丝线。可惜还是晚了一步，沐斌已经腾空而起，一臂直伸，没等看清楚怎么被发现，那人胸口一紧，被沐斌直接从隐身的缝隙里一把拽出，耳边拳风呼呼，眼见就要打到脸上。

急得那人哇哇大叫："别别别，别打脸哇，脸是很重要的，师弟！"

沐斌狠狠将他掷到地上。

那人"骨碌"一翻，就立了起来，嬉皮笑脸地拱手："好师弟！小师弟！亲亲师弟！好久不见啊，哦哦，还有弟妹，你好你好。"

阮媛歪头看着这人，真奇怪，这人一出现，她的腿就恢复了知觉。

眼见阮媛看自己，他还伸手捋了一下凌乱的头发，努力做出给人留下良好第一印象的样子。

他看上去其实非常年轻，不出二十岁，一身黑乎乎、脏兮兮的道袍，连带着脸上也一块白一块黑的不太干净。但是那五官，如果不是如此被遮掩，阮媛觉得其实那应该是一副非常出众的五官。普净寺的住持曾跟她说过观骨，这人的骨相相当出众。只是衣衫破烂，又站没站相，腰间还挂着个尺寸和人非常不搭的大葫芦，一走路，里面晃荡晃荡，晃悠出水声，分明是个道士打扮，却更像个叫花子。

阮媛确认自己从未见过他："你是？"

他发现自己被关注了，很高兴地指指自己："我是——"

沐斌一把拽起阮媛就走："别理这个神棍！"

"哎哎哎，话不要说得这么绝情嘛！"那人跳到两人前面，双臂一展、一拦，对着阮媛道，"我是他师兄，你可以叫我卜正常，萝卜的卜，行为举止很正常的正常。弟妹怎么称呼啊？"

沐斌正非常生气这人动手脚，但也不得不承认被他左一句"弟妹"、右一句"弟妹"说得心里分外妥帖。

阮媛则是觉得这人疯疯癫癫、神神叨叨，不想与他纠缠于细节。

"我叫阮媛，"她道，"你为什么说他是你师弟呀？"

这一次，没等卜正常回答，沐斌已道："我幼年身体不好，所以拜入了道家师门。"

"对嘛对嘛，这就是承认我是你师兄了，"卜正常高兴地拂过沐斌肩膀，"我看你在忙，晚上再来找你叙旧哈，走啦走啦。"

沐斌没理他，他也不觉得没趣，乐呵呵地走了。行到拐角，再回头看一眼，心想：师父说你有血光之灾，让我来救，我看分明是个桃花运！不过掐指一算，又想：这朵桃花好像开得早了一点，到底能不能采呢？哎呀，师父万年光棍，什么都强，就是没教好我们看桃花运势。算了算了，孩子大了，管不了啦，管不了啦！

七

一种不寻常

夏日当空，树影成双。

阮媛和沐斌所站人家的门口，种了两株桂花树，取谐音"贵"之意。可惜未至金秋，没有满鼻的甜香，只有一头顶的绿意。

阮媛对沐斌背后努嘴："你师兄已经走远啦，你不用再板着脸了。他刚刚对我用的是什么？"

沐斌嗤之以鼻："神棍用的当然都是上不了台面的小把戏。"他低头确认她腿上那个粉色印记。

这里不是主街，但也所离不远，所幸一直没人经过。阮媛只觉得腿上一凉一暖，沐斌已重新站起来，道："已经没事了，有没有被他吓到？"

"不会呀，这个人还挺好玩呢。"可以隔空让人失去知觉的小把戏，那有没有其他更有趣的呢？阮媛摩拳擦掌想下次遇见，一定要问问卜正常有没有那种话本里隔空传话的小纸鹤，她已经好久没有听见探花哥哥的声音了。

一眼望见这丫头，眼睛里闪烁着不一样的光芒，就知道她有小心思。阮媛还没想几个点子，额头微微发热。

沐斌揉她小脑门："停下想那些乱七八糟的，信他没有用。"

"那可以信你吗？你是他师弟，是不是也学了道家法术？"

"我只学了强身健体的武艺，没入道门。"

阮媛拖了个长长的"哦"音："也就是说，下次他耍小把戏，你破解不了，还是得找他才行咯？"

这小丫头，惯会拿捏七寸。沐斌不乐意地想：我看上去像对付不了他的样子吗？

偏偏脾气很臭的少年，对面前这个少女发不起脾气。略一思索，沐斌问她："会做烤鸡吗？"

这话题跳跃得有点远，阮媛一愣："会啊。"回答之后，惊觉不对，她双手合十，抵在唇边，又对天道："罪过罪过，今天不该谈杀生的！"

然后一偏头，对沐斌道："我在吃斋，你也知道我在普净寺哦，这事得等我回家才能帮你做，今天我都是偷偷出来的，可不能被我奶奶发现了。"

沐斌相信她的手艺："等你回家做一只给那神棍吃，叫他以后都求着你。"

阮媛眨了下眼睛，心想：你其实还是挺想着师兄的嘛，面上一副很不对盘的样子，其实还准备了他爱吃的东西。

当然，那时候她还不了解沐斌"君子报仇，十年不晚"的性子。

沐斌看阮媛笑眯眯的，也回以一笑："那神棍出现的地方一般都有些不寻常的事，我带你去周围找找。你的朋友，我让人先知会她等你。"

阮媛看着沐斌把手伸过来。

那是富贵之人才有的手，只有练武和习字留下的茧子，也许自出生起就没有接触过劳作，因此指腹细腻，指甲干净。

要不要这么郑重啊？

阮媛沉默地看着他。

沐斌亦直视着她，漆黑的眼眸里，目光纯洁又炽热，似这六月天的骄阳，只是对视片刻便不得不败下阵来。

于是，阮媛心叹一声，找出一块手帕，交到他手里："喏，给你擦手。下次出门要记得自己带手帕呀。"真是个贵公子，出门在外都不了解要带什么东西。

沐斌简直不知是该笑还是该哭。

阮媛不等他反应，已经转身，左一晃右一晃地像只小兔子，眨眼晃出去好远。

"是什么不寻常的事儿呢？不寻常，你自己出来好不好？"她两只手拢在嘴边对"不寻常"喊话。

沐斌落后几步看着她，十几天不见，她好像有什么地方不一样了。

他忽然加快两步，走到她旁边，伸手碰碰她的头顶："长高了很多啊，现在长到这里了。"

阮媛得意地回了他一个"你才发现"的眼神，就看见沐斌平移手掌，在肩膀上比画了一个位置，又往下移了些许。

他说："本来你是在这个位置。"

有那么多！

阮媛瞪大眼睛，抓住沐斌的手臂凑过去。

众暗卫心惊胆战：幸好抓的不是世子受伤的手臂！

阮媛脑袋几乎凑到了沐斌身上，头顶乌黑的头发被阳光晒得滚烫，悠悠的发香像毛茸茸的棉花被吸饱了阳光的味道。

她从两个位置上得到了一个手掌宽的尺寸，作为长高者本尊都没想到的可观尺寸！

本打算回家再跟奶奶量的，家里有一根柱子，刻着她从小到大长高的记录。

再加上还不知道什么时候才回去，她这几天还有得长，等回家量的时候，那绝对是破纪录的尺寸！

阮媛开心地握着沐斌的手臂："我真的长高了好多！"

"嗯。"

"我自己都没有想到！"

"我也没想到。"

"我好开心呀！"

"我也很开心。"

"你怎么总在重复我的话？"

以往惜字如金的人，绝对料想不到自己有朝一日重复人家的话会重复得这么自然。沐斌笑着拍拍她的脑袋："就是看到你开心，我也很开心呀。"

他回答得太坦然了，让阮媛一下想到：是呀，换作是探花哥哥也会替她开心的，这绝对是兄长式的疼爱没跑了。

"那这算不算是一种不寻常？"

"不算。你还会继续长高的，那神棍周围的不寻常是另一种事。"

沐斌的目光好似能洞悉一切，阮媛悄然悬浮的心落到了实处，哎呀，吓死她了，还以为自己长高是一种乱象。

阮媛问："那神棍说的是什么不寻常？"

那不寻常啊，就跟赌石一样，有时候是惊喜，有时候是惊恐，也有时候是一无所有，说不准会开出什么东西。

认为天地间一切皆实质的沐斌偏偏在这一点上挫败，形容不出那是什么不寻常，只有遇到的时候才能感觉出来。

这也是神棍之所以是神棍，且叫人头疼的地方。

沐斌不置可否："不管是什么，走走看吧。"

两人出了巷子，回到人潮密集的主街。沐王世子入城的风头已经过去，这会儿主街恢复秩序，通往观音会的街道两侧布置着彩带和花卉，因为是观音生日，街上卖得最多的还是各种寓意吉祥的摆件、彩灯和香。

两个人转了好一会儿，阮媛都快以为沐斌是在诳她逛街的时候，两人发现了一窝小猫。

"呀，怎么会有这么可爱的小猫！"

阮媛伸手去逗它们，小猫警觉了一下，又探出脑袋来蹭她，四只小团子毛茸茸的，像四个团在一起的棉花糖。沐斌环顾四周，看到一只大猫在主街正中央躺着，应该是它们的妈妈，但它身子被压扁，眼睛圆睁，无神地凝望着不远处街边角落里的四只小奶猫，已经死了不知多久。周围人来人往，时不时有不注意的车子从猫妈妈的身上碾轧过去。四只小奶猫胆子还小，脚下没有力气，软软地趴在角落里叫唤。

"这算是不寻常吗？"阮媛问。

沐斌低头，也碰了碰挨着阮媛手指的小猫，那种从碰到神棍起，就萦绕在心头的奇怪感觉不见了。

他道："应该是吧。"

阮媛笑起来："那看来这次的不寻常是要我们做好事呀。"

此刻如若他们回头，会看到不远处城楼上有个熟悉的道士脑袋上的小鬏鬏。卜正常躺在城楼的边角上，手撑着上身，头枕着石块，正优哉游哉地喝酒。

仿佛感知到身后发生的事情，他的眼睛眯了下。

从军者的身上总是有萦绕不散的杀气，所以师父常说要做善事呀，小师弟！

城外普净寺内的观音阁，高近三十丈，宛似一株含苞待放的净莲，即便隔着这么远也能看到那莲花阁顶上的赤金佛珠熠熠发光。

当年初见，那个身体单薄的小男孩，明明是在生龙活虎的年纪，却连走路都还跌跌撞撞的不稳。卜正常告诉他：师兄身边有很多不寻常，你现在跟我去找找看。

那一天他们遇见了好几个饿死在路边的人，黄河大水，四处是灾。卜正常跟他说："如果你不把他们都埋好，今天就没有饭吃。"

本以为娇生惯养的他会哭的，这小子竟真用双手挖出了几个大坑埋人，真是从小就倔强得不行！

卜正常遥对佛珠举起酒杯："有些善缘一念错过，可能就生成了恶灵呐，菩萨，您说是不是？"

主街上，沐斌将母猫抱起来，放到路边。小奶猫们拱啊拱，拱到母猫身边，亲热地蹭它。母猫的眼睛似每一次感受猫崽的依赖时一样，缓缓地、惬意地闭了起来。但这一次，她的猫崽再也感觉不到母亲的热度，小奶猫们紧张地叫唤起来。

"不能留你们在这里呀，你们一只只这么小，看起来还没有断奶的样子，在路边活不过几天，"阮媛把它们从母猫身边拎回来，"先帮你们把妈妈埋起来，然后给你们找个新家好不好？"

好在主街离书院不远，书院里有不少树林、假山，林子里有泥地可以埋母猫。

这次换阮嫒把手在沐斌面前一摊："手帕。"

沐斌将手帕递给她，她展开来，把小猫们兜在里面，可是她一双手哪里兜得住四个，立刻有小猫脑袋从缝隙里钻出来，试图往外逃跑。它们的牙齿还不锋利，咬起来没多大杀伤力，但是四个一起咬，那又是另一回事了。

沐斌把一只又冒出来的猫脑袋顶回去："你确定你要一口气抱四个小猫？还是一人抱两个吧，分我两个。"

阮嫒白他一眼："你也抱了小猫，谁抱母猫？"

沐斌回她一个"这有什么难"的表情，单手抓了两只小猫，另一只手提起猫妈妈，问她："这样行不？"

他抓得很有技巧，小猫四脚腾空，爪子也抓不到他，嘴巴也不能回头咬他，竟然比她用手帕兜着还轻松，阮嫒算是充分认识到人手大的好处了。

两人把母猫埋好，依次按着小奶猫的脑袋，跟妈妈道别。阮嫒还要和付佳儿排练《慈悲咒》，就怕等会儿，口型和唱歌对不上，被满眼的百姓看着，出了大丑。

两人几乎是当机立断地做好了分配，一人领养两只小奶猫，这会儿先由沐斌带着猫崽，等阮嫒的事情结束，再把她那两只小奶猫还她。

观音会其实从早上就已开始，普净寺供奉的观音大师像会在吉时由普净寺被请出，入城后，金童玉女上抬轿，巡游整个上虞城，巡罢观音像将被请回普净寺。而金童玉女则在集会正中的台楼上唱《慈悲咒》，祈福全民。

台楼借用了衙门的校场，地方又大，位置又在县城正中，是最好的地点。数丈高的台楼早在几日之前就已被人搭建起来，坐北朝南，挂着彩色的丝带。金童玉女在前面唱《慈悲咒》，身后是一面绘了佛光的屏风，正好挡着下面上楼来的楼梯。阮嫒到时候，就站在这屏风后面。

付佳儿站在台楼上，着急地走来走去："嫒嫒怎么还没来呀？再过一会儿，就要赶去城门口接观音像巡城了。"

寻常她身边没有专用的丫鬟，今日专门问主母要了一个，好帮忙梳妆、换衣。这丫鬟在太太身边待久了，虽然是个粗使丫鬟，也对这个庶出小姐不怎么在意。

付佳儿走来走去，绕得丫鬟心烦不已，道："你要着急的话，就下去找一找她嘛，在这里晃来晃去，也不可能凭空多出个人来。"

付佳儿已经习惯了这些冷嘲热讽，她是庶出的女儿，主母生的是儿子，平日以拿捏她们母女为乐，底下的人最会看眼色，知道她们母女没有倚靠，好欺负得很。主母欺负人，还要自恃身份不能做得太过头，下人欺负人才叫全无顾忌。

付佳儿就当没有听见丫鬟的话，在栏边站定。她看见了那天在书院里遇到的书生，他正摇着一把扇子逛街，时不时还要停下脚步，对某一物事自言自语地评头论足一番。

不知道为什么，付佳儿看到他这个呆气的样子就觉得好笑。她手指在袖子一探，才想起来今天特意换的玉女的宽袖衣裙，没有带那方手帕。

其实之前每天都有带在身边，就是想遇上的话，能还给他。谁会想到真遇上的时候，又变成了这样。

付佳儿有些懊恼。

小书生也在这时候发现了她，那个仙女一样的姑娘立在高高的台楼上，周围丝带五彩，她在绚烂的中心，面若桃花，高处的风吹着一身白色衣裙如游龙飞舞，又似仙女腾云，阳光都像被吸引住了，披在她身上，散发着令人无法移开眼睛的光芒。

小书生呆呆地看了她好一会儿，才后知后觉地朝付佳儿挥手打招呼。

付佳儿心里"哎"了一声，回他一笑，想了想，还是转身跑下了台楼，虽说没带手帕，还是跟他说一声吧。

台楼上的丫鬟见她跑到了一个贵气公子身边，撇嘴嘀咕了句："果然跟她娘一样的狐媚子。"

付佳儿的生母因为美貌被老爷看中，太太闹了不知道多久，还是没

120

拗过老爷蠢蠢欲动的心。老爷把人娶进了门来，太太气得不行，一个没防住，还让她肚子里爬出了个小的。好在不是男娃。太太自此没再放松过手段，那姨娘的肚子也就没再隆起来过。

这些年，那姨娘年老了，老爷也没了新鲜劲儿，太太主动给提了几个年轻的姨娘，算是把老爷堵在了自己院子里。不过，那些个到底只能算是年轻老实，论到姿色没一个敌得过前头的那个，而且小狐狸精也长大了。

虽说老爷糊涂，也没到对自个儿女儿有想法的地步。但太太的亲儿子，却想了很久，几次闹到太太跟前去，想把生米给做熟了。没人的时候，太太想到这小狐狸精，嘴里一口银牙都要咬碎了。

小丫鬟趴在栏杆下，眼睛一眨不眨地看着下头发生的事，好有货回去八卦。

付佳儿和小书生只是正常说话的样子，周围人来人往，他们之间隔着一臂的距离，完全看不出暧昧。

"没带帕子没关系的，不是什么要紧的事，"小书生抓抓脑袋，"姑……姑……姑……姑娘，专门为这个道歉，倒叫我，我……我……我……我不知道怎么才好。"他一紧张，又口吃了。

付佳儿莞尔："还没请教公子怎么称呼。"

"在……在……在下姓杨，字千岳。

"原来是杨公子，小女姓付。"

"付小姐。"

付佳儿屈膝一礼，小书生不好意思地抱扇还以一揖。谁能想到，他的名字还有着"一朝登黄山，从此五岳小"的霸气呢。

"杨公子，后来顺利找到表哥了吗？"

"有……有……有，没走几步就遇到表哥了，"杨千岳说着，一抬头就看到沐斌正往这儿走来，他遥遥一指，跟付佳儿说，"悄……悄告诉你，那就是我表哥。"

付佳儿顺着他手指的方向看过去，看到了阮嫒，以及阮嫒身边玄衣墨冠的男子。

她以为她已经见过了最出众的少年郎，阮媛的哥哥俊逸非凡，陈家的二郎温文儒雅，又或者越地男子都不外乎这两种风格。却没有想到，还会有一种人，他的耀眼像兵器一般冰冷和坚毅，又像太阳一样炽热和刚烈，两种气质奇异而矛盾地融合在一起，让人无端端不敢直视。

　　"你……这位表哥好生英武。"

　　"那是，他可是沐王世子。"

　　"世子？"

　　付佳儿惊讶地捂住嘴，难怪看起来与周围人不同，他是从王府来的，那种骨子里的贵气叫周围人都像矮了一截，但与之谈笑风生的阮媛，似乎什么都没觉察。阮媛到底知不知道他的身份？

　　也许是觉察到注视，沐斌忽然抬头往这个方向看了一眼，目光落在付佳儿身上，其中的森冷，与他看阮媛的完全不同。

　　付佳儿心里一跳，下意识地道："那个……杨公子，我还要去台楼上排练，得先走一步了。"

　　什么都不知道的杨千岳满嘴道好："付小姐有事，那快去忙吧。"

　　小巷快走到尽头，再前面就是衙门的校场。

　　沐斌停步："我就送到这儿了。"

　　阮媛把怀里两小只递过去："那小猫就交给你啦，好好照顾它们哦。"手指蹭蹭它们的小脑袋，她对小猫们说："你们要乖乖地跟着这个大哥哥哦，不可以乱跑、乱咬人，等会儿给你们弄好吃的。"

　　被第三方荣升"大哥哥"的沐斌"嗯"了一声，算是代小猫回答。他目送阮媛离开，目光一转，落在小表弟身上。

　　杨千岳狗腿子似的奔上去："表哥，你回来啦，我有个大秘密要跟你说。原来那个詹先生……"

　　沐斌却越过他，直接从旁边小摊里揪出了一个正在吃羊肉面的道士："怎么又是你！"

　　卜正常沮丧："我已经藏得很好了，你怎么还能看到我？"

　　"你这神棍一出现，那神棍味儿就散不去了。"

　　"师弟啊！"卜正常笑嘻嘻地拂过他肩膀，"你这条手臂再抱姑娘要废了，可疼了吧，来，师兄吹吹。"

沐斌不吃那套："你到底为什么过来？"

卜正常深吸口气，手潇洒地伸向远方："因为闻到了浓郁的妖孽气味！"

沐斌用"别对我演戏，我已经麻木"的眼神看着他："把舌头捋直了，等晚上给我把话说清楚。"

"不用现在说吗？你忙着要去摘桃花？"

沐斌不再理他，示意暗卫押着这人，他要亲自看着人到别院不让他乱跑。临走时，沐斌看了一眼杨千岳："你的事也晚上谈。"

卜正常做神棍厉害，武艺却远不及沐斌。一边厌厌地跟在沐斌身后，一边问边上人："你看着我这造型等下见王妃合适吗？"

沐斌哪里会让他见到沐王妃，一到别院，一脚踹进屋子里锁上。

里屋，俏生生的侍女跑来打小报告："王妃，世子带回来几只小奶猫。"

极富恋爱经验的沐王妃立刻联想到儿子之前脖子上诡异的红点，这孩子八成有什么事瞒着她了，要命的是也没听说上虞有什么人家最近有女儿特别出挑呀，这事她没人商量，只能找王爷，问题是之前发给王爷的信到现在都没收到回信。

沐王妃在屋里团团转，心想：得快点去催催信使叫王爷给我回信。

没转半圈，沐斌踏进屋来："母妃准备好了吗？"

刚刚还一脸着急的沐王妃，裙边儿一转，顺势端坐在太妃椅上，抬手摸了摸刚簪上的凤翅金玉簪："这不是刚收拾好吗，怎么忽然一回来，就要急匆匆地去拜访阮家呀？"

"有些事本来就要做，不如早点做了，"沐斌接过侍女奉上的手绢擦擦手，"我去换身衣服，等会儿在马车里等母妃。"

沐王妃在心底里翻白眼儿：矫情，男人家家的换什么衣服。

她问侍女："给阮家的拜帖，送去了吗？"

"已经送去了，王妃。"

沐王妃捻了一块小点心放进嘴里，自言自语道："幸好这就是隔壁对隔壁，要再远，我都不想跑了，耽误我看观音会。"她嚼了点心，又用玫瑰茶水漱口，问侍女："看看我这口脂要不要补，算了，还是补一下吧，上得红红的。"

沐王妃出门要求不高，就立志于做到三个字——正宫范儿。

阮府也就在一刻钟之前才收到沐王府的拜帖。

"沐王妃说即刻动身，片刻会上门拜访，"老夫人按下帖子，就跟大夫人说，"去喊娴丫头马上来，让她带上栩哥儿。"

大夫人一面安排，一面道："前几日，住持差人来说我们小囡囡在普净寺里可乖了。等过几天，就能把小囡囡接回来了。"话里话外，都是安慰的意思。

老夫人却没接话，端坐在正中，面沉似水。

大夫人吩咐完，一回头看到婆母一副泰山崩于前而面不改色的神态，大夫人自己的心尖儿反而跳了跳。

等了这么些日子，终于正主上门了。

台楼上——

阮媛上楼，一过屏风，看见付佳儿站着，旁边一个小丫鬟却沿着墙根儿坐着。她心里有数，和付佳儿打过招呼，挖了一包东西，递给旁边的丫鬟："福祥记的瓜子，小姐姐带下去吃吧。"

那丫鬟眼睛一亮，福祥记可是上虞县城里最高档的蜜饯糖果铺子。她不客气地收了，心里知道这里是唱《慈悲咒》的地方，不能弄脏，面上皮笑肉不笑地跟阮媛拿乔："那真是谢谢阮小姐了，我拿下去吃了，你们也别闲话太久，回头在太太面前可不得好。"

后面那句是暗示付佳儿的：要跟阮家小姐啰嗦不该说的，到家里，太太有的是办法整治。

等丫鬟下楼去，付佳儿对阮媛苦笑了下。

阮媛宽慰她："别往心里去，你选上了玉女，你家太太不知在人前多风光，多有话可以显摆呢，断不会用这事拿你的错。"

却闻付佳儿轻叹了一声，眼睛看着天边，反问她："如果是好事，媛媛为什么不愿意做玉女呢？那时候你只要说一声，院长一定会答应的。"

阮嫒怔了一下。

台楼很高，阮嫒的两条腿悬在栏杆外，有呼呼的风吹着她的裙子和裤腿儿。付佳儿就在边上，背靠着一样的栏杆，觉察到阮嫒的目光，她的眼睛转过来，直直地回望，那目光沉沉的，似有无数解不开的心结。

"这件事我一直想问你很久了，我想我怎么想都不会得到答案的，所以只有说出来才最好，"付佳儿说，"刚刚你看见我和杨公子站在一起，不是一脸疑问地询问我怎么认识他的吗？我认识他那天，就是选玉女的日子。我在厕轩里听见有人说……"

付佳儿言简意赅地把那日听见的闲言闲语复述了一下，嘴角的笑意淡淡的："我哭着追出去，没追到人问明白，然后就在路上遇到了他。"

"其实我也知道，我不应该猜忌你，可我真的好怕呀。我没有很好的出身，没有人会为我的婚事筹谋，我不知道站在这里，是般配得上陈公子，还是般配不上，"她的手指虚虚地指了一下周围方寸大的舞台，"我不知道在你们的家族里，是不是看不起我这种抛头露面的姑娘。"

阮嫒怔怔地听着，继而含笑看着她："幸好你问了出来，幸好我们这个误会没有存在下去。"

她握住付佳儿的手："佳儿，没有这样的规矩，是她们瞎说的。论抛头露面，我在外面瞎玩儿的一点儿也不少，我姐姐在陈家是当家主母，要见男掌柜，也上庄园看田产。佃户们最是信奉观音菩萨，如果姐姐当年没出疹子，当上了玉女，在佃户们心里那是最靠近佛缘的人，只会更敬重她。"

"至于我为什么死活不肯做玉女呀，"阮嫒指指自己的一样尺寸的小腰和小胸，"你看我这该要什么没什么，不该要什么偏有什么，其实我也是会害羞的呀，哪里好意思站出来？偏偏我又懒，知道自己是什么样子，也还是照样活蹦乱跳地不想改变。"

她说着，把脑袋抵在栏杆上，白皙的皮肤如同瓷器般剔透，而一双眼睛像嵌在瓷器上的黑宝石。

付佳儿忍不住道："其实，不论胖瘦，你这张脸蛋都是圆圆小小的，哪儿都好看。说不好看的人，只是太肤浅。"她抬手捏了捏阮媛的腮帮子："我们阮媛唯一的问题就是抽条晚了些！"

阮媛拍掉她的手："我已经抽条了，我这几天抽条了很多呢！"

她比了个夸张的尺寸，付佳儿一脸不相信，两个人忽然就笑作了一团，笑完又把手握在一起。

付佳儿指指自己的心窝："我这里面像装着一个怪物，有时候妒忌你妒忌得发疯。你一定要对我好好的，要不然我会哭的。"

阮媛也学她指着心窝："嗯，我保证！"

把话说开来的感觉太好了，一连几日压在心头上的疑云一扫而空，付佳儿长舒一口气。撇开五官中天然的妩媚，她迎着阳光的眼睛清亮清亮的。

阮媛忽然就起了坏心，勾住好友的下巴："小美妞儿，跟丹哥处到哪儿了，怎么忽然提起了般配不般配的问题，他怎么了你啊？"

付佳儿眼波一转，又恢复了眼底的妩媚之色，偏偏那妩媚之中更浓的是娇羞。

阮媛可是不肯轻易放过："哎哟哟，不好意思回答我呀，是不是亲过了？"

付佳儿被她说得脸颊发烫，一想到陈子鹤在无人时痴缠的样子，她都不好意思直视阮媛："坏媛媛，就会羞我！"

她把头转开，几不可见地点点头。

阮媛作惊讶状："哇，真有你们的，那我就快喝喜酒了呀！到时候，一定备一份大礼。"

付佳儿用贝齿咬着娇艳的唇瓣，声音已经小到蚊子叫："他说今年生辰后就来提亲。"

按理她还没有及笄，现在提亲早了些，不过，本地没到及笄出嫁的姑娘也不少。再加上又是陈家，为了早点攀上这么好的人家，家里也一定会答应。

付佳儿是打心底里希望，那一天能早一点到来。

不过阮媛这丫头太坏了，笑眯眯的眼神儿比男孩子还坏。

付佳儿被她盯得，感觉自个儿身上都能烧出两个洞来，她不得不扯开话题："别说我了，你和沐王世子什么时候认识的？"

想起那个面容冷峻的世子，付佳儿心里就怕怕的，总感觉背后提他什么，他都知道，回头会来找人算账似的。

阮媛的两只脚在栏杆外面踢来踢去，鞋面上粉色的蝴蝶像在空中飞舞一样。

她道："没认识呀，住得这么近也还没见过。我都没跟奶奶说我来唱《慈悲咒》，她希望我低调点，尤其不要遇上世子。"

可是明明……付佳儿不明白，太多的疑问堵在心里，到说出口只剩下了三个字："为什么？"

阮媛想，她问的是奶奶为什么不让认识世子，道："当然是怕我脾气不好，瞎说话，把人惹恼了，打我！"

"你最会说笑，怎么可能瞎说话？"

"其实，我这个人胆子很大的，真不保证自己会说出什么，"阮媛不知想到了什么，目光朝远处看了一下，随即转到付佳儿梳的双鬟髻上，"这是丹哥送你的簪子？"

那是玉女选拔那天陈子鹤送的佛字簪，银灿灿的，在阳光下格外漂亮。

"好看吗？"

"好看。"

付佳儿抬手摸了摸，发现被阮媛转移了话题，她哭笑不得："好好说你，怎么又转回我身上了？"

阮媛拍拍屁股爬起来："时间不早了，我们得赶紧排练一下《慈悲咒》了！"

的确时间不早了，这一聊都忘记吉时快到了，观音菩萨像都快进上虞城了。两个小姑娘火急火燎的，排练了一遍一人在前、一人在后的唱法，匆匆从台楼上跑下去。

她们俩刚跑下去，后头就有两个人上了台楼来。

一个问："你带的这是什么，怪难闻的。"

"桐油。"另一个说着，矮下身去，在地上弄着什么。

"这样行不行啊？"

"肯定行啊，桐油没干的时候可滑了，这台楼新搭的，有桐油味儿再正常不过，她发现不了，就算回头发现不对，也只能怪工匠们刷得太晚，桐油没干，找不到我们身上。"

"还真有你的。"

"我就跟你说过，她有本事上去，我也有本事把她拉下来。"

书房内，沐斌手按大红色桃花笺，一笔一画落下最纯正的于湖字体。

她喜欢于湖先生，他便用她喜欢的方式。

她一定不知道，初答应父王来上虞，他其实很抗拒。

如果早知道，会有这样一天，他想他一定早点动身。

墨是特殊的墨，笔过处，金色的字体，在光线下闪闪发光。

他吹干墨迹，收入袖中。

沐斌坐入马车，不一会儿，沐王妃也来了。

结果在上车的时候，暗卫递来了沐王的回信。

沐王妃半点儿不心虚，背过身去，挡着儿子的视线，心里激动地想：王爷啊，还是我们夫妻同心，知道我着急什么，你的信就来了。

沐王妃性格风风火火，当时去的信就一句话：你儿子动春心了，怎么办？

沐斌知道这母妃一直疯疯癫癫的，端坐着压根儿没管她到底在干什么。

沐王妃喜滋滋地展开回信，上面笔锋如刀，就三个字：你别管。

握拳！

愤然！

沐王妃一把将信丢了出去，一回身，看到沐斌正挑眉看着她，一脸的深不可测，跟他父王一个讨厌样儿。

你俩不合作，我就没办法了解真相了吗？沐王妃哼哼，那当然是极有可能的，所以她不猜，直接问："你身上这是什么啊，斌儿？"

阳光正好从窗户打进来，照在沐斌的身上，他肩膀上有什么一闪一闪的。

沐王妃下来，凑到儿子面前："这是什么？快给母妃说说。"沐王妃昧着良心还表扬了一句："怪好看的，乍一看还以为是你身上的金丝线勾了。"

沐斌表情淡淡的："猫毛。"

"哪来的猫？"

"路边捡的。"

沐王妃笑靥如花："你六岁就敢砍死狼狗了，你会捡路边的猫？"

沐斌提醒她："是那只狗疯了先扑我，您得弄清楚因果。"

沐王妃自然不会反思，她只觉得儿子对她好凶。

但是不等沐王妃瘪嘴，沐斌问她："母妃还记得自个儿五岁时候说过，让自己孩子娶人家儿子的孩子的事吗？"

沐王妃正生气："不记得，你也说我五岁，我怎么会记得？"

沐斌提醒她："就在这不远的隔壁阮家，阮家二爷，据说小时候对您很好，好到您以为他要娶您，后面的事——母妃想起来了吗？"

沐王妃眼睛一转一瞪："阮家二爷？哦，可能有这件事吧，他后来不是生了个儿子吗？你也是儿子，你俩要配一对？"

她伸出两只手，把两根食指一对，摆给沐斌看："配吗？你说配吗？"

咳！前头马车夫看看自己两根食指，一模一样的长度，其实挺配的。

马车里——

沐斌又道："他后来又得了一个女儿。"

沐王妃不甘示弱："那跟我有什么关系？"

"现在我告诉母妃了，母妃没点儿行动？"

沐王妃拿起衣袖，弹弹上面飞舞的蝴蝶，一脸死不认账："我和你父王是两相情愿的，不是媒妁之言，我希望斌儿你也别那么迂腐，让我随便拉个人跟你成亲。嗯，就这样。"

她知道她儿子，心思多，指不定心里多不乐意被她套住，所以来套话，她不会上当的，沐王妃在心里给自己鼓掌。

　　沐斌似笑非笑："好，您记得绝不媒妁之言便好。"

八

一枚桃花签

阮娴带着陈栩很快到了阮府。

陈栩好几日没来外婆家，发现家里竟然变了样儿。往常的青绿植物换成了花卉，尤其门厅一片，几乎从大门沿路摆到了客厅。他个子矮，眼睛只能到花丛的上面一点点，个别花甚至比他都高，从他的角度望去简直如被丢入了花海，超级影响视线。

小团子很不高兴，眼睛一转就想找人抱抱，结果发现还少了个人。他扑进阮老夫人怀里："老祖宗，我小姨妈呢？"

老夫人摸摸他的圆脸蛋："小囡囡去普净寺了，老祖宗找栩哥儿商量帮个忙好不好？你姆妈（方言，妈妈）跟你说了等下有贵客来吧，今日我们家里没有男丁，如若一会儿世子也来的话，由你帮忙带世子四下转转可好？"

这种艰巨的任务为什么要找小孩子来做？难道说那个世子也是一个小孩子？

陈栩觉着一般人都没有阮媛好玩，但是没有阮媛的时候，他勉强跟别人玩一玩也可以，希望那个世子不要腿比他长，害他跟不上。

看来圆乎乎的人，都有共同的痛点。

陈栩拍胸脯跟老夫人保证："放心吧，栩哥儿会带好他的。"

阮娴等他们说完，把儿子领到身边，帮他仔细整理了下衣服。

她是戴孝之身，今日要见贵客，着了一身深蓝色衣裙，平白把年纪压大了好几岁。不过她的任务，倒不是盖过几位嫂嫂到沐王妃跟前露脸，而是要把陈栩带来。

那门姻缘的起因特别，又遇到阮家当家的男丁都有不方便。阮三爷是远在京城够不到，按理他和沐王还应该有点儿往来，他要在的话，倒是可以出来说说。阮二爷是最不合适露脸的，避出去了。阮大老爷则不在上虞，水道上有急务，十天半个月未必能回家。

老夫人一锤定音，连亲孙子都没选却选了陈栩，肯定有老夫人的道理。

至于最后结果如何，兵来将挡、水来土掩便是。

阮娴如是想。

大夫人却没女儿淡定，时不时地摸摸手腕上那串佛珠。

阮娴见了，过去握住母亲的手："您放宽心。"

大夫人扯了扯嘴角，她还没遇过这种事呢，平常人家能与贵胄联姻，喜都来不及，老夫人却铁了心往外推。家里又不了解这沐王妃和小世子的性子如何，但沐王一派铁腕名声在外，恐怕不是好啃的石头。大夫人倒是想着，这事如果彼此都不提，等回头老夫人装个糊涂，只当不知道当年的戏语，把阮媛嫁出去，不也是个办法？总不见得那沐王府还会调转脑袋，阻挠婚事或者抢亲不成？

正想着，管家跑来通报王妃的车队近了。大夫人松开女儿，上前搀老夫人迎出门去。

人刚到门口，沐王府的马车已停，先下车的玄衣男子，衣袍上游走着银丝祥云和金色飞鹰。

沐斌回身往车里伸手："母妃。"

老夫人忙领家人垂眸见礼："民妇恭迎沐王妃、世子。"

就听见车厢里一个清媚的声音道了声："免礼。"

沐王妃如一朵绚烂的彩云从天而降，她脸上带着明艳的笑容，如云如雾的裙摆，悄无声息从车厢飘落到面前。谁都没想到王妃会如此年轻，尤其是那一双眼睛，还像十八岁的少女，未染分毫岁月。她的声音也娇俏而明亮："好多年没见了，婶娘一点儿没变。"

细论起来，王妃娘家和阮老夫人沾着亲带着故，多年前也曾走得极近。

沐斌对老夫人略一抱拳："晚辈见过阮老夫人。"

"世子客气，"老夫人不卑不亢，"承蒙王妃夸赞，三十年不见，老身已经老了，每日只能做些含饴弄孙之事。倒是王妃和世子如日如月，正在最好的时候。"

沐王妃明媚一笑，眼波如斯顺着那条鲜花铺就的路往里看去："是呀，一别三十年，在您这儿玩的日子还像是昨天。"

不知道前面看到了什么，她眼睛里闪了闪，对老夫人道："我们进去说话。"

在人前，沐王妃还是很像样儿的，一步一行仪态端庄，裙摆时不时划过几株鲜花，快进门的时候，沐王妃手一垂，衣袖扫过其中一朵什么花，除了沐斌谁都没瞧见她的小动作。

宾主落座，茶水上桌，用的是越窑盏盛的翠茗茶，此茶于上虞就如龙井于临安、碧螺春于姑苏，是本地最有名的茶。

沐王妃看了眼茶盏，很不想碰。倒不是她喝多了各地上贡的好茶，而是这货喜欢酸酸甜甜的果茶、花茶，其他茶水进她嘴里，就啧啧皱眉头。什么茶香萦绕、入口回味，在她眼里，统统都没有。

沐王妃装模作样用唇碰了碰茶水，就放下了，赶紧拿手绢儿按嘴角，唇瓣抿过豆蔻指间夹着一点儿红色，带着奶香的甜味在舌尖融开，转瞬即逝。

那是一朵串串红的花。

抿完不过瘾，她又恋恋不舍地看了眼外头的花丛，心里想着等会儿走时再顺一朵。

似曾相识的场景和布置，的确很容易就把回忆带到眼前。只不过，沐王妃跟一般人不一样，对她来说，找各种理由进进出出，把能撸走的串串红花都悄悄带走，等攒成一小把，找个地方一朵朵地抿里面的花蜜，这才是童年的味道。

王妃本尊一面忆当年，一面与老夫人闲谈，看起来一点儿异样没有，到底是跟皇后聊天也能开小差的主儿。

这点儿心不在焉却逃不过沐斌的眼睛，他轻咳一声。

"是老身招呼不周，光顾着和王妃拉家常，怠慢世子了，"老夫人闻音知雅意，拍拍旁边陈栩的肩膀，"栩哥儿，你与世子到处转转，给世子介绍介绍本地风土人情。"

陈栩其实从看到沐斌那一刻起，都是蒙的，他怎么也没想到，会在这种情况下与情敌见面！

不应该是小孩儿吗？

就算来个腿长的，也别是他啊！

不过这小子很懂套路，紧接着就开始庆幸——阮媛今天不在家！

沐斌像头一回见陈栩一样，目光没在他身上停留。他承了老夫人的好意。直到临出屋之际，人转回头。

沐斌道："今日，晚辈有一事想与老夫人单独商谈。"

老夫人应下："那等世子回来，再做详谈。"

太夫人悄眼看着，老夫人像半点儿不意外这个要求，也不好奇要谈的内容，一顿之后抿了口茶，又与沐王妃闲话起来。

正所谓"情敌见面，分外眼红"。

对陈栩而言，就是花孔雀对上了另一只花孔雀，必须要展示一下自己有而旁人没有的那根漂亮尾巴。

他迈着小步儿，带沐斌转园子：

"这里是我外公的书房。"

"这里是我二叔公的菜园。"

"这里是我偶尔来住的小花阁。"

一直到转了大半个阮家，他自个儿的小短腿都有些酸了，他想后面这个家伙多半也好受不到哪里去。陈栩脚下一转，经过一个圆洞门，门里一只狗昂首阔步走过，正是当年冷瞥一眼沐斌的狗。

陈栩得意地一挺胸："这门往里走是我小姨的院子，那狗是我小姨的胖虎。"

他说罢冲胖虎招手，然而胖虎看到沐斌就想起自己曾经莫名不能动的恐怖经历，身形高大的它原地后退，很尻地遁了。

以为胖虎会亲热地扑过来的陈栩，不得不收回了他伸出去的小手。毫无意外地，他把胖虎的异样归结在旁边这人身上。

真讨厌！

小团子一昂头，发现沐斌果然在凝看阮媛的院子。

"要不要里面也逛一逛啊？"小团子挑衅。

沐斌不为所动："既然是姑娘家的院子，你我还是在外面站着吧。"

陈栩当即跨前一步，站到了阮媛的园子里面，回身，拿眼尾瞟沐斌。那意思再鲜明不过：我就站里面，你有本事吗？你就只能站在外面。

沐斌完全没把这种幼稚的行为放在眼里。

阮媛的园子很靠近阮家角门，从圆洞门往里走，是一条铺着葡萄缠枝花纹的石子路。上一次，他就牵着她，一直走到她的房间。

他摩挲了一下袖内的那枚红笺。

那头陈栩仗着自己还是个小孩子，不用避讳男女之事，还在往园子里蹦，可谓身先示范了什么叫不断在底线边缘试探。

沐斌想：跟自己侄子，就不计较了。

那个"侄子"可没把他当自己人，小手背在身后，从上到下就差没傲娇地写着"我比你知道得多"几个字。

"你知道阮媛最喜欢谁的字吗？她一直在习于湖先生的字，这世上写于湖字体最好的人都姓陈。"

沐斌看得很淡："你吗？"

小团子得意的笑还没扬起来，就听沐斌下一句轻飘飘地落下："你连字的风格都没有吧。"

"才不是没有呢！我只是还没长大，手还没劲，练习得还不够多！"

那些话都是阮媛说的，他一字不差地记在心里，天天练习写字。

他的阮媛凭什么轮到其他人来抢？

陈栩气愤握拳，拳头上的青筋都一跳一跳的："就算不是我，她喜欢的也是我二叔，她是因为我二叔练于湖体才喜欢于湖字体的，跟你有什么关系？！"

越地用全糯米磨粉做的芝麻团子是举国有名的小吃，此外上虞等地还喜用糯米、粳米混合一定比例做成小指甲盖大小的小圆子。这种圆子是实心的，下在用红豆熬煮出来的细腻的红豆沙里，跟浮着一粒粒珍珠似的，再撒上上一季秋天腌制的桂花糖，暖乎乎一碗端上来，色香味俱全。

阮家招待沐王妃和沐斌的小点心，用的就是这道桂花红豆小圆子。虽是夏季，但放了冰块的房间里温度宜人，用一碗热点心，倒也使人五脏舒畅。

嘴刁的沐王妃吃着自己的一碗，俏眼往沐斌看去，心想她更嘴刁的儿子多半不会吃。

沐斌安安静静，没什么表情地竟然正在吃。

于是，沐王妃那颗爱做饭又苦于没人爱吃的心，无声地中了一箭。

离着不远的陈栩也在吃圆子，吼这种事很有损他风度翩翩小团子的形象，所以没回屋来之前，小家伙就调整好了状态。这会儿一面吃圆子，一面跟阮娴撒娇："娘，我想吃小姨做的点心。"

声音不大不小的，恰好能让沐斌听到。

"栩哥儿想吃什么跟厨房说，别总辛苦你小姨。"

"我就想吃小姨做给我吃的点心。"他咬重了"做给我"这几个字，还拿眼角瞟沐斌的反应。

阮娴看在眼里，用手绢儿给陈栩擦嘴，略一用力就将他小脑瓜给扭了回来。

陈栩正要表示不满，阮娴已示意奶娘将他先带出去："你今日吃了不少了，出去走走消消食儿吧。"

终于将陈栩打发出去，阮娴不着痕迹地看向沐斌。

相较于第一次在陈府门口见面的不意外，这一次反而是意外的。

她很了解自己堂妹，与周围几家名门中的公子、小姐都挺谈得来。

上次偶遇，阮媛说是新认识的朋友，她就真信了，以为是在书院认识的同袍，上虞是阮家的地盘，书院又有姜院长在随时关注她，阮媛认识谁都不可能离谱到哪里去。

但偏偏……隐隐地，阮媛似乎明白了老夫人固执的用意。

那头老夫人也在看沐斌，见他用完一碗圆子，不声不响地搁下碗，老夫人便见缝插针地笑道："老身夫家祖上亦是从武之人，有一把祖传的大弓在书房。不知世子是否有兴趣一览？"

沐斌没有犹豫："那就劳烦老夫人带路了。"

两人出了厅堂，没走几步，有沐王府的人往这头探看，是穿戎装的人，看着不像小事。

老夫人便道："世子有事，不妨先忙。"

沐斌道了声"抱歉"，走下回廊。那人凑他身边略一耳语，递上一封信函。沐斌垂眸看信，那时候正好站在廊沿的边外，身体一半在阴，一半被阳光悄无声息地落满，明暗之间的那一道背影，令周围静立的青松都失了颜色。

片刻后，沐斌将信函收下，回到廊下。

老夫人笑道："刚听王妃说，这次来上虞遇上连日艳阳，还不曾出门游玩。若世子和王妃能待到秋天，凤凰山的红枫到是一景，不知世子是否有空，届时到阮府在凤凰山的庄园小住？"

"边疆虽然平静，但也琐事颇多，恐怕不会在上虞留到秋天。"

"如此，那等两位下次再来，可一定要让老身做一次东。"

沐斌笑了笑："这里是母妃童年偶居之地，一别二十多载，重游故地，想必已了她的心愿。"

言下之意，不会再有下一次了。

老夫人流露出惋惜之意，略略放缓脚步，推开边上的房门："世子，屋里请。"

那是一间朝东的书房，看布置还保留着多年前的风格，想必是维持着阮公在世时的模样。进屋，先是一间谈话待客的茶室，再是里间，正中摆着一张书桌，一张大弓挂在书桌后两只多宝阁的中间。

沐斌摸了摸那木色发沉的弓身，赞了声："的确是一把难得的好弓。"

老夫人笑了笑，还不及说话，但听他道："我母妃当年年幼，说过一些浑话，老夫人就当不记得了吧。"

他道："石亭子边，老夫人不必再派人盯梢了，晚辈以后不会再去。"

"今日这屋里说过的话，都不要告诉她。"

三句话说完，似乎也把那张大弓欣赏完了，他将手背回身后。

如此开门见山、如此干脆，倒把老夫人准备好的说辞压回了肚里。

一老一少立在屋中，有了片刻的沉默。

良久，老夫人道："好，全依世子所言。"

时间不早，沐斌从书房回来，沐王妃便道要去看观音会。这一回，县丞知道沐王妃要亲自到场，还特意围了一个贵宾看台，如此阮老夫人也不宜再留两人，起身相送。

至门口，沐斌和老夫人道别："两府相近，老夫人有闲暇，不妨也来坐坐，与我母妃叙叙旧。"

他偏到门外才道这句话，极抬阮府颜面。

老夫人承了这份情，朗声笑道："有世子这句话，老身一定时常到府上叨扰。"

沐斌没再说话，扶了沐王妃上车。

提前赶来的县丞忙高喊一声："起驾起驾，大家避让——"自己都未注意到起驾一词用错了地方。

这王府一行人静悄悄地来，又敲锣打鼓地离开。左右街坊，各处邻里，无不知道了沐王府登门的第一家是阮府。

车队都已远去，看热闹的人也散了。

老夫人立在门口，呢喃了句："倒是个好孩子。"

大夫人也道："是不错，其实配我们小囡囡不过分。"

夏日的微风吹动银发，老夫人无声地笑了笑。

是啊，何止是不过分。

大夫人良久没听见老夫人说话，又道："您让栩哥儿一个孩子陪他，栩哥儿那牙尖嘴利的，童言无忌啊，我这心一直乱跳，都不知道那小子会说出啥来。"

老夫人含笑拍了拍大媳妇："童言无忌才好啊，是我们阮媛没福气。"

马车上，沐斌一言不发。

车里窗帘轻悠悠地晃着，琉璃的帘子挡着外面人往里看的目光，挡不住他看到他们跟在车外不肯散去的模样。

沐王妃的贴身侍女刚上车来给王妃补好妆容，又重新捆了头发。

沐王妃一侧头，发现儿子把一枚红色桃花签塞到了随手翻看的书里。她八卦地抽过来一看："你拿八字做书签啊？"

"不可以吗？"

"这东西怎么能随便乱放，被有心人拿去可怎么得了。"沐王妃说着，唤了人来。

沐王府密函特别多，连沐王妃都有觉悟，随行带一只小手炉随时毁尸灭迹。

沐王妃三下五除二把那枚红签燃在了橘红色的炭火中，还不忘告诫儿子："这东西得等你求亲才用得到呢，你以后得注意。"

沐斌笑了笑，没有说话。

沐王妃一行人到衙门的校场上时，观音会即将进入高潮，百姓载歌载舞，准备迎接即将巡城结束来唱《慈悲咒》的金童玉女。

县丞给沐王妃准备了一个特别大、视野最好、正对台楼的贵宾座，周围围栏加固，还有人墙保护。

所幸沐王一派在百姓心目中是保家卫国的大英雄，无人觉得这排场过分，还都挺开心能与这种大人物在一个校场上共听佛音。

唯一不满意的估计只有沐王妃本人，其实走到百姓中去，跟所有人挤在一起才是她回忆里的观音会啊！这种时候，不就应该被人踩掉鞋子，推来搡去，或者运气比较差，被迫站在高个子后面，非得跳起来才能看到几眼台上的金童玉女吗？

沐王妃坐在宽敞的太师椅里，面对一长桌各色点心、水果，看着全景台楼，独自生闷气。

好一会儿，她才对身边侍女勾手指："玫瑰果茶。"

端着玫瑰果茶壶，里面其实装着葡萄酒的侍女心惊胆战："王妃，您今天已经喝了很多啦，王爷不让您多喝。"

"王爷在这儿吗？"

"不在。"

"那不就得了。"

每次出门，都不许吃外头的东西，只能样样自带，她就喝多点儿自带的茶水，完全在理啊。

沐王妃不耐烦地拿丹红豆蔻点桌子。

侍女硬着头皮朝沐斌看，世子爷像没听见。

但世子爷会没听见吗？世子爷耳力好着呢，像没听见那就是默许了。侍女很有经验，赶紧麻利地给沐王妃小斟了一盏，回到后面装不存在。

沐斌坐在沐王妃下手，沐王妃的另一边安排的是小表弟杨千岳的位置，说起来他也是独子，在县城中除了沐王妃和世子，就数他地位最尊贵。

但是小表弟自个儿把椅子搬到了沐斌下手，自从他吃了一次沐王妃做的羹汤拉了三天肚子以后，每每跟这位小姨妈坐近一些，他都有种莫名的恐惧。

于是，三人的座位一溜儿往左偏了过去。搬椅子搬出一身汗的小表弟，终于在金童玉女到校场的时候，成功坐下了，可把他累坏了。

小表弟举起杯子准备喝水，眼睛却被前方从抬轿上下来的金童玉女吸引了过去。这两人皆是一身白衣，广袖垂地，身姿飘逸，眉心一点红色，眉目庄严地往台楼走去，活脱脱一幅仙风美景。

陈子鹤和付佳儿登上抬轿与观音像一通巡城之前，都经过了净手熏香。

虽然不需要露面，但在屏风后唱《慈悲咒》的阮媛，亦在姜院长的陪同下完成了同样的程序。

"您可不能跟我奶奶说是我唱的呀！"上台楼前，阮媛跟老院长强调。

姜院长对她做了个对天发誓的手势，对于阮老夫人那个老姐姐，姜院长一直有点儿怕怕的。

再者，观音会上的玉女其实有两个，这在迄去从未发生过，虽然他本人不信怪力乱神之事，但保不准别人有什么想法。姜院长很理智地没把事情真相公布出去，因此，这件事，除了做金童玉女的三个孩子，也就是听他说了选人结果的沐王世子知道。

贵宾座上，小表弟看着陈子鹤和付佳儿站上高高的台楼上，迎风高歌。小表弟心里嘀咕着那件事，那件事啊，表哥说晚上才可以说。他硬生生憋了半天，还是凑近沐斌，往台上指："表哥，那个金童就是贿赂詹先生的人，是本地做银楼生意的陈家的二少爷，陈子鹤。"

沐斌并不意外："我知道。"

小表弟惊讶地说："表哥你刚刚那是什么表情，我有点儿怕怕。"

沐斌没应，反问他："你对他有意见？"

"没有！没有！"小表弟头摇得像拨浪鼓。

以为沐斌会发表点儿看法，或者问点儿啥，结果等了半天，沐斌啥也没说。

小表弟只好自己凑上去补充心声："我就是觉得他做这些小动作，配不上付姑娘。我都想把这些告诉付姑娘，可又觉得她听了会伤心。"

沐斌没有看台上的人，他的目光定在某个点上，像是在看远处，又像是在专注地听着歌声。

小表弟略感失望，果然自己吐露这些苦恼，表哥也不会理会。

沐斌却开口："她并不会伤心，她只会看到他为她付出的一面，而忽略他人品上的缺陷。"

小表弟颔首："表哥你分析得好深奥、好有道理。"

他像是听懂了，又好像完全没懂，愣愣地看看自己，又看看台上那两人。距离那么远，其实是看不清台上人表情的，但他能感觉出那不时对望的眼睛里有丝丝的情意。

旁观一切的众暗卫纷纷感叹：这是多么复杂的多角恋啊。

世子爷喜欢阮姑娘，阮姑娘又喜欢陈二少，陈二少和表少爷喜欢的付小姐彼此喜欢。

几个单身汉唏嘘着，暗十捅了捅暗九："这个情况真是复杂，发现是这姓陈的那天晚上，我和表少爷都在场。"

暗九是个闷葫芦，暗十也习惯了跟他讲话跟面对空气没两样。

结果这次，暗九接话了。

暗九说："阮姑娘的眼光不会那么差。"

暗十："……"

暗九又说："我们世子爷也不会看不出。"

暗十心想：怪了，今天暗九跟我说的字比上个月的都多！

付佳儿立在高高的台楼上，身边立着陈子鹤，高处的风大，夏日的阳光也烈，但不知是不是因为今日是观音生辰，一点儿也不觉得热，也不觉得辛苦。她不时与陈子鹤互望，两人像排练时一样，踩着点交换位置。相比金童的动作，玉女的动作要多得多，带着舞蹈的美感和节拍，一曲《慈悲咒》进入尾声时，她做出一个大幅度的持续旋身。

翩翩白裙迎风而舞，将所有人的目光集中在这个点上。

一曲停歇，紧接着，唱第二次《慈悲咒》。

今日一共要连唱三次。

付佳儿心想其实有两个玉女也好，以她的气息根本不可能在旋身的同时唱出如此悠扬的音调而不带颤音和喘息，幸好有阮媛……

付佳儿喘着气，不着痕迹地调整身体和动作，眼睛望到楼下贵宾席上那道玄色挺拔的身影。

——沐王世子。

那人身上的气势太强，一看到他，她就好像被人用弓箭指着，浑身上下都一阵发毛和不安。付佳儿赶忙把目光转开，脚下一个滑步，与陈子鹤错身而过，往她的下个站位转过去。

忽然，付佳儿脚下一滑。

事情发生得太快，付佳儿就感到天旋地转，整个人重重地摔了出去。

等反应过来，她已经撞在屏风上。那屏风是鸡翅木雕刻，又沉又重，竟然也没承受住她这一撞，直接往后倒下去。

好半天，付佳儿才感觉到自己被陈子鹤扶起来。

"佳儿，你怎么样？"

浑身上下哪里都疼，她难受得眼泪含在眼睛里，想说最疼的是脚踝，又忽然想起来少了什么，吓得她几乎要跳起来："阮媛！阮媛还在屏风后面！"

鸡翅木屏风后面只有很小一格空隙可以容身，再往后就是栏杆，栏杆后面就是楼梯，而此刻整个屏风倒下，栏杆的位置被压塌了一半。

玉女摔倒了，歌声戛然而止，百姓看见台楼上所发生的事，都惊在原处。

有史以来，观音会上从未发生过这种事，不知道是不是预示着有什么灾难将要降临。伴随震惊的恐惧在瞬间、悄声、无限地扩散。

同样震惊的还有沐王妃，出事的时候，她刚含了半口葡萄酒，一时都不知道是咽下去还是不咽下去，身边一阵风，是沐斌冲了出去。

台楼虽为观音会所用，却是临时搭建，除了高巍，跟雄壮、宏伟半点搭不上关系，更别提结实。楼内旋转的楼梯，狭窄而多折，像没有尽头一样，又好像只是一眨眼的工夫，就到了尽头，因为听见她的声音。

有人在问："阮媛，阮媛你有没有事？"

她说："还……撑得住。"

可那是怎么撑的呢，她那么小一只，完全被压在沉重的鸡翅木屏风下面，边上破碎的木头扶手栅栏一片狼藉。

沐斌第一眼看见的不是阮媛的表情，而是她乌黑的头发从楼梯地板上垂下来，以及一线一同垂下的红色，像凝住的红色珍珠挂在地板和楼梯井之间的墙沿，摇摇欲坠。

阮媛在屏风和半截残存的楼梯扶手之间的三角区，小蚂蚁一样背着沉重的乌龟壳。如果不是有她做缓冲，整道楼梯栅栏应该完全压塌，而不是只塌半截。

屏风倒下的力道先打在了头上，进而将她重撞上楼梯扶手。

探花哥哥说过：脑袋是人身上最硬的东西。

现在她信了，这样的撞击之下，脑袋竟然没有像木头一样炸开。

阮媛抵着栅栏的木头，她知道那里一定磕破了，无奈人卡得太紧，伸手也摸不到伤口。反而前后脑壳的疼痛和压着她的力量渐渐失去了存在感，取而代之的是眼前的一阵浓过一阵的黑暗，和耳边渐渐沥沥的声响。

那是雨声？

记忆里，有瓢泼大雨的画面浮现。

谁说越地都是细雨烟云呢？也有雨帘如瀑、打得人迈不出脚的时候。她窝在廊下人温暖的怀抱里，看着远处那道身影执伞大步而来。

他越来越近，终于穿破大雨来到廊下，将她接过去说："等我很久了吧。"

是呀，很久很久了。

她想。

早上跟菩萨祈愿，你才肯入我梦里来。

可是景物一转，又是另一个滂沱雨夜，她趴在漂泊的船沿上，被那人坚决地推入水。

那一夜的大雨打在身上，彻骨冰冷，水流湍急，被旋涡转向未知的远方。躯壳最终九死一生活了下来，而三魂七魄沉在湖底。

也许，是时候接她回去了……

有谁焦急的脚步声近了，身上的压力豁然散去。

沐斌推开屏风，伸手触碰阮媛满是血的脸，她被那只手上的温暖和干燥从冰凉雨夜里拉回现实。

眼眶里一片湿润，眨了下眼睛，滑下来的却只有血水没有泪。

阮媛看清了眼前的人。

他问："你怎么样？"

她扯了下嘴角："扁了，被挤出汁了。"

这种状态下，还能开玩笑。

换作平时的沐斌应该笑的，此时嘴角却有千斤重，怎么也勾不起来。

推开一些屏风，让它着力在其他地方，他把人从废墟里抱出来。

阮媛勾他衣袖："奶奶还不知道我在这里。"

"我知道，"他脱下外衣，将她兜头罩住，抱进怀里，"你藏好了。"

眼见世子都冲上去救人了，县丞怎能落后？当即招呼了衙门的一干人跟着涌上去。周围百姓头一次见这种阵势，一双双眼睛盯着台楼出口，想知道里面发生的事情。县丞还不算笨，临近台楼前，指挥人封锁现场，号令闲杂人等不得靠近台楼，于是黑压压一批人被留在台楼出口外面做了人墙。

县丞本人领了人上台楼，没过几个转角，就看见沐斌冲下来。

这楼梯窄小，根本不足以两人同时通过。

县丞一声"世子"还没出口，领子被人从后面一提，直接叫暗卫扯到了楼梯外面提悬在半空。

沐斌一路直冲而下。

阮媛只感觉他跑得好快，彼此心跳得好快，她紧紧抓着他的衣襟，头深埋在衣服里。

沐斌一出台楼，眼前黑压压一片捕快，挡得他看不到去路。

一架马车这时冲破人墙而来，是暗九驾的车。

沐斌跳上车，道了声"去没人的地方"，又对后面人吩咐："找东方先生还有侍女来。"

"是，世子。"

是——世子。

第一次听人口中，正儿八经地这样称呼他。

沐斌感觉到胸口一直抓的小手松了，还小心地、轻轻地抚了下那处被抓皱的衣服。

他嘴角一松，低头道："还是抓着吧，以往胆子不是挺大吗？"

那头，县丞冲上台楼最后一层，命人推开压在最后那道楼梯口的屏风，发现玉女和金童都好好地在最上层，并没有缺胳膊少腿。

"这……"

那刚刚沐王世子抱下去的是谁啊？

县丞愣了半天，一拍脑袋，难道是调虎离山之计，先把武艺高强的世子引开，然后再对沐王妃下手，以要挟远在南疆、手握重兵的沐王？

县丞迅速脑补一出朝野大戏，第一次有了自己也在这历史洪流之中，做了根定海神针的感觉。好激动哦，当官几十年，总算有了靠近权力中心的机会，一定要在这洪流之中起到决定性作用！

县丞大手一挥："快，快，快，下去保护王妃！！"

王妃哪里需要他保护，沐王妃和小表弟被王府侍卫围得像铁桶一样。

台楼的出口正对校场，小表弟隐约看见沐斌出了台楼，结果一眨眼又不见了人影。小表弟正愣怔，旁边一个声音说："这偬小子，都说你再抱姑娘，手臂非废了不可。果然美色使人堕落啊，桃花劫堪比修罗场。"

那声音隐约哪里听过，小表弟侧头，看到一个道士不道士、乞丐不乞丐的家伙坐在旁边，手还在长案上摸香蕉，脚下一堆苹果皮、橘子皮，俨然已吃了个半饱。

小表弟心疑一声："你不是被我表哥关起来了吗？"

卜正常瞟他一眼："小弟弟，你最近也有桃花相啊，来小哥给你看看手相。"

"真的？"

小表弟把手伸出去，卜正常捏住他四根指头，低头往小表弟的掌心纹路看去。小表弟反手把人一握，大叫："来人啊，抓住这个道士，回头表哥有重赏！"

"我去！"卜正常一个脑袋两个大。

马车停在郊外。

为沐斌治箭伤的东方先生和王妃身边的一个侍女，没多久也到了。沐斌把车厢让出来。

不一会儿，东方先生下车，与沐斌道："脑后的淤血肿块，短则十天，长则两月可消。额前磕破的伤口在头发里，已经包扎上药，不会留下疤痕。刚让姑娘服了药，静躺一会儿，如果一个时辰里没有头晕、呕吐，那就没事了。若是头晕、呕吐，就会麻烦一些，得长治，静养。有老朽在，您不必担心，倒是——"东方先生的目光落在沐斌右臂上。

沐斌看了下已经溢到衣外的深黑色印迹，道："先生到边上看吧。"

本来是玄色衣物，不容易看出血迹，等脱的时候才能察觉整条右臂缠满了血，有的已经干透，黏着衣服贴在臂膀上，东方先生用了剪子，还是颇费了些劲才将沐斌右臂袖子去掉。

衣服反正废了，又是男子，沐斌脱了上衣，放到一边。

"本来缝得多漂亮，现在还要再缝就丑了。"东方先生叹道，取出羊肠做的细线和银针，点上蜡烛，烫红银针，对着阳光将线穿妥当。

前有深伤到骨，后又被迫撕裂，一层层上药，一点点重缝皮肉。

东方先生苦口婆心地说："可不能再乱动了，什么都不要再做，包括握剑、执笔。世子听老朽一句，最近，多调人手在身边。"话不能说得更透了，他医术再好，也不能赋人新生。若是最后给皇太孙捎回去一个破娃娃一样的沐王世子倒也罢了，至少还活着，但谁又能保证危险已经解除，拖着这样的伤，若再遇一次先前那样的厮杀……东方先生不敢想下去。

郊外树林，人迹罕至，杂草遍地。

阮媛蜷在马车里，听见他们的脚步声远了。老先生嘱咐她静躺，她静躺了许久，都没听见他们回来。

她现在是一块煎饼，正面和反面都焦了，只有侧面可以躺。

也不知过了多久，阮媛微撑起身体，坐了一会儿，没觉着眩晕或想吐。

车窗分了两层，为免车厢里闷热，木头的一层打开着，另一层是布帘子，有光从下摆后透进来，也不知道是什么时辰，观音会结束没有，小丫鬟有没有回去发现她不在。

阮媛碰了碰布帘子，风透过帘子拂在指尖上，有些凉意，她掀开布帘。

豁然充足的光迎面打来，她眯了下眼睛，本以为要周围找一下才会见到人，没想到被对面树下坐着的沐斌直接撞入视野。

147

发生得太过突然，以至于一瞬间，对面人头顶的天空、背后的树荫、旁边的大夫，统统消失不见。天地间，视野里，她只看见了他。

那男子，剑眉星目，端坐若钟，修拔若松。

他未着上衣，伤臂又腰，明明平时都穿着衣服，身上的颜色却和脸没有半分区分，不白不黑，无声无息向外透出力量。

更重要的是，他撞入她眼眸的时候，她也闯进了他的视线。

就像当初相识，谁也没有打一声招呼就出现了。那一条夹道里，那一扇角门后，那一夜的月光，那一刻的阴差阳错，以及后来的种种靠近。

他目光焦灼，像要看到她心底去。

阮媛心跳像漏了一拍，还没反应过来，已经把帘子甩回去了。

沐斌眼睛一跳，道："当心脑袋后的伤。"

已经晚了。

"呀"的一声，轻轻的、倒吸气的声音传来。

他下意识要站起来，被扯着丝线、正在缝伤口的东方先生压下去。

"她是害羞了。"东方先生经验老到。

沐斌的表情无甚变化，向来刚毅的年轻人，只在旁人看不见的地方，眸光有一瞬的柔软。

阮媛翻身改成侧躺。

布帘打在空气上，复垂下来盖住窗，亦挡住了对方的目光，却仍带着光一晃又一晃，令这车厢里忽明又忽暗，无声又无法忽视，因为那光已经笼罩着她，往心底里说不清道不明的角落打去。

东方先生剪断线，收拾东西退下。

沐斌穿妥衣衫，在马车边立定。

"你还好吗？"他问。

"你穿衣服了没有？"她的声音闷闷的。

"掀帘子看一下，就知道了。"

里面的人没了声音，过一会儿，说："我重伤，抬不起帘子。"

他道："我也重伤。"

而且还是手臂——

阮嫒真想捶他：那你刚才还抱人。

这话终究不曾出口，她看着车厢壁上裹的丝绸经纬，问："你为什么受伤，我是不是不能问？"

沐斌垂下眼帘，臂膀上的伤口随着血液每一次流动，一跳一跳地痛。

"是。"

他做事的理由、要去的地方、所为的目的、未来的方向，统统都不可以说出口。

隔着一道车厢壁，她听见他说："阮嫒，靠近窗户一些。"

她撑坐起来，靠过去问："做什么？"

下一刻，头顶微暖，他的手避开伤口，轻覆在她头上："不论是什么，非我亲口所说，都不要信。我对你，亦是。"

隔着帘子，他摸了摸她的头顶："好好养着，暗九会送你去普净寺。"

暗九跳上前座，鞭笞马尾，驾车出发。此地距普净寺尚有一段距离，等到河边，还需改换成船。

一路上，他以为阮嫒会问很多问题。

结果她只是问了一个："你叫暗九？"

刚上普净寺的渡口，船就多了起来，都是从城中往外，是各家各户在回家了。之前的侍女也跟进了普净寺，想帮阮嫒擦去血污，她带来了一身衣物，跟阮嫒身上的一模一样，连尺寸都无分毫差别。

阮嫒拒绝了："就得这样待在寺里，才像不是在外面撞的。"

暗九给了她一个哨子："姑娘有事，可以吹这个，旁人听不见这哨音，但我会过来。"

阮嫒看向他："你不在边上听我们洗澡了？"

暗九："！！！"

本来就没有过！

酉时一刻，小丫鬟搭船喜滋滋地从外面回到普净寺，小沙弥帮她抱着大包小包的战利品。

"小姐小姐，我回来啦，我给您买了好多好吃的好玩的好——啊！！！小姐，您怎么了？怎么满头是血！您这样多久了，大夫在哪里啊？！"

阮媛扶着额头，朝她看去："传信给奶奶，我在屋里摔伤了，要回家。"

九

一丛红菱角

　　马车飞驰，车尾时不时因为地上的坑坑洼洼而飞起、落下、再弹起，颠簸经过特殊的减震结构传达到车厢内已变得微乎其微。

　　车厢里设了长案，卜正常手脚被束，麻花一般被横在案前。沐斌在案后，侧边蹲着个暗卫，是东方先生叮咛沐斌不可执笔、临时来做笔墨童子的暗十。

　　对于这件事，暗十心里是抗拒的，告别了小表弟那个小话痨，迎来了卜正常这个大话痨。

　　如果能有开关，暗十真的很想把耳朵关上。

　　痛苦啊！

　　"师弟啊，你从来都目标明确，也不是一个患得患失的人，是什么让你下定决心了又不行动呢？你不是八字都写好了吗？是为什么呢？是为什么呢？"

　　卜正常很聒噪，一扭一扭地想知道沐斌那日在阮府里的心路历程。

　　暗十垂头读一则飞鸽传信："观音会上出事之后，上虞城里人心惶惶，县丞亦将这件事写在奏折上，在往上送。"

　　沐斌点着桌子，想了一下："知会皇太孙一声，我会散消息出去——越地要变天了。"

　　"是。"

皇太孙要他查水道的事，必然牵起一串官员和地方绅豪，此时动静需要闹得大一些，才好往下走。

这是他们离开上虞，往北走的第三天，距离要去的太湖还有一半行程。太湖是江南第一大湖，水域广阔，跨越直隶省与浙江，因此，一直以来都由两地共管。

卜正常又换了个面，一扭一扭地往沐斌那边靠："师弟呀，你们去太湖做什么？"他眼睛转了转："我听说阮家的水道出事了，弟妹的大伯如今就在太湖，你这是去帮忙看护他们家产业呀？"

沐斌终于侧首看他："我一直很好奇，你的耳朵怎么长的，什么消息都逃不过你。"

卜正常嘿嘿笑："师弟这么说，我可是会当成夸奖的啊。我虽然耳朵长，可我嘴巴严啊，我有一个装着秘密的肚子。"

沐斌但笑不语。

卜正常看他神色缓和，讨饶道："你看我都被绑了这么多天了，再不松开，手脚都要长一起了，你不如让师哥松快一下哈。"

沐斌面露疑惑，道："我只吩咐人关你，可并没让绑你。"

不等卜正常开口，他又道："谁让绑的，你让谁松。"

卜正常太知道沐斌是个说一不二的主儿了，在心里把小表弟的祖宗十八代都骂了个遍，要不是这个小祖宗下令抓他，何至于他错过观音会后的好戏。

哼，诅咒你以后的每一朵桃花都是烂的！

沐斌不知道，卜正常本来已经跟师父嘚瑟他见过师弟妹这件事了，后来又哀伤地告诉师父：这个弟妹可能不是最后的弟妹，因为师弟他没求亲啊！

这几天师父的小纸鹤一直在戳卜正常的脑袋，追问后面的剧情。师父这个老顽童八卦起来没完没了，他总不能说自己被绑着不知道哇，太没面子了！

与此同时，远在京城南京的一间寺庙中。

"嘭"的一声，有人将茶盏摔碎。

"名册，名册！名册到底在什么地方，为何到现在还查不到下落？就算弄不死沐斌，你们也起码要查出来东西是不是在他身上！"

"您息怒，他当初带了四个暗卫出城，王妃身边还有十个人，有两个人一直不知去向，但那时候沐王的密函还没有给到沐斌，难道沐斌未卜先知提前知道名册快被我们找到了，出去接应？因此，小人斗胆猜测，名册不在沐斌身上。"

"那你告诉我，是不是已经在皇太孙手里了？！"

不在沐斌手里，又不在自己手里，总不会凭空消失！

皇太孙朱瞻基时年十九，年纪轻轻，可比他那个做太子的爹难处理多了，更难的是今上把这个孙子当眼珠子一样倚重。

那人气到极致，声音颤抖，但，在皇太孙手里，皇太孙为何还不动手？没有道理拿捏住了他的死穴，皇太孙还这么平静！

他道："我始终觉得名册在沐斌身上，皇太孙只信他，只有在他身上才可能等到今天。"

"可如今我们都知道，皇太孙让他在越地查水道的事，一时半会儿沐斌都得待在越地，您看？"

"这两个小子贼就贼在这里，一南一北，一明一暗，真是打得一手好太极，"他顿了顿道，"只要他的人还在越地，就在越地给我搜他，不能让名册出了越地的地界！"

"可——上次我们已经下了杀手，他还……真的要让他在我们地界出事？"

"你上面还有姓杨的顶着呢，死一个沐王世子，也不过让你降职。可让他活着回去，我们所有人都可能没命！再说——"那人忽然笑得意味深长，"查越地，查水道，得罪的人不计其数，谁又知道是哪一条线下的狠手呢。"

车厢里，暗十又摸出一条简讯，这一回他没读，递到了沐斌面前——

阮老夫人已经接阮嫒离开普净寺，但没有回阮府，将阮嫒安排在城外庄园，老夫人也在庄园里住了两日。

观音会上出事，台楼上刷桐油的女学生也寻到了。小小书院里的钩心斗角，却害得她被殃及，面上阮媛还只能说是在寺中跌伤。这两人的道歉便由他来追究，不要让她心烦了。

沐斌目光软了一瞬，道："把猫给她送去吧。"

阮家大爷在太湖的分舵，得知沐斌到来，着实吃了一惊：事情瞒得那么死，怎还真会如老夫人说的让沐王世子知道？

他立刻带了两个儿子迎出门去——

沐斌步下马车，只见一个青灰色衣衫的中年人领头在门口迎接，面貌上，有几分阮娴的影子。

阮媛和阮娴长得并不像，阮娴其实长得很像阮老夫人，气质端庄，容貌贤淑，眉眼里是当家宗妇的严肃内敛，而阮媛与阮琼轩，据说长得像两人过世的母亲。

沐斌与阮大爷开门见山，道："听说是运河上的船出了事，不知为何却到太湖来处理善后呢。"

太湖并不在运河主道上，一直以来，运河有漕运守备负责督粮道，也就是将南方的粮食运送到北方，这是官粮，军队和赈灾的粮食都来自这条命脉，除此之外，朝廷严格把关的盐、铁也走这条道。

但这些往来，其实只占运河上船只往来的极小部分。太祖开朝以来，盛世五十载，南北贸易频繁，北方的木材、裘皮、草药、马匹，南方的丝绸、茶叶、蔬果、洋货，只有物资走起来，生意才能做起来。

运这些的船是私船，水上不安全，几条船就会一起走，久而久之形成小团体，小团体结合成帮派，帮派就要定江湖规矩，这就诞生了船帮以及船帮背后的各大家族。

在越地的水道，有四成的船是阮家的。阮家，就是这越地水道，大、小船帮都要卖几分面子的领头羊。

阮大爷早先与母亲商议过，事情要一直瞒下去，除非沐王这头的人亲自过问。

当下，阮大老爷略一躬身，道："世子，请跟我到后面来。"

别院里。

小丫鬟愁眉苦脸，道："小姐你下巴都饿出来了。"

阮媛手撑下巴，不以为意："我本来就有下巴。"她学小丫鬟叹气："哎，想瘦的时候喝水都胖，想胖的时候吃肉都瘦，命苦。"

小丫鬟直接将一个枕头砸过去："您考虑一下我的感受行不行？老夫人说，再不见您长肉，就要打断我的腿了！"

"哎呀！"阮媛接住那个软枕头，按到腰后靠着，"你要这么想，我要不长肉，奶奶就让我一直在庄子里养着。这里有自个儿的菜地、池塘、果园，里里外外都可以让你野。但是奶奶一个月都未必会来一次，你的腿最起码还能好好在身上一个月呢。"

小丫鬟瘪嘴："好吧，这么一想的确还不错。"

阮媛笑眯眯的，两只小奶猫在脚跟处蹒跚而行，像两坨棉花一样蹭着她的皮肤，痒痒的，软软的。

阮媛一手一只抱进怀里："我觉得它们饿了，该喂羊奶了吧？"

小丫鬟翻了个白眼，把温在暖窝里的羊奶拿出来，道："也不知谁这么坏，给您送两只野猫。这种猫满大街都是，要送就送个波斯猫嘛。"

猫送来的时候有个竹编的窝，里面垫着塞了棉花的软垫，这会儿就在阮媛床上放着，一同送来的还有一些小物件，婴儿吃食的小勺啦、塞了铃铛的毛绒球啦，俨然把猫儿生活所需的吃食、玩具都考虑到了。

阮媛就用那只小瓷勺，舀了羊奶，一点点喂猫。

小奶猫舔了勺，又舔舔阮媛的手指，竖着鼻子表示还想吃。阮媛喂了这只，下一勺喂那一只，它们俩倒不调皮、不争抢，知道要挨个儿等着吃。

小丫鬟还在边上嘀咕："我听说那波斯猫是蓝绿眼儿，两只眼睛的色儿都不一样，毛长长的，跟雪球一样。我表姐跟的主子就养了一只，吃得可金贵呢，每日要有新鲜的小鱼儿，还是活的、刚抓起来的，要是拿死了一会儿的糊弄它，它碰都不碰。"

小猫仿佛感觉到了小丫鬟的嫌弃，两只前爪盖过脸颊，一个劲儿往阮媛掌心里钻，阮媛笑，点点它们的小鼻子："你们也觉得面子很重要呀，让你们兄弟姐妹的主人分摊一点儿咯。"

阮大爷领沐斌进入分舵，这处分舵，前半部分临街，后半部分与水相连，借了太湖湖湾内的地势，所临水域水波平静，风浪极小，宅后有三条石桥延伸到湖湾内，外路往来卸货，中路容船只停泊修造，内路连仓库可租赁停放需要长久放置的货物。

三条石桥又分别做了小桥连入深水区，搬卸货物的船工奔走往来，或靠人力，或借用独轮车、平板车等工具，算账先生耳朵上夹着毛笔，手里托着算盘，边点货物边结算开出条据，目及处，人连着船，船铺到尽头，看不到水面，其规模之大，与平常人印象中的越地水路完全不可同日而语。

烈日将石桥晒得发烫，沐斌一路走到石桥的尽头，临近碧波湖水，才开口："十成的码头，只用了七成。"

"是，"阮大爷解释，"遇风浪天气，此地亦是船只避风的港口，会有湖中渔船过来，故而预留了位置。"又与沐斌解释："太湖往北，是吴地以洪家为首的吴地船帮，世子可将此分舵看作越地水道的终点。"

"再往北走，阮家说得上话吗？"

"可以，"阮大爷不卑不亢，"话虽弱，但水道上做事仰仗的是百年来的道义和交情。再者，若阮家不能往北走，亦可以让他们不能南下。"

沐斌闻言，赞许地一点头。

阮大爷略一垂首："不敢居功，二十年前，我从母亲手中接手水道。这条越地水道，在先父手中时到杭州府，从杭州府到太湖是在母亲手中定下的。"

"无怪民间给阮老夫人'女中豪杰'四个字，"沐斌的目光穿越船与船之间的空隙往浩渺的水面远去，话音一转，"水道在手，水匪却从未根除吧？"

阮大爷微微一笑："百姓靠天靠水吃饭，总有天不给脸、水不给情、吃不到饭的时候，灾来为匪，灾去是民，是匪是民早已分不清，又要如何根除得尽？"

"水道上每年都有几船货被劫，对方有意，阮家会赎回来送还本家；若对方谨慎，接洽不到，阮家会直接赔付船家，货物任水匪自行出手。

一直以来，就这样维护着水道和水匪之间的平衡。"

话到此，阮大爷抬手做了个"请"，道："世子这边走。"

他引沐斌到最内侧石桥尽头的仓库，与另外两桥的人声鼎沸、车水马龙相比，越往仓库走越冷清，高达数丈的仓库外墙，漆黑交错的穹顶严肃地压在头顶。

阮大爷一一解说各个仓库的用处以及停放类别，直到最深处的大门，他示意人开门。

两人高的门被从两侧拉开，一洼水入目，进而是高大的船身，这是一间水中仓库，可容货船直接停泊在内。

那艘船却不完整，有一个半人高的洞破在右舷，洞口用另一种颜色的材料做过临时修补。

"这就是出事的船。"阮大爷言简意赅，从外观看，这是一条普通货船。

沐斌随他上船，走过甲板，踏足木质楼梯，下到船舱。

舱内的货物装在箱中，依次累叠。阮大爷随即打开了几个，冰凉带着金属特有光泽的砖块露出来，一个词也在这时候跳进沐斌的思绪——精铁。

铁可锻造武器，在本朝受到管制，从铁矿开采到民间使用，都要登记造册。一般铁矿挖掘后，难以运输，会就地设窑提炼，普通的、下等的流入民间锻造农具等物，而精炼得到的精铁统归国库，用于朝廷制造兵器铠甲。

本朝严禁海运，南北货运只有走水道。各省府铁矿所出之铁运输上属于漕运守备管辖，走督粮道。而今却有民船运铁，还是用于锻造兵器的精铁。沐斌探手触摸铁砖，冰凉的触感直刺而来，这绝不是一桩普通的私铁贩卖案那么简单。

他回身目视阮大爷。

"越地水道，四成船在阮家手里？"

"是。"

"这艘船不是阮家的？"

"是。"

"船上的人何在？"

阮大爷略一沉默，道："人在下控制着，但都是普通船员，他们以为运的是大米、茶叶，与阮家的船相撞后，还都急于抢救货物。我们已经查过这条船出发的渡口，根本没有这批精铁上船的记录，付款的人和店家查下来也都是假的。"

"那往北走，收货的人也多半查无此人。"

阮大爷无奈点头。

沐斌思索片刻，忽然问："如若我不追问这件事，阮家会怎么做？"

阮大爷苦笑："原封不动，继续北上。"

是，他们不想蹚这浑水，不想知道浑水背后一切的人和利益。行走江湖，比知道更难得的是学会不知道。

而现在，是把这艘船就地充公，动用朝野的力量彻查，还是放它北上，冒着丢掉线索的风险徐徐图之。

两条完全不同的路，摆在沐斌面前。

阮媛在乡下庄子养身体，没几天，家里终于熬不过折腾，同意陈栩过去小玩一日。

夏日的水乡，荷叶遍地，也是水里时鲜上市的时候。

庄园外的池塘里，围着头巾的船娘坐在圆圆大大的木盆里，穿梭在连天的花叶之间。

阮媛和陈栩也窝在一只木盆里，阮媛用小刀割莲蓬丢在桶里，刀过带出经脉里的丝线。陈栩已吃莲子吃了一个滚圆，短手短脚瘫在她身边，惬意地享受水上凉爽微风。

日头烈，两个人都戴着荷叶做的帽儿，叶下的脸蛋红扑扑的。

船娘的歌声时近时远，江南软语唱不尽女儿心思。

陈栩忽然睁开眼睛，扑到阮媛身上："过几天，我二叔生辰，你准备寿礼了没？"

阮媛的手划过水面，抓起一丛叶子以及叶子下红彤彤的菱角："就给他带点儿红菱尝尝鲜，怎么样？"

菱角一般入秋才上市，这会儿早熟的菱角是人家餐桌上金贵的货，往往有钱也买不到。

陈栩给她一个白眼："真没新意。"

"见了十几年了，要什么新意啊。"

小团子小大人一样叹气："你房里那盆松鹤，养了那么多年，究竟打算什么时候才送出手哦！"

连天的荷叶被风吹得"沙沙"作响。

阮嫒的脸盖在一片荷叶下，看不见她的表情，只有软糯的声音带着荷香飘来："谁说我养着就一定是送他。"

小团子恍若没有听见，沉浸在他的情绪里："二叔已经跟家里说了想娶亲，奶奶生了好大一通气，娘亲说这件事，我们大房要不听、不看、不语。成与不成，都由爷爷奶奶和二叔定夺。"

"多好呀，能从相识微时，走到终成眷属，这是人生最美好的事了。"阮嫒从荷叶下钻回来，手里不光多一只小莲蓬，拢在莲蓬上的手里还藏着什么别的。

"快看！"她凑近陈栩，把手张开一个孔。

红艳艳的蜻蜓停在莲蓬上，圆溜溜的大眼睛看着外面的世界。

陈栩嘀咕："相识微时的人不是你吗？"

阮嫒一笑，手一松，那只蜻蜓从掌下飞出，眨眼消失在花叶之间。她的视线也跟着一路远去，好像要抵达那思绪的深处，下一刻被陈栩的大叫拉回现实。

"啊蛇蛇蛇！"陈栩扑到阮嫒身上，脑袋在她身上蹭，手不停往他那一侧的水下面指了又指。

阮嫒探头看了下："哪里是蛇，明明是黄鳝。"

她探手去抓。

"别啊，会咬你。"

"怕什么，夏天吃黄鳝才好呢，赛过吃参。"

小团子的表情很精彩，一脸"没想到你是这样的吃货"。

阮嫒一昂头，给了他一个"佩服我吧"的得意脸。

远处有马蹄声传来——

陈栩立起来，手搭凉棚看过去："是外公和舅舅，外公他们回来了！"

一声"外公——"还没喊出口，木盆被他动得摇来摆去，幸好阮媛眼疾手快抱住了陈栩，才没叫小团子激动地跳到水里去。

那压抑回喉咙的声音和紧接着扬起的笑声传入耳中，沐斌往连天的荷塘看去，一眼从那连天的碧与粉之间，望见她明亮的眼眸。

阮媛和陈栩提着半湿的裤腿，跑回庄子。

"外公，外公你回来啦！"

"大伯！"

客堂里好像有谁才进内宅，阮大爷回身忙示意两个小祖宗别吵闹。

"大伯，怎么到庄子里来了？"阮媛缓了口气，放低声音，一面问，一面和一同回来的两个堂哥打招呼。现在天色不算晚，阮家人一般都会选择赶回上虞县城，会到庄子落脚，多半是有什么特殊情况。

"是和沐王世子一同回来的，怕太赶，先在这里住一晚，"阮大爷说着，叮嘱阮媛，"有外男在，你别到处乱走。"

阮媛眼睛眨了一下，语气乖巧："我知道。"

陈栩却不乐意了，道："不行，我也要住这。"

他只得了来玩一天的同意，按理晚上得赶回去。

巧了，阮大爷正派小儿子即刻出发，把情况通报老夫人一声，眼睛拐到陈栩，便道："顺便把栩哥儿送你们大姐家去。"

"我不要回去。"

"做啥？不喜欢二舅了啊？那二舅就更要跟你捆在一起，把你带回去了。"

阮大爷的小儿子二话不说把陈栩扛了起来，急得小团子回头找阮媛求救。

阮媛立在原地，微笑着对他摆手："救不了你呀。"

十

一顿热餐饭

郊野的夜晚不似县城多彩，天一黑，似乎除了虫鸣狗吠就是风打树梢的声音。

小丫鬟帮阮媛铺好床，趴在她自己的地铺上百无聊赖地玩骰子。阮媛唤她："去抓些萤火虫来，我们夜里在房间里看。"

"我晚上可以出去吗？大老爷来了，我怕会被骂。"

"大伯才没空管你呢，"阮媛给了她几串钱，"找一些周围的娃娃一起抓，多了才好看。"

"嗯！"

等小丫鬟走远，阮媛来到房门外，小院儿里树影绰绰。她立在院正中，拿出哨子，轻轻地吹。

没一会儿，暗九翻墙过来。

她道："我要见世子，请帮我通传。"

暗九点点头，长臂勾墙，眨眼消失在方才出现的位置。

阮媛环顾四周，在房中见那是不可能的，容易惹起不必要的遐思，院子里又太暗，黑漆漆的像在做贼，她把目光投向洒满月华的屋顶。

暗九几个起落到远处，一回头看到个高高的竹梯尖尖的戳出阮媛的院子，正慢吞吞地移动。他停下脚步。

阮媛正搬梯子要往适合上屋顶的地方靠，沉重的梯子对她真不容易，本来以为很简单的事，真等扛起来才发现重到只能让梯子立在地上，一点点移动。

一只手在这时候按在她手旁。

阮媛微微一惊，来得这么快？回眸看去，是暗九把梯子接过去。

"要放到哪里？"

阮媛道了声"多谢"，把位置指给他看，看着他轻轻松松把梯子提过去架好。

"姑娘还有其他要做的吗？"暗九问。

阮媛想了一瞬，忽然走近几步。暗九屏住呼吸。阮媛把手摊开来，那只小而白的掌心里躺着他给的哨子。她的目光从哨子移到他面上。

"是不是你最近都会在周围？"

"是。"

"如果我说，我不需要，你是不是会离开？"

"不会。"

他只听沐斌的命令，并不会被她的话而左右。暗九知道这件事不该他多嘴，但还是多了句嘴："您对世子来说很重要。"

阮媛沉默。

暗九的心提了起来。

但下一刻，听见她说："我知道了，我不会给你们惹麻烦。"

阮媛打开哨子上的红绳，当着暗九的面，重新将哨子挂上脖子，收在衣襟里。

这是默许了他一直在旁边的意思，但不知道为什么，暗九却没有松一口气的感觉。他等了一会儿，确认阮媛的确没有其他要说的，道："我去请世子来。"

月兔慢慢地在头顶爬，好想慢一点，再慢一点，就能将这一晚的时光拖得不一样。

沐斌到的时候，就看见阮媛屈膝坐在院里的石凳上。她双手抱着膝盖，下巴搁在上面，看着洒满月光的屋顶发呆，视野里还竖着只高高的竹制梯子。

他这次没有刻意压重脚步，寂静无声地靠近，一直到投下的阴影让她觉察。

阮媛眨了下眼睛，听见他问："想上房顶纳凉？"

她点头："想去，又怕太胖了会塌！"那声音，好像世界上没有比这更困扰她的问题了。

他笑了："走吧，塌不了！"

一前一后到梯子前，沐斌看着她先上去，并提醒："小心脚下，踩碎了瓦片的话以后下雨会漏。"

阮媛提着裙角，沿屋脊一点点走到正中坐下，一回身，他也差不多到了旁边，坐下的动作半点儿看不出手臂上有那般狰狞的伤口。

阮媛问："你的伤好些没有？"

他道："断不了。"目光落在她头上："你的脑袋呢？"

阮媛摸了摸还包在额头上的纱布，道："笨不了。"

他忍不住笑了，摸了摸她的脑袋，她看着他的手靠近又离开，彼此的目光相触，虽只是一瞬，也将对方的样子看得清晰无比。

他可以看见她脸庞上细细的绒毛，殷红唇瓣上的水光，细碎鬓发后颤动的珍珠耳坠。她也可以看见他发簪上精致如云纹的"沐"字，感觉到他近在咫尺的呼吸。

月光铺天盖地落在身上，因为屋顶高于围墙，而能将视野无限放大，甚至看到远处的稻田被夜风吹起波浪，田边的荷塘里荷花垂羞、莲叶托腮。

然后，阮媛很干脆地拍死了一只路过的蚊子。

"我以为这么高的地方不会有蚊子呢。"她拿出手绢擦手。

沐斌道："可见不论高低，讨厌的家伙都存在。"

"可是高的地方，能看到更多更远的风景。"她一面收起手帕，一面接话。

他道："也能一摔下去，粉身碎骨。"

是呀，所以有人向往高处，也有人从未想过要去。

阮媛看看自己和下面地面的距离，缩起身体，她抱起膝盖。

彼此都任凭沉默扩散着。

好一会儿，沐斌问她："你从什么时候知道了我的身份？"

"一直都存着疑惑，一直到——"她眉目柔软，好似回忆起了那一刻抱着伞踏着水花走向他的心情，"看见亭子里，跟你说话的将军，佩的是三等军衔，却对你低着头……再后来，我不在家，你的书信却总能找到我，除了沐王世子，还有谁有这个本事呢？"

"所以那一天，你恭维了沐王世子，还要我问他要承诺，你已经知道他一定会听到。"他向她看去。

阮嫒没有回答，目光落在天际，顿了片刻，反问他："你又是什么时候发现我知道的呢？"

他看着她的目光像远处的湖光，波光粼粼又深不见底："从你从来不问我名字开始。"

阮嫒忽然按住脑袋："好头疼啊，知道以后，总担心说话、做事有攀龙附凤的嫌疑。"

沐斌看她的目光终于因为这句话而松动。

他似笑非笑地看着她："我担心以后晚上都没有饭吃了。"

她亦认为此事可行，认真地点头："对，以后可以不带饭给你吃了。"

说完，彼此却都笑出了声。

他笑问："真的要做得这般绝情吗？"

她撑着脑袋，闻言侧过头去，正大光明迎上他的注视："那就要看我们还有没有同道中人的情谊了。"

目光相遇，像那个角门后走出来的俏皮姑娘，遇到了站在夹道里富贵俊逸的少年郎，她嘴角勾着弧度，声音软糯至极。

只是，这一次，没有黑色斗篷的遮掩，他可以直视到她的眼眸。

只是，他们也都知道，属于那个少女和那个少年的时光已经一去不返。

从今往后，他们说的话、做的事，或多或少都将因身份带上不同的色彩。

他们还可以是朋友，还可以嬉笑。

但他一出生所站的位置，是她早就打定主意不去的高处。哪怕他要向她坚定地走过去，她也已早早把自己藏起来。

其实——

那一次拉开车帘，无意中的一瞥。真要严格算起来，这个丫头已经算是他的人了呀。可她还在装糊涂，跟他提同道中人的情谊。

沐斌无奈地想按额头。

这个小丫头，脑子转得太快，时时刻刻要把自己摘干净了，跳出去。

幸好，发现得还不算太晚。

他不要彼此的婚约因母亲一句闲话而起，也不要用世子的身份向她家求娶，那样不论结果如何，在她眼里都将与强权逼迫毫无差别。

沐小王爷鲜少有得不到的东西，也鲜少有真正想得到的东西。他要，就要得最纯粹，他要她眼里只有他这个人，他要彼此之间的婚约，只因为她要嫁的是他，而他要娶的是她。

而现在，他不能走得太急，会把小兔子吓回窝里去。

更何况，他是皇太孙插在越地的箭靶子，他不能一切尚未开始，就害她身处险境。

沐斌拿出带过来的书，敲在她的手背上："刚认识的时候，到底把我当成了什么人？"

那一下敲得并不重，阮媛还是噘嘴揉了揉手背，装可怜在任何时候都不会被骂得太惨。

"就是当成了一个要靠卖家底过活的落魄公子而已，"她嘀咕着，眼睛盯在了书名上面，继而像炸开了烟花一样绚烂起来，"《于湖词》！"

"是，还可以换饭吃吗？"他把书交到她手里，"毕竟落魄公子也没真吃上你几顿饭。"

阮媛眨了下眼睛，双手毕恭毕敬地捏着《于湖词》的一端，目光从他没松开的手，转到他的脸上，终于，她确认沐斌不是在开玩笑。

她问："为什么一定要换饭吃啊？"

他道："跟你吃饭香呀！"

"哦，看来我长得比较促进食欲。"阮媛又用力拽了拽本子，却拽不出来。

她欲哭无泪："世子爷这样，小女很有压力呀！"

"你是不是对世子有误解，"沐斌挑眉，"若我母亲没有成为沐王妃，当年她的戏言便不会被当作一回事。反过来，沐王府想要当真的事，世子不是我，是任何人，你都一样要嫁。你在怕我什么呢？你站在我的角度想一想，我为什么要因为一句戏言就娶一个人。京城有那么多门当户对的人，若不来上虞，我连你是圆是扁都不知道，我还把这事当真，我傻吗？"

阮嫒垂眸盯着书，一声不响。

他知道她那么聪明，一定不会听不懂。手一用力，忽将《于湖词》抽回去。

阮嫒吃了一惊，眼睛跟着书抬起来，不带这样的，已经拿出来还要收回去呀！

下一刻，书又落回了手里来。

"所以你要的承诺，等世子爷回边疆的时候，一定会给你，"沐斌把《于湖词》塞回给她，"我这样说，是不是没那么大压力了？我是不是就可以有饭吃了？"

阮嫒是个一下能从一想到十，将局面翻转的人。她马上就抓到了一点，反问他："所以世子让你也很有压力呀？"

"你说呢？难得有个地方，不需要跟我世子长世子短。你就当我想躲起来，吃一顿不需要前呼后拥的饭，成不成？"

她想了想在旁边有一个暗九，就好像多出了个无形的牢笼，好不自由。而他自出生起，身边又有多少个"暗九"存在。

"也的确有道理。"阮嫒点头。

这一次，再抽书，他终于松了手。她松了一口气。于是，在她看不见的角度，他的嘴角勾了起来。

沐斌追捕小兔子。

第一步，把身份的影响最小化。

第二步，探知敌情。

"那你呢，已经有了《于湖词》，还有没有其他需要我帮忙的？"他问，眼睛注视着对面人，不放过她脸上一丝一毫的情绪变化。

阮媛的神色有一瞬的意外，然后，闻弦音知雅意，猜出了他暗指的意思。一丝笑在嘴角化开，一时之间，竟叫人分辨不出是嘲讽还是失落。

她喃喃地说："你听说了啊？"

听说了那个阮家二小姐心仪陈家二少爷的传闻。

否定的话到嘴边，几乎要脱口而出，又被压住，咀嚼着，咽回去。反正彼此并不成婚约，解释那些反而像是欲擒故纵。

阮媛把书收起来，轻轻道："我不需要帮忙。"

还有很多疑惑，凝在嘴边，沐斌沉默一瞬，没有问出口。

不远处，暗九冒头，做了个手势。

沐斌掀袍起身："我该走了。"

阮媛也赶紧跟着站起来："我送你。"

沐斌的目光从屋顶到梯下转了一圈，有些戏谑地落在她脸上："确定是你送我，而不是我送你？"

"至于这么直白嘛！"阮媛瘪嘴，"还笑话人！"

不就是自己不敢下去，好像谁出生就敢爬这么高、这么险的地方似的！

沐斌硬压着没让自己笑出来，轻咳一声，转开脸去，将手伸给她："自己看着办。"

她看着那只伸向自己的手，有些不情愿又有些小心翼翼地抓住他的衣袖。下一刻，被他反手抓在手里。

"这样才不会掉下去。"他背着身，声音严肃而平静，绝对为人考虑不带半点儿私心。

实力让阮媛无法反驳。

她"哦"了一声，几步后，又听见他说："我不在的时候，不要爬屋顶。"

"为什么呀？"

这也管得太宽、太霸道了吧！

"你怎么肯定别人像我一样，会不松手，能保证你不掉下去呢？"他说，"就算掉下去之后，还能接住你，比如说暗九。可是男女授受不亲，你不要他负责，他却没我好说话。万一他非要对你负责怎么办？"

暗九："……"

他不想做这个比喻！

会被世子爷砍手！

明明是没有温度的月光打在脸上，却好像是骄阳一样，觉得发烫，又或者这温度是从相握的手，一路烧到脸颊。

阮媛深呼吸，对自己说：不要这样矫情！

脚终于踏到地上。

沐斌松开手，一脸云淡风轻，就差没写"你别想多"四个字在脸上。

她却看也不看，垂眼回头，就往房间走。

完全没注意前面的廊柱——

沐斌伸手，已经护到她额头上。

人却没有撞上去。

阮媛低着头，盯着脚尖，抱着那本他给的《于湖词》。

她问他："你到底叫什么名字？"

他道："沐斌。"

"那么，沐斌，"她说，"下次想吃什么，提前让人告诉我。"

他看着自己伸在半空的手，一顿之后，收回身后，笑着道："好！"

沐斌前脚离开，后脚阮媛的小丫鬟提了装满萤火虫的小竹编笼回来。

阮媛给她开门。

沐斌隐在暗处，确认她们进屋，熄灭灯火，一起数萤火虫，方才转身。

暗九和暗十杵在路尽头，一个垂首沉默，一个眼睛乱转。

沐斌问："什么事？"

暗十暗地里踢了一下暗九鞋子，那意思是：你先，我还可以等。

暗九利索地上前一步，一字不差汇报，在搬梯子的时候，阮媛说的话——我不会给你们惹麻烦。

暗九言至此处，踌躇道："姑娘是个通透的人，她会这么说……"

"说明她曾经惹过麻烦。"沐斌接话，语气听不出喜怒。

暗九沉默。

沐斌道："我知道了。"

紧接着，临时做笔墨童子的暗十就不耽搁地递上了一个请柬："陈府二公子过生辰，送了宴请函来。"

往常也不是没收到过这种不请自来的请柬，沐王府有专门的人处理。但先前好歹是京中大户，没料到在上虞还有人如此不长眼。

不过暗十是个机灵的人，没有擅作主张压下去。

艳红的请柬到了面前，沐斌没接，径直走了。

好几步之后，才有云淡风轻的声音传回来："安排下去吧。"

那就是去了，暗十并腿立正："是！"

至于贺礼什么的，暗十才不会问呢。

沐王世子大驾光临，已经是天大的面子，还给他带贺礼？

呵！

房间里——

小丫鬟仰面躺在地铺上，床上的阮媛也没有拉帐子，她枕着手臂，圆圆亮亮的眼睛追随着房顶上萤火虫一闪一闪地旋转着，有偷溜进来的点点月辉，也默契地收敛了风华，成了萤火虫留在某个点上的小尾巴。

"真美呀！"小丫鬟感觉自己做了好伟大的一件事，"感觉上次看到这么多这么好看的萤火虫，还是好几年前大姑爷带我们来庄子的时候呢。"

"那一次更好看。"阮媛道。

从没见过，那么多成片的萤火虫一起飞舞，声势浩大又寂静无声，像银河飞舞在眼前。而且，屋内也没有室外芬芳的青草味，没有拂动衣裙的夜风。

记忆里的笑声，更是从未有过的欢快。

小丫鬟呢喃着叹息："一晃儿，大姑爷去了三年了，我们大小姐真苦命。"

床上，阮媛垂下眼帘。

小丫鬟没有觉察，她的思维向来跳跃："过几天就是陈二少爷的生辰，今年小姐去吗？也不知道老夫人让不让去呢，小姐还在养身体。"

阮媛没有接话。

小丫鬟不觉得一个人说话无趣，自言自语道："要是能回县城，我一定要去糖果蜜饯铺子转转，感觉有好多想吃的东西呀。"

阮媛想：难怪屋里的糖盒子空得那么快。

阮媛不会告诉她，还有另一个满满的糖盒子，被遗忘在橱柜里。

大概是抓萤火虫太累了，没一会儿传来小丫鬟的鼾声。

阮媛却毫无睡意。

萤火虫的生命短暂，眼前亮闪闪的生命到明天就会凋零。它们犹不自知，起起伏伏地在视野里起舞。

默默地，阮媛坐起来，脚踩软底的鞋子，悄无声息地绕过小丫鬟，她走到窗边，推开窗棂，月光静悄悄地铺泻进来，笼罩全身。

同一间屋子的顶上，刚刚有人问她："有没有其他需要我帮忙的？"

阮媛抬头看去，萤火虫像能感知到自然的魅力，从头顶往外飞散而去，融入夜空。

她的忙，谁也帮不了。

窗台上一株盆景矮松迎着夜风不知几栽，旁边静卧着一把小巧的剪子。她拿起来，剪去那零星冒出来的不和谐的枝叶。

矮松在月光和阴影之间，平常盆栽做成鸟状，或为嬉水，或为相伴，多是静态，偏这一只做成冲天状，俨然是只昂首欲飞的仙鸟。

岁月静悄悄地流过，仿佛上一刻还在刚收到它的时候。

那一天是她的生辰。

他抱着它从陈府过来。

有些人的喜欢浮于表面，有些人的思念藏得很深。

而她的心结，无人可以化解。

第二日，阳光大好。

出去吃早饭的时候，听闻阮大老爷和沐王世子都已出发。

阮媛喝粥喝了一身汗，回屋就和小丫鬟各自洗了个澡。一头瀑布般的头发，用布擦到摸不出湿意。

小丫鬟唤了粗使婆子来，一起把用过的水撤出去。

阮媛摇着扇子坐在院子里，一面晾身后的头发，一面想头顶上的葡萄藤今年没结果，再给它一年机会，明年还长不出葡萄就换掉，省得这套桌椅到了晚上，月光都照不到，坐在下面乌漆墨黑的。

一颗石子滚到了远处，像是要刻意吸引她的注意，发出清脆的声响。

阮媛的目光从石子往上移，看到暗九从墙外面翻进来。

一碰上她的目光，暗九就心惊胆战，感觉那双眼睛会说话一样，随时都能问出"你这还不叫听过姑娘洗澡"之类的话。

不过，这一回，阮媛放过了他，只是有些意外地询问："有事？"

"世子说，晚上过来吃饭，随便姑娘安排吃什么。"

"他已经回上虞了，晚上还出城？"这货真是为了吃，不择手段，阮媛嘀咕，"吃完饭，城门也关了，他睡哪里？"

没有大伯在，他不可能住阮家。

但是，这事对暗九来说，实在很难回答。

难以回答的问题，最好的应对就是沉默。

好在阮媛也没在这个不该她纠结的问题上纠结，抱怨了一句："随便安排吃什么，这种要求是最难的要求了。"

她眼睛转了一下说："我有个好朋友，每次跟她搭伙吃饭，她都说随便吃什么。等上了馆子，我问她吃青菜好不好，她说不想吃青菜，我问那你想吃什么，她说随便。"

暗九："……"

阮媛笑眯眯地看着他："于是我就问吃东坡肉好不好，她说东坡肉太肥，下次吧。挑了好几样，她都不满意。我最好说话了，我把菜单给她，说：'那么你挑。'她摆手说，选菜什么的，她最不在行，她真的是吃什么都可以的。"

暗九头皮发麻。

阮媛笑了笑："所以你告诉他，不要跟我说随便吃什么。随便这道菜，我不会做。"

暗九："……"

成功预感到，以后，世子爷和世子妃之间的夹板不好做。

作为用《于湖词》换来的第一顿饭，为什么会选择在这个地方吃呢？沐斌踏进来的时候，其实有点儿不明白。

阮媛站在灶台前，一边把脑后的辫子解开，一边用眼神示意他去旁边摆了几样小菜的桌旁坐。

这是一间不大的厨房，空气中混着蔬菜瓜果的气味。灶下的火，刚刚盖回灰中，房间里还带着一丝丝的闷热，却让待惯了宽敞空旷地方的人，意外地有种温馨感觉。

菜还带着热气，显然刚从灶上做好。

沐斌看在眼里："今天是你做饭菜了呀。"

"灶台阿婆今天身体不好，我临时放她休息了而已。"阮媛脸不红、心不跳地扯谎，她才不会承认自己因为拿人家一本贵重的真迹，不好意思让他再吃灶台阿婆烧的饭。

沐斌没有拆穿，目视着她把辫子的最后一扣打开。他第一次见她把头发扎成辫子，只觉得她扎着也很好，不扎也很好看。不过不扎的时候样子比较新鲜。

可能是扎给他看的，但又为什么扎了又要拆开呢？

沐小王爷表示不明白，但他有个很好的性子，不明白就会问："为什么忽然把头发扎起来？"

阮媛也有点儿不明白："你乐意从菜里吃到头发？"

沐斌愣了一下，差点儿露出嫌弃脸，反问："谁会喜欢？"

她道："所以要扎起来再做饭呀！"

沐小王爷沉默，原来不是扎给他看的。

阮媛也有个很好的性子，就是不会让彼此冷场。散了头发，拿起筷子，她很自然就问他："你小时候是不是没有其他兄弟姐妹一起长大？"

"是，"沐王一脉，子嗣单薄，"表的、堂的都有一些，但离得很远。"

"果然，要是见过姐姐妹妹学做菜，就不会问我为什么扎头发啦。"

偶尔会见到沐王妃被一群人簇拥着做菜的沐斌，感受到了无形的"鄙视"。

阮媛还有点儿小得意："我小时候，就很爱热闹了。男孩子的掏鸟蛋、打水漂，我也跟着哥哥们玩；女孩子的八卦茶会，我也跟姐姐去。"

沐斌笑了："能感觉出来。"

所以哪怕只是默默在旁看着，都能感觉到她源源不断的温暖，这是一个在温暖和爱意中长大的女孩。待到他惊然觉察，这一簇小火苗已经住进心里。

他拿起筷子。

阮媛眨了下眼睛："伤还很严重呀？"

沐斌左手执的筷子，毕竟装可怜到哪里都不吃亏也不是阮媛一个人的独门秘籍。再说，东方先生的确千叮咛万嘱咐不让动右臂，他只是很听"大夫话"而已。

沐斌正在傲娇反问"你心疼我呀"还是装可怜说"是呀每天疼"之间抉择。

阮媛说："看来要给你炖猪蹄汤补补。"

沐斌："……"

他不想跟猪蹄捆绑在一起。

彼此都是极有教养的人，默默无声吃完一顿饭。

吃毕，阮媛推了一叠纸和笔给沐斌。

这是要他写明天想吃什么的意思了。

沐斌拿起那支笔，银色的笔非常小巧，适合随身携带，笔尾刻着两个小字：陈宝。

陈家的银楼。

他不动声色地问阮媛："你平时喜欢吃什么？"

阮媛正一样样把剩下的饭菜装去橱柜，道："我不挑食呀，家里买什么就吃什么。夏天就会多一些，莲藕丸子呀，清蒸河鱼呀……"她报了几样菜色。

一回头，沐斌一字不落地写在纸上。他写得一手好字，让她一时忘了他写的都是她喜欢吃的菜。

阮嫒流露出欣赏神色。

沐斌把笔在她面前晃了晃："络子做得很好看。"

阮嫒的目光从字上转到笔帽儿上挂的五彩团锦结上："你喜欢呀？观音会的时候在渔船上买的，等天亮了出门左转，水道上一两银子能买一筐。"

沐斌笑了笑，原来不是她做的。他便很利索地把团锦结从笔上拆了下来。

阮嫒想阻止都来不及："都说了外面能买一箩筐，怎么还抢我东西？"

"等一会儿就还你。"沐斌说着，却把团锦结收入袖中，将笔还于她。

阮嫒将信将疑把笔接过去，忽听沐斌说："我们不是同道中人吗？还没见过你的字。"

"我的字，只对得起端正二字而已，"阮嫒在他旁边坐下，拿起他刚才写的菜单，想了想，说，"我抄一份给你看。"

沐斌起身，到她身后。

阮嫒打开银笔，笔尖饱蘸墨汁，平缓了一下思绪，提笔往纸上落。

他弯身，凑近她："你确定要让我第一次评价的字，是菜单？"

"有什么关系，我本来也不是书法大家。"她一点儿也不觉得在他面前出丑有什么问题，反正最狼狈的满脸血污的时候都见了，还能更丢脸吗？再说，之前也写过书信呀，他早就知道她写成什么样子了。

沐斌笑了笑。

的确，最亲近的人之间本来就不怕会丢脸。

他道："我第一次写给你的是《西江月·阻风山峰下》，你不如也写那篇，回头可以放在一起比较一下。"

也有道理，毕竟差距促进进步。

虽然对阮嫒来说，对比菜单和对比诗词好像也没太大区别。

她再次提笔："那就写《西江月·阻风山峰下》。"

话音刚落，手被他握住。

沐斌道："这支笔虽然小巧，但对你来说太沉，会写坏手。"

那声音就在耳边，带着呼吸的温度。不等她反应过来，他的另一只手环上来。她那么小一个人，他只需要再收紧怀抱，就能把她抱住。

但是，他控制住前胸和双臂都没有触碰到她，只是将指尖一只紫竹小楷笔，长不过一掌，笔帽上挂着方才拿走的团锦结，换走她手里的银笔。

"这是我平时随身处理信函的笔，笔帽里有机关装墨汁，你往后带着就不会沉了。"

阮媛张了张嘴。

他没给她反驳的机会，道："这样的笔，王府还有很多，你不用跟我客气。"

竹制的笔杆的确比银质轻便，也的确更接近她平常练字用的笔，但是……阮媛盯着笔。

沐斌奇怪地看着她："怎么不写了？放心用，这笔暗九也有，你用坏了，可以找他要新的。"

原来，暗卫也都人手一支。

阮媛扶额，果然是自己想太多了，他为什么要专门换走她平时用的笔呀？根本就没道理。

乌龙了一下，阮媛重新调整呼吸，这一次，一气呵成：

"满载一船秋色，平铺十里湖光。波神留我看斜阳，放起鳞鳞细浪。明日风回更好，今宵露宿何妨？水晶宫里奏霓裳，准拟岳阳楼上。"

她把字推给沐斌："请指教！"

沐斌也不客气："果然对得起端正二字。"

"我就说嘛，我写得并不好。"

其实已经比许多人都写得好了，而且开始显露自己的风骨，但沐斌没夸她，他今天已经表达得很亲密了，不想引起她怀疑。

他的目光在诗句上转过，道："你要《于湖词》，写得却完全没有于湖体的影子。"陈栩那小团子，以前诈他，以为他没见她写的字。

阮媛奇怪地看了他一眼："我从来没说过我要《于湖词》，是要练他的字呀。"

"是，"沐斌笑了一下，"你的提钩很特别，有刀锋的感觉，有点儿男孩子气。"

阮媛小得意："是吧，是吧，探花哥哥也说我如果是男孩子，一定提刀上沙场。"

"确定不是——提刀上菜场？"

阮媛差点儿抬手打他，手已经抬起，堪堪停在他手臂上，她想起自己坐在他受伤的手臂这边。

她放下手，气呼呼地问他："天晚了，你回不到县城，今晚住哪里？"

"你知道呀。"

"我怎么会知道？"

沐斌指诗："在这里，你写的。"

阮媛瞪大了眼睛，那一句是——今宵露宿何妨？

"你看，"他叹息，带着亲昵，带着笑，"为了跟你吃一顿饭，我便今宵，露宿，又何妨？"

十一

一碟酸枣糕

六月已近尾声，七月即将开始。等过了立秋日，就将日短夜长。

阮家的庄子不大，临家族田产而建，每日都有车子将庄里新收的瓜果时蔬、鱼虾肉类送进上虞的阮家去，还有多的可到市场贩卖。

负责庄子的管家在阮家做工三十多年，如今只住着阮嫒一个主人家，管家留心照料之余，碍于男女之别，鲜少露面打扰，大部分内务都由内院的婆子、灶上的阿婆照看，更何况阮嫒身边有自己的小丫鬟可以跑腿。

阮嫒早琢磨清了这些内妇的作息规律，不想被人遇到的时候，便走不会遇到人的路。她悄无声息地穿过抄手游廊，夏夜炎炎，身上轻薄的纱裙，飘逸如绽放的花朵。

七月又名兰月，游廊外种了各色花卉，其中就有早放的兰花，夜风满满，花香随风，点缀在虫鸣与月光之间。

沐斌原本走在后面，这时，一个快步，转到前面，背过身来，他面对阮嫒，倒着走。

"生气了？"

游廊婉转，阶梯起伏，他却半点儿不曾撞到廊柱或被阶梯绊倒，反而注视着她的神情。

阮嫒板脸不说话。

等过了游廊，再转过一个小花园。

她推开一扇门，道："给你将就一晚。"

沐斌靠上旁侧门扉，无奈地看着她："看来是真生气了。"

阮媛道："不住拉倒！"

看也不看他，抬手关门，可那门最终没能关上，被沐斌抬手拦住了。

"我住。"

阮媛鼻子里"哼"了一声，圆亮的眼睛，像盛着湖光，向他看去。

月光下，沐斌收了玩笑，语气淡而认真："以后也绝不为了吃饭，随便决定露宿。"

这还差不多。

她缓了脸色，道："这里是哥哥的书房，没有床，只有竹榻。"避开他的手，推开另一扇门走进去，她解释给他听："不能点灯，会被巡夜的发现。不过这房间临水，到晚上月光特别好，应该不点灯也足够视物。"

她熟门熟路地走进去，径直到窗边，打开窗户。

月光直照进来，果然极为明亮。临水的地方多蚊虫，阮媛将纱帘放下。那纱淡白色，孔密而清透，蒙在窗上，半点儿不曾减弱月光。

窗旁一张棋盘，摆在月光最亮、夜风最大的地方。看来，以前兄妹俩常背着大人到这里，借着月光下棋。

另一边的圆桌上，有一套小巧的木工用具和做到一半的盒子。沐斌走过去，看到盒子下压着的图纸——是一只机关盒。

"那是哥哥以前玩的，"阮媛见他看那套东西，"如今他不在上虞，就由我接着做。"

难怪盒子上面鲜明地有两种不同的痕迹。

沐斌叹道："阮家探花郎的涉猎倒是甚广。"

"那当然了。"阮媛与有荣焉。

他向她看去，忽然道："刚发现你的纱布撤了。"

阮媛摸了摸头："早上洗头的时候，小丫鬟说伤口已经完全结痂了，就没再裹着，这样可能好得更快些。"

其实，刚见面就应该发现的，只是那时候第一次见她扎了头发，换了模样，惊艳得他一时没说出口。

"伤口才刚好一些，往后还是得多休息，别辛苦自己，"他轻轻地说，很快又将这个话题带过去，"不知道涉猎甚广的探花郎都看些什么书。"

沐斌目光从图纸往书柜上转去，也许是别院的缘故，目及处多是风俗杂谈、野记话本，还有……月光很好，他也目力极佳，但抵不过书脊上密密麻麻的小字，沐斌往后面的书柜走去。

阮媛不知想到什么，忽然一愣，道："等等！"

她跑过去，在沐斌之前，拦在最后一个书柜前面，挡住上面的书，道："不要看这里的书！"

沐斌意外，停下脚步，玩味地看着她："什么书让你护成这样？"

阮媛被问得一愣，道："武功秘籍！"

"哦？那我习武，就更想看看探花郎学什么武艺了，以后到了京城一见，还能一起切磋切磋。"

沐斌又往前走。

阮媛急道："不行，不许靠近这里！你再过来，我就要生气了！"

从没见她如此着急过，以往的阮媛就是被屏风砸破了脑袋，还有闲情开玩笑。

沐斌作罢："好，我不过去。"

见他真的不再靠近，她赶紧背过身去，如今比小时候高了，不需要垫凳子，阮媛踮起脚尖把最高处的几本往里面塞。

"啪——"的声响，直接把其中几本书推到了书架后面。阮媛松了口气，那紧张又护犊子的样子，说不出的有趣。

沐斌目光柔和。

阮媛回身，不忘告诫他一句："不可以偷拿出来，不可以看！"

他笑着说："好，我绝对不碰那边。"

她得了他的许诺，终于彻底放心。

竹榻在书架另一边。

阮媛到旁边柜子里抱出一块薄毯，走到榻旁。

"天热，睡榻上应该没事，不过后半夜凉，还是要记得盖一下。"她背过身，帮他把薄毯展开，方便使用。

一直都知道她是个很会照顾人的女孩，但真到被她贤惠眷顾的一刻，心里的柔软满得兜都兜不住。

沐斌静默地看着她。

阮嫒感觉到房间里一片寂静，想了想，又道："怪冷清的，等会儿把小猫抱来陪你。"

她回过身。

沐斌背着月光，她看不见他脸上的神色。

只听见他的声音微微低沉："我明日寅时一刻走。"

那就是要赶在城门开的时候进城了。

如此，两人明早不可能见上面。

阮嫒点头："我知道了。"

次日，天未亮。

住在厨房旁边的灶台阿婆正睡得憨，听见厨房那边传来窸窸窣窣的声响，等揉了揉眼睛看过去，竟然还亮着灯。

谁这么早到厨房弄事呀？

灶台阿婆昨日被小姐放出去吃酒，回来得晚，正是想多睡会儿的时候，不觉心里不快地爬起来，一面穿衣服，一面吼道："哪个屋的，不知道卯时才做早饭吗？"

她屋里有小门连着厨房，解了锁，推门过去，等看清那道立在灶台前的身影，灶台阿婆吓得睡意全无："小小姐，起得这么早！"

阮嫒胸前垂着辫子，正下刀飞快，听闻说话声，她朝灶台阿婆看过去，歉意地道："是我吵到阿婆了，我一会儿就走，你再睡会儿好了。"

灶台阿婆早已睡意全无，挽起袖子道："小小姐要吃什么，怎么不喊我做？快快把刀放下。"

阮嫒已经切完了，端到另一头调上味，眨眼拌好了一盘萝卜丝放进食盒，里头已有好几样小菜并几色热点心。

灶上的白粥"噗噗"往外冒热气，阮嫒揭开锅来，一勺勺舀进旁边洗干净的粥钵。

看她都弄完了，灶台阿婆一点儿也开心不起来，反而满心着急："这要让老夫人知道了可怎么好，小小姐您是来养身体的呀，怎么能让您做这些事呢？"

"没事的，是我半夜里闹馋虫了，没忍住过来偷食，您快睡吧，我这就走了。"

阮嫒整理好了食盒，走出厨房。

灶台阿婆唉声叹气的，灭了厨房里的灯。

阮嫒却没去沐斌在的书房，提着食盒，她回到自己院子，拿出哨子，轻轻一吹。

暗九过来时，见她立在葡萄藤下，把一份热气腾腾的早餐摆在桌上。

"姑娘有事？"

"刚做了早饭，你先来吃。"

阮嫒摆好碗筷，往边上让了一步，示意暗九坐过去。

暗九当然不敢坐，立到桌边，听见她道："我不知道你们有多少人，还有一些多的，帮我分给他们。"

"总是在外奔波，吃不到热的东西，很伤身体，"阮嫒顿了一下，"等他们走了，我教你做饭吧。"

暗九一愣。

看见她垂着眸，目光落在手边的食盒上。

太阳还没有出来，甚至天还不算明亮，灰蒙蒙的光线里，她的侧脸却像带着光，浮动着温柔神色。

然后，她抬起头，竖指唇边，无声地说："不要告诉他。"

"其实姑娘你……"

暗九差点脱口而出。

他想说：其实姑娘你心里有世子。

可是对上她温柔和坚定的目光，却闷了半晌，变成一句："世子他胃不好。"

阮嫒浅笑："我知道。"

暗九意外，沐斌胃不好牵涉王府机密，连沐王府里知晓的人都不多，而他在阮嫒身边这段时日，也未听沐斌告诉过她。

阮媛的目光移开了一下，又拉回到暗九脸上："你不用好奇我怎么知道的，只需要知道我会选食材好找、方法简单、又不伤胃的菜教你。"

书房的门，轻轻打开。

窝里的两只小猫"喵"了一声，一只竖起耳朵，一只跳出窝，向她跑去。

阮媛悄无声息地放下食盒，弯腰把猫抱起来，指尖轻轻碰了一下它的嘴巴，示意它别叫唤。

清晨的风，带着凉意。

她将窗户半合，小猫调皮，忽然伸爪抓过蒙窗的薄纱，瞬间钩破了几根丝线。

阮媛轻轻地拍它爪子，可小猫完全不明白自己为啥被拍，只觉得委屈。

这个主子不好，本喵要找刚刚那个主子！

但被阮媛搂着，却是怎么也跳不出去。

竹榻上的人，还闭着眼眸。

少了清醒时那双眼眸中清冷和逼人的压力，他整个人看上去柔和了很多，剑眉入鬓，五官清俊。

阮媛侧首，静静地看他。

他的鼻子很好看，给人一种正直、不渝的感觉。

忽然，听见一个声音问："好看吗？"

阮媛没有回答，她抱着猫，轻轻地道："起来洗漱，吃早饭吧。"

沐斌睁开眼眸，迎上她的目光。

其实阮媛没进门的时候，他已经醒了，只是很想体会一下，被她叫醒的感觉。

可惜，阮媛没如他愿。

沐斌按了按眉头，从榻上坐起来。小猫从阮媛怀里下来，跳到他身上。沐斌摸了摸它，放到另一只小猫旁边。

耳听见阮媛说："过几天，我就要回上虞贺寿，等到时候，再一起吃饭吧。"

沐斌垂手摸着小猫的背脊："你是为了寿宴，还是为了我不奔波？"

她好像没有听见这个问题，顿了一下，问："你送我的书，我可以给其他人吗？"

沐斌抬起眼眸："已经是你的东西，便由你决定。"

这一回，陈府办寿在上虞城里闹得满城风雨，成了无数人茶余饭后的谈资。不过，那是后话。此时此刻，一切还在平静之中。

晨光中的陈府，下人们忙里忙外，前边有往牌匾上挂红绸的，后边有择菜洗刷的，宾客们会去的场所都用香薰熏过味道，点上驱虫的药草，以防夏秋之际最毒的蚊子。

细说起来，原本陈家就在本地绅贵之列，但不是冒尖儿的人家，他家二子也没到什么大操大办的年纪，按理便是亲戚之间走动一下，再让寿星公子请上三五同窗好友，吃一顿小饭的事儿。

妙就妙在陈老爷"灵机一动"，想到自家儿子和沐王世子没差多少岁数，两人勉强可算同龄人，就私下里往沐王府递了宴请函，没想到最后还得了世子赴约的答复。

陈老爷贼精，从头到尾就没把这消息放出去，一面往寿宴办得极为隆重的方向努力，一面在表面上做得一片风平浪静。

阮家和陈家是姻亲，自然收到了请帖。既是小辈生日，老夫人是不会去的。因此，一如往年，阮家仍旧只有小字辈且未婚娶的人赴宴，一个是阮媛，一个是阮大老爷的二儿子。

两人都和陈府往来多年，熟门熟路得很。一旱进了陈府，便分道扬镳，阮公子往前头找别家的公子们聊天，阮媛往后头去找姐姐阮娴。

阮娴掌了陈家的内院，但因着寡居之身，不适合操持这等喜事，这次便只是给陈夫人打打下手。

两人在一个屋里，阮媛进去，陈夫人手底下的婆子刚端了厨房的菜色来过目完。

陈夫人也不知道自己丈夫闹什么鬼，非要她按照最隆重的礼节准备宴席。再隆重能隆重过过年吗？

陈夫人只好按照过年的规格，鸡鸭鱼肉、八色时蔬、八大冷盆，再并八大热菜，一共三十二道菜。

每一道样菜都要过目，从采买，到择拣，再到配料等，放眼望去长长的一溜儿。

好不容易看完，陈夫人终于有了喘口气的机会，一面示意人上茶来，一面看见了阮媛进屋。

陈夫人笑道："有段时间不见，这都跟你姐姐一样高了。"

阮媛与陈夫人见了礼，她向来嘴甜，三言两语就让陈夫人笑得像花儿一样。

这时，端茶的丫鬟出来。那丫鬟生得俊俏，衣服也与其他丫鬟不一样。

这回陈家做寿，给每个丫鬟、婆子都新做了一样款式、颜色的衣裳，看上去整齐划一，真添出了几分百年大家族的气势。

本来笑着的陈夫人见那丫鬟，神色一沉："出来丢什么人，这也是你来得的地方，还不马上下去！"

"看大家忙得很，就想着帮一把手，奴送了茶就下去。夫人请喝茶。"那丫鬟贝齿咬唇，含羞带怯，声音婉转，却如黄莺一般。

有外人在，陈夫人也不好发作。

丫鬟又给阮娴上茶："大少奶奶，请用茶。"

再转身来给阮媛上茶，礼数倒是周全，不过那腰肢摇摆，便是刻意克制住了，也与寻常人家的姑娘不一样。

阮媛不着痕迹地往姐姐看去：这是闹哪一出？

阮娴当然懂她意思，等陈夫人不注意的时候，阮娴作势饮茶，口中轻吐两字："瘦马。"

扬州瘦马，正经人家自然不会买到家里去。偏偏她们自幼习的东西又最讨男人喜欢，所以光鲜豪门面子上做得体面，背地里也会买了养在外面。这条暗地里的产业发展至今，甚至成了秦淮扬州一带的风景，每年不知道有多少人寻花而去。

阮老夫人的教育方针，是从不瞒着家里的姑娘们世道上的腌臜事。与其养出一群乖乖傻傻的、嫁到夫家去被人吃到骨头都不剩，还不如早点儿都把眼睛和手腕练起来。

阮娴脸上没什么表情，早先她是没守寡，压着这陈家的家风，可如今，她只管自己屋里干净不干净。阮家的嫁妆之大，堪比一个陈家，她早算是单过了，还操持陈家，完全是因为这份家业里有陈栩的一份。

等陈夫人出去，阮娴把茶盏往边上一推，道："人是人家送公公的，原本哭着闹着不让进来，后来又忽然松口放到了身边。"

没指名道姓，阮媛也知道后面说的是陈夫人。

阮娴捏起一枚酸梅放进嘴里，朝妹妹看了一眼："其他人我不管，你以后的夫家要敢这么做，让探花打断他的腿。"

陈栩在旁端着严肃脸接道："不光要打断腿，还要跟他和离。"

阮媛"噗嗤"一声笑出来："小大人，就你知道得多。"

陈栩傲娇地拍胸脯，其实他并不懂，只是但凡听见阮媛成亲，就会想到要叫她和离。

说话间，外头忽然热闹起来。

阮娴正要唤人去看看怎么回事，通报的人急匆匆跑进来："沐王世子到了，老爷让少奶奶、小少爷快到门口去迎接。"

阮娴不禁向阮媛看去，彼此目光相遇，都发现对方对此并不知情。

彼时，阮娴还不知道陈老爷瞒着的人里也包含她，她若早知道有这一出，阮老夫人也会知道，压根儿不会放阮媛过来。

阮娴还以为沐王世子是冲妹妹来的。他们之间的事，阮娴早想问妹妹，到底是怎么认识的，已经相熟到什么地步，是什么时候知道对方的身份，又有没有谈过那个婚约。

可上一次沐王妃到阮府，老夫人说事情已经过去，阮娴也一直没找到机会。

当下，阮娴看着妹妹，问："你和他怎么回事？"

"他不是来找我的。"

若是找她，不需要如此劳师动众。

阮媛神色淡淡地坐在位子上，回望姐姐："是陈家的客人，我就不出去了。"

阮娴秀眉微蹙，却从阮媛的淡然之中看到了不一样的东西。

边上人催得紧，阮娴在出门之际，叹了句："阮媛，这件事，你心里到底是怎么想的？"

她可以怎么想？

阮媛的嘴角动了动，话到嘴边化作了一抹笑意："姐姐，快去吧，别失了礼。"

沐斌到的时候，陈老爷带着一众人到门口迎接。

"免礼。"

他从马上下来，黑压压的人群中有阮娴，但没阮媛的人影。

陈老爷喜滋滋地迎上去："世子里面请。"

耳边窸窸窣窣的议论声，就好像心里炸开的烟花。陈老爷就是想体会这种把真相压到最后一刻的感觉。

那是众人哗然、陈府长脸的感觉。

他给沐斌安排了很多节目，此刻献宝一样地报出来："等入座了，宴席开始，还请世子挑几出戏让戏班演，再后面……"

沐斌皱了下眉头："陈公不必客气，一路折腾，其实我刚返回上虞。是否先安排个清静的地方坐一会儿？"

陈老爷完全没料到是这个情况，他安排的戏班、戏班后面的舞蹈、舞蹈后面的弹琴都还没摆出来！

好生愣了一下，陈老爷才反应过来，急道："有有有，府邸的西花园一向清静，世子请这边走。"

陈栩也精，一看是情敌来了，不等爷爷带了沐斌往西花园走，他就飞一样跑去找阮媛。

"阮媛，阮媛，我看了今天的菜你都不喜欢，我们就在后面玩好不好？"

"哦？我还有不喜欢的菜？"阮媛玩味地看着他。

陈栩拽了她的手，努力找话题："今天你送了二叔什么礼？"

"送了一卷澄心堂纸，让你二舅舅带前面去送他了。"

陈栩"咦"了一声："你偷懒，你是按照'笔墨纸砚'的顺序送的。"

说着，忽然意识到了什么，瞪大了眼睛看着阮媛："你原来是反着顺序在送我！"

"没有没有，我去年还送你小木刀了，"阮媛莫摸他头，转移他的注意力，"我们去后院玩吧。"

"不去不去，我就要待在这屋里。"

小团子爬上凳子，两手乖乖地放在膝盖上，力求不让阮媛见到他的情敌。

他乖巧地道："要不你给我讲故事，我最近特别喜欢听故事！"

阮媛歪头看着他期盼的眼睛，缓缓地道："好。"

这一读书，读了好些时光。

其间，有人来让两人出去吃酒席，陈栩都闹脾气不肯走。阮媛就让人直接从厨房送几样陈栩喜欢的饭菜来，他们坐在房间里吃自己的小加席。

饭后，小团子终于累睡了过去，阮媛将他抱到后面小床上，脱鞋，盖被子。

等阮媛走出房间，被阮媛派下人找过来的付佳儿看到她立在房门口，总算松了口气。

"可算见到你了，我从过来陈府就一直在到处找你，一直到吃完饭，还没见着人。"

阮媛笑了一下，把书拿出来，放进她手里："就说是你自己找到的，可别提我。"

付佳儿看了那书名，人愣了一下。指尖摩挲书边，眼角发酸，她知道这书不好找，不好找的书，往往还都不便宜。但是千言万语到嘴边，却变得如此无力。

"媛媛，我该怎么谢你？"付佳儿低喃。

阮媛笑道："那就请我喝喜酒吧，你知道我等了很久了。"

她脸上微微一红，看着阮媛，坚定点头："嗯！"

两个女孩分开，一个脚步轻快，正向期许的幸福走去，一个浑身轻松，满心祝福。

阮嫒静立了一会儿，回到屋里，陈栩睡得正香。她忽然有了些许玩心，把他床头一样玩具拿在手里，出了房间。

午后的阳光照在脸上，温热又肆无忌惮，尤其是在这假山顶上，亭子在山顶另一个方位，她在顶檐之外，完全没有任何东西遮掩。

阮嫒盘腿坐在边沿，眯着眼睛，用竹棒沾了药水，凑到唇边，吸气，吹。

一个个泡泡随着气流飞出，在阳光下五彩缤纷，轻飘飘的四下飘散，等触碰到东西炸开，明明无声无息，她却在脑海里补充了一个又一个"噗噗"声。

有人拾级而上。

阮嫒垂眸，看着泡泡，道："栩哥儿刚睡，我才出来。"

那人笑了下："难怪一天不见人。"

凉亭里，沐斌靠在柱上，看着她。

她道："又不是为了见我，才来陈府的。"

他道："不见你，来这里做什么？"

阮嫒没接话，重新蘸了药水凑到嘴边。

他走过去，蹲到她旁边。

男子的气息绵长而有力，应运而生一串更密更多的泡泡，大大小小又起起伏伏向着前方飞去。

彼此都没再说话，好像看着飞舞的泡泡是眼下唯一想做的事。

一直到最后一个泡泡也消失在视线里，沐斌向阮嫒看去，她因为光线强烈而微眯起眼眸，他抬手，遮在她额头上，正要开口，有脚步声往这儿来。

来的人不止一个，他们没往假山上来，目光四望，因为阮嫒和沐斌在的位置刁钻，没被看见。

不一会儿，有说话声从假山下的山洞里传来。

"这是你送我的？"是陈子鹤的声音。

"先前跟家人出去那段时间，恰好遇到的，想着你、还有你父亲会喜欢……就买了。"付佳儿的声音柔柔弱弱。

"佳儿，这可是《于湖词》，父亲一定会很高兴的！"

"我也想他能高兴，给他留一个好印象。"

陈子鹤很感动，搂住佳人腰肢："我已经与家里说了娶亲的事，能得你这本书真的有如神助。"

付佳儿声音一软："别，这可是你家里……"

那一头声音含糊："没事，不会有人往这里来。"

再往后，听不见了。

沐斌捂住阮媛的耳朵，她的眼帘抬了抬，终究只是落在无边的天际深处。也不知道过了多久，他松开她的耳朵，说："他们走了。"

阮媛"哦"了一声，低头收起手里的玩具："不早了，我要去看看栩哥儿。"

他点点头："我也要去应付一下主人家了。"

他默默送她到陈栩那边。

阮媛站在门口，又想起了什么，抬眸问他："什么时候给你师哥做烤鸡呀？"

沐斌已经走出几步，闻声回头。

目光相遇，他说："他不重要，等你伤彻底好了再说。"

她想了想，道："好。"

几出折子戏唱罢，曼妙歌舞翩翩而上，陈老爷正看得津津有味，下人来禀："沐王世子已出西花园，正往这儿来。"

陈老爷忙起身相迎，还没走出去几步，便见沐斌阔步从另一头过来。

不同于去阮家那一次身着银云金鹰的世子朝服，他今日便服而来。玄衣墨冠的翩翩少年，举手投足之间自带武将气势和贵胄雍雅。

陈老爷拱手上前："世子爷！"

"陈公。"沐斌抱拳回礼。

目光相触，世子爷眸色清冷，平静无波，内含无法言说的压力。

一触之下，陈老爷败下阵来，他原想把儿子介绍给这位少年世子，腹稿打了千百遍，这会儿竟说不出口，只能尴尬地赔了个笑。

沐斌也不客气，撩袍在主位坐下，道："不必拘谨，刚刚在做什么还做什么。"

"是，是！"陈老爷好像接住了个台阶一样，赶紧抬手示意四方，"继续，继续。"

戏楼上鼓乐再响，舞蹈又起，曼妙的舞女，歌喉动人，水袖勾魂。两侧楼上所坐的女眷却再没有心思欣赏，只顾着把目光或闪烁、或炽热地往主位投去。

阮娴神色自若地端坐着，耳听陈家几个表小姐窃窃议论，还有那几位上了年纪的姑婆姑母，也用看女婿的慈爱神色不住地往下打量。

纵然早退出了纷争圈，阮娴也不禁在心里翻了个白眼：起什么劲，就算我家阮媛不要，也轮不到你们。

她端茶小饮，眸光看到沐斌接过热毛巾擦手，尝了桌上一块点心。出人意料的是，用完之后，沐斌示意侍卫将之端走。

再往后看，那侍卫径直出了院落。

阮娴招手，对贴身婢女耳语了几句。

婢女追下去，不多时，回来禀告："点心送去了栩少爷屋里。"而且那侍卫警觉得很，婢女没跟几步就被发现了，好在她在阮娴身边多年，也是个聪慧的人，忙道自己是看他出去，宅府内院不可以随意乱走，因此特意来为他引路。

阮娴心里一跳。

怎么可能是给陈栩？分明是给同屋的阮媛！

阮媛喜欢吃酸，那是一碟酸枣糕。

阮娴的心扑通扑通直跳，不知道老夫人所说的过去了，到底是不是会错了意。

下头歌舞结束，后面一个节目是赏琴，抱琴上台的不是别人，恰是书院的声乐夫子——詹先生。

他也没想到当初和自己抬杠的会是沐王世子，几乎是一步一怂怂地坐到正中。没错，玩音乐很花钱的詹先生，今日是来赚外快的！

幸好，沐斌神色淡然，似乎并不记得这号人了。

詹先生在小心翼翼确认过世子爷的眼神之后，终于放下心来。稍平复情绪，静气凝神，他轻拨七弦，一曲《平沙落雁》从指尖流出。

这曲子的选择，詹先生花了很大心思。

陈子鹤是阮家探花郎之后，上虞最可能中榜的少年郎。对其生辰最好的祝福，莫过于"前程似锦"四个字。

这曲《平沙落雁》，旋律起而又伏，绵延不断，描绘"秋高气爽，云程万里"之景，可不就是寓意"鸿鹄且有飞天远志，仕子自有冲天之时"的赞叹吗。

真是应景、应情得很。

詹先生越弹越流畅，全情投入，行云流水，当最后一个音从指间滑出去，周围万籁俱寂，绕梁之音，颤动耳膜。

"啪——啪——啪——"

沐斌鼓掌："好曲！好琴！好琴师！"

詹先生起身致意："多谢世子夸赞，琴技拙劣，献丑了。"他嘴上谦虚，心里其实高兴得紧，尤其是这次用了新到手的名琴，当下飘飘然道："幸好有这凤尾琴相助，也算体现出《平沙落雁》的意境。"

沐斌嘴角轻抿："可是百年前有第一制琴师之称的凤老先生的收山之作——凤尾琴？"

"正是！"名士配名器，詹先生气势傲然。

沐斌扬了下眉："小王母妃也有收藏名琴之好，当今皇后与她志趣相投，曾以凤老先生的凤尾琴相赠。倒是没想到，还留了另一架在民间。"

他这话说得巧妙，不了解的人只觉得詹先生真是体面，能得一架名琴，人家的孪生琴连皇后、王妃都摸过，往詹先生投去羡慕的目光。

而了解的人，比如在座的大部分人，虽不至于如天家富贵，也好歹自幼有西席教授笔墨雅趣，多多少少一点儿琴史知识还是懂的。

再说，平日里谁还不得靠着这点儿墨水装样子，当下都想到了那凤尾琴是世间极品，仅此一件，既然已经在沐王府收着，又怎么可能被区区一个地方琴师得到？

詹先生手里的——怕是假的吧？

"咦——"暗暗的鄙夷声响起，连带着看过去的目光也带了几分轻蓂。

詹先生脸上一阵白一阵青，浑身被从云端掉落地狱的感觉笼罩，抽走了他的力气，也扫光了他的颜面，在空空落落之后，扬起的是无可言说的愤怒！

他忽然向陈子鹤看去，青筋暴怒。

这头，沐斌说完，却像是完全不在意那凤尾琴了。他侧首对陈老爷道："听闻陈公是喜好书画古籍之人，不知能否一览贵府藏品？"

陈老爷正惊讶那詹先生自己用假琴来贺寿已经够令人不快了，还瞪他儿子做什么。听闻沐斌的询问，陈老爷忙收回思绪道："不敢当，不敢当，一些小把玩而已，肯定及不上沐王府分毫。世子您有意，请这边走。"

他躬身做了个"请"的动作，带沐斌往书房去，同时给了陈子鹤一个眼神，示意儿子还不快跟上！能跟沐王世子单独亲近，多好的一个机会！

陈子鹤接到父亲眼色，抬步跟上，不想被詹先生铁青着脸拦住，一只大手铁爪般擒住陈子鹤手腕，詹先生怒问："你倒说说，这琴怎么回事！"

陈子鹤心里一跳，他不欲在人前和詹先生争执，压低声道："发什么毛病，你当这是什么地方。"他轻咳一声，脸上依然儒雅清俊，如画般的公子。

前面陈老爷已经引了沐斌走出好远，纵然陈子鹤心底气不打一处来，也只能先带詹先生到一处府里的僻静处。

"有什么话到边上说！"

到了人后，陈子鹤的脸挂下来，阴郁地看着詹先生："你要怎么样？今日是我的大日子，你看看你在外头做的是什么事！"

詹先生怒道："要不是你许诺买下这把琴，我会答应让付佳儿做什么玉女？你竟然给我一个假货！"

"我怎么知道是真的还是假的！"

"我要去报官，我要去告诉院长，你这个人耍的狗屁手段！"

詹先生叫嚣，陈子鹤本也气，今日是他生辰，又好不容易有亲近沐王一派的机会，全给眼前这个白痴闹没了。

他手上猛一用力，掐住詹先生的脖颈。

詹先生被掐得脸色一变，徒手挣扎。陈子鹤到底年轻力胜，一下把他顶到墙上，冷声警告道："那店是你带我去的，这琴是你亲自认可了挑的。四千两，我可是实打实花了四千两，谁知道是不是你和店家一起讹我陈家的钱，我还没跟你算账！你要告到衙门去，好，你看是你坏了我名声，还是我让你去坐牢！"

儿子迟迟不来，陈老爷却不能招待不周。他将沐斌带入书房，手脚麻利地拿出心爱得意的收藏之物，向沐斌热情地介绍起来。

地方之流，就算是好东西，也不可能入京城王府长大、又自幼进出皇宫的沐斌之眼。

沐斌听了几句，目光在屋内流转，停留在东墙一幅字上。

陈老爷说了半晌，不得回应，抬头顺他目光看去，小心赔笑道："那是小人故去长子之作，世子您……"

沐斌抬手："既是您爱子之作，勿提割爱之言。"他走近，目光落在那百字篇幅的《满江红》上。

三十功名尘与土，八千里路云和月。莫等闲，白了少年头，空悲切。

"令郎笔锋如刀，字里行间隐有于湖先生的豪壮之影，"他微微一顿，道，"若有缘，倒很想认识一番。"

陈老爷被说得热泪盈眶，思子之心溢满胸膛。

可不是，他家大儿子本来是不输阮家探花郎的人物，要不是英年早逝了，陈家也不知道能多风光。

陈老爷擦了擦眼睛，道："能得世子这番话，子鹤泉下有知，定然欣慰。"

子鹤，陈子鹤。沐斌默念他的名字。

身边陈老爷的情绪虽然被带着走了，人还是精明的，敏锐捕捉到了沐斌话语中的意思，又道："原来世子爷对于湖先生的字词甚为了解。"

沐斌等的就是这一句话："哦？陈公也喜欢吗？于湖先生算是小王颇

为欣赏的人物了。"

陈老爷忙道："吾等也是，今日还新得了一份《于湖词》，小人拙见，应该是于湖先生的真迹，世子您看看如何？"

沐斌的目光落在陈老爷手上那本书上，一时之间神色莫测，让陈老爷无端心头一跳。

便听沐斌道："小王也没想到这么巧！这本真迹是小王送给心上人之物，竟然一眨眼到了陈公这里。"

十二

一只炉烤鸡

一直到送沐斌出陈府，陈老爷还在懊恼。

怎么就早没想到！

以付家的财力和眼力，哪儿有可能买到真迹？唯一解释就是别人送的。

正难受着，书房门被推开，陈子鹤急冲进来："父亲，你把《于湖词》献给了沐王府？"

不说还好，一说陈老爷火冒三丈："书是谁给你的？"

"是佳儿啊，我早先与您不是说过是她。"

话没说完，陈老爷一个镇纸砸过去。

"你个糊涂人，她说哪儿来的，你就信了？那是沐王世子送给心上人的。你招惹谁不好，招惹付佳儿，你有几个胆子跟世子抢人？"

陈子鹤目瞪口呆，几乎是脱口反驳道："不可能，她一直和我在一起，根本没有机会和沐王世子相熟！"

陈老爷简直要被气死："你说要娶她的时候，我和你母亲就不同意，告诉了你她那长相就是个狐媚的，怎么相熟的你，就怎么相熟的别人，如今有更好的高枝了，你还以为她把你当宝！"

"父亲你不喜欢佳儿，我知道，可别这样说她，"陈子鹤一甩袖子，俊逸的脸上染着怒气，"为何大哥可以娶喜欢的人，我就偏不可以？"

这么多年了，他处处活在大哥的影子中，读书再好也盖不过哥哥的风头。连他临于湖先生的字，临得比大哥好，都被说不如大哥有灵气。后来大哥过世，他越发努力读书，学习做生意，就是希望能顶替大哥的位置，为家族争光。可等以为快能一展高翅时，原本同级的阮琼轩竟然跳了一年，提前参加闱试，还中到探花郎。现在人人说起来，都说他陈子鹤是第二个探花郎。

但为什么是第二个？

他就不能是第一个吗？

处处受制，连与喜欢的人成亲，都成了错吗？

看到二子如此执迷不悟，陈老爷被气到极点，怒极反笑："你大哥喜欢的是阮家的嫡长女，你这个付佳儿有什么？能和阮家的水道比高低吗！说沐王府这一路南下，纵是他有九分自己的能力，难道没半分是阮家在背后出力？你大哥两情相悦的人要不是你大嫂，我早就让你和阮媛定娃娃亲了！"

姜当然是老的辣，被父亲如此清晰地把权衡利弊铺到了台面上，陈子鹤不仅无从反驳，更觉得脸上被扇巴掌一样的疼，而在疼之后又是无尽的不甘、委屈以及怨恨。

"原来在父亲的眼里，我连看人的眼光都不如大哥！"陈子鹤道，"那你有没有想过，我根本不喜欢阮媛！"

陈老爷冷笑："你以为阮媛喜欢你？我要想给你定这个娃娃亲，还不得拿着我的老脸去贴阮家人的冷屁股，你喜欢顶个屁用！"

此话一出，他见陈子鹤如遭电击一样定在原地，整个人被抽走了生气一般。陈老爷心下叹息，终究是唯一的儿子了，说到底也不想把他逼到绝境。

可是这个儿子，自诩聪明，却完全看不清眼下的形势。

陈老爷道："阮家铜墙铁壁一般，老大承祖业，老二管旁支，老三朝中为官，相辅相成，同心同力，到如今老二的儿子又上京助力。他们阮家的未来已连绵不绝，有的是路可以走。但我们陈家呢？陈宝苏工银器能不能成为贡品尚且不知，运往京城却离不开她家的水道！"

陈老爷叹气："要不是我们家比他们弱，要不是我们把他家的女儿菩萨一样供着，他们会看上我们？《于湖词》我是献出去了，是我求他沐王世子拿回去，不光为表我们不会跟他争人的态度，更是为将来你考到京城去，世子能念我今日识时务，不为难你，甚至拉你一把。这样我们就算靠上沐王一派了，子鹤你懂不懂？"

沐斌离开陈府后，没有直接回王府别院，而是直行一段，下马进了停在一边的马车里。

《于湖词》搁在厢内的柜上。

过了约莫半个时辰，暗十敲敲车厢道："暗九说，阮二姑娘跟她兄长一道回府去了。"

那就是他不需要露面再送她了，沐斌的目光落在《于湖词》上，道："调查陈子鹤，我要知道他生平所有，事无巨细。"

众暗卫：乖乖，感觉到世子爷很有压力。

陈子鹤魂不守舍地从陈老爷书房出来。

期盼已久的生辰，好像一道天坎把他的人生划作两半。从前一段，是他自负非凡，看什么都尽在掌握，往后一段却完全不是这么回事。

他脚步虚浮，走进书房，倒在木榻上。

书童在外面叩门："少爷，付姑娘在后门外面，少爷您要不要送她回去？"

陈子鹤厌恶地闭上眼睛："别烦我。"

"少爷！少爷！"书童连唤几声，没得回应，好像走开了。

可不一会儿，又推开门来。

陈子鹤心头烦闷，抓起茶几上的茶盏就砸过去："叫你别来烦我！"

茶盏在裙边炸开，女子眸光惊恐，她咬着唇没叫出声来，楚楚可怜地看着他。

"你过来干什么？"

"奴心里担心爷。"

陈子鹤冷哼一声，又倒回去。

她合上门扉，弯身捡拾碎片，动作轻柔尽量不发出一丁点儿声响，然后轻步朝他走去，伸手揉捏他一跳一跳疼的太阳穴。

陈子鹤阴沉着脸，不想说话，额间的疼痛却因她这动作舒缓了下来。

她揉了好一会儿，又手指移动，温柔按上他的肩膀，一路往下，再到手臂，到腿上。一双水盈盈的美眸，关注着他表情："忙碌了一日，您一定累坏了，奴给您解解乏。"

陈子鹤本想阻止她的行为，但已经来不及了……

也不是没放纵过。

母亲把这个人送到他屋里，为的就是这个目的。

陈子鹤呼吸渐重，一闭眼，眼眸前便浮现付佳儿的模样，想起了他们曾经的放纵……

他在沉沦中，嘲讽自己的痴傻。

少顷，身旁的人跪在榻下，将头枕向他，将他的手放在自己的长发上，感觉他的手从一动不动，到细微移动着触摸她那如绸如缎的发丝。

"您心里不快活，奴知道。"她低低轻语。

陈夫人把她留下来，要她把这儿子的心扯回来。

能不用伺候那种老东西，而跟这种年轻有力的男子，她怎么会不乐意？而且，她也知道这个年纪的年轻人，一旦尝了滋味，就很难不沉沦。

一开始，他不跟她说话，她花了很长时间，才能帮他做刚才的事。

但只是帮他，她留不下来。

她抬起头，将他的手贴到脸庞上："今日是爷的生日，奴也想给爷准备生辰礼。"

陈子鹤睁眼看她，一番松懈之后，他的情绪似乎好了一些。她一双眼睛含羞带怯地注视着他，仿佛天地间只有他一个人。

"奴知道爷心里有人，可是一时之间还不能娶。我不求别的，您把奴当作她，解一解相思苦吧。"

他从她眼眸里得到了一种信息，只有男人和女人的信息。鬼使神差地，他默许了她的靠近。

付佳儿在门外等了许久，门终于开了，她欣喜地看过去。

出来的却是陈子鹤的书童："付小姐，少爷事忙，怕是不能送您回去。"

啊！付佳儿懊恼自己怎么没想到呢，今日生辰他一定很辛苦，说不定还有没送完的客人。原本自己也没那么娇惯，只是想多相处一会儿。

"没事的，"她笑道，"我自己回去好了，你叮嘱他要早些休息。"

"嗯，小的一定转达。"

沐斌很快知道了陈子鹤的生平。

"永乐十三年，曾入京赶考，但又迟到缺考。"暗十跟沐斌禀告。

沐斌问："什么原因迟到？"

暗十坦然："时间太紧，还查不到那么细，只知道在杭州府耽搁的。"

"没有坐阮家的船？"

"是。"

沐斌没再开口。

暗十又往下读密函："回到上虞，他并没有准备三年后再考，而是接手了家族产业。那段时间，今上提出迁都北平之事，北平行宫开始兴建，亦仿京城在北平设置御用监。他大概是考虑京城已有定下上贡银器的商家，陈宝银楼难有机会被选上，因此想往北平行宫那边努力，开始每个季度亲自带新制的款式去北平的器造坊备案待选。"

看起来是单纯地要把生意做大的一个策略，成为贡品之后，其他销路自然不成问题。

暗十继续道："次年秋天，他再次带贡品去北平，在太湖北于直隶省交接处遭遇风浪，出事身故。当时全船倾覆，无人幸免。"

沐斌轻抚掌心里软球儿一般的小猫，这只猫毛色奶白，是他拿的两只中比较圆乎的一只，也分外黏他。当初两个人分四只猫的时候，他一眼先挑的这只。另一只毛色微黄的猫在不远的窝里舔着爪子自个儿洗着脸。

"事发后，人过了很久才寻回，"暗十一顿，"阮家几乎出动了所有在太湖的人马全湖打捞。"

说到这里，暗十踌躇了一下："还有个事儿略奇怪。"

但凡他不知道当讲不当讲的事，那答案自然是讲。

沐斌低着头，掌心的小猫打了个哈欠。它今天吃得有点儿多，小肚子滚圆滚圆的，只差没有走几步就翻过来展现自己肚皮上的弧度。

暗十道："在差不多的时候，阮二小姐重病了。"重到什么程度呢？暗十顿了一下："当时阮家甚至已经在准备后事。"

沐斌抬了下眼眸，又飞快垂下去，掌心的小猫咬他的手掌，随即又松开后退几步，好像意识到自己做了坏事，想从他膝上逃开。

结果，一屁股又落进方才抱过它的手里，沐斌拦了它后路。它有点儿茫然，不知道为什么是这么个结果，一双碧蓝色的眼睛水汪汪地望向他。

沐斌点它的鼻子，把拇指下方的牙印晃了晃："这就是你惹的麻烦？"

他知道她对陈子鹤不可能有非分之情，那样她与阮娴之前的相熟不会毫无间隙，如此自若。

小猫眨眨眼睛，碧蓝的瞳眸里倒映着他的模样。沐斌直视着它，面带玩笑，声音却低哑："你到底是怎么想的？"

像是在问猫。

又像是在问心头那个处处捏尽分寸、事事想要周全的女孩。

沐斌说不着急做烤鸡，阮媛还是决定先做一只练手。挑了庄子送来的童子鸡，出生百来天，约莫一斤，让厨房的婆子帮忙杀了，烫掉毛。

小丫鬟看不明白："怎么才从陈家回来就忙活，您就不歇一歇呀？"

"反正在家也没什么别的事。"阮媛亲自配了腌料，把鸡腌渍起来，天热，用荷叶包住，沉入井里，每隔半个时辰再拉上来，重新涂抹腌料。

等和家里人一起吃过晚饭，阮媛让婆子临时搭起来的土焖炉也做好了，把鸡挂进焖炉，在外面烧火，等到一定热度时，灭火盖灰，约莫两刻钟，鸡肉熟透，便取出。

这种办法做出来的烤鸡，因为从未接触到明火，不会沾染柴木燃烧的烟气，味道纯粹。

阮媛一直跟到灭火的时候，折腾了一天，一身灰，她先回房去洗了个澡。小丫鬟还在房间收拾，阮媛回到厨房开炉，还没走近，已能闻到烤鸡的香气。

阮媛戴上厚手套，打开炉门，将烤鸡提出来，正要转身，眼前晃出个人影。

"弟妹啊！能不能让我尝尝你的手艺？"

阮媛被这突然出现的人吓了一跳，差点把鸡掉地上，被卜正常眼疾手快拿盘子接住，下一刻，才接住的鸡往他手上倒去。

他也不怕烫，又徒手把鸡摆回去，一面笑嘻嘻跟阮媛说："弟妹的烤鸡实在太香，我老远闻到，就不请自来了，弟妹你不会生气吧？"

阮媛埋怨又无奈地看着他："来就来嘛，做什么不出声，真的会吓死人的。"

卜正常单手托盛鸡的盘子，匀出一只手来竖到嘴前："嘘——被师弟的暗卫发现，我就惨了！"

阮媛也学他的样子捂住嘴，压低声音："你竟然瞒过了他呀？"

那可是武功高强、神出鬼没的暗九呢！

"那是当然，"卜正常一脸得意，"好歹我和师弟玩了十几年捉迷藏，除了师弟本人，其他人要防住我还得有些本事。"

阮媛浅笑，沐斌在人前不苟言笑，他这位师兄却话痨得紧。想来同门学艺时，闹过不少趣事，真是令人好奇呀，想知晓那些过往，更想知道他都做什么，让沐斌的脸那么臭，又偏偏记得他喜欢吃烤鸡。

"你尝尝好不好吃。"阮媛饶有兴趣地看着卜正常。

卜正常真是一点儿也不怕烫，三下五除二就把鸡拆开来，一手拿腿，一手拿翅，他往嘴里塞之前，还又确认了一遍："没下毒吧？这不是师弟让你坑我的吧？你真的一点儿也不吃？"

阮媛忍俊不禁："放心，没毒。"

卜正常张开大口狼吞虎咽起来，一面大赞味道，一面道："弟妹你人真不错，看你这么实诚，我也跟你说句实话。你身边有东西！"

阮嫒坐在他对面，撑着脑袋，道："我身边当然有东西了，就算在家，也不会什么都不带呀。"

卜正常不说话，他往左看，又往右看，再次确认暗九没发觉，他自个儿绝对是安全的，然后他凑近阮嫒。

"我说的不是平常所见的东西，是那种东西，"他对她眨眼，"弟妹，我可是个道士，我看到的东西和平常人不一样。"

原本还游走在那双明亮眼眸里的嬉笑，荡然无存，阮嫒脸色一变。

"你说什么？"

"我是说，你周围，一直有个东西在。"

他说着，又往嘴里塞了口鸡肉，而她猛然起身，举目四看。

明亮的厨房，黑漆漆的院落，红灯悬挂在廊下，一样样景物过眼，她什么都找不到。不同于正常人的反应，她眼里没有丝毫惊恐害怕，相反充斥着另一种情绪。

她想看见他。

"弟妹啊，"卜正常像完全没觉出阮嫒的异样，嘴里塞得鼓囊囊的，告诉她，"活人的执念，死人的牢笼。你只有放下了，他才入轮回。"

月凉如水，光华笼罩在身上，令阮嫒头一次觉得窒息。她承受不住地想要坐下来，又觉得自己一旦坐下，恐再难站起，只能扶着桌子，说："我还有事，失陪。"

对面卜正常狼吞虎咽地吃鸡："呜呜，不用管我，弟妹尽管去忙，尽管去忙！"

等阮嫒返身离开，他三下五除二把烤鸡吃了，还把骨架子拢在一起，寻了个地方埋了，嘴里念念有词："肉身已化尘土，来生必定有福。"说完，拍拍手站起来，人利索地翻回隔壁王府别院。

打老远，就看见沐斌坐在院子里，王府的晚饭用得比寻常人家晚。卜正常不客气地往沐斌边上一坐，挪了副干净碗筷在自己面前，好像刚刚已经吃过一只鸡的人不是他一样，大刀阔斧地开始新一轮扫盘行动。

沐斌不怎么动筷。

卜正常看他这吃饭的样子，自个儿都觉得牙痒痒。

"不吃就不要做这么多嘛，浪费粮食可耻！"卜正常把菜拨过来，嘴里没话找话，"我说师弟啊，你喜欢我弟妹啥呀？"

啥时候成他弟妹了？沐斌斜眼："烤鸡味道不错？"

"嘿嘿，弟妹手艺好，人也好相处。"

沐斌点头，神色淡淡的，眼神里却有傲色："所以跟她一起吃饭，饭菜才香。"

正吃着的卜正常差点儿喷饭，敢情你跟我吃饭是受罪吗？卜正常看看自己惨不忍睹的海碗，又看看沐斌前面那盘一筷子没动的羊肉，又看看自己的海碗。

终于，反应过来，沐斌回答的是他最开始那个问题。

"唔——你这个喜欢的理由真是无懈可击，我真的无言以对，"卜正常抬手把那盘羊肉捞过来，全倒自己碗里，又道，"难怪阴森地要我跟弟妹说什么离开轮回之类的话，我看你是不打算放手了，可苦了我弟妹下半辈子。"

沐斌眯了眯眼睛："很久没给师父写信了，今天是不是该跟他报备一下，你背着他吃烤鸡？"

卜正常惊愕地说："不要啊，师父会气死的，我答应他，绝不背着偷吃他同类，一定等他一起的时候才吃！"

沐斌"哦"了一声："所以你刚刚说我让你跟她说了什么？"

卜正常都要给他跪下来了："没有，没有，你没有让我跟弟妹说任何话，是我自己说的……呜呜呜，就吃个鸡我容易嘛，我都不知道你从多久之前布的局，就被套进去了。"

沐斌草草吃了几口收场，起身之间，卜正常在身后轻飘飘地来了句："你的血光之灾还没过去。"

那声音和着吃东西的声音，变得含糊不清。

沐斌顿了一下，径直走了。

晚间，别院书房的灯总要亮到很晚，沐斌处理完公务，还会看好一会儿书。暗九忽然出现的时候，暗十正要帮忙灭灯，相处这么多年，暗十也很少看到暗九如此匆忙的样子。

"世子，请去看看阮姑娘。"

暗十张了张嘴，旁边沐斌已经不在，案上的书看到一半，刚翻过去的书页尚在轻晃。

阮媛的房间，鲜有脂粉气，连窗台上放的也是青松而非花卉。

沐斌推门进去，低低的呜咽从帘幔后传来，像有小兽躲在洞穴深处，极力压抑伤口的疼痛。

他走过去，掀开一角床帐挂上去，阮媛的脸隐没在长发中。

"阮媛。"他喊她的名字，弯身拨开她脸上的长发。

阮媛一脸水光，迷失在梦魇里。

在那个世界，湿寒气息扑面而来，她窝在阮娴的怀抱里，看见了远处那道身影执伞大步而来。

"子鹤哥哥。"她喊他，又回头扯阮娴的袖子，"姐姐，子鹤哥哥来了。"

但是奇怪，阮娴只是看着那道越来越近的身影微笑，而不说话。

她忽然意识到，那个人已经不在了，姐姐再也不能跟他说上话了。

心被刀刺一般的痛！

画面一转，又到了那个漆黑狭小的空间里，她什么也做不了，一直在敲木板，喊人来，可是没有人应。

她浑浑噩噩地想，自己要死在这里了。

狭小的空间里却透来一束光，她看到了陈子鹤的脸，他满脸血污，对她做了个噤声："不要说话，我带你出去。"

他的气息很弱，他有一条手臂不能动，只能单手拽着她所在的木箱，一顿一顿地往前移动，一直到推开了那个船舱里的暗门。

而她感觉到自己被分成了两部分，一部分在空中俯视着这一切，无能为力；另一半还在箱子里浑浑噩噩，不知道外面是狂风骤雨，他们要经过一条满是鲜血的路。

最终，暗门打开了，劈头盖脸的风浪迎上来。

阮媛浑身冷汗，脸色苍白，在炎炎夏末之中，瑟瑟发抖。

沐斌展开被子把她裹在里面，抱进怀里："没事了，阮媛，你只是做梦了，醒过来就好了。"

她闷闷地哭泣，没有其他反应。

精神被困在暴风骤雨里，风浪打在身上，彻骨冰冷，阮媛被陈子鹤从船尾推出去，连人带箱一下落到水里。水流湍急，剧烈的风浪不知道要带她去什么地方。

"子鹤哥哥！"她拼命喊他，声音被风雨声淹没。

而他跟她说的字，却清晰传入耳来："阮媛，你先回去，帮我照顾好……"

他的话没有说完，她却知道他的心意。

照顾好阮娴和陈栩，照顾好他的父母，照顾好陈子鹤，照顾好所有人。

她满脸是水，不知道是雨水、是湖水，还是泪水，一眨眼，看到漆黑的湖面上似乎炸出了火光，然后下一瞬，窒息的感觉扑面而来……她被卷入了水底。

猛然间，阮媛睁开眼睛，新鲜的空气灌入胸肺，她"腾"地要坐起来。但，她其实已经坐着了，她被人抱在怀里，那怀抱温暖得让她下意识抓紧他不松手。

"不怕，我在这里。"沐斌抱紧了她，一直过了很久很久，才感觉到她平缓了一些。他摸了摸她汗透了的头发，她整个人像从水里捞起来的一样。

阮媛咬了咬唇，也许是梦里的湿意太重，她缩在他温暖干燥的怀抱里，不敢离开。

半晌，沐斌听见她说："我就抱一会儿，不要你负责。"

他可没想不负责，但眼下不是纠缠这个问题的时候。

沐斌叹息："阮媛，你梦见了什么？"

那段回忆像座大山，压着她，只是一闭眼，眼泪还会源源不断地流出来。但她终究已经回到现实，她是那个清醒的阮媛。

沐斌感觉到她最终还是挣扎了一下，他松开手。

阮媛往后退，一直到靠到床榻的栏杆，她抱紧自己，隔着被子，下巴放在膝盖上。房间微弱的光线里，她的眼睛直视着他，又好像透过他看着其他地方。

沐斌以为她不会开口告诉他，没关系，他还有时间，总会等到她开口的那一天。却听见她说："哥哥去杭州府参加乡试那年，我想去看他，奶奶不许。所以我偷上了姐夫去北平送银器的船。"

她闭了闭眼睛，也许是这件事压在心里太沉重，或是今天听卜正常说他还在身边没有离开，让她急需一个出口倾诉。又或者是对面的人，早在不知不觉间，走到了她内心的安全范围以内。

她已经看不清，也不想去追究清楚。

"我知道姐夫不会对我发脾气，让人先把我藏在箱子里混进货船，想等船出发以后，再出去找姐夫。"

"可是，那个箱子打不开了，"她无奈地笑了笑，"我也不知道货舱里平时有没有人去，等我以为自己快死的时候，姐夫却找到了我。其实，那时候已经过了杭州府。"

沐斌静默无声地看着她，她那时候比现在还小几岁，一个人在狭小的箱子里，不知时光岁月，无水无食。他不知道她那时候是多绝望，因为如今说出来的，是比绝望更可怕的事。

"出去的时候，外面已经是暴风雨，姐夫也受着伤，一路出去我们都没有看到活人。他说船要沉了，跑船的箱子是特别造的，能防水，我又小，也许还有一线生机，所以他把我连人带箱子推进水里。"

阮媛垂下眼睛，没再说下去，但再后来的事，他已经知晓，船出事，全员无回。而她死里逃生，一样生命垂危。

"他让我先回去，让我帮他照顾家人，"她的声音闷闷的，终于抬起眼睛看他，"我以为他也能回来。"

她没有瘪嘴，她没有觉得委屈。

她只是很难过，逝者已去，生者却无法释然，她的人还活着，却有一块缺失了，沉在那一夜的暴风雨里。

那个被屏风砸破脑袋还能开玩笑的女孩，第一次在他面前流露柔弱。

"阮媛，都过去了，"沐斌伸手按在她头上，"你已经尽力把每一个人都照顾得很好了。"

"可是，"阮媛眼神黯然，"如果只能活一个人的话，我宁愿是我不在，换姐夫回来，这样姐姐就不会一个人了。"

沐斌想说：如果你不在了，我就遇不到你了。

可眼下不适合说这样的话。

他无奈地展开双臂，叫她的名字："阮媛。"

她向他看去，他就在她面前，脸带笑意，胸怀敞开："我觉得你太冷了，有必要暖你一下。"

微弱的光线下，她的眼睛有水光，而他笑着对她招招手："放心，我不会请你对我负责的。你要是实在过意不去，可以付我点儿钱。"

那语气是真挚的，那肩膀也是伟岸的，那邀请的意味如此鲜明，像一股火苗直燃到身上，烫得她心口一窒，完全不知道该做什么反应。

阮媛抬手打他："说什么呢！"

沐斌纹丝不动："唉，落魄公子啊，求富家小姐赏口饭吃。"

阮媛脸上发烫，这人脸皮怎么这么厚，堂堂沐王世子，把自己比喻成了个什么？她下意识地又打了他一下，比上一回的更重，嘴角却翘了起来："我可不跟你开这种玩笑！"

那声音是带笑的，他听得出来："是不是开心一些了？"

阮媛不想理他。

忽地前方光线更暗，他上身前倾，额头抵近，惊得她抬起眼眸。

一时间，彼此目光相缠，呼吸相近。

而他什么也没做，揉了揉她的后脑勺："傻丫头，开心一些。"

源源不断的热量从他掌心传递过来，就好像有魔力一样，将她满身的寒气带走。然后，他松开手，站起来，立在床边问她："还睡得着吗？"

阮媛点点头。

他笑了下："那我走了，休息吧。"

这句话分外耳熟，这场景也分外熟悉，好像在记忆中曾经演绎过。阮媛疑惑地看着他："我好像见你站在这个位置过，你以前来过我房间？"

他今日过来多半是因为暗九听见了她的哭声，但暗九到她身边是在去普净寺之后，去普净寺之后，她已许久不曾住在这里。

脑子里好像有什么断开的东西连到了一起，那个石亭子，那段对话，她喝过酒后的下一刻，已是醒来第二天。而中间的一切，全部想不起来。

沐斌也是意外，她竟然从一个画面，联想到那么久之前发生的事。

阮媛想不起来，却从他的反应推理出了经过。

"你以前来过？"她瞪大了眼睛，觉得又丢脸，又不知所措，"你以前来过！"

同样的话，第一句是疑问，第二次却是肯定。

"你怎么不问我一声就乱进来！"阮媛简直不知道该说什么，一时之间，气得不行，"你出去！"

沐斌投降："我马上出去。"

事情演变得完全出乎意料，他一面往外走，一面自怜："刚还把我衣服哭湿了，这就翻脸不认人了。"

阮媛抓起枕头就丢过去。

当然是不可能砸到的，也不知道是舍不得砸他，还是气得手上没劲，她自己都分不清了。

沐斌顺利出门，然后又不走了。因为听到了她的脚步声。

阮媛气呼呼地拉开门，问他："我的丫头要怎么醒？"

小丫鬟不知道怎么了，睡得太死，怎么推也没反应。

沐斌立在月下，反问："所以你现在是邀请我进去，是吗？"

阮媛憋屈地看着他，挂在脖颈里的哨子捏在手里，却根本不能吹，没有他的示意，暗九又怎么可能出来？

那一刻的样子，简直是又憋屈又不肯服输。

沐斌哈哈大笑，他难得笑得如此舒畅："她天亮就醒，你不用担心。"

回应他的是很重的关门声。

阮媛这次气大了，暗卫们私下八卦：世子有苦头吃咯。

结果第二天，天刚黑，沐斌又去了。

对世子爷这种身份的人来说，乌漆墨黑爬姑娘墙头，当然是不可以的。起码要得到姑娘的允许嘛。

阮媛会允许吗？

目前是不可能的。

但是老天不是没绝沐斌的路吗？他还有小猫啊。

沐斌搂着他的两只小猫崽儿就过去了，她不让进门，他就敲窗户，因为还在夏末，窗户开着，根本不用敲。

他站在窗外说："人家好歹是一家人，总被我们分开来养，以后都不认得彼此了。"

阮媛坐在桌边，冷眼看他。

沐斌道："我在隔壁都听到你的猫叫了，一声声可绵可软，可见是极想我这两只的。"

阮媛心想：继续编，以前怎么没觉得这人这么不要脸呢！

沐斌已经翻窗户进来了，不问自来地坐在她边上，把那只奶白色的小猫崽儿抱进怀里："圆圆，你看我们来看谁了呀！"

阮媛扶额，她差点儿以为他在叫她。

沐斌看着她，眼里带笑："来者是客嘛，给我们圆圆弄点儿羊奶，好不好？"

阮媛忍无可忍，还是把羊奶找来了，给他喂猫，毕竟猫没有错，不能因为他俩怄气就饿着小猫。

然后，她发现自己低估了沐斌的无耻程度。

这家伙给这只猫起名圆圆，圆圆不负众望吃得最多最乖，长得最快最圆。每次他喊圆圆乖，她都觉得他在喊自己。

如此几天，她实在很想一脚把他踹出去，却听见他说："媛媛，今天是我生辰。"

阮媛愣了一下。

他放开手里的小猫，抬眼向她看去："我们换一天生气，好吗？"

十三

一份长寿面

　　屋里足足静了一盏茶的工夫，阮媛才面无表情起身往外走，没几步，她被沐斌拽住。

　　阮媛瞪他："撒手。"

　　沐斌收了嬉笑神色，注视着她："你不喜欢，我以后不叫它圆圆就是了。"

　　话音刚落，圆圆低低地喵了一声：好委屈，没原则的人。

　　他们有谈论猫的名字吗？

　　阮媛斜他一眼："再不松手，我就不给你煮面了！"

　　于是，那双注视她的眼睛，如有星光点点滴滴地亮起来，明白她是要给他过生日的意思。

　　沐斌笑道："我陪你去。"

　　去就去嘛，还要她等。阮媛就不明白了："我哥哥的木工，你怎么做得比我还上心？"

　　阮琼轩做到一半的那套机关盒子，被阮媛从庄子带回来，准备闲暇时候把它做完，本来她力气就小，头一次做这个还需要步步琢磨，进度极慢。结果，这几日沐斌每次过来除了逗猫，都在低头打磨木头，小巧的工具在他手里像活了一样，木头也变得随意塑形一样容易，一眨眼盒子都快被他做完了。

圆圆从沐斌脚边跳回窝里，加入另外三只小猫的团战，玩一种不是你压我就是我压你的游戏，以达到彼此做对方小肉垫的最终目的。

沐斌三下五除二把剩余的木料和工具兜在一起，回身握住阮媛的手，拉着她往厨房去。

他走在前面，她踩着他的影子。

他温暖的掌心裹着她的手，时不时会捏到她柔软的指尖。

他说：“木头有刺，这种危险的事我来做。”

去的是阮媛院里的小厨房，胖虎趴在厨房门口热得吐舌头。远远看见沐斌过来，雄赳赳气昂昂的狗爷“呜咽”一声，跳起来往草丛里躲。

阮媛心如明镜：“你对胖虎做了什么，他那么怕你？”

沐斌神色如常：“不知道，我什么也没做啊。”

世子爷绝对没说谎，所有坏事都是暗卫做的。

胖虎脑袋插在草丛里，屁股对着外面，以为这样就万事大吉了，实则是掩耳盗铃。月光下，就看见两个肥硕的屁股蛋儿露在外面一拱一拱的。

阮媛笑得不行，经过的时候顺了顺胖虎后背：“乖了乖了，一会儿给你肉骨头吃。”

第一次见面的时候，她就会很温柔地对它说“乖”。

沐斌脚下快了一步，直接拽阮媛就进厨房。阮媛只觉得这人怎么忽然走那么快了，一直到很久之后，她才知道沐斌心里有过关于“乖”的小执念。

但那是以后才发生的事了。

此时此刻，两人进到厨房。

阮媛的小厨房，平常只有她自己用，研究一些奇奇怪怪的菜色啦，炖晚上的夜宵啦，包括之前练手做烤鸡碰到卜正常也是这里。

灶下的火常年不灭，不用的时候盖在草灰下面。

阮媛拨开灰，将早就晒得干干的柴火放进灶膛，然后一面等火苗冒上来，一面把头发拨到胸前。

沐斌往那看去，只见火光慢慢映上那张白皙脸庞，她侧着头将一头长发扎成辫子。时光停止，目光成线，在她指尖练出一段岁月静好。

等扎好辫子，火也差不多旺了，阮媛倒水进锅，盖上盖子，让水慢慢地烧。

沐斌垂眼拿起手边的一个木质零件，榫和卯都已切割好，他仔细调整最后的尺寸差异。

一个找钵子，倒面粉，调水，揉面；一个绘尺规，磨木面，定型，安装。

揉好的面被擀成长长的不断的面条，丢入沸水，阮媛回头。

沐斌一声不响地做着盒子。

屋里亮着灯，在他手边还有一盏额外的烛火，橙色的光影下，俊朗的面目深刻又专注，让人移不开目光。

那一日，他问她好看吗？

其实，她一直觉得很好看。

但这种心神，是自己不该有的，阮媛赶紧找了个话题分神："我哥哥的盒子，你是要做好了吗？"

沐斌点头，把刚才打磨的小零件，与盒子内部缺失的地方比了比。

"这种机关盒，做出来是装贵重东西的，所以在装妥之前，还要在内部设定机关和密码，"他忽然问她，"你知道人的心有多重吗？"

这个问题来得突然，阮媛毫无防备。

"我怎么会知道。"

"宫里有个学医的狂人，你哥哥跟你说过吗？"

"那个人，"阮媛点头，"听说过，太医院的医痴，喜欢治病，还尤其爱研究人，甚至，会要死囚和各种重病病人的尸身回去研究。"

"是，他跟我说，我们这么大的人，心与拳头差不多尺寸，而从身体里刚取出来的时候，大约是五两四钱重。"

"吧嗒"一声，零件按入盒心，沐斌把盒子拿起来，左右看了看，"还差最后一点就好了，我等会儿把盒子带回去做。"

阮媛正搓身上的鸡皮疙瘩，还称人心脏的重量，果然是个怪人啊。希望探花哥哥在京城，不要被他看上了、琢磨着要拆开来研究才好。

收了盒子，沐斌想起那陈子鹤过生日还有一卷澄心堂纸呢，而眼前的女孩却对他一点儿表示也没有。他有些无奈地问她："阮媛，你没有礼物给我？"

哪有这样讨礼物的？阮媛扬起嘴角，看着"噗噗"冒热气的灶头，道："我的礼物就是陪你吃面呀。"

人生最珍贵的时光，转瞬即逝，白驹过隙。

而我愿意把我的时间，用来陪伴你。

沐小王爷的心，妥帖得不行。

厨房里煨的鸡汤做底，一长到底的面条，再加上晚点儿丢进水里焯水的青菜，寿面烧妥，一人一碗，热气腾腾。

他看那袅袅白烟的眼睛都是笑的。

她的神色也柔和了下来，明知故问地嘀咕："为什么笑得好像以前都没吃过寿面似的。"

他回答得一点也不含糊："以前过生辰，几乎都一个人过。"

阮媛意外。

偌大的沐王府，云南千万将士，他的生辰却找不到一起过的人。

"平常母妃很少会记得这些事，父王更是忙于公务。"沐斌神色淡淡，并不见落寞，语气只像是在讲一件再平常不过的往事，"等后来，到了军营，都是一些糙汉子，每日巡逻、操练、处理公务，千篇一律的生活，一晃就一年又一年地过去了，偶尔想起来……"

也许是觉察到她的目光，他没说下去，转眸向她看去。

阮媛亦看着他，目光相遇，她轻轻地道："我小时候，母亲身体不好，生育了哥哥和我之后，好多年都缠绵病榻，甚至不能走出房间和家人一起吃饭。每年过生日，都是奶奶和大伯母给我们过。大家都说，长寿面，寓意长久，要在吃的过程中，尽量一口都不咬断，这样才能长命百岁。"

忆起母亲，她的神色温柔。

"所以，哥哥跟我说，我们只吃一小半，要带后面长长的部分给母亲，让她能长寿健康，看到我们长大。"

当年两个小小人的心愿，并没能成真。然而，她依然满心的温暖和感激。

"沐斌。"她喊他的名字，突然身体前倾，向他靠近。

他的心一瞬柔软下来，眼看着她目光坚定地越来越近，伸手欲揽她的腰肢。

佳人没有扑入怀抱，沐斌的肩头被轻拂了一下，然后她轻轻的、略带笑意的声音响起："圆圆刚才在你身上蹿上蹿下，留了好多毛哦。"

沐斌："……"

他懊恼，怎么会以为她会主动抱他呢？这是天底下最傻的一个傻丫头呀！

阮媛帮他拍去猫毛，坐回位置，暗地里长长地舒了口气：刚刚真的，差点儿想抱一抱这个寂寞过生辰的人，太危险了。

但沐斌仍执拗地看着她，他道："明年我生辰，还给我做面条好不好？"

她不看他，笑了下说："如果你能把星星放进我手里，我会考虑一下。"

沐斌想也不想，道："好。"

厨房里，两人心情各异地把寿面吃完。

天色已晚，沐斌也该回去了。

阮媛把案上余下的一份面条和鸡汤装入食盒，递给他："你带回去，让人下了面条，给王妃吃。"

沐斌挑眉，显然没明白此举用意。

"我也想做好，可是怕等你带回去，面糊了会不好吃，"阮媛把食盒塞给他，"生育之险，如同鬼门关走一遭。每个母亲和她的孩子都是生死之交，今日的生辰，离开你母亲，就不圆满了。"

她冲他眨眨眼睛："你说对不对？"

王府不同寻常人家，哪怕是别院，每个角落也站着人，亦不同于寻常人家，哪怕站满了人，也像没有人。

饭堂里的饭桌擦得一尘不染，点着红纱罩着的灯。

他以前没有注意过，王府的夜晚也满是灯盏，亮如白昼，为何还要额外在饭桌上放一盏呢？

直到今时，这些细节才进入眼帘。

沐斌在饭堂外，长长久久地沉默。然后，他招来侍女："给王妃下碗面。"

沐王妃已经准备睡了，忽然被告知要吃面条。她没有吃夜宵的习惯，听闻是沐斌送来的，才决定不要拂了儿子好意。

碧绿色的菜叶，橙黄色的鸡汤，满满一碗面条，还是长长的那种吃不到头。

沐王妃隐约想起了什么："斌儿的生日快到了吧？"

第二天一早，向来只有激情做晚饭的沐王妃，难得起了个大早，风风火火冲进饭堂："斌儿，母妃想起来，今天是你生辰！"

沐斌刚吃完早饭，正准备离席。闻声，他止步道："我的生辰是昨天。"

"啊？已经过去了吗？"沐王妃失望，"可我给你做面了呀！"

侍女已经把面条端到沐斌面前，油光灿灿的面条，上面还打了个有点儿黑的荷包蛋，显然，是煎过头了。

沐王妃还在边上嘀嘀咕咕："我记错了吗？怎么没人提醒我呢？我要找王府长史把这件事列为每天要提醒我的十件事情之一。长史呢？去把长史叫来！"

"王妃，长史大人没跟来上虞。"边上侍女好心提醒。

然后在沐王妃气愤的小眼神和侍女的惊讶中，沐斌拿起筷子，吃了一口荷包蛋，又喝了一口汤，吃了一口面。

沐王妃期盼地看着儿子。

沐斌点头："味道还不错。"

"你喜欢就好！"沐王妃激动地搓手。

沐斌没再说话，吃完剩下的面，擦了擦嘴和手："我还有事，母妃慢慢吃。"

"好好好！"沐王妃很高兴。

侍女和暗卫们很惊讶：夭寿嗟，世子竟然把王妃做的东西都吃掉了！

沐斌步出饭厅，暗十在对面探头探脑。

见沐斌点头，他小跑上前，将一份密函递上，那是对陈子鹮遇难那件事的调查。沐斌展开函件，一目十行："船上并没有易燃的东西。"

"是。"

但阮媛说陈子鹮出事的时候，她看到了火光。

"这条船是陈子鹮朋友的，从江西开来，路过上虞时，陈子鹮带了银器上船。船上其他的物资，由陈子鹮提前在阮家做了报备，从记录来看，并无可疑。"

陈子鹮的这位朋友，阮媛隐约提过几句。陈子鹮在赶考途中，在杭州府认识的朋友。

杭州府，也是陈子鹮耽搁没能参加考试的地方。

"出事后，阮家想要联络其人，但没能从陈子鹮的遗物中找到联络的办法，这件事也就耽搁了下来。还有——"暗十道，"出事之后，他们在太湖各处打捞，收获甚少。但前几天，阮家找到了沉船的确切地点。"

阮家，也一直到现在都没有放弃陈子鹮这件事。是他们也存疑，还是因为杭州府、太湖以北都在直隶省，出了阮家的势力范围，难以查得得心应手，因此耗费数年，到现在才有结果？

不论是什么地界，是水道的事，都归他管。沐斌把函件交还暗十："通知直隶省河道总督，我有事需要他协助。"

与此同时，在阮家——

阮大老爷刚风尘仆仆地归来，跟阮老夫人提沉船被找到的事："水深，风浪也大，打捞怕不容易，已经让老阎头亲自上来，与我们商量个方案，请母亲再定夺，捞还是不捞。"

捞，能给阮娴一个结果。

不捞，则是为了水上不再丢命。

老夫人盘着手里的佛珠，却没说这件事，道："老阎头是我们的老朋友了，水里的功夫他了得，我记得他几个儿子也挺大了，这次有没有一起上来的？"

阮大老爷有点儿意外老夫人问起这个。

阎家是水里讨生活的，有时候船上东西掉落水里，贵重的得寻回来，就找阎家；或者人落水淹死了，要打捞尸身，也找阎家；还有船水下的部分坏了，需要抢修，还找阎家。

两家合作几十年，一直只是单纯的生意往来。

阮大老爷道："老阎头就带了第五个儿子来，刚成年，看起来是有意培养的意思。这几年，一直见老阎头带在身边。"

阎家做的事危险，上面的长子、次子已经不在了，按理肯定要留一个儿子保香火，不过平常往来，也没去打听过，到底留的是哪一个。

阮老夫人没作声，旁边大夫人道："这个阎五，我倒有些印象，好像只比我们小囡囡大几岁，这就已经出来做几年事了，倒是年轻有为。"

阮老夫人点点头，对大儿子挥手："你事多，先下去吧。"

等阮大老爷下去，下人换了新茶上来，老夫人一口一口饮着。大夫人以为老夫人就是随口问问，也没要继续提阎家的意思了，却听见老夫人问："你看小囡囡最近怎么样？"

大夫人笑道："长高了不少，前几天还看她和娴丫头一样高呢，这几日好像已经高过娴丫头了。我看她小厨房的走账不少，这孩子啊，到抽条的时候，都很容易饿呢，回头正打算让庄子多转些蔬果去她厨房。"

"走账不少，"老夫人的皱纹动了动，看起来像是笑了一般，"怕是多了个人吃饭。"

大夫人的眼皮跳了跳，沐王世子曾和阮媛在角门外的石亭子吃饭，也是大夫人后来才知道的，现下听老夫人这么说，大夫人不由得心里没底："您的意思是，那一位还在……"

"转到我阮家的后院了，就不是他一个人的问题了。"老夫人睁开眼睛。

大夫人差点儿跳起来，忙安抚老夫人："我们小囡囡不是没分寸的人。"

是啊，她不是没分寸的人。

但那人中之龙，又怎能叫人不动心？

老夫人摇了摇头："我不怕她会选错，在她心里，肯定是阮家重要，我只是怕她越陷越深，将来会难过。"与其走到那一步，不如——

老夫人下定了决心："还是由我这个老婆子来做恶人吧。"

"母亲！"

"小囡囡也不小了，可以开始看人家了，"老夫人垂着眼睛，"我先跟你打个招呼，小囡囡的婚事，跟阮娴不一样，我打算让她留在家里招婿，以后老二这一支，探花肯定在京中不回上虞了，就只有她了。"

会留家中，家族的产业肯定要分她一块，大夫人这方面倒不会介怀："嫁出去，还是在家里，都听母亲的。"

阮老夫人闭上眼眸："那你有合适的人，也帮着看看吧。"

阎家打捞船的方案做得极快，南下得也快。阮大老爷回上虞的第三天，阎家人登门。

下人来报阮大老爷已去门口迎人的时候，阮媛正在老夫人这儿陪着说话。阮老夫人已经许久不过问水道上的事，阎家要来见老夫人，定然是极其重要的事务。

阮媛准备回避，被老夫人唤住："小囡囡不用走，这件事你还得一块儿了解了解。"

阮媛目露疑惑，老夫人却没将话说下去，而是示意阮媛的丫鬟："你去跑一趟，把阎家以前送小囡囡的礼物拿来。"

小丫鬟脑子糊涂，一时都不知道是什么。

阮媛是记得的，提醒她："是一串珍珠手链，扣子的花纹很特别，收在梳妆台左边的匣子里，你找一找。"

那是阮娴成亲时，阎家来喝喜酒，第一次见到两姐妹时，老阎头给阮媛的见面礼。

小丫鬟得令退下。

从前厅到后面，再加上阮大老爷寒暄的时间，跑回去拿一趟东西是来得及的。阮媛淡定地低头喝茶。

老夫人了解自己这个小孙女，丁点儿大的痕迹都能让她心里明镜似的，便甩了个底儿给她："你姐夫出事的那条船，找到了，左右要商量一下是不是捞起来。"

阮媛喝茶的动作一滞，往老夫人看去："姐姐知道吗？"

老夫人摇头："等和阎家谈了再说。"

阮媛没接话，心里知道当时阮娴撕心裂肺的样子，奶奶是不忍心再见第二次了。如若方案不合适，暂时不打捞起来，只能以后再找合适的机会跟阮娴提。

又听老夫人道："如果定下打捞，我想小囡囡代表阮家跑一趟。"

阮媛微微惊讶，没有想到会让她去。

老夫人慈爱地看着她："奶奶之前问过你，有没有心仪的人，你还是没答案吗？"

手里的杯盏忽然变得很烫，阮媛握紧茶杯，回望着老夫人。

"那好，既然还没答案，就继续想到有答案的时候，"老夫人并不意外，语气一转，语重心长地教导她，"但是阮家不养闲人，你得去水道上学些东西，往后才有在阮家站住脚的本钱。你哥哥以后的路，也少不得家里的支撑，有你在，探花会放心的。"

阮媛毕恭毕敬地放下杯盏："孙女知道了。"

小丫鬟带了珍珠手串来，浑圆的淡水珍珠，颗颗晶莹，纯金打造的锁扣上印着荷花图案，水上人觉得能保平安。老夫人让戴着，自然是为了给阎家人留下好印象。

阮媛伸手让小丫鬟帮忙戴上手串，戴完小丫鬟撤了她的茶具，阮媛站到老夫人身后。不一会儿，阮大老爷领了阎当家一行人进屋来。

阎当家和上次见面没什么变化，水上人风吹日晒老得快。上次见时，阎当家四十多岁看着像五十岁，如今真的五十岁了，看起来倒还是那样。他身后跟着个蓝色衣衫的瘦高青年，皮肤略黑，一双眼睛和鱼鹰一样亮。

阮大老爷介绍这是阎当家的第五子。

阮媛与他见礼："阎五世兄。"

他的目光在阮媛袖口一闪，抱拳回礼："媛世妹。"

宾客落座，阎当家为人爽快，拿出水域图铺在正中，简明扼要地把水里的情况、风向天气、用到的人和打捞会遇到的困难、危险一一说清，当然，更重要的是说清楚阮家需要配合的细节，以及最后的价格。

那价格极高，连阮媛都知道捞船不便宜，却没想到要离奇到这个数。

阎当家显然也想到了，快人快语地点了句："老姐姐，您知道我们每次下水，脑袋都挂在裤腰带上。价不足够高，兄弟们是不做的。眼下台风季刚过，正是最好的下水时间，再往后天寒水冷，怎么也得等上五个月到明年深春再下水了。"

老夫人管水道多年，知道阎当家的话里没有水分。她沉吟了一下，道："价格是一方面，另一方面是家里人对这件事的意思，我们也还得再谈一谈。"

捞的是孙女婿出事的船，另一头还有孙女婿的本家在，摊到台面上说，阮家的确也要询一下亲家的意思。

阎当家理解："那老姐姐再商量商量，我们会在上虞多待几日。"

老夫人流露出感激的神色，又问："要是捞的话，阎家是谁在水上督场？"

阎当家骄傲地看了眼边上的儿子："阎五已经出师了，到时候有什么事，您只管让人找他。"

老夫人点头，拉过阮媛的手："这件事要是定下来，我这头会让阮媛跟过去。她第一次接触水务，到时候还得让阎家多担待。"

阎五飞快地向阮媛看了眼。

阎当家笑道："老姐姐您谦虚了，您可是水上的女中豪杰，便是如今道上听见您的名号，也都得跷大拇指。您的孙女自然也有您的风采。"

两人一提当年，话就多了。老夫人拍拍阮媛的手："我与阎当家闲话几句，你领阎五公子去后面转转、喝喝茶吧。"

不等阮媛开口，阎五抱拳道："老夫人您饶了小辈吧，在外面野惯了，不习惯坐着。小辈儿打算去城里转转，麻烦世妹送我到阮府门口就好。"

　　他没提要人家的孙女陪着上街，可见极有分寸。老夫人笑道："好，阮媛，送送你世兄。"

　　阮媛应下，领阎五出府。

　　两人一出厅门，互望一眼，彼此都笑了下。

　　阎五摸摸鼻子："差点儿认不出世妹了，上次见你还……"他比了个高度，"这么高，圆圆胖胖的，活泼可爱，如今又高又漂亮了。"

　　水上人说话不拐弯抹角，阮媛其实极欣赏他们这点，道："阎五世兄除了高了，其他都没怎么变。"

　　"是吗？所以你一眼就认出我了？"

　　"是啊，我还记得你以前说过我姐姐很漂亮呢。"

　　"那一次，她成亲，自然是最漂亮的人，"他点点她手腕的方向，"那时候送你的那串珠子，还是我一颗颗从湖里摸上来的。"

　　阮媛虚握了下手串缩在的位置，忽然隐约觉出了些不同，却说不出是哪里不同。她客气地道："那真是辛苦世兄了。"

　　"没什么，反正小时候在水边玩都是那些花样。"

　　说话间到了阮府门口，阮媛停步，问他："不知世兄想去哪儿，对什么感兴趣，我可以介绍一二。"

　　阎五摆手道："其实就是随意走走，没什么特别的目的。"

　　见阮媛抬起手来准备拜别，他也抱起拳，却没等两人开口，"吧嗒吧嗒"的声音落下，阮媛腕上一空，那串珍珠线断落了一地。

　　两人第一反应都是去捡，离得太近了，"咚"的一声，脑袋磕在一起，幸好阎五扶得及时，要不然阮媛非一屁股坐地上不可。

　　他笑道："世妹别动，我来吧。"说罢，蹲下身，伸手到她脚边捡那些珠子，动作极快，眨眼就捡了珍珠站起来。

　　阮媛松开按额头的手，向他伸手："多谢世兄。"

　　他却没有给她，而是把珍珠收到了衣兜里："是我送你的，多少颗我都记得，其实没捡全。"

阮媛愣了一下，忽觉一道视线落在脸上，她望过去，看到沐斌立在对面王府别院的门口，静看着她，不知站了多久。

阎五说："我回去找几颗给你补上，再穿一条给你吧。"目光落在阮媛脸上，然后发现她在看旁边。

他顺着她的目光看到对面的男子，皇亲贵胄的气质自然不同，阎五心里猜出了七八分："那位是沐王世子吧，听说世子在上虞，你们两家离得近，看起来他认得你。"

阮媛垂下眼眸："世兄可要引荐？"

阎五笑了笑："这倒不用，这种大人物跟我离得太远。"一回头，目光落在阮媛额头上，他抬手虚点了她一下："回去擦药吧，要不明天非青了不可。"

暗十是个机灵的人，不等沐斌吩咐，就准备调查那个跟阮媛说话的人是谁。人还没闪出去几步，沐斌却示意他照旧出发："把马车换了，牵马过来，要在明日天黑之前回来。"

这么赶？

世子归疆之心似箭啊！

暗十窃喜，今天一早，刚收到了皇太孙通知收网的密函，他们终于盼到了拔营南归的时候。虽说越地繁华似锦，但是暗卫们仍旧想念山峦叠嶂、四季如春的南疆。

就是阮姑娘怎么办？

不行，他回头得跟暗九八卦八卦。

暗十和暗九是搭档，诚然暗九三棍子打不出一个闷屁，但自打分开以后，暗十还是颇想念那个闷葫芦。

前头，暗十安排沐斌出行之事，脑子还多转了一圈，让人通知暗九记得告诉阮姑娘一声晚上世子不过去吃饭。

后头，阮媛就抓紧今晚上的空当，教暗九做米线。

云南和越地都生产大米，逢年过节，越地多吃汤圆，但汤圆是糯米食，并不易消化。米线就不同了，所用的米粉虽有些微的差异，制作过程却大同小异，而且米线极容易消化，所配的浇头也多，可以生出无数种组合。

当晚，阮媛耐心地跟暗九讲做米线时粉和水的比例、水的温度，手把手教他掌握煮米粉的火候。

很不幸，暗九在料理这一块没什么天赋，揉出了很多锅无法言说的米糊糊，黏糊糊的，缠在手上不说，后头煮出来的完全是口感奇怪的疙瘩。

但不论暗九煮出什么，阮媛都会认真地品尝，告诉他下回要改进的点。暗九暗下决心不能再失败了。要不然阮姑娘吃坏肚子，世子爷绝对发飙。

越是在意，越容易出错。

成品糟糕得连吃干馒头都不怕的暗九都想毁尸灭迹。

阮媛仍笑眯眯地安慰他："没事啦，我们再一起试一下，我刚开始做饭的时候也失败了很多次。"

这晚，离开厨房之后，练武都没遇到瓶颈的暗九失眠了，原来做饭这么累——身体累，心也累……

很多年后，众暗卫聊起各自喜欢的类型。

暗一：漂亮。

暗二：体贴。

暗三：男的。

暗四：我去。

暗九：会做饭的。

一群暗卫向他丢黄瓜：你不就会做饭，你还是世子妃教的做饭呢。

暗九想：你们知道的太肤浅。

明明忙活到很晚，阮媛第二天却醒得很早，帐外灰蒙蒙的，小丫鬟均匀的呼吸声传入耳来，混合着天明前的虫鸟鸣叫。

也不知道是不是昨天笑多了，这一刻嘴角似有千斤重。

这种大人物跟我离得太远——阎五的话犹在耳边。

她听到了，他也听到了，那一刻沐斌看她的眼神，清晰若在眼前。

他也说过：京城有那么多门当户对的人，若不来上虞，他连她是圆是扁都不知道。

太遥远的人就像金镶玉，明明不是一种物质，偏偏要在一起。在一起时光美好，但等金玉分离，又是谁身上痕迹更深、无法愈合。

臂弯里暖洋洋的，一只小猫顺着床沿爬到她臂弯里，寻了个舒服的位置趴下来。阮媛将它搂紧，看着帐顶发呆。

也不知过了多久，传来小丫鬟窸窸窣窣的起床声。片刻后，帐子被拉开了，小丫鬟凑过来："小姐，你昨晚上睡得不好吗？眼下都黑了。"

"没有，"阮媛语气淡淡的，手里逗着小猫，"我只是多看了会儿书。"

小丫鬟不疑有他，又道："那阎家公子的脑袋是铁做的吧，我都给你揉了，怎么还是青成这样。"

阮媛起身往镜子里看了眼，瞧着严重，其实倒不怎么疼："没事，再用药酒揉呗。"

起床，让小丫鬟拿药酒又揉了一遍，阮媛顶着个青额头去跟家里人吃早饭，老夫人见了，却没说什么。阮家眼线多，门口发生的事，老夫人自然知道。

等下午再揉的时候，外头传来前院老妈妈的声音，让小丫鬟出去搭把手。

主子有主子的社交，下人也有下人的圈子。如果处处偏帮，小丫鬟会在她的圈子被排挤。不是太过分的事，阮媛都睁一只眼闭一只眼。

小丫鬟走了，她自己揉着乌青的额头。

门一开一关，有新鲜的气流涌入房间，冲淡鼻息间的药酒味。然后，一只手拿过她手里的药瓶。

阮媛抬头，沐斌的手按在她额头上，只感觉那掌心温热，力道不轻也不重。

他问她："还疼吗？"

她也问："天还亮着，怎么过来这么早？"

沐斌没有回答，垂眸帮她揉伤口。

过了会儿，阮媛轻语："可以了。"

拿回药瓶，她从椅子上站起来，准备放到柜子上，才走几步，回头看过去，沐斌侧对着她，可以看到他背后有一片湿痕。

以往不论多匆匆，来见她，他都不会狼狈。

阮媛伸手在沐斌背后碰了一下，心里一惊：衣服怎么湿成这样？又飞快碰了他另一只手，冰凉，跟给她按额头的手完全不一样。

阮媛把药瓶顺手一搁："你怎么了？"

沐斌按了下眉头："路上太赶，有些胃疼。"

只是有些疼，哪里能让他克制不住地出一身冷汗。阮媛赶紧推他到边上坐，沐斌纹丝不动，反而把头磕在她肩膀上。

"不能动，让我趴一会儿。"他闷闷的声音传来。

那脑袋好重，那触碰到的额头是滚烫的。

阮媛手有意识地抬起来，又在隔着些许距离的地方顿住。然后，像是下了好大的决心，她环抱住了他。

从来只有他抱她，原来回抱他的感觉，是这样的。他的人很高大，他的腰却足够她双臂合拢，隔着彼此的衣服，能体会到那身躯不同于女性的柔软，像是被丝绒包裹起来的铁块，有点儿硌手，又蕴藏着无穷的能量。

"还是坐着吧，你身后有凳子，往后退两步。"她轻轻地说着，抱着他，也推着他往后移动。

等他坐下来，她也跪下来，好让他的脑袋能继续搁在肩上。阮媛空出手来，摸了摸他的脸庞，果然在发烧。

胃疼的原因无非那几个，再加上是这家伙，阮媛叹息："为什么不好好吃饭呢？"

因为想要见你。因为没有你的时候，吃饭不香。因为怕回来晚了，你已经被家里藏起来了。

若说这些，阮媛，你信吗？

他声音低低的、闷闷的："媛媛，你抱着没以前圆了。"

阮媛："……"

226

他又说："变扁了，是不是我不在的时候，你也吃得少，嗯？"

真是什么时候都不忘给自己贴金。

心里明明是气的，嘴角却忍不住翘起来，她说："对呀，对呀，你莫名其妙地跑掉了，我茶饭不思，其实现在你看到的已经不是阮媛了，而是一个饿扁了的游魂。你是不是想听这样的话？"

沐斌闷声笑了，有脚步声传来，他一点儿不想回避，抬手把她拥进怀里。

"小姐。"

小丫鬟推开门来，用一种近乎石化的表情看着屋里两人。

阮媛闻声回头，口吻难得严肃："不许告诉奶奶，你找个地方先待着。"

小丫鬟战战兢兢退出去，走了老远还克制不住地心乱跳：要死了，小姐私会男人，这是要浸猪笼的啊！

而她负连带责任，也一样逃不掉，说书的都这么讲！

小丫鬟扶额，只想要马上晕死过去。

屋里，阮媛觉得让沐斌一直这样硬扛不是办法，问他："你的大夫呢？让他过来看看你好不好？"

他执拗摇头。

她无奈："那让我去给你煮点白粥，胃暖了，就没那么疼了。"

他收紧手臂。

腰都要给勒断了，阮媛哭笑不得："那我在屋里煮总行了吧？"这一次不管他答应还是不答应，她吹哨让暗九来。

暗九很快进屋，见到屋里的情景也是脚步一滞。

阮媛冷静吩咐他："去找我的丫鬟，让她带炭炉，再洗一钵米，我要煮粥。"

暗九找到小丫鬟的时候，小丫鬟感觉自己大难临头，正在厨房的角落里，哆哆嗦嗦地咬手指。

见到暗九这又高大又冷漠，还有点儿凶神恶煞的人进来，她半点儿不敢耽搁地准备阮媛要的东西，但是怕死的本质改不掉。

临了，小丫鬟把炭炉交给暗九端着，同时内心忐忑地问他："我们小姐浸猪笼的时候，你家世子能赶到救人的吧？"

暗九："……"

小丫鬟都要哭了，其实她想问的是能不能顺道救一下她。

炭炉放在阮媛身边，米调好水放上去。小丫鬟和暗九都没敢逗留。阮媛一边照顾粥，一边照看这个人前翩翩少年郎、人后却把她当玩具熊抱的大男孩。

等粥好了，她轻拍他的后背："起来，喝粥。"

他把头转过来，面朝她的方向，趴在她肩膀上，张嘴。

阮媛忍着笑："你几岁？"

沐斌睁开眼睛，揉了揉她的脑袋："不公平。"

"哪里不公平？"

"第一次一起吃饭之前，看见你喂陈栩，喂得特别有耐心。"那一刻他就想，这个女孩周围好像有一个无形的框架，框架之内是一个充满温馨感觉的家。

将来有朝一日，他想踏回家门，一眼看见她。

阮媛气得想打人："那是陈栩年幼好不好，你这么大了还有手有脚，你有没有觉得羞啊？"

沐斌一个"没"字还没出口，嘴里一暖，被她塞了一口粥。

然后，那个"没"字就没必要出口了。

一碗热粥下肚，沐斌额头微微冒汗。

阮媛又摸了摸他的温度："你在这里睡一会儿，我该去和奶奶吃晚饭了。"

沐斌这一次没说什么，松手让她走了。

阮媛踏着夕阳而去，踩着月光回来。

轻轻地推开门，屋里没点灯，昏暗的光线下，沐斌坐在桌边。

"你没有睡呀？"她问他。

他站起来，大步而来，虽然光线不够，却能感觉到已经恢复那种生龙活虎的气势。

阮嫒想，他是已经好了吧。

手被一把拉住，他说："回来得正好，带你去看一个东西。"

阮嫒"啊"了一声，被沐斌拉出门去。

路是之前一直走的去小厨房的路，两岸树荫婆娑，有初升的月光洒下来。大概小丫鬟被吓着了，都没敢把她院子里的灯点起来。

然后，阮嫒就看到在她的小厨房门口，多了一口半人高的水缸，缸口极宽，张开双臂也抱不过来的样子，里面隐隐约约装满了水。

阮嫒蹙眉："所以你是要带我来看水缸？"

沐斌一笑，拉着她走到缸前，拉着她的手伸入水中，清冽的感觉沁入心脾，他搅动水，忽见水中点点星辉亮起来，在彼此握在一起的手周围滑过。

阮嫒瞪大了眼睛，沐斌松开手，同时又一泼水，她看到自己张开的五指之间，星辉绽放，如烟火绽放，如流星萦绕。

"这是南疆天池水，离开太久，星星就没那么多了。"

所以他着急赶回来，所以马不停蹄也要在这缸水运到的时候，在她身边。

沐斌转向阮嫒，声音在她耳边响起："那一天，你说，如果我能把星星放进你手里，明年会考虑陪我过生辰。"

有什么直刺入心头，冒出的感觉令她向往，又令她害怕，阮嫒掌心克制不住地酸涩起来，想握却握不住，只能眼睁睁看着星光从指间流走。

"我带你去南疆好不好？带你去看看天池，那里可以在星海里划船。"他靠近，男子的气息扑在脸上。

她看着他越来越近，自己在他眼眸中的样子越发清晰，唇边被什么碰了一下，而她像被施了定身术一样，根本不能移动。

她听见他轻轻地说："怎么办呢，我后悔了。阮嫒，我想你以后每天陪在我身边。"

不，你不能这样说。

阮嫒在心里呐喊，却怎么也开不了口去阻止。眼睛模糊了，她想再把眼前的人看清楚，却只觉得有温热的液体滑过脸庞。

　　早就知道，你没有放弃。

　　也明白自己的沦陷，才会纵容你步步紧逼。

　　可彼此之间的心意，唯有各自深埋在心底，才能维持现状。

　　一旦说破，她就再不能见他了。

十四

一粒饴糖否

心事是最好的失眠药，小丫鬟自见过沐斌，唉声叹气，实打实地一晚上没合眼。以至于昨天还笑阮媛眼下发黑，今天就自个儿顶了两片乌青。

"你收敛些啊，"阮媛早起穿衣，对着镜子系扣，透过反光，她虚点了下小丫鬟，"一脸的'我有心事，快来问我'几个字。再这样，奶奶非来问你不可。"

老夫人最可怕了，小丫鬟不敢再叹，一双眼睛却还停留在阮媛身上，滴溜溜转。毕竟昨晚上才以为自己要沉塘，如今又发现沉不了啦，世事无常，简直比说书的都吊人胃口。

小丫鬟忐忑得不行："他真的不会再来了吗？"

阮媛穿妥衣衫，坐到妆匣前，拣了一对珍珠耳环戴在耳上。朝霞悄无声息地在窗外偷瞧，镜前的女孩穿着明亮的黄色比甲和草绿衣裙，那对珍珠耳环在耳畔轻晃，映照着白皙而圆润的脸庞，以及尖尖的下巴。

她轻轻地，像是回答，又像是对自己说："他不会再来了。"

有些话一旦说开，就再也无法回头了。

小丫鬟还想再问，阮媛回眸看她，扯开话题："休养了这么久，好久没去学堂了，一会儿我跟奶奶说，明天回书院上学去。"

也许人生有诸多不如意和无可奈何，至少眼下还有一桩可以期待的喜事。

付佳儿最近情绪低落，陈子鹤忙于备考，与她联络渐少。

先前说好等他生辰过后，便来付家提亲，如今过去好多日，也不见陈家有动静。付佳儿知道闱试对陈子鹤意义非凡，而今距离下次闱试还要两年，他们年纪也还小，成亲自可等他高中之后，她只是想着能将亲事先定下来。

往常两人在书院也只当寻常同窗，付佳儿有事都托陈子鹤的书童转达。今晚她约了他在老地方见。

初秋的夜，已有些凉意，付佳儿避开家人，提裙从后门闪出去。

付家不比阮家和陈家坐落在官富密集之地，左右住的都是寻常中富人家，位置也偏很多。隔壁一家前几年不知犯了什么事，被发配到偏远的地方了，房子也充了公。大家觉得触霉头，这屋子也就一直没寻到下家。如今门也坏了，里头杂草丛生，因为周围并非贫户，衙门巡逻的多，乞丐并不敢进去过夜，就成了她与陈子鹤时常见面的地方。

屋里面黑漆漆的，付佳儿不敢点灯，就立在月光明亮的天井里，默默想着一会儿要和陈子鹤说的话。

仔细一算，两人已有近十天未见。她莫名心慌，很怕他今天不会赴约。

"咿呀"一声，木门推开的声响。

付佳儿心里一喜，高兴地回头。门口光线不足，映出一个男子的身影，轮廓却与陈子鹤不同。

"好妹妹，你怎么大半夜的跑这种地方来？"

付佳儿的兄长，单名一个墨字，承了父母对他识文熟墨的期许，可惜肚里没半点儿墨水，还好点儿赌和美色。

那声音传来，付佳儿心中警铃大作。付墨缠她不是一日两日。先前她和母亲被打发到外地一去一年，也是因为付墨闹的。如今被大夫人呵斥过，他收敛了许多，不想却在这里碰到。

"哥。"她唤了一声，低头要从旁边空路绕开他离开。

付墨手一伸，一拦："怎么才出来就要走呀？"

听起来舌音极大，显然是喝了酒，付佳儿更想早点儿避开他："我就是过来散散心。"

她急急解释，话没说完，忽然"啊"的一声。付墨将她当腰抱住，捂了嘴，按在边上的残墙上。

"哥哥也想散散心，妹妹你怎么不知道陪一陪呢？"他笑着，声音却像从牙缝里挤出来一般阴森，"你跟陈子鹤在这墙根后面做的事，你当我不知？"

付佳儿瞪他的目光在付墨眼里半点儿威胁都无，反而令他生出恨意，便宜了别人，怎么就不便宜他！

他恨恨地道："佳佳，哥哥想这一天想疯了，你就答应了吧。"

这个妹妹他想了好多年，如果不是家里的老婆子压着，几年前他就已经到手了。

今日有酒借胆，又在这无人之地，付墨的胆儿肥得不行，口中哄道："陈子鹤是个没种的！你以后就别嫁了，佳佳，哥哥会疼你的。"

付佳儿意识到他要做什么，浑身颤抖，她拼命挣扎，却完全动弹不得，那露在他手外的一双眼睛像受惊的小鹿一样，闪烁着祈求、不安和抗拒。

远方的明月，前方的屋檐，数不清的黑夜，周围的杂草像有生命一样，覆上来要掩住那双含着泪的眼眸，但是，什么都盖不住，什么都不能，她的手在草丛里摸索到一样东西，想也没想抓起来砸过去。

"咚"，身上的人倒下去。

付佳儿推开他，连滚带爬地往外跑。

漆黑的小巷，看不清的前路，在不知道转了多少个弯之后，她看到了那个"陈"字，扑过去拍门。

小书童听说付家小姐敲门，心里还有点儿虚，见面的事不是没告诉少爷，但是少爷没说去还是不去，这会儿天黑了，他在书房里有人红袖添香。结果这付家小姐寻上门来，这不就是要撕破脸了吗？

小书童不敢跟陈子鹤说，怕被骂没用，不情不愿地往门口去，拉开门来，却吓了一跳。

纵然平日的付家小姐美若天仙，这会儿也失魂落魄地跟个女鬼一样。

小书童忽然就觉得如果帮少爷拒绝了，少爷也不会说什么的，他道："都这么晚了，公子在读书不方便出来。您回去吧。"

付佳儿简直不敢相信自己的耳朵和眼睛，她上前一步，想要问他到底有没有告诉陈子鹤是她来了，却是脚下一软，整个人直接跪倒在了阶梯上。

小书童一看，此刻不躲，更待何时，"啪"一声就把门关了，吩咐门房再怎么敲也别应。

那声音隔着门落在耳中，付佳儿呆若木鸡。夜凉如水，充斥着无法形容的风声，她想站起来，四肢百骸却完全失去了力气。

她这是在做什么？她想，今夜她到底有没有约他去老地方见面呢？还是一切都只是她的一个梦？梦到尽头，能不能回到昨夜？

回不去付家，也到不了陈家。

她还可以去哪里呢？

付佳儿茫然四顾，看到陈家门口那条涓涓河流，在月光下闪烁着水光，无声地召唤着她。

一个声音在这时传入耳中："付小姐，你怎么了！"有一点儿熟悉，有一点儿惊恐，又有一点儿无措。

那个人立在几步之外瞪大了眼睛，看着她。

最意外的人，出现在最意外的地方。

"杨公子。"付佳儿张了张嘴，却一个音也发不出去，唇齿颤抖着，她想她这一刻一定笑得比哭还难看。

付佳儿半边脸肿得老高，嘴角也破了口子，泛着血印。这令小表弟杨千岳着实愣了一下，遇到她三回，有两回都在哭呢。

小表弟好为难："你是怎么了？"

她偏偏摇头不说，泪眼婆娑。

周围都是富贵人家，路上本来人烟稀少，这会儿入夜了，更是一个游魂都不见，只听得高墙后时不时有狗叫唤。小表弟不知所措，来回走了好几圈儿。

付佳儿衣服破了，一直在瑟瑟发抖，他想她是不是很冷呀，她要真冷的话，可怎么办呢……毕竟他也不想借她衣衫而把自己冷着了呀！

杨千岳试探着摸了一下付佳儿的手，竟然还挺热。心里欢喜这下不用脱衣服给她了，但见她哭得如此单薄无助，衣裙也有好些地方破损，小表弟又纠结上了：呜，虽然摸着不冷，但是看起来还是很冷的样子。

他最终还是将外面袍子脱了，披到她身上。

那是件淡蓝色的衣袍，小表弟心里怪舍不得，倒不是稀罕那绸缎料子，而是这衣服是母亲杨夫人今年亲自缝给他的，他一直都特别爱惜，弄脏一点儿也会懊恼半天。

"那个……要不我送你回家吧，"小表弟琢磨着一直待下去也不是办法，见付佳儿看他，他拍胸脯，"没事的，我送你回去，你爹娘要是说你，我帮你跟他们说。"

付佳儿苦涩地想，萍水相逢，谁也帮不了谁，他不可能无缘无故收留她。

除了回去，她还能有什么选择……

她垂头往回走，小表弟心有戚戚焉，小时候他被同窗笑话和欺负，也如此别别扭扭不敢回家，这事他有经验。

老远还没到付家门口，便听见付母心疼着儿子："天杀的，哪个把我儿打成这样，这脑瓜儿都破了，你们都给我小心点儿，把伤口按住了！"

然后，是一个男子"哇哇哇"的呼痛声，混杂着七零八落摔东西撒气的声音和各种的手忙脚乱。

门口站着几个听到声来偷看热闹的邻里，见到她回来，脸上露出惊异的神色，避开她的目光，三步并作两步蹿回了各自家里去。

小表弟感叹："你家还挺热闹。"

他是无心之语，她却觉得无比嘲讽，闭了闭眼睛，继续无力地往前走。

那门近了，那可笑的喧哗近了。

这就是她家，一个离不开又脱不掉的枷锁，一个在她看到希望以后，才知道希望根本不存在，必须跪着也要爬回去的地方。

她推开虚掩的门，一方小天井对面就是厅堂。

兄长坐在上头，边上围着付母和几个丫鬟。

透过人与人的间隙，付墨看到她。"你还知道回来啊！"他一脸鲜血，模样狰狞，捂着伤口就要推开人冲过来，叫嚣着，"你就是嫁人了我也把你拖回来，你就是许了人，我还天天不放过你，你个死丫头！"

付佳儿下意识地捂住耳朵，她想要他闭嘴，她想要自己仍旧相信只要自己许了人家，嫁做人妇，就能令他止步。

但她什么也做不了，只能眼看着他口出秽言。

是她天真，还是她痴傻？

她在这一瞬之间，看清他内心的恶魔，他是如此嚣张地等着、忍着，睁一只眼闭一只眼地放她晚上出去……因为她所憧憬的嫁人，才是他真正的肆无忌惮、无休无止纠缠的开始。

付佳儿如坠冰窟。

被儿子推得一个趔趄的付母却是个机灵的人，瞬间想到难怪儿子怎么问也不说脑袋是怎么破的，再看付佳儿的模样，哪儿还有不知道的。定是儿子耐不住找付佳儿时，被她打的。

付母当机立断用身子把儿子压在身后，指着同进门来的男子，厉色问付佳儿："这是你哪里勾搭来的野汉子？你这副样子是不是这野汉子弄的？"

小表弟一愣："啊？"

付墨别处傻，这里却明白，撸了袖子就帮腔："对啊，你这人谁啊，你把我妹弄成什么样了！你你你——你是不是毁她清白了？！"

那话是问的，语气分明已经认定。这人头破血流，已够可怕，再加上这凶样，小表弟差点儿没原地一跳，解释的话没出口，那头付墨却敏锐捕捉到了那份惊颤。他常在外厮混，最是欺软怕硬，当下将自个儿老母推开，竖拳头冲下来："好你个臭小子，看我不打死你！"

小表弟是个慢半拍的，等缩起肩膀要躲，对方已对准了他心窝，就是一拳。

本以为会传来疼痛，取而代之的却是付墨的闷哼。

暗卫看不下去露面将其踹飞："放肆，杨大人家的公子，也是你们可以动手的？"

小表弟简直吓飞三魂七魄：还好，今天自己问表哥要了个暗卫。

沐斌知道这出闹剧时，别院的行李已大部分装箱，提前往船上去了。

他人到付家，进门只见暗卫一人当关，身后躲着小表弟，小表弟边上是披着表弟衣服、面如死灰的付佳儿，正对面一群凶神恶煞的男女仆从。

仆从中间一个妇人抱着个血人号哭："我的儿啊，谁赔我的儿啊，你们都来评评理，守备家的儿子杀人啦，没了我儿，我要跟你拼命！"

暗卫看到沐斌来了，立马使眼色：没往死里踢。

沐斌不是看不出那装死的人，没伤到根上，进气还比出气多着呢。他径直往里走，站到双方中间。

前头王府侍卫开道，宣："沐王世子到。"

付母觉得救星来了，是哪个开眼的去找了这么个大人物来主持公道。一时间，付母看着沐斌的眼睛简直发着光："世子爷，您要给我们做主啊，这个杭州什么的儿子，把我儿害成了这样，把我一个女儿也糟蹋了！"

沐斌不看她，问小表弟："你？"

那语气、那神情，付母当头霹雳：敢情这两人是认识的。

小表弟都要哭了："我没有，不是我！"

"你做了什么？"

"我就摸了她一下手啊！"

沐斌无语，遇到个不会对词儿的，难怪叫人欺负到头上。

"你听听，就是这个人轻薄了我家闺女，还叫人把我儿子打成这样！大家看啊，这还有没有王法！"付母踩着这句话，就要上来打人。

人没到前头，被沐斌冷看一眼，付母顿觉腿软，整个人扑倒在地，声音一下掉下去，颤抖着收了个尾音："我可怜的儿啊！"

沐斌再不看她，移眸，目光落在一直沉默的付佳儿身上。她宽大衣袍下的身体微微打战，贝齿咬着伤唇，眼泪落满两腮，纵然一身狼狈，也掩不掉那楚楚可怜之气。

沐斌开口："到底怎么回事？"

这句话，问的是付佳儿。

隔着眼泪，他立在她模糊的视线里，那一身逼人气势，令人心生压力。便有人天生如此强势又正气，她知道，这是她唯一可能讨公道的时候，一旦错过，再不会有。

但公道是什么？公道是判了这根独苗，让付家一朝挫败，然后，她与生母颠沛流离，惹人嘲讽？

这些人终究会走，付墨终有出狱的一天，而她再难婚嫁，下半生只能由他左右。

付佳儿捂唇，眼泪不断落，脸已经麻木，泪水滑过脸庞的时候，根本不会留下温度。

小表弟期盼地看着付佳儿，她哭得伤心欲绝，几乎不能成言。

"没关系的，你说出来，我表哥会帮你的！"他给她鼓劲。

然后，等了好半晌，她仍旧一句话都不说。好像这世上，除了哭再也没有其他。

"你们都看到了吧，是这人带着佳佳回来的。我们佳佳回来的时候就成了这模样，他还亲口说他摸了我们佳佳的手，"付母抱着儿子，手指小表弟，对周围人道，"他们现在是要不认账吗？他们是布政使，认识世子，就要欺负我们干净的姑娘，糟蹋了人还不认账了，啊！我可怜的儿啊，我上哪儿说理去啊？"

"不不不，我见到她的时候，她已经这样了！"小表弟摆手，努力解释，可是谁又信他？

毕竟是大人物，邻里虽然不敢附和，却也觉得付母说的就是他们所见的事实。

沐斌始终直视着付佳儿，他目光如箭，她泪如雨下。

终于，他知道她不会开口了。

周围人窸窸窣窣，对小表弟指指点点。

"千岳，"沐斌皱起眉头，他叫小表弟的名字，"如此，只得请你母亲来了。"

小表弟肩膀一塌，他真的没有做错事啊。

他是没做错事，但证据不利于他。沐斌目光轻扫过一脸泪痕的付佳儿，侍卫会意，上前将她左右夹住。

眼看付佳儿要被带走，一直虚闭眼的付墨猛然睁开眼睛："你们这是要做什么？我妹已经被糟蹋了，你们还要对她怎样？"

付母也跳起来，扑过去要扯沐斌。侍卫们上前，将她架开。

"人我会交由县丞暂时看护，"沐斌的声音不容抗拒，"该给的公道，一个不会少。是谁在妖言惑众，是谁被冤枉了，总有清楚的时候。"

阮媛见到沐斌是在第二天一早，本来打算回去上学，人刚到书院门口，却见他从对面走来。

她心里生出种极为不好的预感。

"有件事，我必须来找你，"沐斌开门见山，"跟付佳儿有关。"

县衙离书院不远，县丞本人与阮家也有来往，阮媛虽然没来过几次府衙，对这里却也说不上陌生。

前头衙门进去，后面连着内院居所，是历任县丞居住之地。

沐斌在一道门前停步："这件事，我不适合说，会有专门的人与你讲清楚。"他说完，门里走出来一个老妪，对阮媛微微鞠躬。

阮媛不明白地看了沐斌一眼，跟老妪进屋。

老妪将门关上，也不跟她迂回："阮二小姐，老身是府衙的医婆，昨日负责给付姑娘验身。付姑娘她已非处子之身，表少爷……"

不论是谁问，付佳儿都不肯说出半个字。

阮媛坐在对面，沉默地看着她。

所有的问题，都是再一次的伤害。

她问不出"那人究竟是谁"的话。

如果沐斌那位姓杨的表弟只是路过，那事外之人，本不该被牵扯。

如今，付家咬定了这件事要告到衙门，讨个说法，以付佳儿的沉默，以她一身的伤，以及家里人和周围邻里作证，哪怕是布政使大人的儿子，轻薄民女，也起码判他流放。

"可是，为什么呢？佳儿，我看不懂，你为什么要沉默，杨公子是在陈府门外遇到的你，那你在陈家遇到了什么……"

付佳儿始终在哭，不予回答。

门打开，阮媛脸色发白地走出来，回廊尽头，沐斌沉默着站在那里。寂静的秋日，他像一道剪影，融于白墙黑瓦。

她似没有看见他，直奔陈家。

阮家小姐经常来陈府，门房以为她是寻少奶奶，打开了门来，却见阮媛直冲二少爷的屋子。

门房和下人也听说过阮二小姐心仪二少爷的传闻，心惊肉跳又激动地想：这阮小姐耳目倒是灵通，这就来抓人了。

小书童就坐在陈子鹤院子外，低头打着瞌睡，等发现阮媛冲过去，他已经拦不住了。

阮媛几乎是"咚"的一声，直接踹开了陈子鹤的房门。

她想过很多可能，想过进门的时候他的各种状况，想过陈子鹤和付佳儿之间可能闹出的种种问题，却没想到会是眼前这个场景。

屋里头两人衣衫不整正拥在一起。

那一刻，阮媛的眼睛几乎滋出血来，看着那个姐姐说过的、不知为何被陈夫人留下的瘦马慌张地躲到陈子鹤身后。

她好像明白了，穿透迷雾一样，又好像是一锒头搅散了迷雾，让前景更不可测的同时，直接打在她头上，打得她浑身冰冷。

阮媛上前一步，抬手就是一巴掌。

陈子鹤没有防备，被打得整张脸一歪。他自然觉得屈辱，随即怒目瞪向她。

却发现那个软软糯糯的阮媛，这一刻，比那个手腕强硬的大嫂气势更胜，她眼里迸射出的冷意，直射着他。

陈子鹤心头莫名生出寒战。

"拖出去。"阮媛根本不曾看那个瘦马，但所有人都知道说的是她。

小书童左右为难："二小姐，你毕竟不是陈家的人。"他不敢说，这好歹是夫人默许了进少爷屋子的。

阮媛却只是盯着陈子鹤："拖出去！"

门外，沐斌点了下头，王府侍卫进去，将那瘦马拖走。

小书童左右都拦不住，惊呼："你们是什么人啊？"

"昨日，佳儿来找过你？"阮媛看着陈子鹤，想要从他这里得到答案，然而话还没说完。

陈子鹤气势不如她，但既然点到了付佳儿，他也不肯服输："找我做什么？她有了世子，何必还要我，你怕是不知道她给我的《于湖词》，那世子说是他给心上人的，我父亲抱了个烙铁一样忙不迭求人拿回去。我压根儿就没见她！"

入秋，天开始黑得早了，傍晚的时候，屋子旦不点灯，就有点儿看不清。

小丫鬟推门进去，正要划火点蜡烛，忽然发现对面的阴影中印出个模糊的人影。

"小姐？"

"我头疼，告诉奶奶不去吃饭了。"

昏暗中，响起的声音，嘶哑而艰难，小丫鬟被吓了一跳："别是上回脑袋伤了，留下什么后遗症吧，我给您去叫大夫。"

阮媛笔直地坐在窗前，闻声，她隐约是摆了下手。

太暗了，小丫鬟没看清，却不敢耽误阮媛的身体。以前那回，老夫人的头发一夜花白，自此阮媛几乎甚少生病，但偶尔有个头疼脑热，老夫人都急得不行，真的是放在心尖上疼的孙女。

小丫鬟不敢隐瞒，当晚老夫人让大夫上门来。

阮媛却很神奇，说话声音也正常，也不发热，大夫问她头还疼吗，她摇头。越是奇异，越让人不安。大夫就宽慰老夫人："许是一时吹了秋风，给小姐开两服安神安睡的先试试。"

老夫人谢了，当晚小丫鬟出去大厨房取药。进屋就见老夫人坐在对面座上，神色严肃。

老夫人开门见山地问她："小囡囡最近有什么事？"

"啊，啊，没没没有什么，"小丫鬟哆嗦，"小姐一直就是养身体，今天才去上学。"

"再想！"

小丫鬟战战兢兢，眼睛都不知道该放哪里。只感觉老夫人的目光无时无刻不洞察分毫，如果她不说实话，那眼神很可能分分钟变成刀子砍下来。

"那那那个非要特别的事，前天，我我进屋，看到小姐屋里有个男人，他他他他……"

老夫人手里佛珠猛然拍在桌上。

小丫鬟脱口而出："他抱了小姐！"

呜呜呜，我不是故意要害小姐浸猪笼的，如果小姐浸猪笼我也陪着您。

小丫鬟瑟瑟发抖，又怕自己说错了话害人："老夫人饶命，小姐是真真真心喜欢他。但是小姐当晚就和他说清楚了，小姐说他再也不会来了，一定再也不上我们家来了。老夫人您息怒啊！"

老夫人闻声坐在原地，静了好一会儿，小丫鬟觉着就跟自己犯事儿在衙门里被县老爷审一样，如今到了宣判的时候，是死是活真是不知道。

忽然，厨房的门开了，老妈妈跑进来。那是老夫人怕阮媛身边手边要人，亲自留在阮媛屋里帮把手的。

老妈妈进门就道："小姐烧起来了，烫得不行，得快让大夫来。"

眼下也顾不得去通知管后院的大夫人了，老夫人做主就让她拿了对牌先去叫大夫。

小丫鬟跪在地上，眼前人忙里忙外，紧接着一圈人呼啦啦地往外涌，小丫鬟也不敢怠慢爬起来跟着跑。

老夫人径直进了阮媛房间，摸她额头。烫！最要命的是人不醒。就好像三年前那次从水里捞回来一般，叫人心里没来由地害怕！

"来人，去对面沐王别院，说我请世子过来。"

"是，老夫人。"

人刚要去，又被老夫人叫住："告诉那头，阮媛病了！"

这是离得近，跑出去的人比大夫来得早，却道："那边的人说，世子不来。"

老夫人撑着站起来，差点儿追问一句"他真如此说"，但话到嘴边又咽了回去：是啊，自己的亲孙女亲口说的不行，人家那身份又为何自讨没趣再来纠缠。

老夫人身体克制不住地晃了晃，情伤至深，她最担心的事，真的来了。

小丫鬟却忽然想起什么，上去扶住她："老夫人，老夫人您别急，小姐身上有个哨子，平时都挂在脖颈里，一吹就能让那世子的人过来。"

像抓到救命稻草，老夫人探手在阮媛脖颈里摸到红线，找出了那个哨。

暗九闻声而来，看到屋内烛光通亮，房门大开。

阮媛从未在房中见他，他也不进此门。

阮老夫人立在门里，问："可否通传世子，与老身一见，阮媛病了。"

暗九抱拳："世子爷吩咐过，若非阮小姐亲自召唤，在下不可从命，抱歉！"

他闪身要走，又停下脚步，点了句："老夫人还是先请大夫医治二小姐吧。"

与阮老夫人以为的不同，暗九心惊胆战的是：完了，世子爷把阮姑娘气病了！

杨夫人倒比任何人预想得都快，身为母亲，几乎是听到儿子出事的那一刹那就登船，顺流而下。

沐斌和小表弟在码头等，眼看着杨夫人气势汹汹从船上下来，忽然一扬手。

沐斌本可以躲开，却没有，那一巴掌打在脸上。

小表弟惊呼："母亲，不关表哥的事！"

"姨母打得对，"沐斌声音低沉，"是我没照顾好千岳。"

杨夫人冷看两人一眼："带我去见那户人家！"

付家老爷是个软蛋，凡事还是付母说了算，有了上衙门告状的底气，这家子在杨夫人这等人物面前忽然都昂首挺胸起来。

两家人碰头，杨夫人根本不看他们，目视前方，冷声道："天子犯法都与庶民同罪，我也不会偏帮自己儿子半分，既然你们认为是他犯的事，何必还拖着，立刻到衙门去击鼓鸣冤，让衙门收监我儿，审查，取证，落笔录，依照令法，该怎么判，怎么判！我就当作没生过他！"

小表弟急忙向沐斌使眼色求救：怎么办，娘要当作没生过我！

与小表弟同样急的是付家，要他坐牢做什么？要的是赔偿好不好！

付母作势擦眼角，她哭道："都是做母亲的，你们是一了百了了。我家闺女怎么办？身子也没了，本来要到手的婚事也没了，以后根本不可能嫁人。整半天，她就得个你们坐牢，这事就完了，还讲不讲道理？"

"是吗？"杨夫人冷笑，"你笃定她已失身？也许只是误会呢，路上摔一跤，还能跌破脸扯破衣裳，怎么还没经过衙门开堂过审，这就已经私下定论了？"

付母瞪眼一愣，梗脖子道："就算没破身，那样子了，左邻右舍都看着，名声也臭了，那就是跟破身没区别了！"

沐斌眼里冰凉，与杨夫人略一眼神交会。

杨夫人道："没破身子，那我儿就是被冤枉了，我们可没什么可谈的。"

然而那头是知道事情的底儿的，付母扬起嘴角："冤枉不冤枉，我说了不算，但我肯定上了衙门，您保准后悔。说到底——"她话音一转："吃亏的总是女儿家，所以，我们也不想闹那么难看，想来您也是这样想的，要不何必来谈呢。"

杨夫人声音冰凉："哦，听这意思，你们是想私了了。"

然而，这轮谈判还未谈上一刻钟又再一次破裂。

"十万两，一口气要我们大人五十年的俸禄都不止。简直是纯金打造了个人带回去。就数你沐王府大方，分十年给，呵！一年也是一万两，你不心痛，我都肝疼！"杨夫人一到别院，就气不打一处来，"沐斌，我是给你面子，才不压这件事。"

沐斌颔首："我知道。"

他越如此，杨夫人越不解气："就算这里不是南疆，你也不是压不住这件事，你到底在想什么？"

沐斌垂下眼眸，沉默一瞬，道："姨母奔波一路，先回屋休息吧。"

杨夫人面若冰霜，认真看了他好一会儿，猛然拉起儿子跟着引路的丫鬟往里走。沐斌立在原地，看着小表弟被母亲拖得几次趔趄，因为做错了事，小表弟连话都不敢说。

一直到完全看不见他们，他才转身往沐王妃屋里去。

沐王妃的东西是最后打包的，她要求多，这也要用，那也要用，若先收拾了她的，回头得闹好几次，还得再把装好的箱子翻出来，折腾好几回。侍女们早就有了经验，练就一身最后一刻打包装箱的本事。

这会儿，侍女们往来在屋里清点要装箱的东西。

沐王妃坐在妆镜前，百无聊赖地等指甲上刚上的丹蔻变干。一见沐斌进来，她张着十指，小声儿问儿子："二姐没问起我，对不对？"

沐斌摇头。

沐王妃松了口气："给她点儿烦心事也好，这样就没空啰嗦我了。"那语气、那模样，真真没心没肺到了极点。幸好杨夫人是没见到。

沐斌一声不响地走到她身边，身后十个暗卫跟进来。

这架势，不是上回沐斌不在时，留她身边的那十个崽吗？沐王妃眨眨眼，奇怪地看着儿子："不是后天才走吗？"

"我是后天走，"沐斌回看她，"您现在就走。"

沐王妃坐在原处。

有一瞬，他看到母妃的眼里有不同往日的慵懒和不羁，像每一次父王上沙场之前，他要走，她便道"好"时的神情。

而如今，儿子长大了，也到了有诸多不可过问的秘密，也到了彼此要目视对方先走的时刻。

然后，沐王妃笑了笑："我在京城等你。"

我在京城等你，所以，你要珍重。

沐王妃起身，丹蔻十指优雅地拂过裙摆，满堂的珠宝首饰，荣华富贵，她穿过其中，头也不回，目不斜视。

轻身而去，才不会成为任何一个人的拖累。

暗卫十六人，自此余六人，其中暗九尚在阮媛身边。

暗十走到沐斌身边："阮家准备好了。"

这些时日，上虞炸出了个大消息——沐王世子查出阮家运了禁运的东西，阮家被朝廷禁止碰水道事务，罚重资，阮家大爷更被禁足，不可出阮家大门。

整条越地水道，一时之间，群龙无首，也没了以往的有条不紊。有的船队不得不重金请了保镖上船，有的因无人安排各渡口进出，出现了渡口没处停船，或者有的渡口空出大半停泊位的事。

自此，完全拉开了皇太孙着沐斌彻查水道的正戏，再往后，沐王世子往上游去，所经之处是怎么样的场景和反应？而处于混乱期的越地水境，又是否会是某些人最好的下手时机？

沐斌环视留在身边的五个人："都下去准备吧。"

杨夫人不欲在上虞多留，这地方太让人觉得晦气，她第二日一早就带儿子坐船回应天府。

当晚没见到沐王妃，她也没心情追究，反正这个小妹自从坐上了王妃的位子就越发嚣张，不按常理出牌。

两人要是见面，没准沐王妃还会拿盘瓜子，一边嗑，一边请她谈谈儿子吃暗亏的感受。

杨夫人真是怄死了。

沐斌来找她的时候，杨夫人也没给他好脸色："人我都要了，你还有什么要谈的？"

"我并非来谈千岳的事，"沐斌开门见山，"姨母比我先到杭州府，见到杨大人的时候，请替我转达——"

他抬手，拿出一份明黄信笺："这份是皇太孙密令。"

杨夫人瞪大了眼睛。

沐斌凝视着她，一脸严肃，又眼带一点儿暖意："您比我母妃靠得住，若我没有活着回到应天府，请您……"

秋日的午后，太阳暖洋洋的，风不大，可以略微开些窗户给房间通风。

小丫鬟坐在半开的窗户边，手里拿了双鞋底纳着，时不时停下来揉一揉僵硬的手指。她力气小，鞋底又韧，需要扎很久才能扎一针。

每走几针，她都要生气地看看不远处的老妈妈。

老妈妈背对着，坐在阮媛的床前。自打小姐生病，可能是老夫人不放心她了，留了这个老妈妈近身照顾小姐。要抢她工作就抢嘛，还怕她偷懒，要她在这里纳鞋底。

她最讨厌纳鞋底了！小丫鬟一面不乐意地想着，一面眼睛往窗外偷瞄，反正望一会儿，老妈妈也发现不了。

这一看，小丫鬟差点儿没扎自己一针，院子的墙根下站着个男人，不就是那日去厨房让她准备东西给小姐煮粥的世子的人吗？

暗九冲小丫鬟招手。

小丫鬟心里发虚，悄没声下凳子，穿了鞋往门口走。老妈妈年纪大了，耳朵有点儿背。小丫鬟的手摸到门，悬到高处的心窃喜地颤了下，这就要打开门。

"上哪儿去？"老妈妈忽然问。

小丫鬟差点儿没吓尿，拧着大腿回头："我我我，去小解。"

"快去快回。"

"知道知道。"

小丫鬟踮着脚跑过去，小偷接头一样，问暗九："什么事呀？我们小姐身边现在有老夫人的人在呢。"

暗九："那你支走她。"

难道世子要来吗？小丫鬟眼珠转了一圈，哭："我不敢啊。"

暗九从背后拿出根糖葫芦。

小丫鬟觉得这场景跳跃得有点儿快："作甚给我糖葫芦？"

暗九："壮胆。"

小丫鬟："……"

见她不接，暗九固执地举着糖葫芦。

"这样不行的，"小丫鬟看看糖葫芦，一脸纠结，"起码两根。"

"今天不行。"

小丫鬟噘嘴。

暗九忙补充："回头肯定补。"

"那你说话算数！"

"算数！"

不一会儿，小丫鬟急匆匆冲进房间："妈妈妈妈，厨房里有老鼠。"

"有老鼠你就抓。"老妈妈瞪她，轻手轻脚给阮媛整着已经很平很平的被角。

"可是那老鼠好像在小姐的药上爬过，我不知道它往里头拉屎了没有！"

"没用的东西！"

老妈妈骂骂咧咧往厨房走，小丫鬟屁颠屁颠跟在后面，跟她形容那老鼠有多可怕。

两人消失在月洞门外，还隐约有那老妈妈的声音传来："你老舔嘴巴做什么？偷吃了什么？"

"没有没有，秋天了，我嘴唇干而已，嘿嘿嘿……"

推开房门，掀开床帐，她睡着的模样映入眼帘。

沐斌伸手，摸了摸那额头，还是很烫。

他无奈地凑过去，在她耳边耳语："小丫头，你怎么又在为难自己？"

"对，那本《于湖词》是我送给你的第一样东西，你交给别人，要说不吃醋，那肯定是说谎。但是，后来我想，我送给你的第一样东西，不是我的心吗？而我的心，你永远不能送给别人。"

"所以，我不是赌气要回《于湖词》，我是故意要回来的。阮媛，我比你了解男人。我不想将来她们不幸福，你又把责任揽在自己身上，郁郁寡欢。我宁愿现在是我做恶人，也没准儿是我自负，他们情比金坚，毫无间隙，坚持要走到一起呢。"

"是我促成了他们今日的状况，你要气就气我好了。可你这个傻丫头，从来都不会怪别人，只把责任压在自己身上。因果前推，你是不是又觉得是你把我和《于湖词》带入这件事，是你令我收回《于湖词》，那个拆散他们、令他们成如今情况的罪魁祸首是你？"

阮媛静静闭着眼睛。

"傻丫头，因因果果，是是非非，我们每个个体都在这个相互牵扯影响的网里，故意或无意地改变着别人的境遇，也被别人改变着、影响着。你却不能否认，每个人踏出去的每一步，真真切切都是自己的选择，其他人帮不上忙，也负不了责。"

"别为难自己了，好不好？"他含笑轻触她的脸庞，"你看，我就要走了，想你能去送一送我，现在却只能我来与你道别。那个你要的承诺，我带来了，你要好好收着。"

他将那只小巧的机关盒放在床侧，将她的手拿起来，覆在上面："观音会那天我去见了你奶奶，那天我连八字都准备好了，想向你奶奶求娶你。可是，你看，我最后还是对你说出了这句话——沐王世子不会娶你，你听见了吗？我答应你的事，没有食言。"

他的手按在她手上良久良久，轻轻地笑起来："最近喝了很多药，苦不苦？我们吃一颗糖好不好？"

床头放着糖盒子，他抬手在里面选择："梅子糖，是不是有酸味？姜糖，也会辣吧？饴糖，你喜欢吗？"

他拿起一颗饴糖放进她的嘴里，俯下身亲了亲他的女孩："傻丫头，醒过来以后，只许记得甜味，不许哭。"

十五

一船精铁块

老妈妈揪着小丫鬟从厨房出来："老鼠呢？啊，我陪你折腾了半天，厨房里什么也没找到。"

"哎哎哎，疼啊，不要揪我耳朵，老鼠跑得快，我怎么会知道，妈妈你也看到了药都洒了。"

"少跟我犟嘴，手脚不麻利，身上还有根懒筋，每日想方设法地偷懒。"

两人骂骂咧咧、吵吵闹闹往阮媛房间去，路上遇到来看孙女的阮老夫人。老夫人的面色当时就不大好看："怎么一个个都不在小囡囡跟前？"

老妈妈脸色发白，她是老夫人千叮咛万嘱咐不可离阮媛身的人。两个人紧抿嘴巴跟在老夫人身后。

进门，左转，跨入里屋，却是眼前一怔。

阮媛怔怔地坐在床上，手里按着一只盒子。

这过去了多少天了，竟然醒了，老夫人惊喜地唤了声："小囡囡！"坐到孙女身边，握住阮媛的手，视线下落，老夫人看到那个机关盒，再看阮媛脖颈，那根拴着哨子的红绳也已不见。

老夫人明白过来："他来过了？"

阮媛点点头，又摇摇头。

他来过，可她没有见到他。

她一言不发，眼里的神情，让老夫人已看淡情爱的心止不住疼了起来。

偏偏小丫鬟心直口快，踮脚望见那机关盒上的锁："这盒子要密码，小姐你知道密码吗？"

锁上的码盘，九字宫格，每一格上是一个字，乍一看毫无关联。

她向他要的不娶的承诺，他说过一定会给。

他说过：人的心，从身体里取出来的时候，约是五两四钱重。

她不是不知道密码的答案，可是——

打开这个盒子，就像打开了心。

所以，你还要不要打开我的心，取走那份承诺呢？那与剖胸取心又有什么分别？

耳听老夫人劝慰："没关系，不知道的话，我们可以叫个开锁匠来。"

阮媛摇头，双手紧紧地按在盒上："我不想开！"

"好，不想开，我们就不打开，"老夫人轻抚孙女的脸庞，良久，她下定决心道，"小囡囡，你长大了，等这次身子养好，就别老陪着我这个老婆子了，到京城去，看看探花吧。"

杨夫人可不乐意带付佳儿同船，母子离开了好几日，付佳儿才由县丞安排了登船北上。

对她怎么傍上的杨家，县丞也有耳闻，深深觉得她是有本事的。那可是浙江布政使的公子，杨大人家人口简单，夫妻俩各自的嫡亲兄弟姐妹，哪一个单拉出来都在大明叫得出名头来。

这姑娘啊，虽然一时风评不好，可真的是下手快、狠、准！

县丞不敢怠慢，好汤好水地让付佳儿养了几天，等面上的伤完全看不出了，再给她安排了条船送往应天府。如今水道属于敏感期，还怕她路上不安全，让自己夫人安排了几个力气大的婆子跟上船，务必把人安全送到。

出发这日，阮媛上船送她。

原本神色还好的付佳儿，见到阮媛，便是脸色再好也难看起来。

"听说你病了，怎么还想到要过来？"付佳儿咬唇，"是来看我笑话吗？为什么不能让我悄悄走。"

阮媛进来没坐，立在桌边，静静地看着这位昔日好友。

付佳儿也不请她坐："你别来问我为什么，陈夫人也看不起我，杨夫人也看不起我，都是一样看不起我，我为什么不能选身份更高的那一个？"

"而且，明明是你给我的《于湖词》，"听不到对面人开口，付佳儿情绪上来，她已经努力克制，眼睛仍然发红，"你喜欢他，你又和世子交好，是你设计害我！"

付佳儿越说心里越寒，住在县衙里听到的那些闲言碎语，再加上这件事的前前后后，她面上没有表现，其实心里早不知想了多少次、多透彻。

嘴一张开，就没有了收住的可能，她还有更恶毒的话就要吐出来，却又愣住。

阮媛将一块手帕放在付佳儿手边："这是那一年你落在我哥哥院子里的手帕。彼此你我年少，私交甚好，便时常邀来家里玩。"

"一日，哥哥却说：'阮媛，你这个朋友如果问起这块手帕，你就说我丢掉了。'"

"我问哥哥为什么。"阮媛看着付佳儿，神色似回往昔，语气柔软。

"哥哥说：'你如若说，找到了，她会用感激之名来找我；你若说没找到，她会用寻找之意来找我。所以，告诉她我看到了，我觉得不是自己妹妹的，又不知道是谁的，就丢了。'"

"那是他当时说的？"

付佳儿想笑，偏偏有什么从眼眶里不受控制地落下来，滚烫地滑过脸颊，落在那块手帕上，有什么控制不住的东西从心底里泛滥出来。

她捂着嘴，不让自己哭出来，眼泪却如断了线的珠子一样往下落。

所以，阮琼轩一早看清了她的路数。

所以，他坐怀不乱。

所以，全上虞只出了一个探花郎！

但她有什么错？她就是想离开那个糟糕的家，哪怕是在杨家无名无分，前路不知所终，她也一样点了头！

阮媛偏头看她："你一直没和我再提过我哥哥，我以为哥哥的举动伤害了你。可后来，你和丹……"

她一顿，时至今日，已经连丹哥这两个字都不想吐出口。

阮媛却不想叹息，原想说："你和丹哥在一起，我十二万分欢喜，希望你们终成眷属。我并不喜欢他，我永远不会喜欢他。"又觉得这一切到此时此刻，已经毫无意义。

手从手帕上移开，那个手帕内藏了一些银票，等她走了，付佳儿自然会看见。出门在外，除了银钱傍身，其他都是空幻。

阮媛道："等到杭州府，一切珍重。"

如此再无他话，转身踏出船舱。

杨家给了钱，还要带走人，付墨是不乐意的，但是今日拿到第一笔一万两的银子，他又觉得少个妹子算什么，反正都是他玩剩下的，老子有了钱，再玩多少个干净的都可以。

他叫上一众狐朋狗友，好好地下窑子乐和了一把。一顿好酒，吃得口无遮拦，他跟人吹嘘："你们都不知道，我最近才得了个好的。她比这里这些窑姐好多了，我跟你们说，今天是哥哥我最后一次来这下三滥的地方，以后我就专找富家小姐，娶她十个八个回去，专门伺候我一人！"

同桌的起哄："你家才出了个未来的官家夫人，你就尝好的了啊，来说说那好的是谁。"

付墨得意忘形："说出来，你们不信，那杨家小子吃的是我的剩货，那你们说这好的是谁！"

一众人都是最下流的坏子，只觉得这禁忌之物听起来真是够味够香艳，当下抚掌的抚掌，竖拇指的竖拇指："墨兄你厉害，连自己妹妹都能下手，我们可真是这辈子都不知道那是什么滋味了！"

"嗝！"付墨打了个饱嗝，"她又不是我娘肚子里爬出来的，她那个贱货娘也不知道进门时跟没跟过别的男人，生出来的是不是我爹的种。我这就叫'肥水不流外人田'！"

他边说，边拍胸脯，里面满满的银票："你们不知道，她还有个好朋友，以前不扎眼。今天我送我妹上船，远远看了她一眼，我去，那模样变得，巴掌大的小脸，小腰，还有那个白啊，我就想她一定跟牛乳一样，滋味好得不行。"

"你妹子的朋友？你妹子有个交好的不是阮家人吗？你还敢想阮家的人啊？"

"有什么不敢想的，他们阮家最近不是不行了吗。我有钱，等我当上这上虞城首富。你们看着，看我怎么占有他们这个白花花的女儿！我就喜欢跟这种正儿八经的姑娘干起劲的事，我还要她天天在我跟前伺候我。"付墨说罢哈哈大笑。

"哎哟，还玩花样儿呢，回头一定要来跟哥几个说说是什么滋味！"

付墨得意得很，一通酒饱，摇摇晃晃往家走。

黑灯瞎火的巷子里，他路过那户没了人的破宅，想起自己在里头的香艳事，笑嘻嘻扑门进去，指着那丛压塌压扁的墙下草丛，大笑："这里真是我的福地啊，我要把这里买下来，专门用来养女……"

"人"字还没出口，人倒在了地上。

一个黑影从后面走上来，月光下，有刀子的寒光一闪，如流星般滑过。

付墨被命根处的剧痛疼醒过来，还没叫出声，黑影对着他脑门就是一记重拳，眼里寒芒闪过：本来只取下面，现在帮你把上面这根不干净的东西也摘了，叫你再也不能提她！

次日一早，付墨被发现在隔壁荒废屋中，被割去了命根和舌头，奄奄一息。人们七手八脚把付墨抬回家去，人群后有人一言不发地回头，一眨眼消失了。

如果阮媛在这里，会惊讶暗九怎么没跟沐斌走。

暗九翻上阮府墙头，远远看着那走出房门的人影。

世子爷怎么放心，她身边一个人没有了呢。

正好！

杨夫人领走人容易，沐王府的钱可不好拿，一年一万两，拿一样自个儿身上的东西换。

以后，他会每年都记得去取。

"越地的冬装到北边也不顶用，不带算了，正好少几个箱子。等到京城，就让成衣铺子选送几身现成的皮袄和棉裙来，箱子里有了保底的，再找师傅来给你做，也不怕工期长要等了。"

早饭后，上了茶点，阮老夫人细细地和阮媛说北上的事："我已经写信给你三婶，她心里有数的，院子就安排在探花的院子隔壁，给你一个小厨房，你想折腾什么都可以。"

入秋了，茶水易凉，阮媛捧着茶盏，道："水道的禁还没解，我想等这件事之后再走。"

"傻囡囡，再后面天寒地冻的，你想走，我也要等你挨过冬天再动身了。这不是想着探花今年也未必有办法回来过年，让你去陪陪他。"

"路上你不用担心。虽说家里如今没船，大部分银钱也冻住了，只能让你姐夫那条船的事压到明年再看，但让你出趟子门的钱还是宽裕的。再加上，阎家这几日还在上虞，把你托给他们，我也放心。"

老夫人说到这里，饮了口茶，喝到了几根茶叶，她细细地嚼了嚼，吐在丫鬟捧来的痰盂中，然后按了嘴角，道："原就想安排你了解水务，正好借这个机会走个来回，看看从越地到京城的沿河风貌。奶奶不是古板的人，并不觉得应该把女孩子关在院子里。你出去见一见不一样的人和事，眼界和心境都会不一样。等将来再回上虞，许多事也许有了不一样的答案和决定，到时你再来与奶奶说。"

她轻按了下阮媛的手："就这样说定了，后天走。"

一锤定音。

阮媛和小丫鬟回屋收拾细软，京城的冬天来得早，听说一个月后就会落雪，从没有经历过那样冬天的小丫鬟心里雀跃又彷徨："不知道玩了雪会不会生冻疮呢。"

"那就多带些冻疮药嘛。"阮媛塞给她几个药瓶子，里头都是常用的一些治头疼脑热的药丸。

小丫鬟转手放进脚边的箱子里，又好奇："咱们家现在真的不能在水道行船了？出门还要借阎家的船？"

阮嫒点头。

"哎——那阎家才多大的家业，也到了咱们仰仗他们的时候了，"小丫鬟长叹一口气，倒有几分忧国忧民的意味来，"没了水道，大老爷也不让出门，往后家里怎么营生？"

阮嫒回身点她脑袋："反正少不了你的月例。"

"小姐！我觉得……别是那个世子爷报复咱们的吧！"

"怎么可能？"

"那是要逼着老夫人把您嫁过去？"

阮嫒心里一颤，面上不动："还瞎说，再不闭嘴，不带你了。"她作势生气，这才把小丫鬟吓住。

再回眸，那个机关盒静躺在抽屉的深处，阮嫒手一顿，终究合上了抽屉，她埋头整理下一个格子。

登船那日，阮家的人帮忙把箱子运到船上，到了京城，阮三夫人会再安排人来接，因此只有阮嫒和小丫鬟两人上路。

老夫人亲自送的人，阎五下船来与老夫人打过招呼，引阮嫒上船。

阮嫒问："怎么不见阎世伯？"

阎五道："我爹先回去了。"

小丫鬟在阮嫒后头嘀咕："乖乖，老夫人胆子可真大，放你们两个人一起走。"

她自以为声音小了，可这音量落在阎五耳里，一定清楚得很。

阮嫒恨不能堵住她的嘴，暗地里拍了小丫鬟一下："你不是人啊？这满船的船员都不是人啊？"

小丫鬟瘪嘴，心想：我说的人，怎么会跟你说的人一样。

不过她不敢说。

阎五抿了嘴，当没觉察，带她们认了房间，介绍了船前、船后分别是什么，又说了注意事项，最后道："我平常都在船上走动，这船小，世妹有什么事，大声点儿喊我就是。"

阮嫒谢了他："我一定不会与世兄客气的。"

等船开起来，小丫鬟惊喜地发现，船后头还下了网子，问："这是做什么用的呀？"

旁边船员跟她解释："到准备饭的时候收上来，网到什么就烧什么。"

小丫鬟眼睛亮得不行，问了收网的时间，要他们务必等她来了再收网，她长这么大还没体会过水上的生活呢！她欢欢喜喜跑去敲阮媛门："小姐，小姐，我们以后每顿饭都有鱼虾吃呢。"

话音刚落，身后传来阎五的笑声："看来世妹这丫鬟很是喜欢吃鱼虾呀。"

阮媛扶额："让你笑话了，她就是个小疯子。"

阎五笑了笑，立在门口，没有进屋，就这样与阮媛说着话。

小丫鬟的眼睛在两人之间一来一回，然后忽然双手抱在胸前，决定不走了。

阎五公子虽好，但还是世子爷看起来跟我们小姐更般配。再说，世子那边的人还欠她糖葫芦呢，她要不看牢一点儿，回头不是亏本了吗？

这丫头怪不讲道理的，完全忘记了自己接下去一段时间都得吃阎五这头儿捕上来的鱼。

阎家人在水上的营生跟寻常船家不一样，南、北水道上都很吃得开，他们水里功夫又了得，在道上有"水鬼"之称。因此，这一路倒也平稳，很快过了越地，到了与吴地交界的太湖水域。

阮媛以为会直接北上，船头却掉转，往太湖一端行去，然后停泊在水面上方，放下船锚。

这时，日头悬在头顶上方，正是正午时候，当时阎五也在甲板上。

阮媛好奇地问他："今晚是要在太湖过夜？"

"我想你如果知道了，却不曾来看一看，一定会惋惜，"阎五手指下方水面，"这里就是你姐夫沉船的地方，那艘船在下面。"

阮媛微微一怔，目光顺他所指的方向，落在下方的湖水波涛之中，灰蓝色的湖水可见度太低，只能瞧见湖面上飘过的几绺水草。

他注视着她，阮家虽封锁了当初自家小女儿也在船上的消息，他却参与了当年四处寻找她和打捞她姐夫尸体的整个过程，了解些真相。

再如今，阮家的情况，恐怕也难说明年会有财力打捞这艘船。

他也说不出来她可能还需要等下去的话。

阎五想到这里，道："我下去，帮你捞样东西上来吧。"

阮媛反应了一下，才明白他的意思，正想说不必如此。

阎五已经撩衣跨上船栏，如只灵敏的鱼鹰般一跃而下，扎入水中。

他人到了水里就如同一粒石子沉入大海，阮媛眼睛四处看，只看见水面波涛依旧，却不见阎五任何踪迹。

旁边船员路过，见状笑了："小姐不必着急，五爷就是这样，去两三盏茶时间都不定上来。"

他们是习以为常，阮媛却不能不紧张。那些她听家里人提起的水里出的事，十之八九在一开始都以为万无一失。她并不是不信他，可就算是水里功夫了得，也一样丢过人命。

一刻不见人回来，便一刻不能安心。

忽然，水面翻出一个水花。阎五探出头来，阮媛立刻往他的方向转过去，目光追随着他。

阎五一眨眼游到船边，顺着船员放下去的软梯上来，轻巧落在她身边，顺手接过旁边人甩过来的布，他兜头盖在头上，从怀里掏出一个东西递过来："给你。"

"多谢。"阮媛双手接过来，不大的一个砖块样的东西，入手却很沉，触感冰凉，还有凹凸不平的锈迹，手一摸沾了一手的红棕颜色。

"这是什么？"

"像铁块，下面船里面摸到好多，可能是当时船里装的东西吧。"

水顺着衣服滴滴答答地流下来，在甲板上形成一圈水印，阎五的眼睛明亮至极。

阮媛忙道："世兄快去换衣服，别着凉了。"

他笑笑："好。"也不矫情，转身去了房间。

阮媛仔细翻看手里这样东西，有一道边腐蚀得没有其他地方厉害，露出银色的内里，在阳光下，兵器般闪着寒芒。

精铁？她疑惑，姐夫的船上怎么会有精铁？

入夜，湖里的风浪极大，船摇来晃去。歇了工的船员们在下舱休息消遣，时不时有赌钱的喝彩声传来，和着湖水的声音，让这个寂静的世界多了一丝人气。

她人在船栏边，目光落在水面上。有很多疑问浮上心头，好像滔滔湖水，看不到尽头。

为什么她明明叮嘱工人不可以锁箱子，她却出不去？为什么姐夫能在最后关头，准确地找到她，那时候她已经发不出很响的声音？她努力回忆那一路离开船舱的画面，周围那些鲜血和尸体，但是怎么也看不清细节，到底血从哪里来？那些人的伤口在哪里？

她想不明白，带银器去北平的姐夫船上，为什么会有精铁？

精铁，这次阮家被查出来的禁运之物偏偏又是精铁。

那次的事故，难道不是天灾而是人为吗？

她看着水面，很想要透过水看到下面的那艘船，穿越过时间，问一声到底是怎么回事。

一失神，袖里露出一截的手帕被风卷住，飞了出去，阮媛本能地探手去抓。

身后一阵风，一只手先一步把手帕抓了回来。

"暗九？"阮媛绝想不到会在这里看到他。

暗九一声不吭地把手帕还给她，他话不多，看她的神情却像在说：太危险了，下次别捡。

阮媛沉默了一下，其实她也没想要勉强，若是抓不到，也就放弃了，但被他这么一看，真有种做错事的意味。

若不是见她可能遇到危险，估计他还藏着掖着不出来。

阮媛眨了下眼睛，她这表情一出，暗九心里警铃大作，直觉觉得她不会说出什么好话来，人一闪身，就要消失在甲板上。

下一刻，却听见一个声音："什么人？！"

月光下，阎五立在甲板另一头，目光锐利地看着暗九。

阮媛怕他误会，忙解释："他是我……"

"别别别，误会！"小丫鬟从船舱里扑出来，一把抱住暗九："是我！是我藏的男人！我们小姐是给我打掩护的！阎公子帮个忙，不要告诉阮家！要不然老夫人一定把我打一顿赶出去！"

她一面说，一面对阮媛使眼色："小姐，你快说啊，是不是？是不是？"

阮媛："……"

暗九："……"

阎五："……"

空气一时凝结，仿佛能听见针落地的声音，一直到那只闪电般从水里飞伸出来的铁爪即将落在阮媛肩头，欲将她拉入水去，暗九先一步打飞，所有人才发现情况不对。

小丫鬟吓坏了，从没有见过这么多黑衣人从水里冒出来，往船上爬。

"小姐，这些是什么人呀？"

阮媛也没见过这场面，这是阎家的船，阎家做的买卖在水道上都是合作，很少树敌。而且这些人还带着兵器，下刀狠毒，那嗜血的模样，一点儿不像普通水上人家。

暗九把两个姑娘护在身后，对方显然预料到了阎家的实力，但没有想到暗九的存在。一时之间，他以一当十，还有些余力。但越是这样，后面上船来的人都越往暗九处围来，混乱之间，阎五也被几人纠缠脱不开身。

猛然，那只铁爪又朝她们飞来，眼见要到阮媛跟前，暗九长臂一抓，抓住铁链，同时整个人绕上铁链，往铁爪出现的方向狠一用力，被他生生从水里拉出一个人来，就地一滚，竟不是要向暗九扑去，而是又冲两个姑娘这边来。

阮媛突然意识到什么，一推小丫鬟："进屋！"

"啊？"

"把女装换掉！"

阮媛拽了小丫鬟回船舱将房门一关，只听到外面"叮叮咚咚"的兵器交鸣声。她灯都不敢点，出门在外，其实一早有多一层准备，备了一套男装在外衣里面。

阮媛是一套灰色书生袍，这颜色在白天、夜里都不扎眼，她把头发挽成髻，竖起领子尽量遮住自己白皙的脖颈，又从妆台上拿出一盒东西，往小丫鬟和自己脸上摸，那是一种黄色的药膏，能令肤色显暗，遮盖些许女儿家的颜色。

"啊"的一声，有人摔在门上，扫把一样的血喷射出来印在门纸上，也不知是死是活。

小丫鬟吓得药膏都丢了："小姐，小姐怎么办？"

阮媛把她推进箱子和衣柜的夹角里："如果他们劫财，你就把银两都给他们。"

"那那，如果是劫色的呢？"

阮媛摸摸她的头："不会的。"

他们的目标是她。

阮媛试着推门，门外倒着人，根本动弹不得。她爬窗户出去，往船尾跑，如果没记错那边悬着一条小船。阮家虽然被朝廷下了禁令，但阮家太湖的渡口还在，里面还有大伯父的人。如果她能往南边划，还有机会跑回阮家的势力范围。

但是没出几步，阮媛的脚步却停了下来。

夜色中，有几条锁链钩住了阎家这条船，锁链的另一边是一条比阎家这条船大出数倍的船，它鼓满风帆，开足马力，正把阎家的船拉走。

心还没来得及悬起来，后背就抵上了一个尖锐的东西。

"阮小姐，跟我走吧。"有人在身后说，声音阴冷得好像地狱里爬出来的蛇。

"你们是什么人？"

"放心，不会伤害你，就是请阮小姐引个路而已！"

"跟你走可以，阎家跟这件事没关系，让你的人停手。"

她听见他嗤笑了一声。

阮媛心头骤然一缩，大船正拖着阎家这条船往越地去，那个她以为会安全的地方，实际上却是对方想方设法要去的地方，一个出了事的水道当然比平平静静的水道好谈。

她心里已经有了八分把握："你们是吴地洪家。"

"杭州府到太湖在老夫人手下二十年了，也是时候让我们讨回来了，阮小姐。"他没有否认，将手按在她肩上。

暗九已从前方厮杀而来。

她能感觉到身后这人的目光也落在暗九身上。"老夫人果然很看重小姐呢，花了重金聘这样的保镖过来。"

暗九已到眼前，抓向那人抓阮媛的手。猛然间，他的动作顿住，阮媛感觉到一阵刺痛，身后人已将刀压到她脖颈上，冷声命令。

"让路！"

旁边船舱里传来小丫鬟的叫声："小姐！"

阮媛低语："去救她。"

暗九皱眉。

阮媛直视着他："暗九，去救她！"

眼前暗九隐忍而倒退着离开，身后人轻笑："阮小姐果然很懂得合……"

"作"字尚未出口，阮媛一个旋身，正视他。

她终于看清楚了这个人的样貌，他也看清楚了她手里抵着自己的匕首。

"一个死人是不能用来讨价还价的！"阮媛将匕首往自己脖颈刺入些许，他看到那灰色的衣襟上迅速漫出红色，"放阎家的人走，否则你就只能带着我的尸体去跟阮家谈。到时候，你以为阮家还会答应吗？"

那人眼眸里一闪而过狠厉，但是他没有硬来的资本。

阮媛看到他的手抬起来，准备下令："停——"

手闪电一般落在她手上，猛然一扯将她连人带匕首扯进怀里，手起刀飞。

天空中飞过一道漂亮的金色弧线，然后是"叮"的一声，匕首落在远处的甲板上。

阮媛只觉得呼吸一紧，心道一声完了。身上无尽的疼痛传来，而他的声音也近乎无情："那你觉得让阮家拿这段水道做你嫁来洪家的嫁妆，如何？"

他掐着她的脖子，掐得里面的伤口鲜血直冒。

"你不挑时候，我也不挑地方，就在这里……"

阮媛睁大了眼睛瞪着他，以及他脑后一道黑色的长影迅速落下。

那是阎家船的旗杆，不知被谁弄断，正往这里落下来，带着足以砸碎人天灵盖的力量。电光石火之间，阮媛停止了挣扎，闭上眼睛，等待着死神的降临。

至少，在最后一刻，她还拉了个人陪葬，不是吗？

阮媛反手握住他的手，然后几乎同一时刻，两人之间寒芒剑影一闪，阮媛只觉得掐着她的力道卸去了，她握住了一手的血，紧接着被一股力量揽过去，有人护着她往侧里滚去。

"轰隆"一声，旗杆倒下来，整艘船跟着一震。

她在嗡嗡的轰鸣中，听见他说："别怕，阮媛。"

是沐斌。

一直到听见他的声音，阮媛才觉得后怕，才觉察心里满满装着情绪，那些委屈的、难受的，不论是姐夫的事，还是刚才的遭遇，纷纷扰扰像一团糨糊一样满满当当地堵在心里，烫着眼睛，她往旗杆倒下的方向看去，然后被拢住眼眸。

"不要看，已经过去了。"他说。

感觉到掌心里那双眼睛眨了眨，睫羽扫过掌心，她轻轻点头。

"跟我走。"沐斌拉阮媛起来。

沐王府的实力自然非同一般，局面转瞬扭转，已经有船员空出手来找寻同伴，抢救伤员。王府的人多是策马到岸边再游水过来的，没有带船只，阎家的船又损失了旗杆和船帆，此时有人跑向船尾，准备放下小船，安排伤员先走。

前方，小丫鬟腿被砸到了，被暗九救出来之后就一直抱着他的胳膊不肯放手。

"痛！"

"放手。"

"欠债还钱，你还欠……呜，好痛好痛好痛！"

所有她在乎的人都还在，阮媛的心这才安稳，她问沐斌："你怎么会过来？"

他当然不会说，他好不容易才进直隶省，听到吴地船帮要挟持她和阮家重新谈划分水道，又折返回来。

沐斌拉阮媛往船尾走。

不等她回神，脚下忽然一空。甲板的木板松动，被这一脚踩出了个窟窿，要不是沐斌拉得及时，没准儿不是只有整条腿踩进去。阮媛跌坐在地上，笑得有点儿无奈："看来我今日真的很不走运。"

"大概是离我太远导致的，"沐斌说着，弯身拉她，"以后不会了。"

那后半句话，羽毛一样划过耳畔，阮媛转开视线："没事，我可以自己起来。"她手撑地，站起来的动作却没能完成，脚被卡住了。

"有卡伤吗？"

"没觉得疼，就是拿不出来，不知道是踩进哪儿了。"

沐斌蹲身观察，那窟窿太小，卡在阮媛腿周围，甚至不足够他将手探下去。

这时，船上却骚乱起来，只见洪家那艘大船往这边直冲过来，那艘船上的人原本已被暗十带人控制，突生这种情况是因为风向转变，吹鼓了风帆，催船逆向，本来是拽着阎家的船走，这会儿却反而冲着阎家的船直冲而来。

不及皱眉，沐斌拔剑刺向甲板，本来就恐伤她，没刺得太深。剑入木板，他就知道不对劲，宝剑平日削铁如泥，但常年遇水的木头却像海绵，硬软相遇，竟只削开木板一个小口。

沐斌心头一沉。

周围都是阎家的船员，个个会水，也有经验，这时候他们表现得有条不紊，有的去起船锚，有的转舵，试图将船转向避开撞击。但估计洪家人上来之前已做了手脚，他们随即发现这些都无济于事。

对面船上的暗十心道不好，他不是跑船的，完全不知道怎么停船啊。阎五已经从这头跃入水中，朝他们游去，眨眼上了那条船去卸船帆。暗十会意上去帮忙，绳索纠缠，卸船帆的速度太慢了，暗十跳上杆，飞身上顶，匕首出手，直坠而下。

巨大的帆被他从中破开，力量一下减弱，速度明显慢下来，但仍在往前直冲。首先撞击的，就是阮媛所在的位置。

暗十怔了怔："只能撞上去了吗？"

阎五一时答不上来，双眼紧盯着阮媛的身影，他也已经无计可施。以目前的速度两船相撞，大船没事，小船必然倾翻。

沐斌已弃剑，将手伸进阮媛腿边的缝隙，内力使出，他头上青筋暴出，"啪"的一声整块木板被拽下，紧接着探手下方，摸到阮媛的脚踝，然而，脚踝周围还有一层木板卡着她。

还能撑着自己游水的船员都已经纷纷跳水，等船撞到一起沉没，带起的旋涡会将人卷入湖底，就算再会水的人，都未必能逃开。

暗卫急道："世子爷，让属下来救阮姑娘，您先走！"

沐斌不回答，他还在努力，可是摸不到缝隙，又不能用内力震碎那块木板。

阮媛看他脸色阴沉，知道情况一定不乐观。

"沐斌，你现在走还来得及。"

她去拉他的手臂，被他另一只手用力握住。

"我是来带你走的，我不能无功而返。"他声音沙哑，像是对她说，又像是在对自己说。

然后下令："所有人都离船，不许留在船上。"

"世子！！！"

他再不回答其他，只是对她说："会有一点儿疼，你要忍住。"

但他终究不敢伤害到她分毫，她只感觉到他的手指试图挤进她脚踝旁，太小了，没有突破口。指挥若定的边疆少将军，调度皇太孙密令也神色自若的少年世子，这一刻却面若冰霜，眉头凝着冷汗。

阮媛伸手拽他："沐斌，你尽力了，不用白费力气！"

她很怕走不出这里，更怕他也陪她走不出这里！

"阮媛！"他甚至无暇按住她的手，"不坚持到最后，怎么知道不行！"

她紧盯着他，他的五官在月色下，棱角分明，眼里燃烧着倔强的火。

然后，他突然发力。

却没有觉得疼，她不知道他用什么办法，生生在她旁边找出足够使劲的角度，将下方木板击碎。

但是来不及了，那艘她身后的大船船头已撞破船栏，往这里冲来。冲撞带来的感觉像地震一样，整个世界都在颠簸。而在这颠簸中，他一个直身，转到她身后把她抱进怀里。

那艘船继续挺进，带着碾轧万物般疯狂的咆哮。

她当然明白那代表的是怎般凶险，声音颤抖地喊他："沐斌！"

只听见他低声安慰她："别怕，我在。"

只是四个字，却好像从远古而来，直抵心灵深处，令她平静下来的同时一股冲力，也透过身后的人撞击到身上。沐斌的身体晃了晃，紧接着他已单手撑地，带着她一跃而起，直直地摔在后方船上。

阮媛只听得木头撕裂的声音继续传来，阎家的船在顷刻间被撞翻。很久之后，那水流急转翻滚的声音才散去，回到湖水波涛拍打船身的常态之中。

她在恍惚之后回到现实，仰躺在地，前方是满目星空。风一吹，满面凉意，然后有一只温暖的手抚上她的脸庞："别哭呀，我还在。"

十六

一根银簪子

远处，点点火光亮起，有铁骑的声音由远及近，停在岸边。

来接应的不是直隶河道总督，而是浙江布政使杨大人，且他是从直隶方向赶来，怎么说都很怪异，只是当下无人敢问。

那头杨大人安排船只过来接驳，顺便沐斌也让人带了话给他。在周围寻个村子，将眼下的人临时安顿下来，既是征用，相应的费用沐王府负责。

沐斌交代完这些，回头向阮媛看过去，她一个人坐在边上，缩成小小一只，不知道在想什么，眼睛盯着地面。

阎五也在看她，另一个人的出现，就好像改变了她一样，令她敢于表露脆弱和无助。然后他看到沐斌走过去蹲在阮媛跟前。

明明是千金之躯，膝下黄金，他却自然就蹲了下去，平视着她，他摸摸她的脑袋："现在找到地方就先睡一会儿好吗？有什么事都明天说。"

杨大人办事牢靠，船来的时候，住处也征到了。老天开眼，最近的村子走过去不到半个时辰。阮媛的丫鬟伤了脚，一时也在伤员之列，幸好村长有个差不多年纪的女儿，顺便就请她帮忙给阮媛包扎伤口。

已经一切尽快，还是折腾到天微微亮，阮媛躺下却睡不踏实，辗转反侧，最后她起身推开窗户。

外面凝着露水，快深秋了。

"暗九。"她轻喊了一声。

晨雾中，出来一个身影："姑娘有事？"

那是个陌生的面孔，怕阮媛误会，他忙补一句："在下暗三，姑娘有事吩咐我也一样。"

"世子的伤如何？他的大夫在身边吗？"

暗三没想到她问的是这个问题，自然沐斌也没提过自己的伤情，所以说到什么程度实在是个难题。往实际了说，万一回头世子想瞒着，他岂不是做了坏事？要往轻了说，又为世子不值。

暗三忽然发现，陪在阮姑娘身边的活计不好做啊，回头得赶紧丢还给暗九。

暗三琢磨了一下措辞："东方先生通常比我们晚半日行程，要天明才到。"这是因为一来带着一个老者，行动不便，二来真出事的时候，大夫也跟着出事了，就没有大夫存在的意义了，落后半日好歹还能赶上救治那些撑下来的。

当然这话不能说得如此直白残忍，暗三顿了下："世子刚休息，伤势目前看来没有伤到内脏。"

没提筋骨，也就是至少伤到了筋骨。阮媛并没有遗漏这话里的玄机，更何况当时她也能感觉到那船撞上来的力量。

她心里微微一紧："我要去看看他，你是否方便带路？"又保证："我不会吵到他。"

说罢，不等暗三答应，她从窗户里往外爬。暗三诧异，看她还挺灵活地就跳到了外面来，显然也是个惯犯啊，他以为富家小姐都很斯文呢。

暗三不是暗九那闷葫芦，忍不住就问："姑娘，为什么不走门？"

"外屋睡了村长女儿，我不想再把人家从被窝里惊动起来。"阮媛压低声音，说完，她又一次问他，"可以带路了吗？"

可是走门近啊！暗三内心复杂。

沐斌的屋离阮媛并不远，但是从外面绕，的确有点儿距离。暗三带阮媛过来，守门的暗卫自然也明白是什么意思，没有现身。

暗三推开门，往里做了个请的动作。

那屋里点了一盏油灯，灯油的质量不好，散出缕缕黑烟，昏黄的光线映着不远处那个模糊的人影。

暗三说为了能让他休息好，特意在药里加了一些安眠的东西。听意思，这还是背着他下的。

阮媛跨门进去，那个带她来的路上，还一派生龙活虎的人，这会儿趴在床上。沐斌身上盖着薄被，隐约可以看到他的肩膀，以及一线白痕，那是包扎他背伤的绷带。

阮媛走过去，周围光线越发昏暗。

小村子不讲究，床上没有承尘和帐子，床边倒有一个脚踏。

她没有惊动他，侧身坐到脚踏上，听着他平和的呼吸声，将手伸到他手旁，那掌心里散发出来的微微热量，好像他握着她的手一样，她终于觉得心安。

隐隐约约像看到阳光从窗棂打到屋里，那是奶奶的房间。

她梦见小时候的自己，在听奶奶说故事："那沐王世子的胃不好。"

当年靖难之役，京城被围，沐王妃和世子被抓为质。今上围城之际，未免成为要挟沐王的拖累，沐王妃在点心里下了毒，哄世子说吃她做的点心。再后来，今上破城，母子虽然被救回来，沐王妃已味觉全失，而世子一直病弱被远送道山……

这个故事很长，奶奶说了很久。

她很奇怪，脆生生地问奶奶："奶奶你是怎么知道的呀？"

阮老夫人给她拿了块枣泥糕，她便一边愉快地吃，一边听她继续说："沐王妃的贴身嬷嬷是她娘家人，后来岁数大了，回家乡养老，王妃的母亲托我照料，我一直让她在庄子里过。她过世的时候，才将这些告诉我。"

身在高位固然风光，但背后的辛酸又有多少人知。老夫人便在那时候决定，有些富贵可以求，但是有一些，求不得，避不及。

"京华烟云，一朝变天，我的小囡囡啊，奶奶怕会护不住你。"

她只记得自己愉快地吃着枣泥糕，却不知道自己有一天会真的遇到他。

那天的月亮很漂亮，那游走的指间的星光一生难忘。

他说："我带你去南疆好不好？"

她却一直在说对不起。

但是，不坚持到最后，怎么知道不行！

今天那艘船快被撞翻的时候，他始终不肯离开。

他一直把她保护得很好，没有带给她危险，反而是她先令他深陷险境，究竟是哪里更危险，未来谁又说得清？

她还没有试一下，怎么可以告诉他不可以？

阮媛——

嫁到沐家，你也可能要在兵破之前，亲手喂你的孩儿一块毒糕点。

嫁到沐家，你也可能丧失味觉，却未必还有幸九死一生。

但是，奶奶，如果真到那一天，不同的人会做出不同的决定。

我想也全力一试，不会让相同的事情发生。

所以，奶奶，我可不可以任性一次？

她浑浑噩噩，时梦时醒。等睁开眼的时候，却发现床上空无一人。阮媛心里一惊，盖在身上的被子落了下来。

身后有人问："你在找我吗？"

阮媛惊然回头。

沐斌立在窗边，有些微朝霞的红光透过窗棂落在他身上，越发显得那张脸明暗分明。

他还记得她第一次看到他治伤没穿上衣时吓到的样子，所以醒来看到她在旁边，第一反应是轻手轻脚快点儿都穿好了。

他自己都觉得这反应有点儿蠢。

阮媛动了下手臂，大概是没睡多久，并不觉得酸痛。她把被子拍干净了，放回床上，一面铺，一面背着身，问他："你在做什么？"

沐斌看了看窗外，一轮红日挂在天际，万丈霞光似锦。

她铺了床，向他走过去。

"看日出吧，顺便等你——"他说。

那个"醒"字还没出口，她伸手抱住了他。他二话不说，回抱住她。

阮媛蹭了蹭他，心想：这算是在调戏他吧。

"沐斌，我也后悔了。"

"哦，那我也后悔一下好了。"

"你怎么这么容易后悔，"阮媛喃喃地说，"不是写给我承诺了吗？你就不犹豫一下？"

他笑："你没打开盒子来看是不是，里面写的是——"

阮媛竖起耳朵。

"算了，等你下次回去看吧。"

阮媛下意识抬起头瞪他，只对上他灼热的目光。

沐小王爷笑得眼睛都亮了，手按在她的头发上，第一次觉得按得这么光明磊落，责无旁贷。

"阮媛，你心里有我，"他说得深情款款，又偏偏正儿八经，"所以，你一出现我就抱着你，你再笨，也会慢慢习惯回抱我。"

这要换了一般的姑娘，估计羞得不行。不过，阮媛心想，勇敢承认一下，也没什么不对呀。

她用力回抱了他一下："嗯，你算是……成功了吧？"

结果这家伙，得了便宜就卖乖，忽然靠过来，她下意识就知道要发生什么，这人向来是个胆大的。虽然心意相通，可没说那么快啊。

"不行，你不许再随便，"阮媛往后躲，"最起码，要等定亲以后。"

沐斌已经凑到她唇边，闻言反问："我看看你的伤口，你以为是什么？"

阮媛瞪他，看他笑眯眯，好像那天他乱进她房间说："我觉得你太冷了，有必要暖暖你。"

阮媛侧开头，抱着他："你的确很暖。"

"哦，那我还是觉得挺冷的，"他把她的脑袋捧起来，"一冷就会想随便。"

怎么这人一点说不通啊？都说要定亲以后！

阮媛瞪着他，脸都红了。

沐斌忽然大笑起来，阮媛脸上烫得不行，都怕这笑声把人引来。然后感觉到额头一片温热，他亲了亲她额头："这样可以吗？不算犯规吧？等你点头的时候才会随便，你不点头一定不随便，好不好？"

阮媛才不上沐斌的当。

她说不好，他正好可以不顺着规矩来；她要说好，以后遇到什么事点了头，他都可以乱来。

沐斌看她的眼睛里映着绚烂的霞光，那光芒把阮媛的脸都要烧焦了。她错开眼，小声嘀咕了一句："登徒子！"

"媛媛！你是在冤枉人呀，"沐斌用额头抵着她额头，晃了晃怀里的女孩，"登徒子的妻子，蓬头挛耳，龋唇历齿，旁行踽偻，又疥且痔。可我的媛媛明眸皓齿，温香软玉，又漂亮又软，我怎么会是登徒子？最起码是个宋玉吧。"

"哦，宋玉再世，"阮媛伸出一根手指戳他，"看来你还有东家之子，那等增之一分则太长，减之一分则太短；眉如翠羽、肌如白雪的美人，日日临墙窥视咯？"

听到她喊他宋玉，就知道被她抓到了疏漏。

沐斌嘴角翘起，笑着搂着她的腰："纵然她嫣然一笑，惑阳城，迷下蔡，宋玉不也三年不应吗？"

他说："我只有你，只心悦你。京城的贵女那么多，我从来没留意过，只想着谁要逼我娶其中哪个的话，我就自请到南疆守一辈子，一个人落得清静。可是遇到你，我想娶你，想成家，想天天见到你，跟你一起吃饭，只有你让我觉得温暖。"

他忽然而来的告白，完全在她意料之外。离得这样近，他看到她白如润玉的脸庞上，红霞渐渐落去，转为淡淡的粉色，她的嘴角慢慢扬起，看他的目光缱绻，如撒了一把星子。

沐斌轻柔一笑，略带着一些自嘲："也许，你叫阮媛，媛媛，就是为了某一天来援助我找到回家的路吧。"

"可并不只有我影响你，你也在影响我，教我坚强，教我乐观地看待未来呀，"阮媛温柔地看着他，"《国风》有书：'有兔爰爰，'我的名字取自于此。家里人希望我像山里的小兔子一样逍遥自在。可如果没有你的坚持，如果我错过了你，可能就要一辈子郁郁寡欢，逍遥不起来。"

情之所至，行之所起。

她踮起脚，在他嘴角轻轻一印。

然而，不待离开，已被沐斌按住后脑勺，他衔住那柔软的唇瓣。

阮嫒心底微叹，闭上眼眸，默许了他的深入。

唇齿相依，呼吸交融，极尽温柔的吻，不带任何情欲逗引的意味，是彼此无声倾诉的爱意，那似有若无的吮吸，那若即若离的触碰，以及彼此相环的手臂，同步的心跳，一切的一切，细腻而缠绵，只希望时间停留在这一刻，永远不要结束……

一直到不知道外面哪儿传来一声清脆的声响，打破这一室缱绻。

"别人都起来了……"阮嫒轻推沐斌的臂膀。而且她也进来很久了，要是有心人留意的话，不知道已经遐想出了多少事。

他有些无奈："真不专心呀。"

阮嫒整个人都软软地依偎在他身上，脸后知后觉地烧起来，比过去哪一次都更甚，刚才真是……脑子里冒出个奇异的想法——这会儿手边有鸡蛋的话，简直都够煎熟了当早饭吃了。

外面的人声多起来，沐斌的卧室离客堂近一些，他身边的侍卫随从虽然不是声势浩大，但好歹也有十几人，再加上杨大人也留了一些以备不时之需，这会儿隐隐约约传来碗筷的声响，估计是主人家开始招呼早上的餐饭了。

阮嫒从沐斌怀里退出来，她还有些害羞，甚至都不敢看他，眼睛盯着一边儿，说："你怎么没把暗九带走呢？我还教了他做好些饭菜，好在路上做给你吃。"

不过，也多亏暗九在，才能在出事的时候，多撑一会儿，等到他来。

沐斌肘撑窗棂，手支着头，看着她，这一次不光是脸红，连包着纱布的脖颈处露在外面的肌肤都是粉色，他估计她现在全身都烧成了一只小粉虾。

想到那绮丽画面，沐斌忽然也觉得有点儿不好意思，他移开眼睛，往窗外去看，好让自己平缓一下，同时口中道："以后一个不够，你和暗九处得不错，等到京城就让他挑一队人一直在你身边。"

"我得先回上虞去，"阮媛道，"我出事了，奶奶一定很担心。"

她不知道沐斌后面的安排是往哪里去，但他的大本营在南边，出来数月，已经因她而耽误，总不能再陪着走回头路。

谈到正事，沐斌的声音严肃起来："我已经让杨大人派人连夜往上虞去，途中先跟阮家在太湖南的渡口打过招呼，让他们也用自己的法子往阮家发消息。两队人的速度会更快一些。我看这洪家为了一击即中，很可能有两路人，一边绑你，另一边马上就去跟阮老夫人谈条件。"

绑人这种事，要的就是狠、准、快，一旦给了阮家揣测和研究的时间，效果自然大不如前。

他拉住她的手："媛媛，你跟我往京城走，留给任何人，我都不放心。"

她没回答好还是不好，追问："你是怎么知道洪家这打算的？"

沐斌沉默。

阮媛知道他身上很多事不能说，又忙道："没关系，如果不能告诉我，你也不要为难。"

他摇头："不是，这事说来话长，我想应该先让你吃点儿东西，别饿着了。"

她受了伤，他自然不想她下厨房。

沐斌拉开门来，示意外面的人送早餐进来。主人家用心了，准备得很丰盛，装在粗瓷碗碟里，满满的，反而比起富贵人家的精致讲究，更多一份质朴和食物原本的美好。

村长的女儿送了饭菜进来之后，一刻没多停留就出去了。

两个人用了早饭，外头暗卫已将周围人请走。

阮媛敏感地感觉到整个小院都安静了下来，她对沐斌摇了摇头："真的不用非告诉我。"

她真是深得阮家真传，明白很多事知道不如不知道。

沐斌笑了笑："没关系，这些事最近应该都会有结果，你也只不过比其他人早知道一刻而已。"

他顿了顿，道："洪家的事，是我的疏忽。杭州府到太湖这一段，你奶奶当初也不是从洪家手里拿到的，我有请阮家留意当初的那些人家，却没想到洪家见事起意，要把势力从吴地往越地扩充。"

"你又不是神仙，哪能事事料尽，万无一失呢？奶奶敢在这时候将我托付给阎家，也是有了万全的考虑，这么多年水道上无人敢让阎家为难。可没想到洪家胆子那么大，甚至敢杀整船阎家人，嫁祸到阮家身上。"

主人家送早饭的时候有送新鲜的茶水进来，阮媛给彼此的杯盏里加了热水，道："阮家被你罚的理由是运送精铁，我听到的时候就知道，这事不可能是阮家做的，多半是你与大伯父之间协议了什么。阮家吃这个暗亏，奶奶都不生气。虽然他们没告诉我是什么，但我知道你一定在背后帮着阮家。"

阮媛说完，向沐斌看去，他眸光带笑，她也眨了眨眼睛。

他说过："不论是什么，非我亲口所说，都不要信。我对你，亦是。"

细细一算，相识的时光并不长久，这心意相通，毫无间隙，却好像已经有一辈子、几辈子那么长久。

两个人之间毫无误会，永远坦诚，听起来容易，真正做到的，世间又有几人。

所以，他除了娶她，她除了嫁他，不会有其他可能。

沐斌道："查水道的事，并不是我的本意，我来越地是为了一份结党营私名单。"

这是一切开始的源头。

今上登基之初，就已定下太子，而且早早封了皇太孙，明确国家未来的继承人。但当年今上也是用非常手段上位，太祖留下的其他子嗣何其多，又怎么可能个个服气如今在龙椅上的人？

多年来，蠢蠢欲动者不计其数，今上也有所感，只是在没有确凿证据之前，不想冤枉好人罢了。

皇太孙从三年前开始秘密调查，得知有份结党营私名单，可这份名单一直也送不出越地。

由此，才有了沐斌亲自来接应这份名单。

对方的势力太过渗透，甚至沐斌和沐王的通信都有被监视，不过他们已经发现了这一点，所以将很多消息故意漏出。

比如，为了掩盖沐斌来拿名单的真相，他到上虞后，沐王才"熬不住"皇太孙的压力，给沐斌一道密令调查越地水道。既然查，当然要闹出动静，才能掩盖住名单这件事。而阮家意外发现的精铁，就是一个契机，查到了，严办了，阮家的水道乱了，对方才有机会对他下手查他身上有没有那份名单，才会拼命追击他。

沐斌不敢让阮媛看他身上，因为他身上哪儿只是那船撞出来的一处伤！

然而这些事，到嘴边都已被掩盖和跳过，他握着她的手说："在我北上之初，母妃的船就被劫了。想来他们也知道，从哪里抓我的软肋。"

所以从一开始，他就不敢露出喜欢她的事，哪怕是在走的时候，都要走得绝情，断了两家的姻缘，许她不嫁。甚至她的一场重病，阮老夫人几次三番请他过去，他都要冷心拒绝。只有这样，才能将阮媛从危险里完全摘出去，让他没有后顾之忧。

阮媛的脸色发白，他知道她一定是担心沐王妃的情况，不等她问，就道："你放心，母妃不在船上。"

沐王妃走得比任何人都早，从太仓出港，取海路到天津下船。这几日已到北平，而名单在随船的暗卫身上，上陆地之日，自然有皇太孙的人前往接应，递交给北平行在的今上。

皇太孙与沐斌两人自幼相熟，但很多时候，等皇太孙出手已经来不及了。

"我提前看了那份名单，"沐斌道，"在我出发之前，我已经给杨大人……"他顿了一下，总是不习惯喊这位浙江布政使一声"二姨夫"，沐斌也是无奈："我动用了皇太孙令，给浙江布政使一份密函，要他安排人马，暗中一同入直隶省，接管直隶水道总督，因为现在的直隶水道总督就是这名单上的人。而他出发之前，还得杀他手下一名副将，因为他的副手也是那份名单上的人！"

阮媛的心猛然一跳，几乎不敢相信这样的事，竟然有两省大员都在这份名单上，难怪这势力会令皇太孙如此忌惮！

沐斌捏了捏她的手背，以示安慰："别担心，今上这几年都已将事务交给皇太孙处理，他这个人面上看起来好欺负，实则欺负起人来比谁都狠、都快。这几日他埋下的线，都会收网。阮家在这件事里也立了功，就等着皇太孙亲下令夸奖吧。不过——"

他话音一转："未免万一还有余孽一时消除不尽，你还是跟我在一起比较安全。下次你再回上虞，就是我护送你回去，向你家求亲的时候了。"

这话题跳跃得太快，阮媛还在消化前头的"国家大事"，忽然一下跨步到他俩的"婚姻大事"上来，她还不习惯，当下侧开脸，反问道："谁说要嫁你？"

手在他掌心里，被他指尖因常年习武带兵留下的茧子，轻轻地摩挲。

他叹息："媛媛刚刚才亲过我，就想不负责呀……"

那声音大得简直隔着整个院子都能听见！

阮媛跳起来，一把捂住他的嘴，被沐斌顺势整个儿抱住。她红着脸，眸光如水，急急地瞪他："不要瞎说！"

紧接着，沐斌直接用力，将她拉下来坐在他腿上。

犹如一只小兔子跳进了猎人的陷阱，再怎么挣扎，也只有乖乖被吃的份儿了。而这一次的吻，除了爱意，还有更多情动充斥其中。

不论是阮媛还是沐斌的队伍都经历了一段时间的奔波，沐斌决定先在村子里休整几日再动身北上。

既然不着急出发，阮媛的困意就上来了，准备回房间补一觉。沐斌极力劝说她可以留下来睡，阮媛怎么会答应？她在这屋里遇到的事儿还少吗？事情的结果是阮媛逃一样地离开了沐斌的屋子。

小睡一上午，精神好了许多。沐斌来找她，她都没怎么理会他。两个人吃了午饭，沐斌向她伸出手。

阮媛挪开眼："做什么？"

"带你饭后消消食。"

秋日的阳光极好，屋外开始比屋里暖和了。阮媛想了下，把手抄在袖子里，跟他去消食。

沐斌简直哭笑不得，那接下去几天她若都如此防备，他可怎么受得了？一定得好好哄哄才行。

两人一出院子，便看到阎五大步往这儿来。

阮媛看沐斌，正要说"我去跟他说几句"。

沐斌摆手："他是找我的。"

说话间，阎五上来。

"世妹，"他跟阮媛打招呼，然后转向沐斌，"世子可否借一步说话。"

阮媛拿眼瞟两人，真不知道他们是什么时候开始有的交集。

沐斌与阎五到了一边停步。

村长家旁边不远就是一处小树林，三面环水，要避人说话，最适合不过。

阎五开门见山，道："洪家的事，多谢世子提点。"他不像阮媛身在事中，很快猜出幕后黑手。阎家是被牵连的，说白了，是整件事里最冤枉的一分子。沐斌虽只给了一点提示，但算是给阎家指明了方向，阎家也有自己的办法，自然很快就认证出了真假。

水上人，也有水上人的脾气。就算洪家要拉人下水，也要看拉的是什么人，敢把心思打到阎家身上，阎家怎么会咽下这口气？只不过，眼下吴地洪家的实力，要正面刚是不可能的，一切还得从长计议。

阎五道："这次的暗亏，阎家不会白白忍下来。"他知道沐斌也不可能忍下这口气，但人家为的是阮媛，与阎家毫无关系。人家的明路，阎家上不去，也不打算上去。

阎五顿了下，又道："伤员们都想家了，在下先护送他们回去。在此与世子别过，他日世子若有用得到阎家的地方，只管开口。"

他欠的人情，是指点迷津而已，要说"在所不辞，倾其所有"，就太客套了，这也不是阎五的性子。

沐斌待他说完，才开口："阎家要怎么讨回来，江湖人有江湖人自己的规矩。但你要闹到明面上，我只有一句：法典有依，杀人偿命。"

这算是亮了朝廷一派在这件事上的底线了。

阎五会意。

又听沐斌道："阮家想捞的那艘船，你下水去摸过了，如果现在就把它捞起来，阎家需要多少时间？"

"一个月。"阎五很干脆。

事情是本来就准备妥当的，打捞的事很难遇上，人手都是空的，只差阮家付钱。

"好，那就麻烦阎家安排下去，一切费用由沐王府承担。"

阎五眉头挑了挑，打捞毕竟不是一笔小费用，再者事情已经过去几年，阮家要追究还说得过去，沐王府何至于要追究到这个地步。

不过，他是做生意的，有人付钱，他就接。阎五应了一声："好，我们会安排下去。"

本以为话止于此，已经结束，却听见沐斌忽然问："阎家从来不在水道上偏帮站队，最近为何起了和阮家联姻的心思？"

阎五一愣，抬眸看向沐斌。

那个年轻贵胄、少年将军，青松一般立在视线中。

沐斌的目光落在远处，声音清朗且掷地有声："保持你的本心吧，这对她来说，是很珍贵的东西。"

阎五出来时，阮媛正和小丫鬟说话，小丫鬟腿伤了，蒙头睡了一大觉，才由人推出来晒太阳。

只听阮媛道："怎么会牙疼呢？已经没收你的糖盒子，每天只给一颗了呀。是不是你又偷嘴？"

小丫鬟囫囵地说："没有很偷，只偷了一次。"

"下次再偷吃糖，要罚写字哦，偷吃一个，罚一页大字。"

"不公平啊，偷吃以后牙已经被罚了，再罚手，就是罚两次了。"

阮媛笑："知道不公平就好，毕竟公平的事你总记不住。"

她站在阳光里，笑吟吟的，嘴里的话很伶俐，眼睛里却充满了温柔，身上的衣物已经新换过，并不是出事时带血的男装。所有人的行李都随着船倾覆在湖中，所以这身行头应该是有人专门为她置办的。

觉察到阎五的注视，阮媛回过头来："世兄。"

阎五笑了笑："我要先回去了，家里的事很多。世妹后面跟着世子往京城去，应该没事吧？"

说到底是奶奶将人托付给了他，他自然要有此一问。阮媛点了点头："多谢世兄照顾，后面我也会小心的，你放心回去忙吧。"

阎五看着她，沉默了片刻。

阮媛浅笑着，耐心地等着后面的话。

便听阎五道："上回那串手串，没有找到合适的珠子，等世妹成亲的时候，我再补上大礼。"

阮媛张了张嘴，显然没想到他会跳跃到那件事上，但也只是一瞬。一瞬之后，她就笑着点了点头："好，多谢世兄。"

她目送阎五离开，目光要转回小丫头这儿的时候，看到不高的院墙外，有个人走过。

阮媛不禁愣住。

与此同时，沐斌刚把卜正常从一个角落里拉出来。

"怎么又是你！"

这家伙阴魂不散，实在让人头疼。

卜正常笑嘻嘻地说："哎，师弟啊，师父让我关照你的，我当然不能离你太远了。几天不见，你难道不想念我吗？对啦对啦，你让人断了一个人的子孙根啊。"

付墨那件事是他离开时让暗九去办的。

沐斌斜眼："怎么？你又要说我会遭报应了？"

卜正常把头摇成了拨浪鼓："怎么会，替天行道，做好事了呀，冲淡了些你的血光之灾，要不你以为你出这点儿血就能脱身？"

沐斌真的很想踹他。

好也是他说的，不好也是他说的，时时刻刻马后炮，简直不是神棍，而是一根搅屎棍。

正要把想法付诸行动，便听见阮媛的声音传来，又急又切："姐夫！"

沐斌闻声赶过去时，阮媛已经追出去好远。他没看到可疑的人，只听见她一直在冲前面喊"姐夫"。暗卫比沐斌离得近，有几个可能也看到了那人，追到了阮媛前面。

那人却一眨眼没了踪迹。

阮媛急得眼睛都红了，沐斌从来没见她这样过，眼睛四处乱看，像个找不到路的孩童。

他心疼地拉住她："只要人在这里，一定能找到。"

"我没有看见他的正脸，"她急急地说，又怕大家觉得她认错了，连忙解释，"但是他的发簪是姐姐送他的，是我和姐姐一起去找师傅定做的。还有他的背影，他的背影我不会认错。"

陈子鹄被捞上来的时候，她不敢去看他。他们都说过去太长时间，人已经不成样子，只能按照身上的衣物配饰判断谁是谁。

这些年，她甚至连他的坟头都没去过一次。

她一直固执地觉得，她没亲眼见到，他就还在，只是出远门，一时见不到罢了。

沐斌倒宁愿阮媛哭出来，可她眼圈通红，里面一滴眼泪都没有。

好像怕哭出来以后，人就真的不在了。

旁边卜正常插进话来："弟妹，不如我来弄一卦看看。"然后真煞有介事地就要拿出乌龟壳来。

沐斌一把将阮媛拽走了，他一直说这人是神棍，却知道卜正常的卦极准。万一说出个什么好歹来，还不如让阮媛以为人还活着的好。

然而，算出去的卦就没有收手的，卜正常像没觉察一样，埋头看着自己掌心里的铜钱，嘀嘀咕咕道："这要生不生、要死不死的，你姐夫没准儿……"沐斌和阮媛到了前头，后面那句"真徘徊着不入轮回"就被化在了风中。

那几个暗卫围在一处落魄草房子外面，屋里窸窸窣窣传来声音。暗卫对沐斌点头：人就在里面。

怕阮媛下不了决定，沐斌帮她推开了门。

一瞬间，阮媛的肩膀就塌了下来。

不是陈子鹄！

里面一个头发凌乱的人，上一刻还在笑嘻嘻地玩手里的簪子，下一刻发现来了群陌生人，便惊恐地拿簪子对准他们。他是个成年人，脸上的神情却如同孩子，将簪子当自卫武器一样，虚虚地戳着，嘴里喝道："去，去！"

分明是个傻子！

但那根簪子真真切切是陈子鹳的东西，阮媛急急问他："这簪子你哪里来的？"

傻子见她逼近，大叫了一声"打人了不打了"，一下钻进草里。

"两位贵人，两位贵人这是怎么了？"村长闻讯赶过来，一看这屋里的情景，傻子大半个人在草里，露着个屁股在外头，多半是做了什么不对的事。再听，阮媛问什么簪子。

"哎呀，一定是他拿了您什么东西了，这小东西。"

村长想上去，奈何他也知道自己拿这个傻子没办法。一拍腿道："这小傻子就我家小子还能说上几句，您等着，我让我家小子过来。"

村长和他儿子因为是男子，在这期间避出去借宿在了隔壁人家，只留了女儿替代小丫鬟，帮着照顾阮媛。所幸隔壁人家也离得不远，没一会儿，村长就把儿子叫了过来，跟几人介绍："这是我儿刘坚。"

那刘坚匆匆向沐斌、阮媛点了下头，弯腰进了屋里："小傻，小傻你出来。"

傻子听到熟悉人的声音，倒不挣扎，笑嘻嘻地任由刘坚弄他出来，还对他呵呵地笑。

那刘坚一看傻子手里拿的东西，声音一紧："你怎么把这东西顺出来了。"说着，伸手就把傻子手里的簪子拔过来，紧接着见傻子瘪了嘴，他哄道："好啦，等下坚哥带你去吃好吃的，你莫要乱跑啊。"

一听有好吃的，傻子口水都流出来了，乖乖坐着。

刘坚双手将簪子递给阮媛。他面上有烧伤，后生的肉堆砌在一起，显然吓到过不少人，极力把头低得很低，背也有点佝。

阮媛指尖微颤地把簪子接过来，问他："你说他顺出来的，你知道这东西本来在哪里？"

刘坚微露难色，那老村长本来以为傻子拿的是人家姑娘家的东西，

282

这会儿一看是这根簪子也急："贵人问你话呢！说实话呀！"说着，"扑通"一声，村长就跪在了地上。

刘坚见状，忙也跟着跪了。

沐斌看着这行为怪异的父子俩，目光如炬，冷声问："怎么回事？"

村长一脸不知道怎么说的样子。

那刘坚虽有难色，人倒冷静，道："贵人您莫往坏处想，这簪子是小傻从我屋里顺的，但我绝对没有谋财害命。是我三年前遇到的一个人留下的。"

这个刘坚说话有条有理，看上去是有些见识的。他顿了一下，怕真惹上是非，又紧接着说："小人早几年在邻镇做事，那日晚上回来，遇到狂风暴雨，感觉到不了家了，就想寻个地方先避一避雨，结果就看到湖里有人。我是水边长大的，看他那水性，不去救怕是没命了，所以还是下去救了他上来，不想他身上都是伤，已经快不行了，他掏了个油布包，让我交去衙门，然后就咽气了。"

阮媛听到这句时，脸色猛然煞白，沐斌一直留心着她的情绪，立刻握住她的手，紧紧地抓在掌心里。

但听刘坚道："我当时也特别怕，不知道这人是遇到了什么事，东西交去官府会不会惹上官司。我就把他先藏起来，准备天好了再来埋他，好让他入土为安。大晚上遇到这种事，我也没胆在外面等雨停，连夜赶了回去。等天晴后，听人说，湖里出了大事，有户有钱人家的船在风浪里出了事，如今出了重金招呼着捞人呢。我就想到这人是不是那船上的，若要真是那船上的，怎么遇到了风浪，会弄出那一身伤。"

"我又回到那人旁边，将他临死时交的油布包拿了，还拔了他一根发簪作为日后交去衙门的证据，然后把他重新推回了水里。心里想着，如果他在天有灵，让那些打捞的人捞到，也算能回家去了。"

"可是，您看，这些年，我也真的一直不敢上衙门。那人看起来死得也挺冤枉，我要是去了，万一也被人害了怎么办？所以这些东西一直在我屋里藏着，等家里被几位贵人征用，我就收拾了一起带去了邻居家。"

他手指傻子："这傻子从小就是痴傻的，我偶尔给他些吃的，带他洗洗澡，他跟我熟，时常去我屋找我。估计就是这样翻到了东西。看贵人们认识这个簪子，我现在去把那油布包取来，你们再看看。"

沐斌点了下头，有暗卫就跟着刘坚出去了。

沐斌也拉了阮媛到屋外，正午的阳光大好，她的手冰凉至极。

沐斌握了握她的手。

她慢慢摇头："我没事。"

她想，也许真的是他显灵，想让她找到三年前留下的东西，解开那些关于船上为何有精铁的谜团。

刘坚很快去而复返，果真捧了个油布包来。那油布包已被他打开过，这会儿刘坚从里头小心地拿出一个小册子，连同外面的油布一起交给暗卫。

沐斌接过来看了，入目，那笔迹果然与他在陈府书房内看到的如出一辙，笔锋如刀，只是其中的内容完全看不懂。

阮媛却看懂了："这是水道的行话，记录的是不同的渡口，还有一些可能是时间、人名。"只是她对水务了解不深，不能从其中看出陈子鹤要表达的意思。

沐斌道："回头抄录一份立刻让人送去你大伯处，请他看看。"

她点头，脸色发白地接过这份小册子，薄薄几页，是姐夫在最后时刻留下的东西。时隔三年，绕了这么大一圈，以这种奇异的方式出现在她面前。

她以为他还活着，可是，是从另一个人口中再次验证了他已经不在的消息。

她刚才，真的，真的以为有机会把他带回阮娴身边去。

可是，以后再也带不回去了。

暗卫则查了地方的户籍录，来向沐斌回禀："刘坚的身份没有奇怪的地方，出生年月都很清楚。"他是村长的儿子，往来衙门查人口的时候，肯定也打过招呼，最不容易出错。

"属下在周围也问询了，这个村长如今年岁大了，村里很多事务由儿子在帮忙管。这个刘坚，以前也是个人物，上过学，在邻镇的酒楼里做管事，后来酒楼起火，他进去救人才烧成了这样，当时伤得很重，回来养了很久，也是很艰难才好起来。那次起火县志里还记了一笔。"

处处可以对上，没有疑点。

沐斌立在山坡上，此地地势甚高，可将全村纳入视野。

暗卫问："世子可要继续查他？"

他沉默片刻，摇了摇头。

阮媛第二天的情绪还不太好，眼睛肿得像个桃子，也不想出门去。

沐斌去看她，她把脑袋搁在他胸前："不许笑我眼睛。"

他怎么会笑她，抬手想抱她，被阮媛打开。

"怎么了？"他又抬手，又被她推开。

往来几次，沐斌明白了：她还记着那日屋里的事呢，所以，她可以抱他，他不可以碰她。

他只好张着双臂，让她抱。

"媛媛。"他感觉着贴在身上的淡淡的温度，道，"我们会查出来的，我会让你知道真相的。"

十七

一只甜苹果

村长的女儿是个哑女，名唤阿英，年岁和小丫鬟差不多大，做事麻利，无事时就一个人在角落里缝补衣服纳鞋子，像一朵静悄悄开的花，凑近会有意外芬芳。她腰上挂了个银铃铛，走动的时候会发出不大但很清脆的声响。每日早上，村长送蔬果鱼肉来时，便听见一串铃声，那就是阿英正跑过去接东西。

小丫鬟行动不便，阮媛平常都让阿英陪在小丫鬟旁边，有时候阮媛也过去跟阿英一起做饭。暗卫的饭由其他家的阿婶阿奶帮忙做，所以厨房里的事也不算多。

小丫鬟是个话痨，阿英那么安静，她也可以一个人有说有笑。大概平时也没多少伙伴可以如此亲热，阿英也很喜欢跟小丫鬟在一起。

她手很巧，绣出来的花样很多，还不需要描图。

小丫鬟直呼阿英是个宝，她要有这手艺，就卖绣花赚零花钱了。

其实小丫鬟也是个手巧的，平日里阮媛房里的小针线活都是她做。但她不安分，做什么都三心二意，也就难成气候。

吃过午饭，阿英在小丫鬟旁边缝衣服，她最近在给村长做一件冬衣，袖管里的棉花已经塞了，正在收口。小丫鬟百无聊赖，坐在阿英身后给阿英编辫子。

阮媛午睡起来，听不见外面叽叽喳喳的声音，反而有些不习惯，出去了才发现，原来小丫鬟压低声音，在与阿英说小话。

阮媛笑问："在说什么呢，神神秘秘。"

阿英有些脸红，小丫鬟惯常是个大方的，道："在唠家常呀。"

可能是听见了阮媛的声音，沐斌那边打开门来，他原本在屋里处理一些公函。这头，阮媛抱了三个苹果，在院子另一边坐下，准备削了苹果与两个小姑娘一起吃，见到他便又从果篮里拿了一个苹果出来。

沐斌走到她旁边，把小刀拿过来，又抢了她手里的苹果，往对面一坐，看样子是要自己削。

阮媛轻声道："你还会做这个？"

沐斌说："我用刀也不比你少啊。"

"练武和做菜又不一样。"

"你吃的话，就一样。"

小丫鬟以前特别怕沐斌，但处了这几日，发觉他并不凶，小丫鬟的胆子已经膨胀了，看那头两人感情好得很，小丫鬟马上又跟阿英眉来眼去。就算被阮媛看到了，她也不怕。阿英也知道阮媛没脾气。看她望过来，便跟阮媛比手势，那意思是：他对小姐真好。

阮媛撑着下巴，回了句："你们在，他才这样。你们不在，他就不好了。"

两个小姑娘笑作一团。

沐斌只当没听见，等削好了苹果，他从上面切了一片，递给阮媛，才对那两人道："她瞎说的，你们不在的时候，我对她更好。"

阮媛瞪他，本来她的话没有特别的意思，但被他这么一说，又分明有了特别的含义。

沐斌看着她的脸以肉眼可见的速度红了起来，手往前又送了一下，将苹果递到阮媛嘴边："尝尝甜不甜。"

两个小姑娘见了，心头飞跳，都不好意思再看，缩回头来装鹌鹑。

阮媛真怕她再不接，他就要喂到她嘴里了，只能飞快伸手拿了过来。

不得不说，那刀工极好，削去的果皮薄如蝉翼，可苹果也不会因此变得更甜啊。

便听沐斌小声地说了句："媛媛，这是我第一次削呢。"他说着把余下的苹果切好了，放在她手边，又抬手去削第二个。

阮媛看着地面"哦"了一声，过了会儿，说："还是有一点儿甜的。"说完，她便感觉到他笑的弧度分明比之前大了。

于是，她看地面的眼睛也微弯了起来，嘴里的苹果又脆又香，好像也更甜了一点。

那头，假装自己什么都没看见的小丫鬟，正努力把话题定在安全的角度。她问阿英："天要冷了，等做了你爹的衣衫，还来得及做你哥的吗？"

阿英拍拍身上，跟她比画：哥哥的身体好，冬天不像村长怕冷。

"你哥定亲了吗？年岁不小了吧？"

阿英摆手表示没定亲呢，想了想指指心口：他有喜欢的人。

她拿出两根手指比画了走路的模样：他每个月出去贩鱼，都去看她。

小丫鬟八卦之心大起："哇！谁呀？感觉你哥办事挺有主见的，以后又是一村之长，正常也不难说亲吧。"

阿英笑了笑，她也觉得，不过，她皱起眉头，摸摸脸和嗓子，又摆手，那意思是：哥哥烧成了这样，就没有说喜欢人家，人家可能也不知道。

小丫鬟"哎"了一声："那得你们帮忙呀，让你爹去说，这事就成了。"

阿英笑了，表示那地方很远，阿爹都不知道是哪户人家。

那头沐斌眨眼就把另外三个苹果都削好了，一个切片了放在阮媛手边，另外两个，他走过去给了这两个小姑娘。

小丫鬟受宠若惊："世子爷您削的苹果，我不敢吃啊！"说完却愉快地接了过来，只差没在屁股后面装一条尾巴摇："我会快点儿好的，我以后不敢让我们小姐削苹果了，您放心吧。"

嗯，还不算太笨。

沐斌转身回屋。

小丫鬟等他一关门，就捂住心口：真不该觉得世子爷人好，那刚刚

288

的眼神太吓人了，以后在小姐屋里做事，得带着保心丸呢！

刘坚等人做了笔录，签字画押，由暗卫送了过来。这份东西暂时不会交公，在事情没弄清楚之前，都暂放在沐斌这边。

他又从头到尾把事情看了一遍。

找不到漏洞，一切合乎常理。

可是往往太符合逻辑的东西，才让人难以信服。

从一开始，就有一种奇怪的感觉萦绕在沐斌心头。画押纸张的最末尾是刘坚的签字和红泥手印，他端详片刻，示意暗卫："叫村长、刘坚带着他说的小傻过来。"

暗卫得令去了。

沐斌走出屋子，临近傍晚，外面的日头没有方才好了，显出微微的凉意，阮媛三人正准备回屋里去。

错身的时候，他停在阮媛跟前，等她抬头看他，沐斌摸了摸她的头："好像又长高了一些。"不等阮媛反应，又补了句："一定是跟我在一起吃饭特别香的缘故。"

真是会往自己脸上贴金呢！

阮媛轻哼了一下，忽然他凑近她说："媛媛，我人前人后都对你一样好，这样你能不能不生气了？"

他离得那样近，近到只有分毫就能亲到，会有热热的呼吸扑到脸上，吹到脖颈里。

阮媛试图躲都躲不掉，她移一分，他就近一分，还更得寸进尺。

阿英搀了小丫鬟进房间去，只怕下一刻就将出来做饭。

阮媛被他的气息缠绕，呼吸都乱了，可不想被两个小姑娘看见这副样子。

她推沐斌，然而他纹丝不动，还问她："媛媛说，是人前人后一样好，还是人前比人后好呢？"

"你！"

"媛媛决定。"

那边阿英的脚步声已经近了，就快出来了。

她只知道自己要是装傻不回答，他是真敢在人前亲下来的。阮媛一咬牙："你还是人后好吧。"至少，人后不会被人看见！

沐斌立刻直起身："嗯，听媛媛的。"

这人真是……阮媛脸上发烫，飞快地进了房间。

等阮媛合上门，沐斌才抬步往院门口走，暗卫唤了村长三人来。

他们父子长得高一些，隔着不高的院墙，村长已流露出受宠若惊之色，没想到沐斌会在外面专门等他们。

沐斌的目光若有似无地落在他们身上，等人走到近处，才看到傻子一脸恐惧地被刘坚拉着。

村长行了礼："贵人有事？"

沐斌沉默了一下："这些日子打扰了，后日我们准备动身离开，特意来说一声。"

村长惶恐："哪里哪里，贵人选在这里落脚，是小人的荣幸啊。"

沐斌颔首，转而向刘坚看去，道："你对旁边这人倒是很照顾，不过，这几日还要照看得紧一些，免得再吓到我身边的女眷。"

刘坚颔首："是，小人谨记。"

"无事了，几位忙去吧。"

"是。"

等几人走了，他依然立在夕阳下，望着院墙的高度若有所思。片刻后，沐斌召了人来："去安排后天回京的事吧。"

"是！"

从太湖北上京城，约莫需要行舟四日。快到京城的时候，阮媛脖颈上的纱布终于可以拆了，天气渐冷，她这皮肉伤好得很慢，如今虽然好了，还是留下两道指宽的疤痕，所幸位置低，平常时候衣领可以遮住。

东方先生留了祛疤的膏药，叮嘱用完了让人去寻他再取，这疤须得坚持用药一年半载才能消。

等人撤了，沐斌严肃地看着那两道疤。

阮媛肤质白润，平时抓她重一点，都能留下红印，如今那两道疤触目惊心地横在脖颈和锁骨之间，犹如白雪茫茫中飞出去的红梅枝。

他又怒洪家算计她，又怨自己到得太晚，目光落在上面的同时还觉出一种异样来，尤其在阮媛呼吸的时候，那两横梅枝也会轻微起伏，沐斌喉头发紧。

但他知道未到时候的亲近，不是爱重，而是轻薄。

沐斌深吸一口气，帮她把衣领整理好，轻声喊她："媛媛。"

前头有人在喊："要进渡口了。"

船速慢下来，京城已至，下船后，他们要去向不同的府邸，自然也有不同要忙碌的事，不可能再像过去那段时光一样朝夕相处。

阮媛垂下眼眸，沐斌拉了下她的手，让她看他："等我晚上进宫述职之后，就会跟家人说娶亲的事。你奶奶和父亲都还在上虞，等我安排好所有到上虞求亲，肯定会费一些时间。"

"我知道，"她回握他的手，"我等你。"

船停下来了，沐斌先出去。

外面开始拴船下锚，铺桥板。

阮媛打开窗户，凉了一会儿发烫的脸颊，人才出舱门。

阮家三房是阮三夫人亲自来接阮媛，码头上船来船往，自然没有等人的地方，只能先安排个小厮候着，她在渡口里面的茶楼等，听到前面说船到了，再命人驾上马车前去接人，刚揭开车帘来，便见阮媛就着一个男子的手跳下船来。

两人低语了几句，他停在船旁，而她往大路上来。

阮媛的模样大变，乍一看，三夫人都没敢把这高挑的丫头和她们家小囡囡联系到一起。三夫人对阮媛的印象，还停留在几年前那个圆墩墩的小丫头，再加上老夫人字里行间也疼得不行，三夫人只当她还是小时候的轮廓。

幸好那张圆圆小小的脸蛋和五官变化不大，三夫人觉得没有认错才定下心来。但她旁边的人三夫人却不敢认了，不是说阎家送过来嘛，怎么会是这一位？

三夫人下了马车，阮媛便也看到了她："三婶婶。"目光定在她肚子上，那起码有六七个月身孕了，阮媛忙上去扶她："您有身子怎么还来接我，让府里其他人来，也是一样。"

三夫人笑道："没事，不是第一胎了，我心里有数。正好也趁着机会出来散散步，对身体是好的。"

阮家特别能生男娃，三夫人前两胎都是儿子，最是羡慕大房、二房都有女儿，这一胎也正指望着能一举得女。

三夫人挽了阮媛的手，远远对沐斌致意。

沐斌对她没什么印象，京城里的官妇太多了，他不可能都认得、记得，她们知道他倒是挺正常。

但尊对方是阮媛家里的长辈，沐斌也客气地点了下头。

两边都不大认得，也就没有客套，就此别过。

小丫鬟和行李都在后面那辆下人的车里，两驾马车驶上正道。三夫人问阮媛："你怎么认得了沐王世子？是他送你来京的？不是阎家吗？"

"阎家遇到了点儿事，先折返了，后来就随了世子的船过来。"阮媛没有细说其中的往来，太惊心动魄了，孕妇听了也不好，真需要三房帮忙的时候，奶奶自然会提。

她反问三夫人："婶婶认识沐王世子？"

三夫人摆手，哪能啊，阮三老爷虽然官至二品，跟这些贵胄却还有距离，再说，文臣武官的往来也颇多敏感。

三夫人道："只是远远在舜华县主生辰的时候，看到过人，县主喜欢骑射，听说是跟他学的。"

阮媛眨了下眼睛，倒是第一次听说这位县主。

三夫人也知道阮媛往后要在京城一段时间，没准以后探花常留京城，也是准备把妹妹的夫家寻在这里。

三夫人便跟阮媛介绍这京城里错综复杂的人际关系："舜华县主是周王的小孙女，年岁与你差不多大，性子比较皮，舞枪弄棒的，在京城很有名气。她祖母与沐家老王妃是手帕交，两家走得很近。"

周王是太祖之子，今上之弟，行五，单名一个橚字，原由太祖封为吴王。建文朝时，建文帝以谋反之名将之贬为庶人。今上登基后，复封他为周王，就藩开封。今上吸取太祖、建文两朝动荡的经验，收走了这些封王兄弟的军权，只让他们在封地做个闲散王爷。如今皇室之中，还有实权的只有在云南守疆的沐王，其他多为闲散宗贵，权势远远不如沐王一支。

同样，阮三老爷也是实权派，舜华县主生辰时，朝堂上的男人自然不可能聚上，多少双眼睛看着。后院里的女眷，却可以以此为契机来往，因此周王府也给了阮三夫人请帖。

"便在那次见到了沐王世子，以往他应该是在南疆多一些，听到的名气很大，本人呢却还是第一次见。县主看起来与他挺相熟，叽叽喳喳一直在找他说话。"

"嗯，听起来是个很有趣的姑娘，"阮媛点了点头，马车行得平稳，她探身过去摸了摸三夫人的肚子，"跟我坐了这么久车，他有没有闹您呀？"

提到孩子，三夫人的话就更多了，她从抽屉里拿出来蜜饯果子递给阮媛："闹啊，不过不是这会儿，等吃晚饭的时候可闹呢。来，拿一两颗放水里泡着喝，我这几天嘴巴馋，又不能喝茶，只能这么解馋，你也尝尝，泡出来的水酸酸甜甜的。"

阮媛笑着拿了两枚蜜饯丢进水里，就这样把话题扯开了。

暗中跟着的暗九却心惊胆战，怎么都觉得阮媛的话语平常之中，有点儿不平常。

到了阮三老爷的府邸，阮媛的哥哥阮琼轩，她口里常说的探花哥哥，已下职回来，正立在门口等阮媛。

阮三夫人到底月份大了，下车就乏了，她也不跟这两兄妹客气，嘱咐阮琼轩带阮媛认一下屋子，她先进去躺一躺。

阮琼轩应下，转头把视线落在阮媛身上。他生得眉清目秀又自带英气，在秋风中，拔立若修竹。

阮媛被他注视着，忍不住摸摸自己的脸："怎么？不认得我了？"

"哪儿来的妖精，快把我的胖妹妹还给我！"

"已经吃进肚子里了，怎么可能吐还给你？"

便听阮琼轩轻笑一声："果然是我妹妹，一眨眼的，怎么把自己整这么瘦，我不在的时候，你都不吃饭吗？"

"我每天都吃，每天都吃得很多，"阮媛把手比在头顶，"你没发现我高了吗？面条拉长了还变细呢，怎么就不许我瘦呀？"

阮琼轩抬手捏她鼻子，幸好深知自己妹妹的性子，从不贪图外表，要不她这变化，阮琼轩都怕她会瘦出病来。

他领阮媛往里走，没几步停下来："什么人跟着你？"

这份灵敏，果然是她的探花哥哥。

阮媛也不瞒他，道："是沐王世子的暗卫。"

她回身叫了一声："暗九。"

暗九不得已，现身出来。

阮媛跟他介绍："这是我哥哥。"

暗九向阮琼轩抱拳："在下来自沐王府，听世子吩咐，保护阮姑娘的安危。"

阮琼轩看阮媛，阮媛也坦然回看他，兄妹之间，自有一种旁人不知的默契。

阮琼轩便道："人已经到我身边了，安危有我负责，回头我会亲自谢过世子。"

阮媛"嗯"了一声："哥哥说的有道理。"她转首告诉暗九："你告诉世子，我哥哥的原话，不用跟我进去了。"

暗九："……"

不要这样呀，您哪怕开口问一下舜华县主的事也可以啊。

阮媛却不问，跟阮琼轩进去了。

远远地，暗九还听见阮琼轩问她："你和世子怎么回事？什么关系？"

阮媛道："邻里关系呀，他家别院不是就在我们家对门嘛。"

独留暗九风中飘零：不是这样的。

沐斌进宫与皇太孙密谈，结党营私的案子犹如壮士断腕，一时间会举步维艰，但从长远角度来说是好事，大树拔出之后，留下的深坑总有一天能复原。而且，从结党营私案里又牵扯出的精铁之事，精铁用于兵器打造，几年来若一直有精铁在人眼皮子底下偷往北边运，绝非小事，往大了想极有可能牵涉谋反。

离开皇宫时，月已挂梢，暗九把今天的事说了。

沐斌想了想，他和朱舜华实在没有什么可说的。教她骑马也就是个传言，舜华是个假小子，自己都能摸着骑，还找他教什么？再者他看起来很闲吗，要去抢骑射教头的活儿？

以他对阮媛的了解，肯定不是在介怀舜华，那究竟是什么呢？

暗九担心：世子这会儿去，会不会太晚？

已经过了子时。

沐斌摇头："心里的气过了夜，明天岂不是会更不开心？"

然而京城阮府，又不是上虞阮府，地方不熟需要琢磨不说，真到了房门口，还另有一个人等着他。

——阮琼轩。

月光下的石桌旁，那青竹般的男子一个人在下棋。

白、黑子分明之间，他不等沐斌踏入院落，已经开口："夜深了，世子若不是来找我下棋，还是请回吧。"

沐斌自然不会因为这句话而迟疑，口中道："常闻新科探花郎棋艺精湛，他日定然专程登门请教。"显身穿过月洞门，他径直往侧间阮媛的房门走去。

人到门前，身后有声音响起："舍妹的房门是锁的，要是还顾着她的闺誉，还是别硬闯吧。"

阮琼轩手里夹了一枚黑子，注目着棋盘。片刻，落在一个没有白子的角落，他抬起头，语气淡然："她还没睡，有什么事，当着我的面说也是一样。"

阮媛的房间里没有灯光，隐约可以听到呼吸声。

沐斌隔着门栏问她："你有什么事要问我吗？"

"没有。"里面传来那个熟悉的声音。

阮媛就背靠在门上，道："很晚了，你先回去吧。"

漆黑无光的房间，她待了太久，已经可以看清里面的事物。

沐斌没有说话。

不知过了多久，阮琼轩的声音响起："人走了。"他调侃："普通的邻里关系？在上虞的时候，也天天这么找你？"

"你羡慕的话，让他以后去你屋找你。"

阮琼轩无奈摇头，小丫头还嘴硬。他道："好，我的妹妹不是一个无理取闹的人，所以你有情绪一定是有必须有情绪的理由。就让他吃闭门羹吧，等想明白了再来。不过我也是有原则的人，没有婚约，你看我会让他进你的屋子？眼下他能最快拿到婚约的办法，恐怕就只有赐——"

"婚"字尚未说完，阮媛打开门来："你少出坏主意！"

阮琼轩目光深深，似笑非笑："奶奶不想你嫁给沐家，这是他最直接也最可能寻求的办法。"

月光从门口洒落到屋里。

他的妹妹长大了，俏立在那道光线里，荧荧发光。

当年的璞玉褪去了青涩，散发出让人移不开目光的光华，却也已把心给了最初透过现象看到本质的人。

她有她的主见，亦有她值得被爱惜的资本。

阮媛立在月光中，声音轻软："天家赐婚，奶奶除了答应别无他法，心里却会留下永远的芥蒂和遗憾。婚事不是一个人的努力，他去与他家里人说，而我的家里人当然由我说服。"

她看着侧边虚无的一个点，墨羽般的睫毛颤动，然后向阮琼轩看去："不过，现在还是邻里关系，根本没有你说的那些有的没的。"

阮琼轩真是服了她了："好好好，你们女孩子的心，堪比海底针，我还是回去睡吧。"被阮媛瞪了一眼，直接把门关了。

门里依然无光，眼睛适应了一会儿才能视物。耳听阮琼轩离开，阮媛走向内室的桌椅。小丫鬟脚伤了，晚上没让她陪夜。

阮媛走到桌边，正要坐下。

忽然被一双手从背后拉住："媛媛，你到底为什么不开心？"

沐斌是从明窗跳进来的。

阮媛心里一惊："你怎么还没走？"她反手去扯身上环绕她的手臂。

沐斌却不松手："如果我就这样走了，你只会更不开心，我不死皮赖脸一点儿，怎么让你消气。"

"媛媛，"他说，"我的过去，我都可以说给你听，我的未来你都知道，你都参与。你有任何事，都可以问我，不要憋在心里。"

阮媛已经放弃了让他松手。

"没有，"她很认真地想了想，"我没有话要问你，有的话，我会直接问。"

她轻轻叹息："我承认我在最开始是生气你有太多的事我不知道。你以前的情况，我甚至都不如在京城生活的大部分人知道得多。"

"但后来，我更不喜欢这样的自己，不喜欢跟不上你的脚步，处处需要你停下来等我。我不想你看到这样的我。"

很多时候，并不仅仅是色衰而爱弛，并不是真的情到浓时情转淡。而是不同步的两个人，看什么都有了偏差，再难相互吸引。然后，才会有更年轻的人、更契合的灵魂，取而代之。

她把手覆盖在他手背上："给我一点儿时间，让我想明白，好不好？"

一室安静，良久无人说话。

其实，阮琼轩的提议，沐斌有想过，但是阮媛的坚持，他更清楚。今日出门之前，沐斌已经先去找了母亲和祖母，知道她俩不对付，开门见山就说要娶妻。

两位的表情都是惊异的。

沐斌坦然告知："阮家二房的女儿。"

沐王妃："我给你定娃娃亲的那个？"

老王妃连阮家是什么人都不知道，一听这话就说："你定的？我反对。"

沐王妃一听婆婆反对，马上眯眼睛："我赞成。"

老王妃："……"

"我已经决定了！"不论她们是什么意见，沐斌也只有这一句话。

他已经决定了，这个女孩他娶定了。

良久，沐斌道："好，我等你想明白。"

京城沐王府的老王妃不开心了一个晚上，她是皇城里长大的贵女，本来就不喜欢沐王妃这个外来的儿媳妇，现在孙媳妇还是外来的，老王妃更不高兴了。

舜华多好啊！她看这个孙媳看了许久呢！

第二天，老王妃就去找了舜华的奶奶、她的老姐妹周王妃嘀咕："怎么去了一次上虞，就跟勾了魂一样。跟他父亲那时候一模一样，你说我这心里怎么能舒服！"

周王妃对两家联姻之事的急迫一点儿不输老王妃，但是她的初衷却完全不一样。

归根到底，实在是舜华的主意太正了，家里完全管不住她，与其天天给家里气受，不如早点儿找家人家嫁过去。可是放眼整个京城，貌似都没有人想跟舜华提亲。

所以，对于老王妃丢来结亲的美意，周王妃一向是接的。

哪知道半路杀出个程咬金，两个老太太凑在一起叹气。

周王妃给老姐妹出主意："你好歹查查人家的底细，知己知彼方能百战百胜。若是个美若天仙的，可能你孙子就喜欢那模样。我们舜华的样子，也是一顶一好的，这你也不用担心了。若是喜欢温柔的性子，唉，虽然舜华是改不了了，但是温柔的姑娘，多半也好说话，你改不了自己孙子这头，就去请那姑娘改改主意嘛。再说，你还没问过那姑娘的意思，也许人家不想嫁呢。反正，我们不能两眼一抹黑，什么都不做，光在一起叹气。"

两人嘀咕了一个下午，周王妃前头送走老姐妹，后头就把孙女叫过来说了这件事。

舜华就得到了一个信息："阮琼轩的妹妹？"

"是，暂时也就知道是那新科探花的妹妹。硬要说起来，配沐王世子也配得起，"周王妃叹了口气，又振奋起精神，"你是怎么想的？你是想奶奶也去争取争取，还是对那沐家的小子没意思？我也得知道一下你的主意，才好走下一步。"

其实，虽说想着把她嫁到沐王府是最好的结果，但周王妃也做不到那么绝，无论如何，想知道亲孙女心里的想法。

舜华这会儿正在翻看她寻师傅定做的小皮鞭，闻言，她的眼睛转了一下，道："我要先见见她。"

北方的冬天来得早，阮媛带小丫鬟去置办冬装。女孩子看起衣服来最是花时间，三夫人带着身子吃不消，因此派了身边的大丫鬟领两人去成衣铺子。

成衣毕竟是临时穿戴，关键是这铺子的裁缝在京中很有名气，正好可以量了尺寸，顺带把料子和款式一起挑了，定下后面要做的衣服。

知道是阮三夫人家过来的，老板很贴心地安排了雅间，楼下大堂里人多又杂，雅间里就清静了不少，试起衣服来也自在。

冬天快到了，店里厚料子多，还有几块不错的皮子，摸起来柔软而温暖，阮媛心里一动，想到了明年的冬天说不定就是在南疆了，那个地方四季如春，倒未必需要这些……然而今年还是需要的，京城年年有雪，皮靴、皮手套自然少不了，她加定了一件裘衣，也让小丫鬟做一件。

小丫鬟惊讶地指着自己："我也有吗？"

"也定一件吧，万一冻到你怎么办。"

大丫鬟在三夫人身边这么多年，还没得过裘衣，看小丫鬟的眼神羡慕得不得了。阮媛自己带了钱来，虽然三夫人告诫大丫鬟这得走三房的账，下楼做账的时候，阮媛却婉拒了。

"已经打扰三婶婶了，这些衣物我怎么好再让三婶婶破费。"她按住了大丫鬟的手，示意老板把定下的成衣打包送到车上。

大丫鬟却是得了三夫人的嘱咐来的，不敢答应："小姐别为难我了，若是夫人知道是您付的钱，我也不好交代呢。"

阮媛就与她用一个折中的办法："那些皮的，还有我丫鬟的衣物由我来付。余下的两身就请三婶婶送我，好不好？"越地产棉花，阮媛在这方面在行，冬装里面塞的棉花，她都亲自看过。两身衣裙算下来，算不得便宜，但跟皮子比起来就差远了。大丫鬟也好回去交差。

话音刚落，背后有人说："把她看上的都包起来，我买了。"

那声音清清脆脆，自有一股娇嗔和蛮横。

这是京中排得上名号的衣铺，店老板识得不少达官贵人，见状迎上去："县主来了啊。"

那是个身穿银红色短装的女孩子，明艳至极，手腕上缠着一根嵌了宝石的小皮鞭。

看到阮媛回头，她一昂头："你就是阮琼轩的妹妹？我叫朱舜华，这些就当我送你的见面礼，你有没有空跟我聊聊？"

"县主有雅兴，我自然作陪，破费就不必了，"阮媛示意小丫鬟付钱。眼眸平和地看着对面的女子，"不知道县主是要聊什么。"

舜华也不拐弯，道："聊个男人。"

小丫鬟差点儿晕倒：我们小姐已算语出惊人了，这县主的话简直不能直视啊！

阮媛却只是淡然地笑笑："我对这里人生地不熟，太远的地方不认得怎么去。县主若不嫌弃的话，我们移步对面的茶楼聊吧。"说着，她示意三夫人的大丫鬟先带小丫鬟回去，小丫鬟毕竟腿脚不好，要不是来试衣服，她原本不想带她出来。

那头，小丫鬟却急了："可是小姐一个人可以吗？"

"怎么不行？县主来找我说话而已，"阮媛对三夫人的大丫鬟点头，"你送了她回去，再来接我。"

"是。"

阮媛对舜华示意："县主请。"

舜华的感觉特别好。

眼前这女孩子长得柔柔软软，行为做事却干脆利落，两种不同的气质糅合在一起，奇异又和谐。

她想，原来沐斌喜欢这种调调。

却说小丫鬟回到阮府，急匆匆就去敲门房："快点儿派人去找少爷，有个什么舜华县主来找小姐，恐怕是要为难小姐！"

结果，话刚说完，身边就多了个人。

暗九拦住小丫鬟："你说谁去找阮姑娘？"

小丫鬟气呼呼地："还不都是你们世子惹来的一身腥气。"

暗九辩驳："根本不关我们世子的事，你快说她们人在哪里。"

小丫鬟有点小傲娇："你以为我会告诉你？"她冷哼："最起码要有根糖葫芦！"

与此同时，在东宫的沐斌正被皇太孙调侃："一场婚事，叫你这样折腾，我还是第一次见。"

沐斌白他一眼："反正你到时候配合就行了。"

"行当然是行，不过你这样在意，我倒越发好奇是个怎么样的人了，有机会一定要见一见。"

"想得美。"

"连我都不许看啊？"

"你还没成婚，见你太危险了。万一你也喜欢怎么办。"

皇太孙哭笑不得："你就这么自信啊。"

沐斌理所当然："我喜欢的，肯定是宝贝。"

皇太孙简直是无语，端茶饮了一口："没想到几人之中，你是最先要娶亲的，我本来以为，所有人都娶亲了，你都没这想法，到时候正好和舜华凑一对。"

沐斌在对面，原本在整理阮家送过来的几份可能是精铁运出港口和抵达处的记录，闻言手顿了一下，他反问皇太孙："你们怎么都喜欢把我和舜华拉在一起？"

皇太孙闷笑，果然这人在没开窍之前，眼里完全没有这件事："你家老王妃和周王妃，经常嘀嘀咕咕的不就是这件事嘛。我还以为她们最后真会撮合成呢。"

沐斌认真地想了想，觉得这些人的眼神都不好，他每年从京城到南疆，来去匆匆，从来没多看舜华一眼。

然而，阮媛一到京城来，却发现人人都作此想法，那感觉一定糟糕极了。

要知道那时候他在上虞，一听说阮老夫人可能将她的婚事定在阎家身上，已经吃味得不得了。而阮媛是在已经答应嫁给他之后，才知道舜华的存在。相比之下，她的反应其实已算理性克制了。

她说她更不喜欢这样的自己，不喜欢跟不上他的脚步，处处需要他停下来等她。她也不想他看到这样的她。

就是这个傻丫头呀，什么事都会从自己身上找原因，从来不愿意怪别人。

但他如果能早点儿觉察，把祖辈的想法扼杀，又怎么会让她陷入那些困惑和焦虑？

沐斌不觉静了好一会儿。

皇太孙在对面添油加醋："再说了，你对舜华没什么，你怎么知道舜华对你也没什么？"

沐斌忽然就坐不住了："东西你自己看吧，我要走了。"

"这可是你的活儿！"

沐斌才不理会，把手里的材料往皇太孙面前一推，就要走人。

正好皇太孙的人带了暗九过来，但听暗九道："舜华县主去找阮姑娘了！"

沐斌整个人就更不好了。

沐斌和阮琼轩听说舜华县主找阮嫒，一个从东宫，一个从当值的詹士府，往茶楼赶。

一路上，沐斌甚至想好了，如果周王府敢说什么伤害阮嫒的话，他一定让他们以后看到她都绕着走。

结果，人到茶楼前，舜华已经走了。

老远就看到，阮嫒坐在最上面的茶楼雅间里。对街的窗户开着，夕阳打在她脸上，那双眼眸里好似映着湖光。阮嫒神情很平静，但是平静之中，又给人极大的压力，让楼下的两人心生慌乱。

看到他们过来，阮嫒没有动。下头的两人停在茶楼前，一时之间竟然也没敢上去，好像一旦上去，就会打破这平静之中最后的平衡。

彼此相看，阮嫒抬手，喝完了杯盏中最后的茶水，她转身下楼。

沐斌几乎是一步到她跟前："嫒嫒。"

阮嫒嘴角一咧，笑得沐斌心惊胆战。

"自幼相识，年年都互送生辰礼物？"

这事他怎么不知道？沐斌飞快地在脑子里搜索了一下："那些都是王

府长史挑的，我从来没选过一样东西给她！你要相信我！"

阮媛只是定定地看着他。

那一瞬间，沐斌压力骤增。

可他又完全不知道朱舜华到底跟她说了什么！而她又信了几分，误会了什么！

"媛媛，我可以对天起誓，我跟她没有任何瓜葛。那些谣传揣测都只是因为两家的祖辈走得比较近而已，他们就算有联姻的想法，也影响不到我。你若不信，我叫朱舜华过来，跟你当面澄清。"

阮媛露出恍然神色："原来两家的祖辈有联姻的想法啊。这件事，我倒是第一次听说，不论是三婶婶，还是县主，都没有告诉我。"

沐斌沉默。

她忽然轻轻地笑了一下，转眸看向旁边的阮琼轩，问道："哥哥你没有什么要说的？她跟我说了两个时辰，只有一刻钟在说他，其他时候都在说你。"

"噗——"

这反转太大，沐斌完全愣住，愣住之后的反应就是没忍住笑出了声来。

阮媛眼睛一眨不眨地看着阮琼轩："不喜欢不会下棋的女子，不喜欢写字不好的女子，不喜欢叽叽喳喳的女子？"

沐斌轻咳：好像舜华都中了。

阮琼轩立在原地，神色沉静如水，他凝视着阮媛，一时之间谁也猜不到他内心的情绪。

又听阮媛道："你有那么多不喜欢，那她怎么还能强……"

舜华说："结果，我只好强亲了他。"

"我探花哥哥不想做的事，谁还能强迫他？"阮媛扶额叹气，语气乏力，偏又带了一丝不易察觉的戏谑，"所以，最该给我解释的人，是不是你呢，探花哥哥？"

舜华对阮媛说："我看他逛街经常买女孩子才喜欢的东西，我问他是不是送心上人，他根本就不回答我。后来，就让人跟了你们阮府的人，才知道这些都送回了上虞。有些在你这儿，有些你会给你的手帕交，你哥哥是不是喜欢你那个手帕交？"

付佳儿被突然提及，阮媛也是意外。阮琼轩经常给她寄好吃的、好玩的，有些吃的一个人吃不完容易坏，她也会分给小丫鬟他们，也有几次带去学堂，是不是付佳儿却不确定。但那时候她俩交好，相处和分享的自然也最多，再加上付佳儿模样娇艳，会被舜华县主派去的人格外留意也有可能。

而付佳儿和哥哥之间……谁又会知道当年兜兜转转的心思，以及后来的种种举动，有朝一日，以这种形式再重回眼前。

见阮媛不回答，舜华觉得自己猜得八九不离十了，不禁气闷："后来那个人是不是嫁出去了？我听闻她名声也不怎么样，他那几天却闷闷不乐了许久。"

京城与上虞相距甚远，阮琼轩应是落后了好几日才知道上虞的情况，但是奶奶压根不会去在意付佳儿发生了什么，更不会将之告知远在京城的孙子。

那差不多时间发生的事，恐怕只有……阮媛当然明白舜华的焦虑，但探花哥哥的事，要解释只能由他自己解释，若是他不提，阮媛不会插手。她唯一会做的，是如现在这样，将舜华的原话转告他。

三个人站在大街上，周围人来人往，人海茫茫。

阮琼轩沉静地听完，点了下头："我知道了。"他往沐斌看过去："帮我送阮媛回去。"说完又想了想，似乎在考虑还有没有别的需要关照，但最后还是转身走了。

人群尽头有一抹银红色一闪而过，阮琼轩不疾不徐地走着。一直到那抹紧张的颜色躲不掉，只好停了下来。

舜华瞪着眼睛看他，心里像装着一只小兔子，她慌乱他会不会生气自己擅自找他妹妹，但从来骄傲的舜华县主没跟人低过头，就算慌乱，也昂着脑袋一脸不可一世。

他一直走到她面前。

"走吧。"阮琼轩脸上没什么表情。

舜华不明白地看着他："去哪？"

"周王府。"

原来是要督她回去，舜华的肩膀塌下来，不情不愿地转身。

他这个人就是这样，和好多人说话都和颜悦色，甚至听去上虞打听的人回来说，他对自己妹妹说话的时候还很俏皮，怎么到自己跟前就冷得和腊月里的雪一样。

舜华觉得，这大概就是不喜欢吧。

阮琼轩没有看她，路上还有旁人，他隔着一些距离走在旁边。舜华又想到刚刚沐斌对阮媛的样子，那一个箭步冲过去的着急，真喜欢一个人的样子，就应该是那样的呀，含在嘴里怕化了，捧在手里怕摔了。

却听见一个声音淡淡地传到耳中："前段时间，阮媛病了。"

"啊？"舜华反应不过来，道，"现在看起来，是好些了吧。还需要吃药吗？王府有很多药材，我明天就给她送些过去。"

完全没明白，他在跟她解释前段时间情绪低落的原因。

阮琼轩在心里骂了句傻瓜，道："药材不需要，你也别找她学什么下棋。"

舜华憋屈："可你不是喜欢会下棋的女子吗？"她好不容易找到了个切入口，他妹妹的棋艺由他亲自教授，那能跟着学的话，至少又离他近一些了，不是吗？

"我喜欢，你就去学？"探花的声音听不出情绪，"你又怎么知道现实和理想会不会产生偏差呢？"

舜华很不高兴："真是的，我想跟你妹妹好好亲近，学个下棋都不准。"

大名鼎鼎的舜华县主却也有了蛮横起不了作用的时候，只能抽出小皮鞭，一路鞭树叶，一路回家。

再不想走完的路，也有结束的时候。

再往前就是周王府，舜华进了巷子几步又退回来："喂，我要进去了。"

阮琼轩点头。

舜华跺脚："你都不抱我一下吗？"

刚刚她都看见了，沐斌对阮媛可疼得不一般，只差时时刻刻抱在怀里。

阮琼轩差不多也想到了，他说："你们不一样。"

阮媛是柔韧的，即便她与沐斌最后的结果不好，她也能挺下去。舜华却太刚烈，他今日抱了她，以后若不能娶她，她会做出极为极端的事。

一边是周王的掌上明珠，一边还只是詹士府一员小小詹士，有些事，至少目前还不到时候……阮媛说他不愿意的事，没有人可以强迫。但其实，他愿意的事，也不是件件都能顺从心意。

阮琼轩转身离开，身后传来一个声音："你可以不喜欢，但我偏偏就要勉强！"

舜华的声音带着哭腔，她情绪几乎是瞬间就来了，哭着跑回了府邸。

周王妃怎么劝都劝不住，于是，第二天沐家的老王妃就得到了一个消息：管好你们家小子，他看上的姑娘太厉害了，都把我们舜华气哭了。

老王妃："什么！"

这么厉害，让她觉得厉害到头疼的就是她自己的儿媳妇了，还能更厉害？但是儿媳妇再厉害，好歹儿媳妇漂亮啊，那个姓阮的姑娘，老王妃一打听，是个胖丫头啊！

吃饭的时候，老王妃端详着孙子："这看着眼神很好啊，为什么喜欢一胖姑娘？"

沐斌哭笑不得："我喜欢跟她在一起，根本没注意过她胖还是瘦。"

老王妃心想：这都说不在意了，看来是真胖得可以呀！

于是，她道："你母亲看上的能好哪里去，你确定是自愿的？"

旁边的沐王妃就不乐意了："我当年定的亲怎么了，这先是我儿子喜欢上的，然后才知道跟我定亲的是同一个姑娘，总体来说还是说明我有先见之明！"

婆媳俩又要治气，沐斌才不掺和。

早朝，皇太孙公布了结党营私案的结果，五品以上官员清算了百余人，牵涉地方人士上千，朝野震动。沐斌私下拒绝了丰功，和皇太孙要了其他恩典。所以，这件事明面上出力出人的都是皇太孙府。

三年时间，为了这个案子，皇太孙府换出去的人命又何止百人！

那些不知其人的名字，对眼前的文武百官可能只是一个虚无的符号，但他们真实存在过，流了血，丢了命。

他们对皇太孙和沐斌，以及参与到这件事里的每个人而言都沉重而刻骨。

浙江布政使杨大人在这件事里可谓意外惊喜，他的官位已经不小，再往上就能晋爵了。他心里明镜一样知道原本沐斌就没打算拉他进这件事，最后他能帮上忙，也多依靠上面的皇太孙和沐斌布局周密，自己不过是具体实施，捡了个漏。

什么封不封爵的，杨大人自知能力不足，他上了折子谢皇太孙的赏识，表示自己只想在地方勤勤恳恳继续做事，唯一的希望是朝廷看在他踏踏实实、鞠躬尽瘁的分儿上，给他一个恩典：他要翻儿子身上的一桩不清不楚的事，未免人家说他官大欺民，恳请皇太孙亲派钦差赴上虞调查。

付佳儿和杨千岳的事，杨大人终究是咽不下气。

阮媛知道的时候，跟沐斌说：“你不用顾忌我，应该怎么查就怎么查。”

沐斌当时是情况紧急，身不由己，让杨家吃了这个暗亏，杨夫人相当识大体，在看到皇太孙密令的时候，已经暗幸自己没驳了沐斌的提议，再后面的事，沐斌以前没让阮媛闹心，后面也不会。

他笑了笑，把事情扯到了阮家身上：“阮家的水道很快就会解禁，皇太孙会写一块‘天下第一水上人家’的牌匾送过去。”

对于阮家，这块牌匾已胜过千言万语，自可攻破过去的流言蜚语。

至于其他，詹士府是专门辅佐太子的机构，阮琼轩的能力几何，并不会因为阮家这件事而改变。他能不能争到机会，得看他自己，这才是皇太孙对人才给予的最高的尊重。

阮媛对自己哥哥的能力自然有信心，男子朝堂上的事，她问询不多，但如果阮琼轩的晋升与她、与沐斌能脱开干系，那是再好不过的。

人到了阮家三房这边住，阮媛不许沐斌再乱跑进她房间。这几日，明面上都变成了沐斌老去找阮琼轩，阮三爷知道侄子与沐王世子交好，而沐王世子又是皇太孙心腹，对这件事自然是面上当作没看见一般，心里别提多高兴了。

有阮琼轩在，沐斌也不得不正经很多，混三餐是不可能了，只能每天来吃夜宵。

跟阮琼轩一起吃阮媛做的同款点心，沐小王爷觉得味道不如跟阮媛单独吃的好。

当着人家哥哥的面，情话也不可以说，沐斌只能提起精铁案："直隶水道总督这件事，扯到了洪家，运送的精铁经过阮家也自然经过洪家。这条线得再查下去，你也想想，你姐夫当时可还有遇到什么特别的事，或者你觉得不太寻常的？"

阮媛正想着，却听阮琼轩开口："姐夫本来也要入秋闱，后来路上耽搁了，这件事我一直很有疑惑，他的学问再等三年也还有很大的机会考上。"他沉吟了一下，"他回来之后，一直跟在他身边的陈易也不在了。"

"陈易？"

这个人从来没出现在沐斌的资料中，阮媛跟他解释："是姐夫身边很亲近的随从，当年跟姐夫考试，是陈易跟着上路的。姐夫对他很好，他办事也不错，陈家也把陈易往未来的大管事方向培养。后来，听姐姐提过一句，姐夫出资让他自己做生意了，做什么倒是不知道。"

"也就是这个人会知道当初陈子鹤在杭州府因何耽误了。"沐斌把这件事记下。又听那头阮琼轩忽然问阮媛："过段时间，你要不要去寺里？"

阮媛点头："去啊，不知道京城哪所寺庙比较灵验，回头问问三婶婶。"

沐斌想了一瞬就明白了，两人的母亲是冬日离世，阮媛每年都会去寺中为母亲祈福持斋几日。沐王妃不信这些，老王妃却经常往来佛寺，沐斌道："京中最好的自然是皇家的寺庙，我来帮你安排。"

阮琼轩不让舜华找阮媛，但舜华是吹不倒的胡杨树，哭完又重整精神，他不让找，她就不找吗？舜华不光找了，还给阮媛带了个消息：沐斌的奶奶反对这门亲事。

"不过你不用紧张,我已经跟我家里说了我不愿意,"舜华一面说,一面从阮媛推给她的蜜饯零嘴果盘里拿出花生来剥,"沐斌对你好不错,其实他这个人可目中无人了,我受不了他这样的。以前还有不信邪的往他身边转,我就亲眼见了有年冬天,下了雪,有个姑娘要往他边上跌过去,换了皇太孙估计就扶了,结果沐斌直接往边上一让,小姑娘连他衣角都没沾,还一下滑进水里去了。当时皇太孙看到了,让他下去捞人。你猜他说什么?"

阮媛想了想:"估计会说:'要捞你自己捞吧。'"

舜华"噗嗤"一声笑出来:"他说:'有人落水了吗?我怎么没看见。'然后,头也不回地走了。"

"那是旁边还有其他人,如果没有的话,他还是会救的。"阮媛手里捧着热乎乎的茶水,白色的雾气升起来,映入明媚的眼眸,越发显得她眉目温柔。

舜华摆摆手:"你们这种在恋爱中的人,看对方都是好的。反正这么冷漠的男人,我不喜欢。"

阮媛抿嘴笑,心里无奈地想:虽然你觉得他冷,可我哥哥对你貌似也挺冷呀。

受虐体质的舜华浑然不觉,又问阮媛:"你哥哥今天怎么回来这么晚,到现在还不见人。他平常爱吃什么?他是喜欢你这样温柔贤惠的吗?"说话的时候,她的手不自然地捏花生壳,感觉都做好了洗手做羹汤的准备。

阮媛笑盈盈地摇头:"你只要做你本来的样子就好,让他喜欢一个不是你的你,有什么意义。"

"可是他不喜欢这样的我!"舜华唉声叹气。

阮媛想起阮琼轩的反应,他对人一向和煦,如此冷淡倒还真是少见,另一边,他也不是畏惧权贵的人,如果不喜欢,自然会拒绝得很彻底,不让舜华留任何幻想才对。

她把这想法和沐斌说了,沐斌觉得这一对很有趣:"舜华是个直肠子,如果你哥哥说话多拐几个弯，你能很容易听懂的事，舜华根本听不懂。"

阮媛白他一眼："哪儿有你这么说人的。"

沐斌无所谓："所以你哥可能已经拒绝得很彻底，她没明白。或者你哥其实已经表达了喜欢她，她却没听懂。"

阮媛扶额："有时候，我觉得你说话，我也听不懂。"

"别这样啊！"沐斌搭着她的肩膀，"我们谁跟谁啊，你哪一句听不懂，就放心大胆地说出来。"

阮媛推开他的手，这家伙打着来等阮琼轩的名号就赖着不走了，他当阮家三房是傻的吗？

沐斌却只想瞅准机会亲她一口。

好几日旁边都有人妨碍，他忍了又忍，这会儿好不容易得个机会，不亲一下怎么解相思之苦。但沐斌更知道，没有婚约在身，他们名不正言不顺。

他低头，克制地在她眉心上印了印。

其实，也不是不能马上就成婚，可他知道她的心结，他想定下婚事的时候，所有的过往都已结束，那桩精铁案会是比任何金银珠宝、风光无限更好的聘礼。

十八

一道莱菔粥

　　京郊有三大皇家寺院，沐斌帮阮媛定在其中的鸡鸣寺。这里距皇城最近，只有半日路程，方便他去看望她。沐家的老王妃来这里次数最多，沐斌也与这家的住持最相熟一些。

　　提到老王妃，阮媛问沐斌："你奶奶是不是不同意我们的事？"

　　他道："你不用在意。"

　　那就是真反对咯，阮媛歪头看他："这算不算报应？"

　　以往是她奶奶反对，现在是他奶奶也反对。

　　沐斌看着她眼里的神色，笑道："就算你变成朱舜华那样，也不会改变她的心意。但凡是我母妃答应，她都要反对。反过来，就算我母妃不表态，她也不见得同意。人到了一定年纪，想要的是小辈顺着她的心思来，而不是她的眼光真有多好。"

　　他的婚事，他只是知会家里一声，在南疆的沐王得了书信，什么也没说，沐王妃现在正因为自己"眼光好"而嘚瑟。四个人里只有老王妃一个人不同意。皇家那头，他早找皇太孙打过招呼，老王妃就算要走赐婚的路子，也走不通。

　　在这件事上，沐斌十拿九稳，亦固执到了极点。

　　说话间，马车停了下来，已经到鸡鸣寺的山门外。

　　沐斌扶了她下车，阮媛举头上看，只看到山门高大雄伟，其后郁郁葱葱，中间分了三路，中路赤红色的大门紧闭，这道门只在皇家出行时开放，果然是皇家寺院才有的规格。

方丈院派了人，正要领两人上去，前面山门一侧行出一队人来，当先一人四十多岁的模样，生得温文尔雅。

沐斌远远看见，对他行了个礼："谷王殿下。"

阮媛难得见他对一个人如此敬重，垂首也见了礼，却不知称呼什么好，只能闭了嘴巴不起身。

"我前几日还想，好久没看到沐家的小子，今儿个就跟你遇上了，"那人笑如春风，行到沐斌面前，眼睛在阮媛身上带了一下，道，"听说快喝你喜酒了，我还觉得不可思议，今日一看，还真的是指日可待。"

他热络地拍拍沐斌的肩膀，笑道："不与你多聊了，等闲时再来寻我闲话。"

沐斌点头："那是自然，殿下走好。"

他目送对方带人走远，才与阮媛继续往里走。

知道阮媛对京城的人和情况都不熟悉，他一面走，一面徐徐解说："刚刚那位是太祖第十九子。"

谷王单名一个橞字，母亲为滁阳王郭子兴之女。太祖朝，初封藩地为宣府上谷郡，因而为谷王。

后来，太祖长子早逝，将皇位传于皇太孙建文帝。谁知建文帝被身边佞臣蛊惑，对驻藩的叔叔们生了猜忌，短短几年，将几位叔叔杀的杀，软禁的软禁，贬黜的贬黜……才有今上起兵清君侧之事。

今上举兵围京之际，京城内有不少今上以及部下的亲友。比如皇后的兄弟徐增，曾想开城门接应今上，被建文帝截杀。又比如当时手握南疆重兵、可以左右天下局势的沐王，他的妻儿也在应天。

沐斌手里一暖，被阮媛拉住，他知道她在宽慰他，笑了笑："没什么。那时候年纪小，其实也不记得具体的情况。说起来，我奶奶那时候正好就在这鸡鸣寺中，逃过一劫，所以这鸡鸣寺对沐家来说，一直很有灵气。"

他话音一转，继续向阮媛解说。

靖难时，谷王也在城中，不过他原是建文帝一派。两人虽为叔侄，实则谷王还比建文帝小两岁，年龄相近，幼时曾一同长大，感情非同一般。

当时，应天府内有二十万重兵，又持着今上众部下的亲眷，谁也没想过今上会笑到最后。扭转关键的人，就是当时为建文帝守金川门的谷王，他为今上打开了城门。今上登基后，对其重赏，赐藩长沙府。

"谷王亦懂规矩，靖难之后没有居功，一直领着他闲散王爷的俸禄，闲来作诗品茶理佛。今上在世的兄弟不少，但对谷王最是厚爱。如今还时常让他回京，不似别的藩王几乎都在封地，鲜少有机会面圣。而且，这次结党营私的人大部分是大儒方其正的学生后辈，谷王其实也曾经是他的学生，但就完全……"沐斌忽然收住声音。

阮媛疑惑："怎么了？"

沐斌顿了顿，道："没什么，只是忽然想到昨日有封信没有回复父王。"

"那正事要紧，你快回去回信吧。"

沐斌点头，搓搓她的手，叮嘱："天冷了，这寺里的炭火如果不够，你要记得说。"

因是皇家寺院，平常人进不来，沐斌没有登记阮媛的名讳，他怕寺人怠慢她。

但其实这种事发生的概率极低，不论她是什么身份，都是沐斌亲自托付方丈的人。阮媛知道他关心则乱，笑着点了点头："我一定不会亏待自己的。"

佛门重地，两人不宜亲近。沐斌松开手："那你随师父进去吧。"暗九的哨子已经还给了她，有自己的人在周围保护，他其实也没太多要担心的。

"嗯。"

他一直看着她，直到她人进了大雄宝殿，才转身。

一出山门，沐斌却立刻快马进了皇宫。

皇太孙知道他今日要送阮媛去鸡鸣寺，不会过来，没想到沐斌会忽然闯东宫。

沐斌不等他开口，推开他桌上的文件，让人将结党营私的关系图再铺出来："我们一直想不明白方其正一个阁老致仕了，还结什么党、营什么私，除非他想做皇帝。但如果他身后还有一个人，而且这个人是皇室中人呢？"

皇太孙温润的脸庞凝重起来，沐斌一拍桌子，翻身去拿精铁案的案卷，跟结党营私案的东西放到一起。

沐斌的手指在三个案卷上滑动："靖难之前，诸王谁与建文帝关系密切，最不被他忌讳？建文帝有意去除诸王，有谁独善其身？结党营私案，谁可以让方其正死而后已？精铁案，谁需要精铁在直隶省打造武器，方便他在这里行事的前提是他也能在直隶省自由行走？"

窗外寒风呼呼，东宫里滴漏声声。

皇太孙按住眉峰，语气没有起伏："如果这个假设成立……"

"他是太祖之子，也有承袭大统的机会。但，天下大势并不向他。于是，借建文帝之手，清扫障碍，后来见机会渺茫，打开城门，明哲保身。"沐斌声音缓缓而掷地有声。

他道："他不甘心，必然要准备重新起事，所以他需要精铁，有精铁才能有武器，有武器才能起事。如果这个假设成立，再加上直隶水道总督是他的人，洪家的水道不会有问题，他就可以走水路运送武器。但是阮家不是他的人，铜墙铁壁一样的阮家要从哪里找突破口呢？陈子鹤是阮家的女婿，如果由他亲自走船，阮家不会特意检查防范。再后来，太湖那不是一场意外，沉船的时候阮媛看到了火光，也许是陈子鹤发现了端倪，被杀灭口。"

"甚至！"沐斌继续道，"你还记得靖难时的传闻吗？那时候京城有人说，建文帝并非葬身火海，而是在有人开城门迎今上之前，悄悄放出城去了！那他起事的动机就又多了一个——匡扶建文！"

皇太孙睁开眼眸，目光落在对面墙壁上描画的堪舆图上，北至荒漠草原，西连天山山脉，南抵辽阔大海，东面之外是星罗棋布的小国，这幅员辽阔的疆土，吸引多少人前赴后继，又需要多少心血才能维护……

"这些都还是我们的猜测，没有确凿的证据，"皇太孙把目光从堪舆图上移开，落在沐斌的身上，"你一向很敬重谷王，不会平白无故怀疑他。"

那目光似有重量，沐斌没有回避。

但是什么让他对谷王产生了怀疑？

他却没有回答。

片刻，皇太孙颔首："无妨，我信你。我记得，陈子鹤身边的陈易，你派人去找已经找到，正在上京的路上。"

可是，来不及了。

他们在查精铁案，动作那么大，谷王会忍耐到几时发难？他们又岂能放任这头狼继续在榻侧酣睡？

烛光下的少年继承人，沉默不语，他的父亲——东宫太子自出生便有顽疾且常年病弱，这是朝廷根基不稳的源头，亦是被守护的核心。

那张堪舆图，他从懂事起就在看，他身边最忠诚、最信任的几个同伴，南边的沐斌、西边的胡七、北边的凌宋喆，是他未来帝王之路上的铜墙铁壁。但总有一天，他们都将远赴边疆，而他的身边围绕着一群带着血缘的狼……稍有不慎，昨日的建文，便是明日的他。

皇太孙笑了一下，重新向堪舆图看去，道："藩王之政，迟早要改。也许谷王想送我一个契机，不论他是不是，试他一试又何妨，你放手去做便是。"

沐家的老王妃被老姐妹周王妃造访了，两人熟悉了几十年，彼此一照面，老王妃就知道了："你家舜华不乐意。"

这事，周王妃也是在肚里打了几番草稿，最后觉得再多说辞都不合适，所以就开门见山了："舜华任性，你也知道，她说她有属意的人了，如果人家不与她提亲，她就倒过去提。"

这语气除了舜华，的确没谁了。

老王妃很是惋惜，正想叹几声不知是谁家的小子这么有福气入了舜华的眼，却听周王妃道："说出来，我心里的不舒服一点儿不少于你，她喜欢的，竟然是那阮府二房的嫡长子，你们沐斌喜欢的那姑娘的兄长！"

老王妃："什么！"

两个老姐妹，四目相对，彼此都能感觉到对方心底里翻起的惊涛骇浪。

"这阮家到底都是什么人，生出来的都是妖孽吗？！"老王妃心里跳得厉害，"名不见经传，也不是什么京中大户，就能一连对上两个王府，这对兄妹倒是好手腕！"

周王妃同样意难平："过去只有他们三房打眼，实打实在朝里做事。这二房里，我打听了一下，两个都是自小没有母亲的，养在祖母名下。"

沐老王妃眼皮跳了跳："竟然没有母亲教养……"也是了，正经人家的小姐，又如何会让沐斌认得，她们家小子，她心里是有数的，在京中的小姐，多多少少都爱在沐斌跟前晃悠，他不是没见过有手腕的姑娘，但是，名门中的女子，就算有心，也做不了多出格的事，那地方小门小户怎么一样？

沐老王妃眼前就摆着一个现成的——她儿媳妇，曾经越地首富的女儿，如今他们家倒是韬光养晦了，可他们家教出来的女儿却一个不落地嫁进了世族豪门，而且个个都是实权派。

沐老夫人是皇城贵女，在这个儿媳妇面前说话时腰板都没那么直，因为什么？因为她娘家早就不是实权派了！再加上她亲儿子又护着，这些年老王妃也是受了不少暗气。

所幸，沐斌与他母妃从小就处得不融洽，这些年沐老王妃一直觉得孙子不会再犯儿子的错了，哪知道更离谱！

老王妃心里难受得不行，周王妃告辞之后，她在屋里长吁短叹了好久，觉得这日子变得都没办法过了，必须找个地方静一静、缓一缓。

阮媛在鸡鸣寺里礼佛，住持专门给她分了一个小经堂。小丫鬟的腿刚好一些，她坚持没带来，实在是觉得她玩心太重，怕在这里也收敛不住。阮媛问三夫人要了一个乖巧的丫鬟，名字就叫静巧，处了几日发现果然又静又巧。

这日，阮媛和静巧从小经堂出来，远远看见边上的院子里有人进出。

鸡鸣寺很大，专门辟出了给香客礼佛的地方，几个类似的小经阁连在一起，设置在香客居不远处。

前几日，那边院落都静若无声，如今忽然热闹，看来是有其他人来了寺里礼佛。那头没和她打到照面，阮媛也没有主动过去，远远避开。

冬日渐近，寺院里的院舍房屋都很大，的确要比家里冷一些。静巧在屋里生了炭火，两个人吃过晚膳，早早睡了。

半夜里，淅淅沥沥下起雨来，阮媛被雨声闹醒。屋里还是暖融融的，丝毫未受到阴雨影响，她却有点儿睡不着，翻了几次身，静巧的声音就传过来："小姐，哪里不舒服吗？是不是要喝水？"

阮媛发现她醒了，倒坦然了。以前小丫鬟没有这么警醒的，换了静巧，她一直怕起来会把她闹醒，想不到还是把她闹到了。

"没有不舒服，也不渴，是醒早了，觉得饿了，"阮媛坦然，说完自己也笑了，"不太想吃屋里的冷食，你既然醒了，我就不躺了，我要去厨房转转。"

静巧二话不说麻利地坐起来："我陪小姐去。"她是被安排来侍奉的，自然不能让小姐一个人出门，自己赖在被窝里。

如此甚好，阮媛道："那回头回来，你要是犯困就多睡一会儿，反正只有我们两个，没事的。"

静巧点头，知道她是个脾气好的主子。外面雨大，她给阮媛加了厚披风，撑起伞来，两人顺着小路往寺庙的厨房去，大路太远了，她们之前一向穿过旁边的院子过去，才走几步，前面忽然有人出声问："什么人？"然后亮起了两盏灯笼，往这边照了照。

借着那光，阮媛见到领头问话的是个穿戴不错的老妈妈，看打扮是大户人家主妇的贴身人，生得不怒自威。

阮媛打量她的时候，她也在打量阮媛，发现对方气定神闲，气质并不一般，便意识到了大约身份不会平常，能在鸡鸣寺里的人，又有几个平常呢？

老妈妈迎上来，道："屋里有我们贵人在，不便让您走。"

阮媛笑了笑："是我们鲁莽了，以为没有人住，想抄个近路去厨房。"

对方会意，道："那我送您一送。"既不让人家退回去，又能保证不影响了自己的主子，是个两全的办法，说得很体面。

阮嫒便道："那有劳了。"随老妈妈穿过院子，往厨房的方向去。

经过她们主子屋子的时候，只听得屋里隐隐有咳嗽声，压抑地喘着，她不禁想起远在上虞的奶奶，心想：原来是位老人家。

老妈妈送了阮嫒和静巧过院子，再回到廊下，里屋的咳嗽声大起来，她推了门进去，停在外面散了身上的冷意和水汽才掀帘子进去。

老王妃已经坐起来，由几个丫鬟服侍着饮茶，口里含着口痰，却没能吐出来，痛快不了。看到她过去，老王妃含混地道："把你咳过来了。"

是她陪嫁的丫鬟，如今两人年岁都大了，老妈妈也守不了夜了，躺在另一间屋子，但，人老了到底眠浅，这一晚上没怎么睡着，就听到了老主子咳嗽。

老妈妈叹口气："您咳症又犯了，还是我去给您煮一锅莱菔粥吧。"

那是宫中太医开的药膳，对郁气导致的咳症最合适。

"还不是被沐斌气的。"老王妃无力地往床上靠，丫鬟们机敏地给她垫上靠枕，老王妃调整了几下，寻了最舒服的角度靠好："吃了几次了，也不见好，没准儿是太医看错了没下对方子。"

还是什么医痴、医魔呢，年岁那么轻，能有多少能力？

老王妃现在看到年轻人都不乐意，老妈妈心里会意，知道她的介怀，柔声道："吃一吃总是好的，等煮好了过来您也饿了不是。孩儿大了，许多事不是我们想的了。您现在在佛门清净地，别去想了。"

几句话倒是让老王妃心里舒服了点儿，扶了她睡下，老妈妈示意丫鬟们看紧点儿，亲自往厨房去煮药膳。

阮琼轩回到京城时，天还没亮，城门关着，他亮了腰牌让守门将军开门，一刻也没停留，先进了东宫。

皇太孙让他去调查精铁案的时候，许多人都露出了意料之内的表情。最近都听说沐斌跟他交好，而沐斌为何与他交好？周王府的舜华县主都放话出来不嫁沐王府了，不知道多少人以为大概是一个用妹妹攀到关系的人……再说精铁是在阮家的水道查到的，自己人查自己人，还不就是有猫腻？

阮琼轩从东宫出来时，外面下起了瓢泼大雨，水帘顺着瓦当向下垂。

阮家三爷让人留了门，让阮琼轩一到就去书房见他。

阮琼轩看了看时辰，再过一会儿，阮三爷都要出门准备早朝去了，看来是一晚上没睡都在等他。

阮琼轩约莫能猜到阮三爷会问什么。

阮三爷果然开门见山："是不是太子不大好了？"

阮琼轩在詹士府，职位虽低，却是东宫近臣。这几日皇子都没有上朝，阮三爷暗地里也是听到了一些风声，太医院那个一直调理太子身体的医痴最近都没出东宫。而阮琼轩才被派去调查精铁案，没道理才出京城就又被叫回来。

太子身体向来羸弱，但如此长久地缺席早朝，甚至完全不在人前露面却是从未有过的。如果真有变故，朝野说不好又是一场血雨腥风。

叔侄二人同朝为官，肯定要互通一下消息。

阮琼轩却不便开口，道："刚刚去的时候，殿下已经休息。"

阮三爷就明白了，他是被派出去又叫回来的，自然要进东宫述职，却没见到正主，这情况就很分明了。

阮三爷缓缓坐到了太师椅上。

难怪，沐斌一直留守京城没有离开。这时候，有带兵的在身边，是最重要的。但是京城的闲散王爷们，退出朝野多时，个个都没有实权，这又是防备着谁呢？

阮三爷眉头皱起，陷入沉思，好一会儿才回过神来，发现侄儿还没走。

阮三爷道："你也一路奔波了，精铁案关乎我们阮家的水道，还有阮娴的夫婿，别人说什么我们不用在意，我们都想早日查出结果。不过眼下既然是这种光景，这事怕是一时半会儿都没有结果了。你去休息吧，过会儿我就去上朝了。"

阮琼轩这才退下，他是东宫近臣，自然有人盯着阮三老爷的反应来猜测太子的身体情况。阮三爷也有自己的一圈人，等会儿他上朝的时候，能看懂的人自然就看懂了。

阮琼轩想到那个半路与他碰头、随他进城门的人，望向外面的瓢泼大雨。

与此同时，谷王府也亮着一盏小灯，他在城门军里有人，知道阮琼轩才回来。东宫派了他往长沙府去，去长沙府还能是做什么？要查他老底，也就是怀疑他了。

皇太孙和沐斌一向很讲究证据，为了证据用了三年去查方其正，这种人，没有证据是不会怀疑他的。

却又把人半路叫了回来……

"这是东宫不要查下去的意思了？"来回禀的人也奇怪。

"太子仁厚，可皇太孙一向多疑，可能就是诈一诈我。我们按兵不动，他也就打消了顾虑，"谷王拨着手里的棋子，道，"洪家趁着阮家不行的时候，想把自己吃大一点，无非是江湖恩怨，你看皇太孙那边能下手吗？他是想查精铁的来源，可是这条水道纵跨数省，一时是查不出来的。前面几年方其正自己吃多了，我们不割掉这只手，以后迟早牵连我们。"

壮士断腕，是皇太孙断腕还是他断腕，结果是留给最后赢家说了算的。

相比于精铁案的进度，谷王更在意的是皇太孙这几日的反常："陆峥进去快四天了。"

"那个疯医……太子是又病了？"

谷王笑了笑："都知道他体弱，一直以来呼声最高的是汉王一支。本王可一直勤勤恳恳地在为他们祈福呢。"

太子自幼有病还是个跛脚，人人都知今上有三子，尤喜二儿子汉王朱高煦，常赞其最像自己。今上之所以没有废去太子，不过是因为太子有个好儿子，皇太孙朱瞻基是今上的心头肉。

可是，盯着东宫的不是只有他，现在就看汉王这支是不是有动作了，毕竟今上也曾和汉王说过"太子多病，汝当勉之"啊！

沐斌不回南疆，是帮皇太孙防着汉王。

今上这几年已经越发糊涂，如果他在这时候叫汉王回来，那真可能是让他谷王作壁上观，渔翁得利。

天还没亮，相比京城的波涛暗涌，鸡鸣寺这头一片平和。

阮媛的汤圆才开始混糯米粉，刚才打了照面的老妈妈便带了丫鬟进来。

两人先前见过，老妈妈对阮媛略一福身，算是见礼。

寺庙的厨房很大，有好几个烧火师父值夜，见状又给老妈妈起了一个灶。老妈妈嘱咐把莱菔子洗了，配上精米熬粥。

阮媛听到莱菔子煮粥便知道是对付郁结引起的咳嗽，她母亲在世时也常吃这一味药。

这会儿她手里裹的是糖心的圆子，一会儿就好，那头的粥才上灶，她这边的水已经滚了，把圆子下到锅里，一会儿它们就像白胖子般地漂起来，很诱人。

阮媛把小圆子捞起来，交给静巧，装到匣子里，带回房用。

听见那头丫鬟和老妈妈说："莱菔子味辛，先前主子都只肯用小半碗，要不妈妈加些糖调一下味儿，兴许好一些。"

老妈妈摇头："怕是太腻了，更吃不下。"

这莱菔子其实是萝卜子，味道比萝卜要辛辣很多，加了甜味还不伦不类。

其实，老妈妈也想太医能帮忙改为莱菔子的药丸子，但是那年轻的医痴太医说："老王妃如今的身体，下药得温和。"

阮媛想了想，道："这位妈妈，不慎听到了你们的对话，可能容我也插一句。"

老妈妈闻声看过去，道："本是公用的地方，小姐听到也正常，"她看她亲自下厨，想来这厨艺方面也有些心得，诚意道，"小姐但说无妨。"

"等您返家之后，可以试试汤骨做底熬这莱菔粥，莱菔子本是萝卜子，带着萝卜辛，配汤骨是不会冲撞味道的。"

老妈妈心想：可眼下是在寺庙，怎么能用荤汤呢？

又听她道："如今在寺中，只能食素，则可以试试加上一些菌菇熬的素油吊一下鲜味。这莱菔粥要早上空腹的时候喝，才最见效，带点儿咸鲜也更开胃些。"

菌菇熬的素油，老妈妈手边倒是有的。她谢了阮媛，熬好粥，给老夫人端了三个不同的碗去。

老夫人觉得奇了："你要我用三碗这么多？"她哪里吃得下。

老妈妈道："哪里，三个的味道都不一样。这个是什么都没加的，这个是加了蜂蜜的，还有这个是加了菌菇素油的，给您的选择多一些，没准儿您能多用一些。"

沐老王妃没好气："再多选择还不是那味儿。"

那莱菔粥喝多了，真觉得嫌弃。有时候人老了，便是有些像孩童。老妈妈不得不多说了几句好话，老王妃才拿了勺子，嫌弃地在各碗里挖了几口，到最后一碗的时候，的确觉得加了素油的还可以，不觉多吃了几口。

老妈妈心里就踏实了些，把厨房里听那个姑娘建议放素油的事说了。

老王妃没当回事，道："那等会儿，你让人给那边送个点心，算是谢她一声。"

阮媛用完糯米圆子，静巧便带了碗筷出去清洗。

外面的雨哗啦啦地下着，随着天光发亮，渐渐开始夹杂雪花。十一月，京城已经要落雪了。阮媛翻着手里的一本册子，是沐斌整理的与沐王府往来的人事，她以前随阮琼轩了解到的自然远远不如沐斌了解的清楚，尤其是沐斌还整理了各大家族内女眷的关系。

与沐家的人口简单相比，其他家族背后的关系错综复杂。

按理这些要等她进门之后，由沐王妃带着认识。可沐王妃没这眼力见儿，她自己都认不全京城的人，反正谁见到她都一样客气。这一点上，沐王妃其实算得上是个非常有格局的婆母，她不需要的，自然认为她儿媳妇也不需要，何必花那个心思去整理。

阮媛对沐斌如此形容他母亲，真真哭笑不得。

这本册子是他离开鸡鸣寺后，让人送来的，每一笔都为他亲笔所写。沐斌的字极好，她有时候看着这事无巨细的册子想，他到底是从什么时候开始准备他们的婚事，他想得一向很长远……有时候，她觉得他孩子气，但其实，他只是对她会有这些孩子气罢了。在她看不见的地方，他是那个叫人闻声生畏的沐王世子，杀伐果断，冷傲自负。

上次一别，除了这本册子，再没有他的音信，她知道他事忙，过去他时时往阮家跑，她还会觉得他太过腻歪。

如今只是短短几天不见，却好似每一刻都被拉长。每次她礼佛结束，走出小经堂，都觉得他下一刻就要出现了。

她推开窗户，外面夹杂着雨雪的风吹到面上，因为身后是暖融融的屋子，阮媛竟然一点儿也不觉得冷。

她只站了一会儿，暗九就出现了，抱拳告诉她：阮琼轩今日怕不能来了。

今日是母亲过世的日子，定了法事。去年，阮琼轩中举留在京城，也没能赶回上虞去一起纪念这个日子。他答应过今年一定一起的。

原本，沐斌再忙都会想尽办法来找她，阮琼轩也不是轻易爽约的人。

阮媛隐隐觉得，朝廷上要发生不寻常的事了。

若说阮琼轩像谁，其实他的性子倒有几分像他三叔——阮三爷。

大爷处事公正而圆滑，二爷为人忠顺憨厚，两人都长阮三爷近十岁。阮琼轩出生的时候，阮三爷正在上虞家里读书，于是便成了阮琼轩的启蒙老师，带他习文写字。

这位三叔自幼勤勉，两位兄长为家族奔波忙碌，而他则很早就立志要入仕，为家族多一份保障。他读书的时候，总是第一个到学堂，第一个让老师考学问的学生。他中进士之后，是第一个到翰林院上职的编修，哪怕如今他已是朝中大员，这份勤勉一直追随不变。阮三爷向来是最早上朝的官员之一。

而今日早朝，阮三爷看到一个意料之外的人比他先出现在这金碧辉煌的大殿中，长身立在殿内。

怎么会……这个人竟然一声不响地出现在京城，而且是站在那个特殊的位置。

饶是在官场见多风雨，阮三爷心里也猛然一缩，他想到昨日从侄儿那证实的信息——太子怕是不太好了。

此时，他几乎又是在顷刻之间想到，沐王府的态度是怎么样的呢？

沐王府一向是绝对的太子一派，就算太子如今……不到人咽气，沐王府都不会改变初衷，再加上还有四周边塞的将领大多尊太子贤厚，东宫这一边还占上风。

比他晚到的朝臣，惊讶更不亚于阮三爷，人人都预感到了会有一场不一般的较量和风雨——皇太孙不在，沐斌也会争这口气。

满朝文武站立妥当，铿锵的兵甲声传来，伴随着佩剑撞击在盔甲上的清脆。

阮三爷瞳孔一紧，看到沐斌身穿铠甲，佩剑而入。

沐家父子被准许佩剑入宫，除了战事期间，还从未有过如此做派。

果然——

所有人的心都吊了起来，看着沐斌一步步向那个人走过去，那一声声兵甲撞击的声音像踏在人心上，敲击出了战鼓一般的惊瑟。

仿佛预感到沐斌随时都可能拔剑一般，有些胆小的人额头上都冒出了冷汗。

然后，包括阮三爷在内的所有人，意外地看到沐斌站到了那人身侧的位置。

这个举动，仿佛预示了某种协议已经达成，比双方对垒更可怕的事冲击到了在场所有人的心魂。

不在朝野的谷王，也很快了解到了早朝上发生的事。

在谁也没有想到的时间点，在这样一个特别的契机，今上的第二子汉王朱高煦悄无声息地出现在京城。

他以为至少要等今上开口，汉王一支才能入京。沐王府和汉王一支，各自有着不小的兵力，两者又相互制衡，各有心思，才能相互压制，才可能有他动手翻盘的机会。

却没有想到汉王直接就入京了。

这也就意味着，他期盼的剑拔弩张、两兵交戈根本不会发生，在他看不见的地方，双方早就已经达成了某种协议。而沐王府又何必大动干戈，说到底，天下是姓朱的，不论是叫朱高炽，还是叫朱高煦，都不会改姓沐。

谷王忽然慌乱起来，他已经又等了十多年，一旦这样平稳过渡，他还有几个十年可以等待？

鸡鸣寺内——

老王妃坐在经堂里，转着佛珠，听见外面嗡嗡的诵经声持续不断，她闭上眼眸。老妈妈从外面进来，看她这样，道："是不是吵到您了，要不我去找方丈说说，让他们换个地方。"

老王妃叹了口气："佛门是众生平等的地方，我还没造作到这样。"她是忽然想起了自己的夫婿、过世的老王爷，好多年过去了，她时常来给他念经，不知道他听到了没有，有没有等她去了再喝孟婆汤。

只是，这些只有等她也死了以后才能知道了。

想到这，老王妃就收了心神，她还要看孙子成婚才能死，这是她答应了老王爷的。

停下手里的佛珠，老王妃问："是谁在做法事？"

能在鸡鸣寺定法事的人不多，也许还是认识的，那少不得等会儿要见一下。京城的人，多多少少都有着千丝万缕的关系，多客气一分没什么坏处，这点上，老王妃就特别看不惯她儿媳妇，眼睛长在脑门上的做派。

老妈妈刚刚就是去问这些，回道："方丈那边的人倒是不肯透露名讳，只说是为了过世的母亲做的，今年正好是整年。但是我看了近日在寺里的，似乎就只有一位小姐在。"

整年，也就是过去十年或者二十年了，听意思还没有出嫁，那不可能有二十年那么久。一个小姑娘，母亲过世十年，想必离开的时候，她年纪还小，又是一个人来寺里，看来身边并没有特别提点她这么做的长辈。

老王妃心头不免一动，倒是个有孝心的孩子，换了她过世十年，不知道沐王府还记得如此隆重的人有几个，反正……她是不指望她那个儿媳妇的！

再想到早上那碗莱菔粥，老夫人才生出好奇来："点心送过去了吗？没有的话，就等会儿，我亲自去送一送。"

倒把老妈妈说得一愣，不知道这忽然是打的什么主意。老王妃却不觉得这会儿的诵经声烦闷了，重新拿起佛珠来。

法事一般分做四节，一节要近一个时辰，每节之间要做一次休整，因此往往需要一整天时间。

等上午两节法事做完，阮媛从那边经堂出来，差不多是中午斋饭时间。

老王妃也从她的小经堂出来，扶着老妈妈的手，远远看着阮媛出来，身边只跟着一个丫鬟，并没有京城闺秀的大张旗鼓。

但老妈妈是知道的，低声说："让我们的护卫也打听了一下，那边有暗卫，轻易不出来。"

老王妃轻声道："倒是生得温婉，就是瘦了一些……我们沐斌喜欢胖的。"她打听过那个阮家的女儿，消息不多，倒是有个才学样貌都很出众的姐姐，已经出嫁了，留下这个妹妹，倒也没人说什么性子不好之类的，就是比较多的传闻都围绕着她胖。

胖真的很难在京城找啊，京城如今都很流行纤细娇弱之气。

老王妃原本就知道沐斌眼光与众不同，所以觉得他应该会喜欢舜华，毕竟舜华性子爽快，又喜欢舞枪弄棒，在京城算是独树一帜了。

哪知道他的眼光是喜欢胖得独树一帜！

但，老王妃没有泄气，她觉得她孙子还可以挽救。老王妃按了按老妈妈的手："来，拿着点心，我们去与那姑娘说说话。"

老妈妈已经和阮媛打了两次照面了，因此出声喊人："小姐，请留步。"

阮媛回头看到她扶着一位穿戴富贵的老妇人出来，便猜到是在内屋咳嗽吃莱菔粥的人，她有想到人家可能会来道声谢，却没想到人家亲自来了。

雨已完全转雪，飘飘洒洒半日，给周围一切裹上银装，狂风还在将雪花从云端卷下来。

谷王的心已经平复下来，自古夺位哪有不凶险的。蛰伏隐忍多年，等的不就是一个时机，就如当年靖难之时，立住了，就是一个好时机；立不住，也为他今日举事奠定了基础。

那些他埋下的棋子如今都因此进入军中，不少就在京城，他很清楚自己能拨动在京禁卫军里多少力量。而追随沐斌的五千精兵却不能入皇城，一直驻扎在北郊……战还是不战，争还是不争，不过是心中一念：皇帝老了，太子病弱，皇太孙年幼，汉王孤身而来，是时候由他出面将属于他的皇位夺回来了！

谷王抬手："传消息下去，动手。"

早朝结束，午门大开，文武百官正下朝离开，他们忽然像遇到了无形的屏障一般后撤，在他们前方，是一支潮水一般往宫内抵近的军队。

"这是什么人逼宫？！"

文臣们已经错乱，不知道要如何应对，武官也好不到哪里去，他们随身兵械都在入城门时交出去了，眼下唯有用血肉身躯相搏。

有人在阮三爷耳边大呼快退回去，阮三爷回头，看到沐斌站在大殿的白玉栏杆前，手按佩剑，面无表情。

难道，是沐家动的手？这是谋反啊！

下一刻，他看到，皇太孙从沐斌身后走了出来，身披毛领裘皮，面色如玉。

电光石火之间，似乎有什么扎入脑中。

冲入皇宫的军队，已冲散百官，来到殿前。当先一人，对皇太孙跪地行礼："禁卫军大小武官四十八人已都被控制。"

皇太孙朝沐斌看去，两人目光相遇，沐斌沉声问："谷王府出来的信是给谁的？"

那人从怀中掏出信物递上来，沐斌看了看，交与皇太孙。不多时，被抓住的武官有几人身上搜出了一模一样的物件来。

皇太孙轻叹了口气："天家对你们不薄啊。"

阮三爷眉梢跳个不停，这是沐王的军队，原本驻扎在北郊的五千人，什么时候入了皇宫来？皇太孙竟然连禁卫军都不信了？

他的目光从沐斌移到皇太孙，然后又迅速垂下。

沐斌与皇太孙的密谈，只有彼此知道。事实上，阮琼轩此刻已经领兵去往长沙府，打的是速战速决的仗。

雪还在下，除了冲进来的将士，百官都已跪下，雪轻薄地落在他们周身，散发出更冷的寒气和沉闷。

"城门已经关了吗？"

"是。"

"京城谷王府也已经被我们围住，他们放出来的人和信，我们都有跟着。"

皇太孙的手虚虚一握："那也是时候请谷王进宫来谈谈了。"

沐斌颔首，按着剑，走下台阶。

副将跟着他，在他耳边低语："关城门的时候，王妃出城去了。"

沐斌不动声色："无事。"

老王妃在鸡鸣寺，她是去接人的。

谷王在府院大厅中独自下棋，棋盘纵横之上黑白子相杀相融，当送出去的信没有回应，他也差不多猜到了结果。

王府大门被攻城锤撞开，他的人马不多，却都是养在身边的精英。然而，再精英，也抵挡不了对方的进攻。

"王爷，你先走吧！"他们拼死还有机会送他出去。

谷王抬起眼眸，看着士兵潮水一样从撞开的窟窿往里涌，两军弓弩都已上弦，双方箭羽对发。一支冷箭，直射中劝他之人的咽喉。

谷王站起身，示意停箭，再多的反抗也是多余。

看到沐斌走进破败的院落，他笑了笑。

沐斌也笑了笑："谷王殿下。"语气还如上一次般恭敬有礼。

谷王轻抚了一下棋盘旁的飞龙玉雕，道："沐斌，你知道，我本来有机会离开。但我偏要在这里等你。"他轻笑了一下："因为我要告诉你，今日你用自己的军队，压住禁卫军，已经犯了皇太孙的大忌。"

沐斌神色未变，仍旧一脸轻松地向他走去。

谷王注视着他："刚刚如果你在皇宫里反了，天下就改姓沐了。你却因为一个愚蠢的忠心，放过了这大好的机会。沐斌，你信他，他却未必信你。你看着吧，今日的谷王府，不过是明日的沐王府罢了。"

"我以为谷王叔更好奇的是，为什么那么多闲散王爷，却偏偏是自己被怀疑呢。"

沐斌步入大厅，在厅门口停步，高大的身影遮住了外面的天光，模糊了他脸上的神色，也将厅内谷王的面容遮掩得一团灰暗。

谷王的笑意有些无奈，又保持着他惯常的云淡风轻："你其实根本没有查出东西，不是吗？"

沐斌眼睛微眯："是，我没有证据，我是忽然想起了一件事。"他的声音忽然变得低沉而迷离："靖难时，京城被围，你曾来找我母妃。那时候沐王府已被建文帝下令一个蚊子都不能出入，为何你能进出自由？"

谷王听到这里，还有什么不明白。

那时候眼前的人还是孩童，睡在他母亲的掌事嬷嬷怀里，丁点儿大的人儿能记住什么事呢？他根本没把他当回事，却对那一日被沐王妃握掌的感觉记忆犹新。

他摸了摸仿佛还火辣的脸庞，反问："那你怎么不好奇，我为什么要去找你母妃呢？"

沐斌无所谓，手按在佩剑上，死人是不会说话的，那些原因就会随之完全埋入地下了。

谷王轻笑，道："不如下次见面的时候，我告诉你。"手按在一直把玩的玉雕底部，数支短箭从身后墙壁的暗孔中射出。

沐斌眼神一动，侧身避开，再往大厅看去，地面上的暗门已经合起，哪里还有谷王的人影。

"下面有暗道。"副将们冲上来，寻找机关。

沐斌声音骤冷："炸开它。"

谷王在暗道里急奔，前方出口还有他的几百精锐在等。沐斌不让他痛快，他也不会让沐斌痛快。

谷王想，当发现这条暗道的出口是哪里，他们的表情一定很精彩。

鸡鸣寺这边的雪下得比京城更大，洋洋洒洒已经把回廊的扶手都染成白色。阮媛中午谢过了那位老夫人，下午继续参加母亲的法会。

一天法会，磕头跪拜，其实相当辛苦，她的心情却越发平和。

等一切结束，阮媛将三支清香插到写有母亲名讳的黄绢前，道："哥哥政务在身，他心里是十分记挂您的。父亲这些年身边一直没有人，有些清修的念头，您也不用担心，我们会劝他的。母亲，我们都会好好的，我……"

她快要定亲了，到时候没有母亲送妆，但是阮媛并不遗憾。她知道，母亲无时不刻不在她身边，慈爱地看着她。

礼毕，阮媛步出经堂，那位老夫人站在门外，竟然是在特意等她。这一次，身边除了老妈妈，只是多带了两个丫鬟。天寒地冻的，老人家裹得圆乎乎的，慈眉善目。

阮媛略有些意外，道："您找我？差人通传一声便好，要是在雪天里冻到如何是好。"

"中午与你说话投缘得很，就想着如果你有空，我们一起用个晚膳。"老王妃笑着拍了拍阮媛的手，她手里有暖炉，掌心干燥炽热，倒比这个小姑娘热上不知多少分呢。

盛情难却，阮媛又打小就圆乎乎的，特别招老人家喜欢，早就练就了一身与老人家说话的本事。

她便笑了笑应下了这顿饭。

老王妃笑眯眯地领人到自个儿的屋里，进屋之后，伺候的丫鬟、婆子非常多，阮媛才发现老夫人的排场很大。

晚膳传上来，满满地堆了一桌子。

老王妃不住地给她夹吃的："你太清瘦了，要多吃点儿才好。"

阮媛不禁想起奶奶，大概老人家没有不嫌小辈瘦的。她一面谢，一面好奇这位老人家是谁。沐斌那本册子上，符合情况的有好几个。

老王妃看她不挑食，什么都吃，心里更开心了，问："你今年多大了？"

"明春及笄。"

竟然比看着的模样还小一些，老王妃微微惊讶。

阮媛解释："今年下半年才长的个子，之前好几年都不长个子呢。"

老王妃笑道："看来是晚发的势头高呀，是好事。"趁着高兴，便顺势问了："定亲了吗？"

其实她频频找来，阮媛也有想到是这层意思，不羞不怯地道："快了。"

"啊，快定亲了啊，"老王妃略略失望，但又不忍放弃，"也别草率答应呀，这虽然离不开父母之命、媒妁之言，也得把对方的底子了解清楚。我家孙孙比你大几岁，也是个好孩子，一表人才。你是住在京城吧？回头我让他来接我，我们可以一道回京。"

阮媛有些哭笑不得，知她是好意，道："是相熟的人家，对方待我很好，我也很喜欢他。"

老王妃叹息："我喜欢你啊，我总想着以后有个你这样的孩子，陪我说说话多热闹。"

阮媛浅笑："有您这样的祖母，您孙儿定然如您所说，他会有好姻缘的。"

老王妃心里妥帖："你见了我孙孙，也会很喜欢他的。"

阮媛笑着看着她，态度坚决。

老王妃也不逼迫，道："你要这么容易放弃，我也不会喜欢你呀，真是个实心眼儿的孩子。"心里又想：反正得想办法让我们沐斌先见见人再说。

静巧和老妈妈听着，心里暗暗发笑。

静巧笑的是她们二房小姐性子好，以后的姻缘肯定错不了。

老妈妈笑的则是老王妃能把目光从舜华身上移开，无论如何都是一个好的开始。同时也有点儿小小的愁，人家小姐既然要定亲了，也别执拗着上啊。老王妃这皇城贵女的任性性子，也是一直没变过。

夜幕降临，阮媛用了晚膳，与老夫人告辞，她特意没问对方是哪家的老人家，对方幸好也没问她。这样以后应该也不会有见到她孙子的机会，母亲的法事结束，她明早就会回去。

老王妃特意送她到门口，阮媛抬头，看到暗九和对方的护卫站在一起说话。见到阮媛出来，暗九一脸深沉地走上来，不等阮媛开口问，道："请您两位在屋中，不要出来，我们被人围住了。"

老妈妈心里微惊，看到自家的护卫紧跟在后面，也是这个意思。一时之间，倒来不及问两边怎么是认得的，她忙扶了老王妃："来，我们到屋里坐。"

老王爷以前就叮嘱过，出门在外，遇到什么事，就让护卫长做主，他们都身经百战，一定会尽力护到最后一刻。其实老王妃这一代，夫妻之间两地分着，老王妃一直在京城，倒没遇到过真的危险。她一时之间也不知道要怎么办。

阮媛已经感觉到了压力，走近一步，问暗九："是什么人？多久了？"

"刚刚才发生。"要不然暗九不会这会儿才过来说。"人很多，从寺庙后院出来的，"他顿了顿，"对方知道您在这里，要您出去。"

京城一定发生了什么事，而沐斌占得了先机，才会需要她做人质，阮媛心里一惊。暗九的话就是无法突围只能耗下去的意思了。京城离这里半日路程，沐斌一定会很快赶来，他们只要熬到他来。

但是——

"你只带了十个人。"阮媛看着暗九，她担心他带的人远远不够撑到沐斌来。

暗九道："还有沐王府的三十个侍卫，四十个人，我们会尽量护住这个院子。"

阮媛一下意识到刚才那位老夫人的身份了。

来不及开口，外面传来声音："阮家小姐，我无意与你的人动粗，你还是出来，与我走一趟吧。"

只喊了她，看来是不知道沐斌的奶奶在这里。

"答应我，要护住这里，一直到沐斌来，"阮媛道，"暗九，救一个已经很不容易了，不要硬拼到最后，反而被他们抓走两个。你好好护住这里，小心别吓着老人家。"

老王妃也听到了那一声阮家小姐，姓阮？竟然姓阮！她按着老妈妈的手，走到门口，就听到这一句"别吓着老人家"。

暗九心里一惊，阮媛的语气却很平静："他们要我做人质，不会为难我。如果我走了，他们的人也撤了，还要依靠你马上去给沐斌报信。"

十九

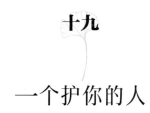

一个护你的人

屋里，老王妃要追出去，被护卫长拦住。

屋外，暗九则去拦阮媛，道："属下受命于世子爷，不会让您涉险。"

"你现在要保护更重要的人，我已将沐斌的祖母托付给你。"

老王妃听到这里，再也忍不住，一把推开门来。

院子外面没有点灯，雪不知何时停下来，月光照在雪地上，反射起淡淡的光华。阮媛没给老王妃机会，在这样的夜色下远了、淡了，最后消失在她看不见的地方。

阮媛只见过谷王一次，不过她还是认出了对方。他看上去并没有多少狼狈，相反还有几分出尘洒脱。在他身后，人影憧憧，满是刀锋上微闪的寒光。

阮媛心里已经有了打算，向他走去，道："想必王爷还着急上路，也请别为难剩下的人了，免得耽搁您时间。"

谷王潇洒道："小姐爽快，本王自然也爽快！"

阮媛看这跟随而来的人马，这么大阵仗，又毫无顾忌地绑走她，除了谋反也没有其他可能了。

刚走近，谷王伸手把人拎到跟前，扇子抬起架在阮媛脖颈上，那扇尖是寒光闪闪的刀片。

"走吧！"谷王推着她往山门去，自然有快马在下面等着。

这时，前方一声娇俏的冷笑响起："过了那么多年，你还是这么幼稚！"

漫漫夜色之中，沐王妃一袭大红衣裙自山门下拾级而上，一出马车就看到这阵势，心里哪里还有不懂的道理。

沐王妃注视着谷王，美目里带着浓浓的嘲讽："绑她有什么用呢？一个没进门的小姑娘，你以为她死了之后，我儿子找不到第二个、第三个了？小的没有用，老的带着又累赘，不如我跟你走一趟。"

"别过来！王妃！"

沐王妃还没有进入谷王的士兵圈，她还有退回去的机会。阮媛想摇头，偏生被锋利的刀片抵着，动弹不得。

沐王妃却似没有听到她的反对一般，一面向他们走来，一面将身上的裘皮披风脱掉丢在一边，露出里面轻便的衣裙。她身姿挺拔妖娆，而后，纤纤的指尖按到了谷王的扇子上，笑意更浓起来："你看，我才是御赐亲封的沐王妃，要是少了一根头发，我们家王爷、我儿子会跟你没完，还是找我比较划算吧！"

老王妃站在院子中，听到儿媳妇的话，忽然想起出门之前，和儿媳妇的争执，她要沐斌娶皇城里的贵女，怪儿媳妇对她们向来不客气，才使得沐斌婚事艰难。

当时，沐王妃听了冷笑："我为什么要客气？那些名门小姐从小被人吹捧着长大，眼高于顶，从来觉得没几个人可以匹配自己。沐斌不喜欢她们，正好！她们今日的福气，能坐着喝茶聊花，都是我们王爷、我儿子拿血拿命拼来的，等出事的时候，她们跑得比谁都快，会陪着死的只有我！"

而今她挪开横在阮媛身上的刀片，笑颜艳若牡丹地赞叹："很好！我后继有人了！"

手里一用力，她将阮媛推开。暗九几乎是瞬间出去，将阮媛扯回到身后。阮媛的喉咙哽咽着，堵着巨石一般又痛又发不出声音。

沐王妃没再看她，而是往院子轻巧地看了眼："照顾好老夫人，虽然我不喜欢她，可谁叫她是我所爱之人的母亲呢。"

明明一场生死攸关的大事，她走得如同去上街买东西一般随意。

沐王妃骄傲地想：反正也不是第一次了！

谷王要连夜南下，他必须要在皇太孙等人的皇令下发到地方之前，赶到长沙府。那是他的大本营，有山、有水、有田地、有铁器，就算朝廷大军攻来，也能抵挡数年。

沐斌的军队训练有素，惯于长途跋涉，随时都能追赶上来。

在到长沙府之前，谷王不敢多作休息。

对于跟在他队伍中的这个女子，谷王心里是佩服的，又或者说，早在很多年前他就知道她的不一般。

谷王道：“如果当初没有变天，也许我还要称呼你一声皇妃。”

沐王妃说：“呵，你想多了，我对他可没半点儿意思。”

谷王却似听不出那其中的嫌弃，语气平常：“其实整个皇城只有舜华最像你，可惜你儿子喜欢一个不起眼的。”

沐王妃翻了个白眼：“她像我？直肠子！”母子俩的评价一模一样。

谷王还待开口，沐王妃不屑地看着他：“靖难之役时，我没揭发你，已经还了他的情谊。你安分守己做你的王爷不好吗？”

太祖第十九子谷王与建文帝朱允炆，虽为叔侄，实则只差两岁。当年年岁相当的两人，都跟在太祖身边，感情甚好。

谷王凝视着眼前的女子，恍然就好像回到了多年前，那时候他觉得大侄子真不懂事，为何要喜欢这个泼辣任性的商户之女？她发起脾气来，对皇子都会甩巴掌。

当初，若不是执意要跟沐王抢她，沐王不会站到另一个阵营，并最终助其上位。他明明应该很憎恨她，却总是一点儿也恨不起来。

周围的气氛忽然不一般起来，死士们围到谷王周围。谷王也感到了压力，一把将旁边的沐王妃拉到身前。

沐王妃被扯了一个趔趄，头发也早在奔波中凌乱，这一刻却笑得格外开心：“你看，你连直隶省都没出，就被他们追上了，你还怎么跟他们斗？”

谷王来不及回答她，示意所有人往南快速前进，南边的先锋却一样被逼回来："王爷，前面也是军队，我们被包抄了！"

"谷王殿下，在你动手之前，已经有军队南下往长沙府去，剿你老巢。你觉得你跑在我们两个队伍中间，能有多大意思呢？"

沐斌的声音出现在前方的云雾中，谷王眼眸缩紧，他看不见重重兵马后的人，只看到对方对准这边的凌厉弓箭。

"沐斌，我知道你们沐家穿云箭的厉害，一箭双雕，箭出至少可以连中两人，你放箭吧，射死我也射死你母亲！"谷王已经豁出去了，"乔敏。"

他喊沐王妃的名字："当年，你没和建文帝死在一起，我现在带你一起去找他！"

沐斌没有接话，侧里响起一句："那是你忘了我。"

谷王惊然回头，横侧里一支箭直射而出——沐王！

"王爷！"

谷王倒地，两军合力相绞，周围混乱成一片，失去了主心骨的死士也有片刻茫然，没有主人的士兵要为何而战？

沐王妃挣扎着扑进夫君怀里："人家怕死了，你怎么才来？"

沐王紧搂着自己的夫人，多大年纪了，在他心里还是小丫头。糙汉子也不知道哪里来的甜言蜜语，低头在她耳边连声哄着，自家儿子都有点儿看不下去了。沐斌轻咳一声，专心清扫谷王那边的漏网之鱼。

永乐十五年二月初六，谷王谋逆，被贬为庶人，囚禁于徽州。

同月，沐斌上请自己发现谷王谋反之意不及时，虽然后压制住谋反，功过不可相抵，请求摘除沐王世子册封。

同月，今上准沐斌奏，并下诏：阮琼轩清谷王余孽有功，升兵部侍郎。随行武官，也皆有晋封。

知晓当初发现谷王端倪的，明明是沐斌。

今上的准奏却很令人玩味，同意了他以忽视谷王心思这点，摘了世子的封号，升了阮琼轩。

曾经到处都是小道消息说阮琼轩卖妹求荣的，这下真的没什么话可说了，不光没什么可说的，阮家简直是踩着沐王府上了一个台阶。

阮琼轩也一下成了京城的热门女婿，不知多少人约阮三夫人出去吃饭、听戏，要跟她打听这个新科探花、如今的年轻侍郎有无定亲。

阮琼轩的定亲还遥遥无期，阮媛的定亲却提上了议程。她在年后南下，回上虞，沐斌也会一同南下求亲。

京城阮家，人逢喜事精神爽。阮三夫人身子重，阮媛帮她承担了很多府中庶务。三房的两个男孩，一个八岁，一个五岁，都在闹人的时候，花朝节这天，一早就来跟阮媛说，要去祝神庙会看热闹。

他们无非是想出去玩，阮媛虽然手边忙，却想陪着他们一起出去。她一向觉得孩子交给旁人带，会疏离，有时间的话，还是要家里人自己多陪伴。

总算交代完了事情，阮媛正要一手牵一个往外走。

沐斌从外面进来，与他一起来的阮琼轩便笑着把两个孩子拉过去，道："正好跟我去书房，我考考你们最近的功课如何。"

两个男孩露出害怕的神情来，小的那个甚至要哭了，直道："姐姐答应了要去祝神庙会的！"

阮媛也道："我真的答应了他们，难得在节日里，就让他们尽兴地玩一下嘛。"

阮琼轩只差回她一个"明明是在给你们机会却不懂"的眼神，对两个小的道："那好吧，姐姐现在忙了，改为我带你们去庙会。"

阮媛哪里会不懂他的意思呢，虽然两个小的不太乐意这种改变，探花哥哥总没有媛媛姐姐好说话，但最终都被逛庙会的乐趣冲淡了，跟阮琼轩去了。

阮媛看沐斌，他一直在一边看着她，脸上也不由得带上了笑容。

阮媛的脸色却不太好，领他到了阮琼轩的书房，把门一关，问道："为什么你的世子册封没了？"

她站在紫檀镶嵌的精致屏风旁，光线从琉璃灯罩后投出来，映衬得她的面容暖融融的，就算是这一瞪，也没多大杀伤力。

沐斌却还是把手举起来，表示投降："我不是要自贬身份去娶你，我这样做，也是在为我自己。"

当然，家族和姻亲是不可断绝的关系，他不愿意人家说阮琼轩用妹妹上位，阮家也不愿意。之前那些消息会传出去，当然也是有心人的算计，必须要想办法堵住悠悠之口。

"真的，是为了我自己，"他道，"藩王政策已经动了，我们这种靠军功上位的，不能到这时候还沾沾自喜，不懂分寸。"

沐家的军队压入皇城，这是一记警钟。

他放下手，将对面的女孩揽入怀抱："他终究是天子，而我只是人臣。摘去世子位后，不会再有下一个沐王了。其实，我父亲的爵位是西平侯，真正的沐王只有我爷爷一人。只是大家给面子，还以沐王称呼而已。至于将来，传下来的是侯，还是将军，又有什么区别呢？你不是一样要嫁给我。"

阮媛揪着他的衣襟说："你一定不可以骗我。"她还记得，他当年说过——沐王世子绝不会娶她，现在他就不是世子了。

沐斌也想到了那件事，笑道："绝对不是因为那个，不信的话，等你回上虞，打开盒子看里面写的是什么。"

春寒岁月，他揉揉她的脸颊，笑得像六月的太阳。

沐斌没在阮府待太久，难得沐王有机会回京面圣，今日抵家。

晚间，父子俩聊到朝堂。

沐斌道："他们阮家叔侄二人不会都在京城，总有一个要外放。我看他们家三爷资历熬得差不多了，到时候可以推一下。"

落了几日春雪，外面的雪堆得像棉花糖，沐王妃玩心重，在点一盏盏五颜六色的冰灯。

沐王的目光落在窗外，道："你们一个武官、一个文臣，以后又是姻亲，要懂得站在最合适的位置。"

站得太低，有事不能相互帮助，站得太高又被天家忌惮，怎么样不高不低才是本事。

沐斌颔首："我知道。"

外面的光线五彩缤纷起来，映在沐王的眼眸里不停变换着，他也知道自己的王妃不着调，到现在媒人还没去找，只能道："你的婚事你自己多看着点儿。"

沐斌轻咳了声："我自有安排。"

沐王便点了下头，本来他也不是个话多的人，但毕竟是自己儿子的婚事，不多过问几句，今晚也没别的话可以说了，便淡淡地问："路上不近，准备从上虞出嫁吗？"

"这些细节怕是要到上虞见过阮老夫人才有定论，不过——"沐斌回道，"她兄长年后会去看宅子。"

旁边的老王妃就把这句话听过去了，准备告诉她的老姐妹周王妃去。自从看着阮媛本人不错，老王妃就开始极力撮合舜华那边那对。

年后，阮琼轩去看宅子，距离三房不远有一处最近要转手。

先前，他与阮老夫人通信已经提了一句，自己以后要在京城为官，总在三房暂住也不太合适，他有私房钱，买一处宅子也不在话下。

信里没有说得太深，其实是把阮媛的出嫁考虑进去了，上虞和京城毕竟相距甚远，从上虞出嫁的话，路上容易耽搁，错过吉时就不好了，但从三房出嫁又多少有点儿不合适。

阮琼轩便决定先以自己需要为名，告知阮老夫人买宅子的事。

中间人听说是新任兵部侍郎看房子，哪敢不尽心？一早就上门引阮琼轩过去。

那宅子不错，哪怕以后祖母和父亲来京城小住也足够，还可以给阮媛留个院子。后花园有湖石假山，小桥流水。前一家是外来的书香门第，因为主人家外放为官才出手这个住处，里里外外装潢保养得都不错，若买下来，只需要小作修整就能入住，倒是能赶上阮媛出嫁。

他转了一圈，再次走到花园时，花园的假山上却坐着个人。

"这这位是……"中间人可没让其他人来看房子，要因为这事让阮琼轩不高兴，丢了买卖事小，回头他还怎么在这一行混才事大，正想呵斥她下来。

阮琼轩开口："无事，认识的。"

舜华噘着嘴巴坐在上面，两条腿挂在假山外面，一晃一踢，眼睛直看着下面的人。

中间人也是人精，见状寻了个借口先避到了一边。

阮琼轩抬头看她："你要是摔了，你父王肯定不会罢休。"

"那我摔伤了，你负责吗？"

他不回答，拾级而上，伸手拉她下来。

舜华期盼地看着他，阮琼轩脸上一点儿表情也没有，她心里又失望，又不愿意放弃："你妹妹要去上虞了是不是，我可以一起去吗？我还没去过，我想去玩玩，到时路上也可以跟你妹妹做伴。"

到了假山下，舜华把手收回来，她觉得他一定不喜欢她死缠烂打，只是自己总是忍不住。

阮琼轩却没有松开手，道："她虽然比你小，却比你懂事，你不要给她添麻烦，遇到事情要多听她话。"

舜华愣住了，阮琼轩紧紧握了她一下，这才松开手，问她："听懂了吗？"

她愣怔了片刻，眼睛终于亮起来。

阮琼轩却没给她回答的机会，移开眼睛问："这个院子，你喜欢吗？"

晚间，阮媛知道了舜华要一起去上虞的事，道："她身份尊贵，性格却并不是当家主母的好选择，其实哥哥是喜欢她的吧？"

阮琼轩面上微微赧然，下手半点儿不留情，吃了她十子半。

阮媛就在心里嘀咕了句"公报私仇"，嘴上道："也好，让奶奶顺便看看她未来孙媳妇的样子。"

手里的棋子又被阮琼轩吃了五个。

阮媛这下真不高兴了！

是夜，兄妹俩在棋盘上杀了个你死我活。

过了正月，阮媛出发南下。沐斌在前一天进了宫。皇太孙把一道黄色圣旨交给他，笑问："我是不是说话算数？"

"本来就是我努力换来的，你少居功，"沐斌才不跟他客气，打开来看了下，眼睛笑得像月牙一样，然后推回给他，"成了，让你的人好好跟在我后面，要是走得比我快，小心我回来找你算账！"

皇太孙悠悠地叹了口气："这着急娶媳妇的心哦，真是藏也藏不住。"

沐斌便笑眯眯地道："嗯，尽管羡慕，我不介意。"

从南往北走的时候，天气渐冷。从北往南去，却是越来越暖。

一行人到上虞的时候，迎春花都开过了，树上的桃花含苞待放。

静巧进到阮老夫人的院子，先看到四只小猫疯子般地从墙上冲下来，扑进阮媛怀里。阮媛很喜欢她，三夫人也觉得她回去路上只有一个丫鬟，人手太少，就把静巧给了阮媛，如此正好与小丫鬟一搭一档。

这会儿，小丫鬟便与静巧解释："这只，还有那一只，是我们小姐养的猫。小姐走的时候，留给了老夫人有个念想儿。"

静巧问："那还有两只呢？"

这个小丫鬟也不知道。

屋里的嬷嬷走出来，笑道："好像是隔壁王府别院的，不知道为什么，总是一起来往，我们老夫人就没拘着。看到了便一起喂了，要是不见踪迹，那就是去隔壁吃食去了，倒是有趣。"

阮媛笑："它们本来是一家人。"说着，抱了一只在怀里，往屋里去。

里屋中，老夫人刚午睡起来，就听见孙女回来的消息，精采奕奕地正由丫鬟服侍着穿衣，一见阮媛道："我的小囡囡回来了。"

阮媛放下猫，接过丫鬟手里的马甲，想要笑的，眼睛却有些发红，她矮身给老夫人套上马甲："我回来了，奶奶。"

老夫人看着孙女低头扣扣子，几个月不见，她的孙女又变了些模样，早已不是当初那个圆乎乎的小丫头了，眉眼里充满了少女的明艳。

吾家有女初长成，便是如此。

丫鬟们悄无声息地退了出去，合上门。

手慈爱地落在孙女的头上，老夫人轻轻地问："小囡囡，回来之后还会走吗？听说，他也一起来了。"

阮媛抬起头，她知道一起南下的消息不会瞒过奶奶，但也没想到奶奶会开门见山地问她。

老夫人眉目慈爱，她知道孙女会找合适的时机开口的，但什么是合适的时机呢？永远没有更合适的，倒不如由她先来："小囡囡是打定主意要嫁他了吗？你的婚事，有我在，你大伯母不能越俎代庖，你父亲是个老好人，你愿意的，他都会点头。最后这事只能在我这卡得严……"

"不严，"阮媛鼻子发酸，扣扣子的手微微颤抖，"我知道奶奶是为了我好。"

阮老夫人笑了，"你走之前病重，我几次三番让他过来的时候，我让你北上的时候，我听说你在太湖出事，是他接走你的时候，奶奶就已经想通了。小囡囡，我护不了你一辈子，我已经老了。我想护阮娴一辈子，一样不能帮她把夫君找回来。你的将来，一定会有更适合的人来护着。我已经到了该放手的时候了。"

她的声音低了下去，眼里却含着笑："所以，你找到护你的人了吗？"

阮媛的眼眶发热，用力点头："我找到了，奶奶！"

"那便好了呀，"阮老夫人微笑，轻轻地把孙女抱进怀里，"那便让他来求娶我的宝贝吧。"

沐王别院里，舜华在紧张地转圈圈，等会儿阮媛要带她去见阮老夫人，不知道老夫人凶不凶、严不严，看他们兄妹俩的样子，感觉老夫人教育晚辈很有一套，要是她给老夫人留下不好的印象……舜华不敢再想下去。

另一边，在别院门内，沐斌也在等阮媛过来，背在身后的手握着，关节上一丝泛白，泄露了他心底的真实情绪。虽然后面还有一个万无一失的保底，他其实也有些紧张。

侍卫将门打开，阮媛走进来，那双眼睛是红的，他的心跟着提起来，却见她冲他展露出一个灿烂的笑容。

然后，他听见了自己的心，落下去，变得安稳的声音。

虽然婚事是肯定了，沐斌上门的时候，阮老夫人还是拿了个乔："阮媛还小，晚几年生养更好，我的意思是再留她两年。"

沐斌道："婚事不会拖延，孩子的话，也不急。老夫人觉得她还小，担心伤害她的身体，便由我吃两年避子药，老夫人可以放心了吗？"

阮媛知道以后，狠狠地踹了他一脚。

这个沐斌，暂时让个步、服个软，就这么难吗？！

双方谈妥的第二天，京城南下的船便到了，带了皇后娘娘赐婚的圣旨过来。沐王爷担心王妃不着调，连媒人也想不到要找，但其实最好的媒人，除了儿女双全、与帝琴瑟和鸣的皇后娘娘，还有谁呢？

沐斌揉着一点儿也不痛的腿想：先前出生入死来一趟上虞，若是连要一个媳妇的封赏皇太孙都不帮，那他以后就不卖命了！

家里有喜事，但周王的县主舜华来访也不可怠慢。舜华作为阮媛的朋友上门来玩，阮老夫人送了她好些见面礼，又叮嘱阮媛带舜华四处转转。越地水乡，自有一种烟雨细腻，舜华的确看着新鲜。两人踏青几日回来，没来得及进上虞县城，住在阮家位于郊区的庄子里。

结果，阮媛要睡的时候，沐斌敲了她窗户让她开窗。

"你怎么过来了？"她没好气地看着他，"你不是在和奶奶商量婚期吗？"采纳问名等礼都过了，眼下只剩下婚期和从哪里出嫁还要商定。

沐斌却拽着她的手，一把将人从窗户里抱了出来，等将阮媛放下地，他才道："要不是卖周王面子，我就拽你走了，你一直都陪着舜华，想不起来陪我吗？"

"哪有这样小气的，"阮媛白他一眼，"来得这么晚，我上哪里安排你去！"

沐斌无所谓："在阮琼轩的书房再将就一晚呗。"

"你倒是一点儿也不客气。"

"跟你，我要客气什么。"

沐斌笑，跟阮媛去了那间书房。还是那些布置，他不进门就知道，不可以点灯，要不然会被发现。

沐斌叹息："就要做你家姑爷的人了，还跟做贼一样。"

"贼有你这待遇吗？"阮媛给他在榻上铺床，好在天气转暖，也不怕他着凉了。

他笑着立在书柜前看她忙碌，道："是呀，贼也没有如花美眷陪着说话。"他说着，抬头看向书架，忽然想起，那一晚他住在这里，看这边书架上的东西，阮媛吓得把那些书推到了书架后面去。

她当时说是武功秘籍？

沐斌伸手推了下书架："上回是什么武功秘籍，你藏得那么急？"不等阮媛回答，已将书架拉开来，露出后面的一丝缝隙，下面几本书落了灰。

阮媛急道："你不许看啊！"

可哪里还来得及，沐斌已经拿了出来。

见阮媛着急地跨过来，他更加好奇，也有心逗她一下，反问着："为什么这么怕我看？"手已经把书翻开来，他看到里面的内容。

阮媛脸上一阵白一阵红，本来还要扑过去抢回来的，现在反正也没必要了，她反而退后了一步，好像怕他问她一般。

幸好沐斌只是干瞪了一下眼睛，然后，他合上书，放回了书架。

窗户开着，月光照得一室清明，但落到纸页上也未必清楚，沐斌的样子看上去没什么异样。

阮媛的确看到很多武功秘籍也是画着画的，乍看上去也许没什么区别吧，她却下意识地觉得瞒不过沐斌，还是溜之大吉算了，于是抢先打破沉默："你休息吧，我先走了。"

腿已经迈出去，人却没能离开，被一只炽热的大手拽过去，她周围骤变，身后是书架，身前是高大的人影，他的手压在她两侧。

沐斌的目光令人玩味："武功秘籍？"

阮媛冤枉极了："那时候哥哥真的以为是武功秘籍啊。"

她的声音柔柔软软的，好像一只无形的手滑过他的耳侧，他就在她的头顶，呼吸着她的气息开口："有时候觉得你的探花哥哥带你懂了很多东西，现在又觉得是不是带你知道太多了。"

阮媛窘迫到了极点，的确，谁家的女儿家会看这种东西？阮琼轩也不是不知道分寸的人，那时候他们真的还很小好不好。

滴漏声滴滴答答，心跳的声音咚咚咚，空气里好像被谁撒了把调料，有甜也有羞，她抠着背后的书本，一下又一下。

但是渐渐地，又平静下来。

她听见他说："阮媛，那是夫妻之间做的事，知道不知道？"

"我知道啊，"她喃喃自语，然后，伸手抱着他的腰，靠在他发烫的胸口，轻轻地回答，"那是我们成亲以后，会做的事。"

沐斌笑了一下，摸到她滚烫的脸庞，然后挨过去，轻触她，道："也是我第一次在这个书房里，就想跟你做的事。"

低哑的声音和亲吻，如酒芬芳，在这寂静的夜晚，克制甜美，又无人知晓。

阮琼轩把宅子买下了，准备动工修缮，择了个吉时先搬过去。他写信请老夫人和阮二爷北上，阮媛的婚嫁肯定在京城更方便，他们到了京城，既可以一家团聚，又可以送阮媛出嫁，再完美不过。

阮老夫人也觉得这个主意好，就定在京城送亲，回信的时候，让大爷安排三条大船，把她认为要拿去布置宅院的东西先运过去。这阮家二房要在京城立足宅院，里里外外的事情不少。老夫人又从家生子中选了两家敦厚能干的，嘱咐他们到了那边以后熟悉了环境，再让他们听阮琼轩的意思买合适的新人到府里。

阮家这边开始张罗搬家和婚嫁的事宜。

舜华则在心烦，她见了阮老夫人，尽力做得娴静乖巧，可是完全看不出来阮老夫人喜欢不喜欢她。这一点上，阮琼轩好像得了阮老夫人的真传，做什么都滴水不漏，却情不外露。

她跟阮媛打听，阮媛只跟她说，不用多想，哥哥的事一向他自己做主。

问题是舜华连阮琼轩到底有多喜欢她，自己都感觉不出来。她想到阮琼轩说出门在外听阮媛的话，而阮媛说关键是哥哥做主，就觉得自己得回去赖在阮琼轩身边非让他说个什么出来不可。如此一想，舜华归心似箭，就跟着送圣旨的船先回京城去了。

沐斌晚了几日出发，婚期定在五月初五，他亦有诸多事情需要准备。

途经太湖的时候，却还是停留了一下。

村长没想到沐斌会再光临，意外地迎出来。沐斌摆了下手："我找刘坚说几句话，让他过来。"

村长让阿英给沐斌上茶，去唤刘坚匆匆回来。

沐斌立在院门口，看着上面贴的春联。

阮媛的字，刀锋犀利处，有几分陈子鹊的影子。

当时他特意去查看了阮琼轩的笔墨，阮媛的棋是哥哥教的，按理字也是，结果却不像，不过幸好同时要了阮娴的笔迹来看，才发现阮娴临摹过陈子鹊的字迹，而阮媛是在姐姐的辅导下习的字，也难怪她的字受到陈子鹊的影响。

他看着那副春联，沉默不语。

少顷，刘坚赶过来。

沐斌示意他进门，刘坚忙跟上。

两人进屋，门合上，刘坚态度恭敬："不知世子寻小民来有何事？"

沐斌没跟他多说世子已经不是世子的事，道："上次你在水边遇到的人，他的事有结果了，你也属于事中人，我便来告知一声。"

刘坚的眼帘抬了一下，道："能有结果，那是最好不过了。"

沐斌不置可否，只看着面前的茶水道："你遇到的那个人叫陈子鹊，家中经商，还有妻儿高堂。三年前，他出门北上考科举，在杭州府快到南直隶时遇到抢匪，幸得被过路的一个富商救下。原本，我们不知道他在那遇到了什么，一直到找到他当时的仆从陈易。"

刘坚安安静静地听着，身体笔直，没产生任何波澜。

"原来当时那个富商自称得罪了有权势的人，货物无法南北运输，陈子鹊为感激这个富商救命之恩，便答应帮富商运送货物。后来，随着他接触富商的生意越多，产生的疑惑就越大，最终被他发现，这个富商运送的根本是朝廷禁运的精铁，而这个富商背后的人，还是一位王爷。"

"这个陈子鹊并不蠢，一个王爷要精铁做什么用呢？当然不会是好事。他甚至意识到，当年的遇匪被救，可能原本就是一个圈套，他不动声色地遣散了自己身边知道消息的仆从陈易，让他远远避开，然后想要找机会让自己也脱离这件事。然而对方也是极为警觉的人，很快觉察到陈子鹊萌生了退意，便对他产生了杀意，然后就发生了你那日遇到的情况。"

"对他来说，死也许是最好的选择，如果当初他没有死，我想他这几年也不敢回去，免得牵连到妻儿家人的性命。可能是他在天有灵，多年之后，他的妻妹来到这里，还误以为你身边的小傻是他，才让这件事浮出水面。说到底，还是你提供的那些东西给得及时，那个有反心的人前段时间已被处理。"

陈子鹊那份凭证做得很巧妙，原本从账面上查不出暗地里运精铁的痕迹，但等把他那份单子拿出来一比对，就能发现作假的逻辑，进而摸出细节。

当初陈子鹊的确是用心暗地里调查整件事，而且捏住了证据。谷王要是没弄死他，让他找到适合投出去的人，当时就能把事翻过来。

刘坚闻言，拱手道："事情能在过了这些年之后真相大白，真是幸事。"

沐斌一直没动桌上那杯茶，到这时候，才拿起来。

看着橙黄的茶水，他道："不过，我有一件事奇怪。小傻的个子不高，他从院墙外走过，根本没办法被看见，又怎么会被认作陈子鹊呢？"

似乎是觉得有趣，沐斌笑了一下，道："可能真是他显灵吧，忘记告诉你一声，他要是活着的话，再过几日还有一份喜酒要喝，那杯喜酒是他妻子……"

话到此处，沐斌忽然放下茶杯，没再说下去。

刘坚闻声抬头望向他，那张毁去的容貌背后，似乎有什么透出来，要知道后面的话。

沐斌看起来却像觉得没必要说这些："算了，反正该交代你的，你都知道了。陈子鹊已经死了，这杯喜酒跟他也没关系了。"说罢起身，人一撩衣袍往外走去。

二十

一碗人间烟火

春日的午后，阮嫒去看望了陈子鹳。陈家的祖坟在一处青草坡后面，他那座墓，看起来比旁的都新一些。

她抱着房间里那株盆景矮松，静静看着墓碑上他的名字。

"子鹳哥哥，你过世以后，我一次都没有来过。我跟自己说，你去远游了，总有一天会回来。可是你看，我要及笄了，要成亲了，你还是没有回来。"

沐斌给她看了精铁案和谷王谋反的全部案卷，姐姐也看了。

"我们终于接受了，你不会再回来。"

"姐姐说，相识十六载，足够她回忆一辈子。"

"我也一直以为，你们是我认知中最美的爱情。"

"后来我才明白，有些人的爱情是青梅竹马，点点滴滴，有些人的爱情却是突然闯入，毫无准备。"

她放下怀里的矮松，它像被修剪成了飞鹤状，但其实，这是鹳鸟。

鹳鸟，形似鹤，亦如鹭，高约四尺，羽色灰白，嘴赤而长，足长而红，爪小尾短，羽毛伴有黑白色，常以松树为巢。

"子鹳哥哥，谢谢你，总是冲破雨帘，来接姐姐和我，"她说，"我以后要离家很远，这一株你送我的松树，我把它种在这里，陪伴你。"

从今往后，它不会再被修剪，可以自由自在，长成任何它想要的模样。

陈家祖坟在郊外，从那儿回来，行船最是方便。水道上，小船如梭，轻柔地摇着，沿途两岸热闹极了。静巧第一次来越地，头一回坐这样的小船逛街。小丫鬟指给她看哪家铺子的窝丝糖最好吃，哪家里面有舶来玩意儿又新奇又好玩。

风透过竹帘，吹在脸上，已有了些暖意。

阮媛靠在软垫上，看小船缓缓停下来，前面一顶拱桥下挤了好几艘，一时把船道堵住了。

这在热闹的时段，也是常有的事，阮媛没有在意。

却听见旁边的船里，有人在聊天。

一个说："你们去听了那钦差的堂没有？那个付墨，舌头没了，话都讲不出。对方的人，寻了人证来，证明他曾亲口显摆是他自己糟蹋的他妹子，还说他妹子是妾生的，未必是他爹亲生的，他这是肥水不流外人田。"

另一个说："他那个妹子当时不是这么说的啊，难不成是对方官大欺民吗？"

"这话就不好讲了，我有个亲戚是衙门里的，听说她当时什么都不说，就是真的什么都没说。然后付墨，就赖上了对方，说是对方糟蹋了他的妹子。其实，真的假的，只有他们自己心里最清楚了。不过这会儿，这姑娘自己在公堂上翻了口供，说她的确是冤枉了人家。"

"啧啧，那这样，往后这姑娘……"

船又动起来，后面的话轻了，听不真切。阮媛拉开帘子，往那船望过去，暗九怕她跌出去，忙探出身来，问："要去探问一下吗？"他也听到了对话。

阮媛想了想，摇头："不必了。"

每个人或事都自有它们的轨迹，未必再与她交集。

这日回到阮家，府里已在准备阮媛的及笄礼。

沐斌给她留了礼物。京城里，他踏入沐王府的时候，心想不知道她这一刻看到没有。

相比越地，京城的阳光更多了一份飒爽。

沐斌前脚刚回来，老王妃后脚就喜滋滋迎出来，身后跟着四个如花似玉、面生的侍女。

"可把你盼回来了，"老王妃让沐斌看她们，"我看你身边都没有个人伺候，屋子里空落落的，给你准备了四个，让她们先去你那边布置布置，再熟悉一下你屋里的事，等阮媛嫁过来，她们已经都上手了，正好帮衬她。"

沐斌略一挑眉，看到正厅里，沐王妃靠坐着，看过来的目光带着冷意。

沐斌心里便有了计较，笑着对老王妃说："祖母，我刚回来，您就给我找事，等会儿再说吧。"转头寻了母亲问老王妃诡异行为的缘由。

沐王妃老不客气地丢给他一本书："拿去自学！"

沐斌不及打开，就看到上面写了大大的"春宫"二字。他母妃果然别具一格，还塞给儿子看这种书。

沐王妃看儿子不动，道："不自学啊？那就用你祖母给你的！"说着，就要把书拿回去。

被沐斌一提手，避开了。他道："你们俩打架，可别殃及我！"

"这可不是我起的头啊，"沐王妃冷笑，"说得好听给你人用，不就是要你收了做通房吗？我还没嫁过来的时候，她就给你父王找了一个，把我硌硬得不行！"

两代王妃之间的嫌隙都是从那而起，一个觉得自己掏心掏肺地让自己儿子先作准备，还不是为了媳妇少吃苦头，却被好心当作驴肝肺；一个觉得自己的男人还要别的人爬床，那简直是奇耻大辱，忍无可忍。

沐斌倒不知道这段往事："那父王答应了？"

沐王妃眼梢能飞出刀来："他敢！"说着，思绪一下有些远了，她的嘴角软化下来，然后，又勾起来，那艳丽的眉梢如画一般傲然。

沐王妃道："我很喜欢你父亲，我可以为他死；我也可以不喜欢你父亲，他若有丝毫移情，我转头就会走。"

所以她不会失去自我，不会忙于家族、孩子和其他，她永远都有精力爱惜她自己，并让沐王时时刻刻处于那种不能完全得到的状态。

尽管不认同，沐斌还是头一次感觉到自己母亲的驭夫之道很智慧，紧接着，就又发现两人不在一条线上了。

因为沐王妃说："喏，你把书看懂了、学会了，回去告诉你祖母，你很厉害不需要那些丫鬟。"

沐斌想到的却不是这些。

他和阮媛，毕竟与父母不同。

那种家的感觉，曾经他缺少的，如今能在她身上找到，因此他才珍视。

但，将来呢？

十年、二十年之后，当他习惯了、理所当然了，再遇到更多新鲜的色彩，她会怎么想、怎么办？她比他先想到，所以说她害怕，两个人不再同步之后，看什么都有了差池，便有了其他人进来的空间，如果如此，还不如是邻里关系，至少不会伤害到彼此。

沐斌摇了摇头，把书还给了母亲，出门之后，他亲自去找老王妃，开门见山就问："祖母不是很喜欢媛媛吗？"

"自然喜欢，我看她是个识大体的孩子，一定不像你母亲，把你父王抠得死死的，弄得我们家子嗣单薄，"老王妃循循善诱，"阮媛是个懂事的姑娘，我给你的几个人也都是体贴的人，不会抢了她的位置，她才是你正经的夫人。将来，等她生出嫡子，就没那么多精力在你身边了，这些人哪，能给她帮把手，你将来的子嗣一定要繁盛一些，让我们沐王府热热闹闹的。"

"祖母。"沐斌打断老王妃。

老王妃心底微微一怔，第一次见孙儿如此严肃的眉眼。

他知道，祖母这些皇城贵女从小受的教育，就是要大度端庄，把为夫君纳妾、给家族绵延子嗣作为美德。

一个过分大度，一个过分自利，成了两代沐王府女主人之间永远无法调和的矛盾。

但是，沐斌道："祖母，父王身边从来都是小厮。我也已经习惯了身边这样安排，其他都不需要。还有最重要的，阮媛很好，我不想给她添堵。"

那些父王说不出的话，他会说。

再者，还有一件事，祖母从来就没看明白过。

他道："沐家子嗣单薄，是符合天家意愿的。若非如此，父王和母妃不会只有我一个——盛极必衰，细水长流，踏过这一步，您想想是不是。"

阮媛的及笄礼办得很低调，按照阮老夫人的意思，阮家是本地大家族，这事不能草率。

但阮媛只想一家人亲亲热热地完成这件事。

等往后，二房和三房在京城，大房在上虞祖家，而奶奶喝完她的喜酒，回到上虞，恐怕很少会再跋涉来京城了，一家人团聚的时间，一日少过一日，谁都没有多余的精力，分神应酬旁的人。

最后，阮府便是姻亲陈家也没有邀请，只有阮娴带了陈栩过去。

挽发、加笄、添衣、聆听训教，当阮媛以成年女子的发型，再跪到老夫人面前谢礼，刚毅如老夫人，眼里也闪了一下。

明日一早，她们便要出发北去，她将要亲手送孙女出嫁。老夫人握着阮媛的手，轻轻地、久久地，像她小时候一样，生怕她跌了摔了。

这个女孩很小没了母亲，她承认自己是偏心的，偏心想要更多地疼爱她，弥补她没有母亲的缺憾。

"我的小囡囡啊。"老夫人叹息，不光阮媛眼睛红了，旁边的阮娴也悄悄擦了擦眼角。

陈栩搂着母亲的脖子："娘亲，你怎么哭了？以后我们还能看到小姨吗？"

"当然能了，"阮娴轻语，"小姨在等你像探花舅舅一样，读出功名，去外面做一番事业。"

"那我什么时候能去做事业呀？"陈栩虽然是个小大人，某些地方还是懵懵懂懂。

阮娴便搂着他，道："很快很快了，你现在好好读书，让夫子夸奖，就离大事业又近了一步。所以，明天我们还让夫子夸，好不好？"

陈栩用力点头，他最喜欢小姨了，一定要快快长大去京城。

从阮府到陈府的路不远，那个决心快快长大的孩子，却趴在母亲的肩头睡了过去。阮娴轻手轻脚下马车，经过了通幽小径，往垂花门里走。

前面，冷不丁闪出一个人来。

阮娴略一心惊，伸手护住陈栩的后背，这才看清来的是陈子鹤。

"你怎么过来了？是有什么事吗？"阮娴把陈栩交给身边的大丫鬟，示意她先抱他进房去睡。

陈子鹤的面色却不友善："大嫂打发了我房里的人？"

原来是为这事。

阮娴拍了拍被陈栩鞋子蹭脏的袖子，道："我的确换了你身边的人，你那个书童做事不够认真，尽想着偷懒讨好，你房里的丫鬟背地里小动作不断，打扰你读书。我把他们换了，重新给你挑选的都是忠厚老实的人。你还有一年多就要秋闱，难道不想考出好的成绩？"

一般年轻人到了这个年纪，家里找个通房也正常，但多是主母千挑万选的，不能把人往歪里带。陈夫人行错了棋，以为陈子鹤在外面遇到了有手段的，就拿个更高道行的来压制，结果反而把人完全带歪了。

如果不是看在是一家人的分儿上，阮娴根本不想插手这件事，她道："长嫂如母，我全是为了家里考虑，做这些安排的时候，也跟父亲讨论过。"

陈子鹤却不领情，冷笑一声："我母亲还在呢，轮不到你长嫂如母，越俎代庖！"那母亲新给他的丫鬟，他是极喜欢的。

阮娴见他说不通，也不欲多费口舌，转头往屋里走。不想手却被他拽住，阮娴眉头一皱，呵道："放手！"

这大庭广众之下，他们还是叔嫂，这人脑子是有什么毛病，竟敢拦她！

陈子鹤却冷冷看着她："我看你是守寡守久了，见不得人好！"

阮娴哪里听过这种污言秽语，当时脸变得铁青，"子鹤，注意你的言辞！"她身边还有丫鬟、婆子，见状围上来，拉陈子鹤的手。

"二少爷，你说什么胡话呢？"

陈子鹤却受够了，那日他被阮媛掌掴之后，又被父亲数落，父亲还怪母亲做错了事。他们还要受着被眼前的女人束手束脚。

阮家，什么都是阮家，一切的厄运都从阮家的女儿来。

他只恨自己家立不起来，处处要被这女人管，在外面抬不起头，被说是靠着阮家才没败落。

一时间，脑子只有一个念头，就是毁了她，让她名声败落，也没好日子过。

"既然你这么不要脸，不如我也不要脸一把，兄妻弟及，你听过没有？"

陈子鹤毕竟是男子，又是主人家，周围的丫鬟、婆子根本敌不过他手上的力道，还被他挥手推开，抓了阮娴就往屋里拖。

有眼色的丫鬟爬起来往外跑，去喊陈家老爷，却被对面冲出来小厮拦住。

阮娴没想到，陈子鹤还是有备而来的，她奋力挣扎，喊他："你疯了！你知道你在做什么吗？"

陈子鹤怒极反笑，抬手往阮娴脸上扇。

那巴掌呼呼生风，意料到会很重，"啪"的一声，却不是落在她脸上。

陈子鹤一个趔趄摔在地上，嘴角被打得流出了血。

被忽然松开的阮娴跌倒在一个人的怀里，她能感觉到是一个男人的怀抱，阮娴几乎是本能地要控制自己不能摔到这人身上去，却听见一个声音唤她："娴娴，是我！"

阮娴如遭雷击，不可置信地看着那只抓着自己的手上错综复杂的烧伤疤痕，然后转过头去……

陈家这边的事并没有惊动第二日就要北上的阮家，等阮娴的书信跟过去，已经是多日之后。

阮老夫人和阮媛到了京城之后，时间就像飞起来了一样，处处忙碌，眨眼便到了五月初五大婚这日。

热闹的丝竹锣鼓声不断从外面传来，阮琼轩背妹妹上轿。临别之际，老夫人还在叮嘱人多给丫鬟们袖子里塞吃的。她怕孙女一日礼节烦琐，没时间吃东西，到时候会饿着。

阮媛的眼前都是红色，她垂着眼睛，轿子一晃一晃的，红盖头也一动又一动，晃出的空隙可以看到轿子内精致的装饰。

然后，她的目光落在脚旁的刺绣图案上，图中两个小小的人儿站在夹道里，那个女孩打扮的给了对方一包小点心。

阮媛微微一怔，再看旁边，第二幅图里有个石亭子，上一幅图的少年、少女面对面在吃饭。

心咚咚地跳，她拉开一些盖头，移开脚，满铺铺的地面上，绣满了图，再往侧面延伸，甚至一直绣到头顶再回下来。

他把他们相识、相知，到成婚的经过都放在这里，以及那只机关盒里的字句都没有遗漏。

那日回上虞后，她打开了他交给她的盒子，里面的信笺绯红，用金墨写着："沐王世子不娶你，然沐斌非卿不娶。"

再后来，她及笄的时候，收到他放出来的信鸽，鸽子脚踝上的小竹筒里，倒出一颗糖，是他送她的及笄礼物。她尝了一下，是饴糖。那味道同她病中醒来时一模一样，她仿佛又听见他在耳边说："醒来以后，不许哭，只许记得甜。"

原来，那不是梦境，那是他离开时说的话。

眼睛发烫，嘴里却似还含着那颗饴糖。她目光回转，又看到，后面还有琴瑟和鸣，子孙绕膝，白头到老……那些没发生的，他仿佛都在告诉她，他会带着她，见证它们一一实现。

再然后，轿子停下来，门帘被人打开。她看到他伸进手来，握住了她掀盖头的手，轻声道："哎，这么着急看到我？"

阮媛眼睛里好像有水光："我……"

"我知道，"沐斌刮了她一下鼻子，身体挡着后面人的目光，帮她重新盖好盖头，道，"来，我要带你走啦。"

红色的绢布被塞进她手里，他拉着那一头，另一只手又回过来拉着她。

隐约听到有人起哄："哟，新郎还怕新娘子会摔着啊！"

她微笑起来，回握住他的手，想：就是怕摔着又怎样呢，反正以后都要拉着。

跨过马鞍，走过火盆，彼此的手紧紧相牵，拜堂之后，进入洞房。

来的都是很有教养的夫人，没怎么闹，笑盈盈地看着喜娘把仪式唱完。后来，阮媛才知道，沐王妃发过话，谁要闹她儿媳妇就是跟她过不去。

揭盖头，撒喜果，喜娘福身给新人作揖："请新人饮交杯酒。"

两个扎了红花的丫鬟，端上来龙凤杯盏，沐斌看了眼："放着等会儿吧。"

喜娘愣住："这……这都是要喝掉的呀。"

沐斌挑眉："你还怕我们不喝吗？放着吧。"

喜娘只得笑着让人放下。

阮媛疑惑地看向他，沐斌低头摸了摸她的额头："看你戴着凤冠太沉了，快洗漱休息一下。"他还要出去敬酒。

两个人都那么熟了，其实一直觉得这些仪式像是另一个空间里的两个人在做。

阮媛笑了，点点头："你去吧。"

随着沐斌出去，闹洞房的夫人们也都散了。

不一会儿，静巧和小丫鬟就领着人进来，重新收拾。小丫鬟讨巧地拿出袖子里老夫人让塞的点心："我悄悄热过了，小姐快吃一些。"

阮媛真的饿了，捏了一块点心来吃，旁边静巧笑眯眯地拿出牛乳来："我还带了喝的。"

阮媛真想大呼满足，等卸了妆，洗过澡，换了衣服出来，外面很安静，只有沐斌在。

她"哎"了一声："你回来这么快？"

谁敢闹沐王府呀？何况他请了皇太孙来，每个人都规规矩矩，怕这位喜欢安静的继承人不开心，都客气了几句就走了。

阮媛拿了本书准备坐到床里去，那张新制的拔步床她也是第一次上去，有点儿不习惯高度，便松了鞋子，提裙膝跪上去，露出两只白玉一样的小脚。

沐斌移开眼睛："我去洗漱。"

"好呀！"她回答得很轻快，整个人都很放松的样子。

可其实，阮媛拿书也是障眼法，本以为能淡定地看几页，结果周围的光线也不一样，床架雕花也不一样，总觉得不习惯。

水声隐隐约约传来，好似还有水汽浮在空气中，她抬头看了看大红色的承尘以及上面绣的百子图，忽然又想起那一轿子的刺绣，心里的紧张便淡了去。

身边有脚步声，沐斌端了交杯酒过来，她向他看去，他在旁边坐下，把其中一杯递给阮媛："喝一半，喝一杯你就醉了。"

阮媛"哦"了一声："难怪刚刚不让，原来是怕我耍酒疯。"

她听话地只喝了一小口，沐斌一昂头把她剩下的喝了，扣了杯盏，道："反正也不是没见过，你耍酒疯还挺安静。"

"真的？"

她其实不知道自己耍酒疯怎么样，醒过来是断片的呀。

沐斌点了点头："真的，我问什么，你都能答出来。"

我有这么奇怪吗？她想。

他已经坐到床上来，阮媛推了他一下："可以把烛台移出去吗？"

龙凤烛不能灭，但她不习惯那么亮。

他又站起来，把龙凤烛挪到了外间，然后再躺进来，自然有人进来放了纱幔，合上门。

阮媛半侧身看他，沐斌闭着眼睛，呼吸平顺，她觉得心里很安定，那半杯酒的劲道上来，让她有点儿犯困，闭上眼睛。

好像就闭了一瞬，有重量压上来。

她睁眼看他，他的眉眼俊朗而熟悉："怕吗？"

她点点头，又摇摇头："是你，就不怕了。"

他好像笑了一下，紧接着，她有些煞风景地说："沐斌，我想盖被子！"

被叫名字的人停下动作，透过暗淡的光线，她看到他脸上无奈又宠溺的笑意，然后被子被拉起来，盖住彼此，一直扯过头顶。

他在她耳边问："这样，总好了吧？"

光线完全没有了，被完完全全地罩在这个空间里，她终于觉得安心，抓着他的手臂，认真地说："现在好了！"

但后来，被子里的空气好像不够起来。滚烫身体的碰触让她忍不住想冲出去，呼吸新鲜的空气和感受外面的凉意，却最终在这种滚烫中累睡过去。

醒过来的时候，外面还是昏暗的，天还没亮，他的手环在她身上，她睡在他怀里。

不过，她的呼吸一变，沐斌就醒了："你知不知道这样很危险啊？"

当时，阮媛正试着往外挪，一拱一拱的，他立刻感觉到了，但是她完全没有他想的那个意思。

"我饿了！"她叫屈，新婚之夜自己只吃了一些点心，都没用正餐。

两个人眼神一对，有了同样的主意——新婚当夜一起上厨房吃夜宵。

厨房里的嬷嬷被沐斌身边的人悄然请走，阮媛看了手边的东西，决定下面条。简单的面条，鸡汤做底，卧上鸡蛋，烫一些青菜，像极了他生日那天，她做的长寿面。

"好满足呀！"阮媛感叹。

更满足的是第二天一觉睡到自然醒，紧接着阮媛发现两人直接睡过了头，吓得她一睁眼就拍沐斌："快起来，要敬茶呢！"

沐斌拉她的手，重新环到身上："没关系，她们又不着急。"

那时候，外面等敬茶的两人都喜滋滋的。

沐王妃心想：果然是我选的儿媳妇，能拴住人。

老王妃琢磨：到底是我孙儿，够厉害。

阮媛怎么可能睡得下去呢？推他："你快起来啊，第一天就这样，以后我还怎么见母妃和祖母！"

沐斌压着她的手："我在的时候，她们不着急你早起。等我去南疆，

359

你反正也一起去。"

阮媛抬头看他："我不要留在这里侍奉长辈吗？"沐王妃就是因此长居京城的。

沐斌摇头："我们不分开，你必须每天看着我，我也每天看着你，等将来有了孩子我们一起照顾。"

她好像明白了什么，温柔地笑起来，结果他又压上来，动作明明又轻又柔，阮媛心里却警钟大鸣，知道他又要干坏事，连忙推他："真的要起来了。"

手却被沐斌抓住，他的声音低了下去："没有人有机会出现在我们之间，我们的邻里关系升级一下好不好？"

沐王常守南疆，一般非诏不得回家，连阮媛的媳妇茶都是后来补的。

倒是没想到两人结婚不久，沐王妃老蚌生珠，忽然怀二胎了。

沐斌听闻消息时候的表情，阮媛觉得那绝对是在暗幸以后有人帮他承担毒饭菜毒汤了。

然而，没过几天，沐斌咬牙切齿起来，阮媛做的饭尽是考虑怀孕妇人的需求，都不考虑他了。

沐斌又跑了一次东宫。

不久，新的圣旨下来，命沐斌去南疆，换他父王回来。

沐斌要带阮媛一起去，沐王妃自然极力支持，想通了的老王妃也没反对，再加上老王妃的心思都在儿媳的第二胎上。虽然眼下没有曾孙，有新孙子抱也是喜事啊。

阮媛开始收拾东西，小丫鬟和静巧也开始忙碌。

小丫鬟最大的担心就是南疆会不会没有糖葫芦了，忍不住问暗九。

暗九却没回答，问她："你叫什么名字？"

小丫鬟："啊？我吗？我叫阿莺，草长莺飞的莺。"

暗九点头。

她问他："好听吗？"

见他又点头，小丫鬟很高兴："好听就行。反正，我也不知道是什么意思。"

暗九："……"

"我家里叫我二丫，小姐说要给我起个大名，我家姓曹，小姐就说了草长莺飞这个词，哈哈。你今天的糖葫芦没有昨天的好吃，你是不是贪近，随便买的？"

暗九："没有，还是那家。"

"怎么会呢？真的不如昨天好吃。"

他的语气轻轻地："那是黄莺的莺……"

小丫鬟没听清："嗯，什么？"

暗九摇头："没什么。"

第二天，阮媛唤暗九进来，帮忙拿重东西，现身出来的却是个脸生的。

"暗九呢？他今天轮值？"她笑眯眯地问来人，把那个箱子指给他看。

"属下就是暗九。"那人恭敬地一点头，"新的暗九。"

阮媛眨了下眼睛，晚间问沐斌："暗九换了人？"

沐斌点头："原本到了一定时候，他们就会换的。"不过，暗九本来还没到时候，他道："他说想争功名娶妻，就换他去前线了。"

旁边小丫鬟插嘴："会不会死啊？"

沐斌闻声看她，小丫鬟一脸急迫。

阮媛看在眼里，似是回答她，又似跟沐斌讨论："是有军衔的吧，好歹跟过你。"

沐斌笑："当然。"又看看小丫鬟，声音低了一拍："所以，你也快要换丫鬟了吧？"

他轻咳，被阮媛轻拍了一下："不许笑话人。"

说话间，她递给他一碗白米饭。他很顺手地接过来，另一只手给她夹了一筷子菜。

圆圆的饭桌上，菜色简单而温馨，手里的米饭有浓浓的香气，吃在嘴里又软又甜。彼此虽然不说话，一个眼神、一个表情却都知道对方所想。

这便是了。

四方食事，不过一碗人间烟火。

而最重要的，是陪你共赏烟火的人。